5分钟后情不自禁落泪系列

蓝色星球的小小事件

[日] 桃户晴　编著
弭铁娟　译

中信出版集团 | 北京

图书在版编目（CIP）数据

蓝色星球的小小事件 / (日) 桃户晴编著 ; 弭铁娟译. -- 北京 : 中信出版社,2021.1
（5分钟后情不自禁落泪系列）
ISBN 978-7-5217-2197-3

Ⅰ. ①蓝… Ⅱ. ①桃… ②弭… Ⅲ. ①短篇小说－小说集－日本－现代 Ⅳ. ①I313.45

中国版本图书馆CIP数据核字(2020)第166659号

蓝色星球的小小事件
（5分钟后情不自禁落泪系列）

编　　著：［日］桃户晴
译　　者：弭铁娟
出版发行：中信出版集团股份有限公司
（北京市朝阳区惠新东街甲4号富盛大厦2座　邮编　100029）
承 印 者：北京楠萍印刷有限公司

开　　本：787mm×1092mm　1/32　　印　　张：10.5　　字　　数：140千字
版　　次：2021年1月第1版　　印　　次：2021年1月第1次印刷
京权图字：01－2020－6599
书　　号：ISBN 978－7－5217－2197－3
定　　价：78.00元（全两册）

世界纪录

20世纪初，在斯德哥尔摩举办的奥运会马拉松比赛上，有一位日本选手，他的神志已经模糊，却依然坚持向前跑着。

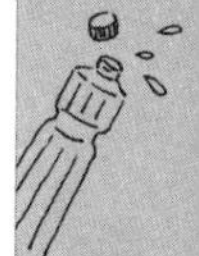

后来，他神志模糊的原因终于弄清楚了。是因为在折返点的给水处，他没有得到充足的水分补给。据说那天比赛时的气温高达40℃，在创纪录的炎热天气里、得不到水分补充的情况下跑马拉松，显然不是一件轻松的事情。

在脱水状态下，他的脚步踉跄，后面的运动员一个个地超过了他，可他还是不肯放弃，坚持向前跑着。

获得优胜显然不可能了，但他想至少要跑完。否则，大老远跑来参加奥运会不就没有意义了吗？

跑下去，跑下去，跑下去，跑下去……

终于，大脑一片空白。

醒来时，他已经躺在了床上。他“腾”的一下坐了起来，巡视了一圈周围，可房间里的景象一片陌生。这时，他听到有人在转动门把手。

“您醒了？”

一位四五十岁的先生走进了房间。

“啊，是的，您是……”

“我是这家的主人。”

“我，我是奥运会选手，是马拉松运动员。可为什么……我在这里呢？我跑到终点了吗？”

“没有。”

“那，我得回去跑！”

他说着就要从床上下来。可是，那个四五十岁的男人制止了他。

“请您躺好。”

“可是……”

“比赛已经结束半天了。”

他顿时泄了气，喃喃道：

“都半天了……是吗？”

“我理解您现在懊悔的心情，可是已经没有任何办法了。因为我们家就在马拉松的路线旁边，所以路旁的人们就把晕倒的你抬到我家来了。”

以前，虽说是奥运会，但救护保证什么的其实都形同虚设，更不用提电视转播了。

虽然这次奥运会对他来说非常重要，但他不得不

放弃了比赛。

带着沮丧的心情回到了日本之后，他有很多年都以奥运会为目标坚持训练着，可是却一直没能实现在奥运会上拿奖牌的梦想。

“我给后生们让路，把自己的梦想寄托在他们身上吧。”

于是，他退役之后，选择做马拉松教练，并培养出了好几位优秀的马拉松选手。

后来，他从教练的位置上也退了下来。有一天，他对自己说：

“我已经知足了，自己带出来的学生们，不是已经代替自己在马拉松比赛中不断取得好成绩了吗？”

可是，他的心中，还有另一个他在反驳自己。

“说什么呢？这样就知足了？别忘了你在那次奥运会的马拉松比赛上，可是还没跑完哟。你甚至到现

在还在为那次比赛感到遗憾，说什么知足了，显然是自欺欺人。”

面对另一个自己，他再次反驳道：

“确实，如果说没有遗憾，那是假的，因为那次奥运会是日本第一次派选手参加的奥运会。我没能跑完全程马拉松，至今都懊悔不已。可现在再说这些，又有什么用呢？那场比赛早就结束了啊。”

后来，又过去了很多年。

此刻，他正在第五届斯德哥尔摩奥运会的马拉松赛道上奔跑着，沿途有很多观众，简直就像梦境一样。

但，这不是梦。

在终点会场附近的实况转播台，播音员正在现场解说：

“看，他已经跑回主会场的跑道了，离终点还有 300 米。他脚步沉稳地朝着终点跑去！”

沿途的人们大声为他加油，他也对着人们用力挥舞手臂，向前跑着。播音员语气兴奋地继续转播：

“他曾经在比赛的途中突然消失不见，可是当时奥运会的工作人员谁也没有留意到他的消失。很多年过去了，我们今天才发现他并没有跑到终点，在比赛途中失踪了。作为奥运会组委会，不能让任何一位比赛运动员在途中失踪。所以，今天我们又把他请到了瑞典。”

他继续向前奔跑着，沿途人们加油的声浪更加高涨。

“看，这个时刻终于到来了。离终点还有 30 米，已经 74 岁的他，终于可以从那次比赛中解脱出来了。还有 10 米，5、4、3、2、1……”

他终于冲过了终点线，周围响起了热烈的掌声。

太好了！终于跑到终点了。

他高高举起了双手，朝天空挥了挥拳头。

“太棒了！现在他终于跑完了全程！从1912年开始起跑的他，到1967年，终于跑到了终点。用时54年8个月零6天5小时32分20秒……”

他的名字叫金栗四三。他没有拿到过奥运会的奖牌，却三次刷新世界纪录，并培养了很多著名的马拉松选手，被称为“日本马拉松之父”。

他在斯德哥尔摩奥运会上以“54年8个月零6天5小时32分20秒”的成绩，终于冲过了马拉松比赛的终点线。作为这项比赛中最慢的纪录，至今还没有被人打破过。

（文/吉田顺　主角确有其人）

目录

正因为有束缚，

我才能飞翔；

正因为有悲伤，

我才能高高地飞舞；

正因为有逆境，

我才能奔跑；

正因为有泪水，

我才能前行。

——莫罕达斯·甘地

父亲的再婚

母亲去世已经两年多了。

父亲深深地爱着母亲。母亲被确诊癌症后，不久就去世了。那时候，父亲憔悴的样子真让我们担心。他饭也吃不下，眼看着日渐消瘦，我甚至担心他会不会也这样追随母亲离去。其实，我也悲伤啊，可母亲去世后，我不但顾不上自己去伤心，还得为父亲担心。因为单纯、笨拙，甚至有些迟钝的父亲，一个人什么也不会做。

那时，我刚刚升入高中，不得不放弃了要好好享受高中时代生活的想法，尽量陪在父亲身边，代替母亲照顾父亲的日常生活。

最近，终于有了些变化，父亲又像以前一样了。

也许是母亲去世三周年的法事办完，他自己的心情也调整过来了吧。看着每到双休日父亲能够一个人外出的样子，我舒了一口气，终于安心了。

有一天，父亲说有重要的事要说，在我面前坐了下来。

父亲的表情有些微妙，一上来先说了一句："这话实在有些不好说出口。"然后，他告诉我，"实际上，我在考虑再婚。"

我怀疑自己是不是听错了。

"啊？您说什么？"

父亲的脸有些红了。

"现在有个正在交往的人，说想要在一起生活。"

这简直是晴天霹雳。为什么会这样？父亲是不是伤心过度，精神被击垮了呀？我被这个突然的消息惊呆了。

"等等，爸爸，您不是很爱妈妈吗？为什么还要再婚呢？是不是做完去世三周年的法事以后，就可以再婚了？"

虽说父亲只有 50 多岁，还年轻，但我一直相信父亲和母亲的关系是“真爱”。再婚什么的，我连想都没想过。再说，因为父亲整天那么伤心，我才牺牲掉自己的高中生活，每天照顾他的。

“不，我对你母亲的感情从来没变过，即便现在也是一样。不过在你母亲去世后，我最难熬的那段时间是她给了我很多支持。等我意识到时，发现自己已经爱上她了。这样的感情，用道理是说不清的。”

父亲低下了头，可我却怎么也不能接受。

“我不明白，我一点儿也不明白！”

我不知道该如何是好，大叫着冲出了家门。

我喜欢父亲，那个一直对母亲很好的父亲令我尊敬。所以失去母亲以后，我想做父亲的支撑。可尽管如此，现在那个女人却成了父亲的支撑了。支撑父亲的难道不是我吗？我感觉自己遭到了背叛，悲愤的心里充满了复杂的情绪。

——他说想再婚，这是怎么回事？

我觉得我的感情好像被践踏了，开始恨起父亲来。

——随你便吧！

不过，这样的事，最终还需要当事者本人决定。父亲想要再婚的愿望很强烈，不知是不是我说了“随你便吧”的缘故，之后不久，他们就举办了只有父亲这边亲戚参加的小型婚礼。

他再婚了。

从此，我几乎再也不主动跟父亲说话了。当然，对于他的再婚，我也没有说过祝福的话。父亲对我也许是觉得歉疚吧，跟我说话开始变得小心翼翼。

我有了新的继母。在这个曾经和去世的妈妈一起生活过的家庭，如今却不得不和一个跟自己没有一点儿血缘关系的人一起生活，这让我感到特别压抑。

虽然我不恨继母，但却不知道怎么和她相处。

终于，那个继母搬进了我家，三个人的家庭生活开始了，我觉得别扭极了。

“拜托了啊。”继母亲切地笑着说。

不知怎么，我总觉得她有些像死去的母亲，便也能理解父亲喜欢她的原因了。

“应该是我说‘拜托了’。”

我小心谨慎地应对着和她的初次见面。

一直以来都是我一个人承担做饭、洗衣、打扫房间等所有家务，即使继母来了，我也打算还是自己一直做下去的。我觉得自己应该守住从母亲那儿传下来的我们家的做事风格。

可是，继母在我去上学以后，把家里所有的家务都做了。

我有些生气。

“您自作主张地把这些都做了，反倒给我带来了不便！”

我不高兴地顶撞着继母。

“啊，对不起。由香，我看你学习挺忙的，就想帮你做了。”

“不用，以前一直都是我一个人做的。”

“……”

接着我又卖弄似的说：

“味噌汤的味道也不对，我们家不做这么咸的味噌汤。洗衣服也要把深色和浅色的分开。地板吸完尘，还要用抹布再擦一遍才行。”

“由香，你太能干了。今后你得多告诉我啊。”继母说。虽然被我这个晚辈挖苦了一番，但她好像并不想就此罢手。

可是，我的情绪并没有因此而平复下来，我想不通自己一直这么拼命、这么努力，为什么父亲还要娶新的妻子呢？我越想越觉得自己可怜，越感慨万千。

“这些都由我来做，请别再插手了！”

继母到底还是气馁了。

坐在旁边的父亲，只是默默地看着这一切，一句话也没说。

这件事之后，我开始把家务一点点地交给继母去做。继母不是恶人，这一切，其实我都心知肚明。

但是，我们家又出现了新问题。那就是，父亲的性格开始慢慢变坏了。

以前那个豁达、和蔼、有些迟钝的父亲，现在性格变得神经质、傲慢、顽固，常常语气很冲地发脾气，不仅仅是对我，对继母也一样。也许是父亲自己也觉得和继母的生活有什么不和谐的地方，积累了不少压力；也许是因为我这个女儿当初反对他再婚，现在就是有怨言也不好跟我说。

“喂！晚饭还没做好吗？”

“对不起，马上就好。”

继母急忙准备晚餐。

“今天妈妈去医院了，所以晚一点也没关系，对吧？”

我插嘴解释说。

“你闭嘴！既然要去医院，为什么不早点把事办完？”父亲呵斥道。

可我照样反驳道：“那怎么可能？你不是也知道吗？遇上人多的时候，要等好长时间。”

继母自责道：“算了，都是我不好。”

于是，父亲把矛头对准了我：

“你不是也闲着吗？就不能帮着做做？!”

父亲已经不再像以往那样叫我“由香”，对他自己也不再用“爸爸”来称呼了。

我和继母互相安慰着。

“对不起，爸爸原来不是这样的……”

我刚一说话，继母就直摇头。

“没关系，他肯定也有很多烦心事吧。和你的妈妈比，我在各个方面都不行，一起生活后，这些肯定都会显露出来，大概他现在忍受不了了吧。”

“如果爸爸要拿您和妈妈比，那他真是太蠢了。”

“别这么说，你爸爸是个好人，所以我才会喜欢上他的。”

“可是，父亲现在这个样子，真不应该……”

之后几年里，我迎接高考、升入大学，生活学习一直很忙，家里的事全都交给了继母。那时候，我真的觉得有继母在真好。如果和父亲两个人生活的话，我肯定受不了。

父亲对我俩的态度依然蛮不讲理，我和他再也无法像过去关系那么好了。反倒是继母，我有什么话现在都爱跟她说，关于将来，关于恋爱，无论什么都能跟继母商量。

正在这个时候，父亲得了癌症住进了医院，不久也去世了。和母亲当年一样，从确诊到去世几乎是转眼的工夫。

先后失去了父母的我，成了孤身一人，唯一的支撑是一直守在我身边的继母。

办完葬礼以后，我们俩把父亲的牌位摆在佛龛上，双手合十地拜了拜。

“……爸爸是幸福的吗？性格变成那样的原因，到底是什么呢？是不是工作不顺啊？妈妈，您和父亲结婚后幸福吗？虽然他变成了这样。”

我小声嘀咕。

继母有些吃惊地睁大眼看了我一下，然后又恢复了温柔的表情说道：

“当然，我很幸福啊。无论是和他结婚，还是有了你这样一个女儿，都让我觉得很幸福。他也应该是幸福的吧，因为，你爸爸是为了让我们俩关系亲密，才故意装得那么蛮横粗暴的。”

“啊？到底是怎么回事？”

继母眼里含着泪说道：

“他大概觉得，只要同时对我们俩蛮横粗暴，他自己就能成为咱俩的共同敌人，有着共同敌人的同一个战壕的战友，就能够友好相处吧？你爸爸一直怕咱俩处不好呢。他和我结婚，并不是想要给自己找个妻子，而是觉得你应该有个母亲吧，说不定，他早就知道自己活不了太久了。”

“是爸爸告诉您的？他和您两个人时，对您好吗？”

“他怎么可能告诉我这些？而且，即便只有我俩的时候，他也还是那样的性格。他这个人啊，太笨了，大概不会在不同场合变换不同性格吧。”

我眼前浮现出当年父亲的样子，那个向我低着头恳请我允许他再婚的父亲。那时，我责备了父亲一通。后来，继母来到我家时，我又是那样的态度……所以父亲大概特别担心我和继母的关系处不好吧。当初要是跟父亲说声“祝福您”就好了……

“爸爸……对不起。当初我没有温柔地祝福您，真的对不起。可是，爸爸您真的好笨！您难道不知道吗？您能喜欢上的人，我肯定也会喜欢上的。即便有时会赌气，但我还是最喜欢爸爸的呀，我还有好多好多的话想跟您说呢。爸爸，您真是个大笨蛋！”

（文／桃户晴）

蜜橘

那是一个冬天的傍晚，一个男人表情忧郁地站在车站站台上。

男人要坐的火车，已经黑漆漆地停在了面前，一副威严冷酷的模样。

“快上车吧！”

于是他无精打采地走了进去。

那是大正时代。刊登的新闻不是政治家的贪污，就是谁和谁结婚了……都是些无聊的事。只是看看标题，他就变得更加忧郁。男人把报纸卷成一团塞进了口袋里。

上了火车，刚在二等席的硬座上坐下，男人的哮喘病突然发作了。他一边剧烈地咳嗽着，一边想：

“幸亏没有其他乘客……”

咳了一阵，男人才终于在座位上坐下。

好安静啊。

身体慢慢恢复，这让他感到安心，再加上这节车厢里只有他一个人，男人静静地闭上了眼睛，享受这难得的片刻自在。

正昏昏沉沉地快要睡着时，男人听见火车的汽笛声，遥远而动听。

火车缓缓地开动了。

正在这时，突然传来一阵急促的木屐声，男人被粗暴地带回到了现实中。

“喂，不行！多危险啊！”

似乎有人不理会乘务长气愤的吼声，追着已经开动的火车，跳上了车。

那个人蛮横地一把拉开了这节二等席的车厢门，隔着过道，一屁股坐在了男人对面的座位上。

那是个正当花样年华的十三四岁的少女。看着女孩的模样，男人蹙起了眉头。她红彤彤的脸颊上布满了裂口，一副俗气的长相。没有一点儿光泽的头发在脑后梳成了发髻。短短的脖子上围着一条脏兮兮的毛线织的围巾。

一看就是个贫穷的农村女孩。

大概是刚刚拼命奔跑的缘故吧，她的肩膀还在随着剧烈的喘息上下耸动，连鼻涕都流出来了。

从她怀里抱着的大大的包袱看，她显然要去做佣工。

这个时代，贫穷人家的孩子，说是去做“佣工”，其实大多都是让他们去给人家看孩子或在店里打打下手什么的。

这丫头为什么偏偏要坐得离我这么近?

宝贵的安逸时间被她破坏了，男人有些生气。于是，他带着厌恶的表情看着女孩。

女孩那双皴裂、粗糙、红肿的手里，好像紧紧地攥着什么东西。

——红色？那不是三等座的票吗？连二等座和三等座都分不清，可见她是多么愚蠢！

男人的眉头蹙得更紧了。

和男人的心情正好相反，火车吐着黑烟，朝

着被夕阳染红的如诗如画般的山林风景里开去。快要开进隧道时，男人看了一下客车的车窗是否已经关严。

那个时代的火车，依靠烧煤驱动，所有火车都是一边吐着黑烟一边往前开。所以，如果不小心忘了关紧车窗，那么，当火车开进隧道时，从车窗外飞进来的煤灰就会把车厢里的所有乘客弄得满脸漆黑，像出演悲喜剧一样。

可突然，女孩做了一个出人意料的举动，只见她把自己坐的那边的窗户，在隧道里一下子全打开了。“突突”冒着的煤烟，瞬间充满了车厢。

被煤烟弄得浑身漆黑的男人已经到了爆发的临界点。

“笨蛋！快把窗户关上！”

他一边剧烈地咳嗽着，一边想要呵斥女孩，可因为哮喘的发作，男人并没能喊出声。

女孩儿连看也没看男人一眼，就把身子探出了车窗外。她从怀里掏出来五六个蜜橘，拿在手里。

火车从隧道里钻出来了。一出隧道，男人在哮喘发作的艰难喘息中还是看到了那里有个由零零散散的破房子组成的小村子。

男人看到在渐渐驶近的一个铁道口那儿，站着三个小男孩，他们身上的衣服和村里的房子一样破旧。

他们鼓着红红的腮帮子，冲着火车在拼命地喊着什么。

“姐姐……”

就在火车通过铁道口的那一刹那，男人清楚地听到了他们的喊声。

而且，身子从火车的车窗探出去的女孩，朝着那三个男孩把手里的蜜橘拼命地扔了过去。

蜜橘闪着橘黄色的光，在夕阳的照耀下更加鲜艳耀眼。

在哭叫着的男孩们的头上方，蜜橘闪着光落了下去。

男人明白了。

那些男孩是这个女孩的弟弟，他们是来送远行的姐姐的。而姐姐想安慰不舍分离的弟弟，才把蜜橘揣在怀里。

看到那些弟弟像小鸟一样使出吃奶的力气哭喊的样子，男人深深地理解了这些弟弟是多么喜欢这个女孩。

而刚才自己竟然还指责女孩愚蠢，男人顿时感到羞愧难当。

女孩关上窗户，坐回座位上。男人重新观察着女孩。

夕阳落下，在被夜幕渐渐笼罩起来的车厢里，那条脏兮兮的毛线围巾和红彤彤的脸颊，颜色渐渐变淡了。

她的手里依然攥着那张三等座的车票。

车窗外完全黑了下来。

然而，男人的脑海里闪现的却是沐浴在夕阳中的女孩，那些闪着光芒的蜜橘又重新浮现在眼前。

于是他想：

这才是最珍贵的瞬间啊！

（文／芥川龙之介　改写／冈野钦哉）

平安夜那天，从下午开始一直下着冷冷的冰雨，据天气预报说，“夜晚有雪”。朱丽按时下班，直奔信指定的餐厅。

打开厚重的大门，她说了信的名字。“的确有这位先生的预约。”一位穿着白色衬衣、围着黑围裙、给人印象很好的男服务员把朱丽带到了靠窗的座位旁，信还没有到。男服务员毕恭毕敬地给放在桌子上的水杯注满了水，点燃蜡烛后便离开了。

朱丽怯怯地把手伸向杯子。长这么大，她还从未进过这么高级的餐厅，由于紧张，嗓子干得都要冒烟了。她喝了一口矿泉水，偷偷地环顾了一下四周。

对于工资微薄的朱丽来说，这是一家门槛过高的法式餐厅，每一张桌子上都点着蜡烛，在烛光摇曳中，每一对隔桌而坐的男女，都举着盛满红葡萄酒或香槟的酒杯，他们相互碰杯、品尝着美食，充满了温馨幸福的气氛。

朱丽和信已经交往三年了。初次相遇是在打工的咖啡店，那时两个人还都是大学生，朱丽是新人，作为前辈的信在工作上给了她很多指导，于是俩人就开始交往。和信的约会，总是在各个咖啡店，美其名曰“侦察敌人阵地”，即便两个人工作以后，也还是没有变。

“今年的圣诞节，我们找一家稍好点儿的咖啡店去吃圣诞晚餐吧。”

一个月前，本来是信提出了这么有情调的提议，可……

朱丽想着伸手去拿手机，约好的时间已经过去三十多分钟了。

“我早就到咖啡店了！”

朱丽给信发了条短信，还添上了一个小兔子怒发冲冠的表情。可是，发出的信息始终没有显示“已读”。她试着打了两回电话，两回都通了却没人接，总是响过几声后就转成了录音模式。

无所事事的朱丽把目光转向了窗外，冰雨不知何时已经变成了雪花，窗外马路上的霓虹灯如梦似幻地闪烁着，棉花糖一样的雪花纷纷扬扬地飘落下来。伞下并肩走着的人们穿过窗外的马路，渐渐远去。

约会从来不迟到的信今天到底怎么了？

一小时过去了，两小时过去了……朱丽从最初的愤怒，渐渐变成了担心。

“这位顾客，我们要打烊了。”

男服务员同情地把目光投向桌子上已经空了的水杯，提醒她。刚才还充满了柔和的笑脸和“嗡嗡”说话声的热闹的座席，已经空空如也。“对不起。”朱丽道了歉，离开了咖啡店。人行道上已经积了一层薄薄的白雪。

他自己先邀约，而且又是圣诞夜，却爽约了。这对于性格有些过分认真的信来说，简直无法想象。难道是工作上出了什么问题，不得不加班？难道有那么紧迫的事，连我发给他的短信都没时间看？难道我被他甩了？不会吧，肯定是有什么事……

那个晚上，朱丽躺在冰凉彻骨的床上，将电话抱在胸前，一夜没合眼。

朱丽接到信母亲的电话是在第二天早上。

说是昨晚下了班，信就往约好的咖啡店赶去，过天桥时滑了一跤，从过街天桥的台阶上摔了下来，撞到了头部。

朱丽听完电话，急忙朝着信母亲说的医院赶去。病房里的信，头上缠满了白色绷带，右脚被悬空吊着。看着他狼狈的样子，朱丽说了声“担心死我了”，便痛哭起来。本来应该是这样的场景：信抚摸着哭得上气不接下气的朱丽的头，对她说：“昨天实在对不起。”

可躺在病床上的信却不可思议地凝视着朱丽的脸庞，很尴尬地说了声：“谢谢……”他的表情很明显地表露出了困惑。

医生的诊断是大腿和手腕骨折，还有“脑震荡后遗症”引起的记忆丧失。据说，所谓的记忆丧失，并不是所有的事都记不起来了，而是只丧失了数年的记忆，包括和朱丽交往的那三年。

听了陪伴在一旁的信母亲的解释，朱丽回到病房，把手机里的照片拿给信看。打工时期和小伙伴们一起拍的照片，夏天去轻井泽时两个人的合影，去赏红叶郊游时的照片，第一次一起过的圣诞节，两个人给对方过生日——这些照片都毫无疑问地记录着两个人的交往经历。

“嗯，这个的确是我，可是……”

信满面笑容地看着照片上自己的样子，缓慢地说着，好像在搜寻着组成这句话的词汇。那是些自己和一个既没见过也不认识的女孩脸贴着脸拍的照片，面前这个叫朱丽的女孩一看就知道和照片的女孩是同一个人。可关于照片上的事，他却一件都想不起来了。信的脑子好像有些混乱，他说：

“对不起，我的头好疼……”信双手捂着头抱膝坐在床上。

“没关系，是我该说对不起。”朱丽有些落寞地笑着说。

从此以后，朱丽每天一到下班时间就离开公司，直奔信的病房。也是因为他父母家离医院很远，他妈妈不能经常来医院看他，所以她不能把他丢在医院不管。

周末休息的时候，她还陪他去复健。对待朱丽，信总是很客气，就像对待陌生人，好几次朱丽感到心都碎了。唯一没让她绝望的，是信一直没拒绝这个“没见过也不认识”的朱丽来看他。

骨折恢复得很顺利，信甚至不拄拐杖也能走路了。问题是“失去的那部分记忆还没有恢复过来”。朱丽请当年一起打工的小伙伴们来了几次，他们事先商量好，把打工时的一些有趣搞笑的事说给他听。可是，每当记忆之门怎么也撬不开时，信就会感到剧烈的头痛。

不久，出院后的信没有回到他以前住的公司宿舍，而是回到他父母家去住了。不久，他又回到了职场，听说在同事们的指导下，工作流程也渐渐回想了起来。

虽然不像以前那样频繁，但有时信和朱丽也会在咖啡店约会。他们也去了两个人初识的地方——一起打过工的那个咖啡店，但信的记忆依然没有被唤醒。朱丽冷静地接受了自己在信的记忆里遗失这个悲哀的现实之后，她放弃了想要敲开他记忆之门的努力。

夏去秋来，就在秋天快要过去的时候，朱丽主动联系信的次数渐渐减少了。

事故发生快一年了。

信那条曾经碎裂并用螺丝钉固定着的腿有时还会隐隐作痛，除此以外，基本上不用母亲的帮助也能和过去一样生活了。他决定从父母家搬出来，在过年之前搬回到以前居住的公司宿舍。

信收拾房间的时候，在床下面发现了一个带提手的纸袋，那是出院的时候带回来的纸袋。虽然护士告诉过他“这些是你被送到医院时穿的衣服和随身带的东西”，但关于那次事故，他不想再去回忆，所以这些东西拿回来后就一直放在那里，连看也没看过。

信小心翼翼地看了看袋子里面，首先映入眼帘的是那件毫无印象的黑色短款大衣，拿出来打开后，只见上面还有褐色的血迹。他想“算了，扔了吧”，可就在他要把大衣放回纸袋里时，他突然注意到衣服的口袋鼓鼓的。当把手伸进口袋时，信突然屏住了呼吸。

平安夜，朱丽久违地接到了来自信的邀约，因为不知不觉中两人的关系有些疏远，已经好久没有见面了。

“圣诞节嘛，一起热闹热闹吧！”朋友们也向朱丽发出了邀请。虽然朱丽知道即使见了信，可能也还是好像只有自己依然被遗留在过去似的，说不定还得独自品尝寂寞的滋味，可朱丽还是选择了和信一起过这个平安夜。

她不觉得这说明信和自己在一起时的记忆被唤醒了，可她不懂为什么他选择了这个日子约自己呢？她想要看看他的真实用意，她觉得如果不为昨天画个句号，她就无法向明天迈出下一步。

信指定的见面地点，是离当初他们约好的餐厅不远的过街天桥。信正是在那里摔伤的。

朱丽沿着台阶走上天桥，就看到信正站在天桥上，两个胳膊肘支在天桥栏杆上，俯视着桥下的马路。马路两边的树上挂着的霓虹灯一闪一闪地眨着眼睛，汽车的车灯排成一列，串联成了一条灯河。看着他的侧影，朱丽心中涌起一阵熟悉的爱恋的感觉。她也曾经想过“就把信给忘了吧”，可是，那怎么可能？她是那么喜欢信。

忍着跑过去的冲动，朱丽轻轻地走到了他的身边，发现朱丽来了，信终于安下心来似的微笑着说：“谢谢你能来。”

“迄今为止，你还没有好好地谢过我呢。”

“谢谢你？”

“你住院的时候，我照顾过你呀，还有其他好多事。你都还没有谢过我或向我道歉呢。”

这时，信突然一脸严肃地说：

“我们，好好地分手吧。”

语气特别果断。

朱丽无言以对，站在那里呆住了。

她并没有想把与信的关系恢复到以前什么也没发生时那样，但她等的也不是要分手的话呀。不知信知不知道朱丽的这些心思，不过为了给这一年来两个人的暧昧关系画一个句号，信选择了今天这个日子。

“让我们好好地分手吧。”

朱丽想：也许这正是信在用他自己的方式向我竭尽全力地表达诚意吧，信是想要斩断纠缠着我的过去、束缚着我的手脚和使我哪里也去不了的羁绊，想要把我解放出来啊。

虽然他的记忆丢失了，可他的善良却一点儿也没变，想到这里，朱丽的眼里禁不住盈满了眼泪。她忍着不让眼泪掉下来，抬起头咬着嘴唇，挤出了一句：“保重！”

做到这些已经让她拼尽了全力，说完她就转过身，沿着天桥的台阶跑了下去。

“等等！”

朱丽停住了脚步，信很快追了过来。手被气喘吁吁的信紧紧攥住的朱丽转过了身。

“一直以来，真的非常感谢。虽然我的记忆还没有恢复，但是我知道，我非常非常喜欢你。朱丽，一看到你，不知怎么回事，这里就会觉得特别温暖。”

信拿起朱丽的手，轻轻地按在了自己的左胸。

“如果你能够接受我的话，我希望能够一直和你在一起。”

“啊？这是怎么回事啊？刚才你不是说‘要分手’吗？”

朱丽一时没能理解信的想法。

信没有回答朱丽的质问，而是从大衣口袋里拿出了一个深红色的丝绒小锦盒，那是一年前没来得及送给朱丽的东西。原来的锦盒已经被压瘪了，这是他向首饰店说明情况后人家又给他重新包装的。

“这是去年的今天我想在那个餐厅交给你的，据说我把它放在了大衣口袋里。你看，这里还刻着‘TO JURI FROM SHIN Dec.24’呢。”

信从盒子里拿出一枚戒指，指着戒指内侧刻着的字说。

“虽然晚了一年，你能接受吗？”

朱丽还是没搞懂刚才信说的“想分手”是什么意思。

“你不必再被过去那个已经丧失了记忆的我束缚着了，我希望你能跟过去那个我分手。不过，从今往后，我希望我们能创造属于我们俩的全新记忆。”

大颗大颗的泪珠从朱丽的脸颊滑落，于是她把脸轻轻地埋在了信的怀里。

“比过去更重要的是未来。”

过去和未来之间——朱丽的无名指上一颗小小的钻石正闪烁着耀眼的光芒。

（文 / 井上香织）

烦人的孩子们

“爸爸，电车来了！”

五岁的弘树喊道。

“我还是第一次坐电车呢。”

三岁的祐树一副兴奋的样子。

父亲一树手里牵着两个儿子，上了电车。三个人刚刚上来，车门就在他们身后关上了。紧接着电车发动了。

“出发！”

两个人的喊声和电车启动的时刻非常吻合。

白天这个时间，电车上乘客稀少，车厢里空空荡荡的，很多座位都空着。

原本以为他们会安安静静地在座位上坐一会

儿。可是，弘树和祐树兄弟俩，一边大声叫着，一边在车厢里跑来跑去。

看着他俩的样子，大家显然无法露出“亲切的笑脸”，乘客中也有人很明显地露出了不愉快的表情。有一位女乘客，有头疼的毛病，她听着孩子们的叫声，心里暗自狠狠地责备着：

啊，听这声音！我的头都要疼死了。刚才一起上车的是这俩孩子的父亲吧。一直低着头，是在打盹儿吗？还是装睡呢？也不说说孩子，怎么这么不负责任！

“啊，大海！祐树，能看到大海喽！”

“在哪儿？在哪儿？看不到啊，哥哥！”

“看！现在又能看到了。你到我这儿来看看，这里能看得清楚些！”

他们就那样穿着鞋，站在了座位上。

那个座位紧挨着头疼的女乘客。转弯的时候，电车倾斜得特别厉害。两个小小的身体失去了平衡，趔趄了一下。

“呀！”

女乘客那洁白的裙子上，不幸被祐树踩了一个清晰的脚印。

“你在干吗呢？”

女乘客不是冲着孩子们，而是冲着好像在装睡的父亲呵斥了一声。然后就躲到了离孩子们较远的地方，坐了下来。

一位气质高雅的老妇人，还有她的丈夫——一位看上去很严肃的老绅士把这一切看在眼里。

“哎呀，我看到两个可爱的小家伙上了车，没想到两个小家伙竟然这么顽皮啊。你说呢？”

“这不是孩子的问题！那个父亲本来应该好好管管孩子的，也不知他在干什么？!”

怎么办才好呢？……跟弘树和祐树该说什么呢？这个时候，如果弘美在的话会怎么做呢？”

好像没听到周围的声音似的，父亲一树依然低着头，嘴巴里嘟嘟囔囔地嘀咕着什么。

“喂！这位先生！小哥哥在对面的座位上躺下了！啊，连弟弟也在学着哥哥的样子……”

老绅士气得浑身发抖，站了起来。

“我得说说他，这不仅仅是给别人添麻烦。为了那些孩子，也不能这样！自己的孩子都不管，他想干什么?!”

老妇人担心丈夫跟对方发生冲突，赶紧去制止却没制止得了。老绅士来到一树面前，像门神一样站在那里。

“喂！你是那两个孩子的父亲吧？为什么不管管孩子，坐在这儿连句话也不说？”

一树一下子回过神来，抬起头看着老绅士。

“啊，对不起。我沉浸在自己想的事情里，没看着两个孩子，没留意到，真是对不起了……是不是应该跟他们好好说说呀？”

“你说什么?!”

一树的话，让老绅士更是怒火中烧。

“说得好像跟你没关系似的，难道现在当父母的连自己的孩子都不能说了吗？作为父亲，好好地看着孩子的眼睛，把自己应该说的话都告诉孩子，这是一个父亲应该做的，不是吗？如果这样放任不管的话，将来不幸的是孩子啊！”

电车上，老绅士的呵斥声响彻了整个车厢。

另一边，孩子们好像察觉到了这边的异样，一直静静地看着父亲和老绅士。

一树终于弱弱地开了口。

“是啊。作为父亲，必须得跟孩子们好好说说啊。”

“那还用说?! 你打算怎么跟他们说？”

“实际上……”

一树刚一张口，又停住了。老绅士好像催促似的说：

“实际上，什么？”

“今天早上，我妻子……这俩孩子的妈妈……去世了。我一直在想，这事……该怎么跟这俩孩子说，想得头都疼了。不知道怎么跟孩子们说才好……”

“什么？”

面对这出乎意料的事情发展，老绅士一时无言以对。

老绅士呆呆地站在那里，面前是眼里噙着泪、低着头的一树。

孩子们来到了老绅士面前。

“不许你惹我爸爸哭！”

“不许你欺负我爸爸！”

小小拳头拼命捶着老绅士的腿，但老绅士的腿却一点儿也没感觉到疼。只是，被孩子们每打一拳，他的心就一剜一剜地疼。

老绅士脸上生气的表情早已消失得无影无踪，只见他表情严肃地再一次把脸转向一树，说道：

“原来是这样啊，真是对不起……”

然后，他缓缓地仿佛在教导一树似的，加了一句：

“可……你是父亲啊。”

“是，是……”

一树的泪从眼里滴落下来。

他从座位上站起来，冲着老绅士深深地鞠了一躬。

老绅士什么也没说，只是不断地点着头，回到了妻子的座位旁边。

“弘树、祐树，跟大家道歉！”

一树抓着两个儿子的脖子，用车厢里大家都能听到的声音大声说道：

“给大家添麻烦了，实在是对不起！”

“对不起！”

弘树和祐树也跟着父亲，像学舌一样说道。

然后，父子三人一起深深地鞠躬道歉。

走在通往检票口的台阶上，幼小的兄弟俩嬉闹着走下台阶。

凝视着他们的背影，一树深深地吸了口气，强忍着悲伤对自己说：

作为父亲，我要尽全力好好把弘树和祐树养大，这是今后自己的职责。因为，假如死的是我，把妻子弘美一个人留下，她肯定也会有这样的决心的。

（文／冈野钦哉）

魔女

忽然意识到，我居然已经活了这么久。不是我吹嘘，无论什么时代，我都是当权者的宠儿。为了得我芳心，他们互相争斗，甚至去杀人。

曾几何时，一个有权势的家族曾经因我而引起了一场家庭纷争。老大声称无论如何都要得到我，却遭到了老二的反对，于是两人大打出手。原来，老二也一直想得到我。

而在背后操纵的老三也趁机出手，从而陷入了三者互相牵制的僵局。结果，兄弟三人谁也没得到我。一方面是三个人都失去了斗志，另一方面还是我本来也不会从他们兄弟三人中选择谁。所以，这也许是个不错的结局。

离开他们兄弟三人以后，我得到了一个男人的宠爱。虽然他是一个老男人，但目光总是炯炯有神，曾经是一个工作狂。除我之外，他似乎还喜欢很多其他的女人，虽然对我不专一，但我认为他还是很宠爱我的。因为他和其他女人都渐渐分了手，到最后只把我一个人留在了他的身边……是的，直到最后。

人，无论他的权力有多大，生命最后的那一刻的到来对于每个人来说都是平等的，老男人也不例外。他死后，我离开了他家，因为周围的人都不能容纳我。虽然我并不想这样。

之后，我又遇见另外一个男人，这个男人有着非常强的独占欲，我不能独自外出。对此，我并没有什么不满，因为之前我也交往过同类型的男人。凡是得到我的男人，大都不愿意放手。也有些人开玩笑说我是“罪人”。可我也不知如何才能改变自己与生俱来的性格，只有不断地接受着被爱。

在我和那个独占欲极强的男人相处期间，又一个“高个子”的男人出现在我的面前，他想把我从那个“独占狂”的男人身边夺走。最初，他们好像还能冷静地交涉，可随着时间的推移，他们变得冲动起来，终于有一天，在附近的高尔夫俱乐部，“高个子”男人把“独占狂”男人狂揍了一顿。

被打倒的男人躺在地上一动不动，头部流出的血告诉我这个男人死了，可我觉得那个杀人的男人却好像很冷静。也许是我被吓傻了，毕竟我有生以来还是第一次目击杀人现场。

“你终于属于我了。”至今我仍清晰地记得那个高个子男人把吓傻了的我带走时小声嘀咕的这句话。

可是，我在他身边的日子极其短暂。这也难怪，因为他杀了人，等待他的是法律的严惩。他入狱后，我过了一段安稳的日子。既没有被谁独占，也没有面对任何贪欲，只是辗转了一些地方，遇到了一些不同的人。

其间，我也和一位无权势的男人有过很亲密的关系。那个年轻人，虽然算不上多么富裕，但他比任何人都更珍惜我。或许可以说，他是迄今为止我遇到的人中和我最心心相印的人。

虽然不是那种独占欲，可每当我感觉到他不愿失去我的心情时，我就会觉得既甜蜜又苦涩。我希望他幸福，即使为此我不得不离开他。如果他需要，我愿意奉献自己。我可能还是第一次产生了这样的想法。

很多人说我这个人“没有爱”，但我绝不是那样的。只不过我是个顺从的女人，一面能够映照出对方内心的镜子而已。所以我既能成为“坏女人”，也能成为“天使”。

和那个年轻人在一起的时候，我觉得我是一个“天使”。

所以，当离开他时，虽然内心也感到孤独寂寞，但我却一点儿也不后悔。

不得不和我分手的年轻人，好像特别萎靡不振。不过，我知道在我离开他以后，幸福很快就会降临到他的身边。我相信，慢慢地他就会把我忘记，他的脸上也会重新绽放出笑容。我怀着对这个再也见不到的年轻人深深的爱恋，彻底从他身边消失了。

不仅仅男人如此。因为我这种性格，讨厌我的女人也多得数不过来。

有一位非常漂亮时尚的女性，无论发型、妆容，还是衣着、鞋以及首饰，浑身上下都显示着她对美的刻意追求，能够看出她为了美几乎到了毫不懈怠的地步。我觉得不必讲究到那个份儿上，她已经足够漂亮了，可她好像并不仅仅满足于此。

“你多轻松随意啊。而我，无论花多大力气梳妆打扮，都不会有人留意，不是吗？”

她的语气中带着嘲讽，我无言以对。虽然男人们为我着迷，可我从来没觉得自己有多美，也从来没有执着地去追求过美。和这位女性的交往也就到此为止了。

还有一次，好像是在一个结婚仪式上吧。我只是为了祝福新郎新娘的幸福才出席了婚礼。可因为新郎看见我后有些发呆，竟然出现了被生气的新娘揪住耳朵呵斥的一幕。

还有一次，一个男人一心想要得到我，从而引起了他女朋友的强烈不满。这类事情回想起来真是数不胜数。

活了这么久，回顾起来，可以说不知有多少人的人生因我而改变，有的甚至到了疯狂的地步。不过这些无论是我想要的还是不得不接受的，都在不断地发生着，多得令人眼晕。所以，我自己也觉得累了。

余生，我想安静地度过。抱着这样的想法，我悄悄地找了一个不知名的小乡村开始了新的生活。在那里，我遇到了一份属于自己的小小的幸福，依然是一次偶遇。受一位独自在乡下生活的老婆婆的拜托，我来到东京，帮她给她那个在大都市辛勤工作却生活贫困的儿子带口信。

经过了一段不算长也不算短的旅程，我找到了老婆婆告诉我的那个地方——一个古旧的二层出租屋的一楼，被两旁的房屋夹在中间，只有一扇狭窄小门的房子。

我敲了敲门，应声来开门的就是老婆婆的儿子，看上去确实有些瘦弱，眼神黯淡。那样子，完完整整地印证了老婆婆告诉我的那句话——“他去大城市找工作，却不太顺利，过得很艰苦。”

小伙子看到我，知道了老婆婆——自己的母亲对自己的挂念，他流着泪向我表示了感谢，而且紧紧地拥抱了我。我能感觉到小伙子的胸膛里充满了温暖和对母亲的爱，竟然有了一种久违的舒心的感觉。

承接着他那大滴大滴滚落下来的眼泪，我竟然很不切实际地想：哦，这个人肯定会珍惜我的，我就是想让他这样的人来爱我呀。

我从一直抱着我、像孩子一样哭泣的小伙子身上，感受到了他对母亲的思念，也感受到了对我的深情。于是，我也努力想把自己对他的一种无以言说的感情传递给他：

没关系，我肩负着你母亲对你的思念，我会助你一臂之力的，一定。

※

一个休息的日子，门铃突然响起，出门一看，一位邮递员站在门口，把一封信交给了我。

“挂号信，请签收。”

一看，寄信人是乡下的老母亲，于是我签收了信。关好门，我马上打开了信封，里面有一封老母亲写的信。

雄介：

你好吗？你到东京工作转眼快三年了。好像还有很多不适应和不顺利，对吧？因为你是妈妈高龄生产的独生子，所以在家里时，你也许会觉得我是个负担吧？

所以，当你告诉我“想去东京试试自己的能力”时，我觉得我不应该阻拦你，因为放手让儿子远行是母亲的责任。

不过，当知道儿子遇到困难时，每个做父母的都会伸出援手。或许你不愿意接受，但是自从你父亲去世后，对于妈妈来说，你是我唯一的亲人，所以就让妈妈帮帮你吧。

这些钱是我在家里做计件零工积攒下来的，虽然不多，但我希望能对你有所帮助。

记住，遇到困难的话，无论何时都可以回

家来歇一歇。

母亲

和这封信一起，信封里还装着一张皱皱巴巴的一万元的纸币，虽然绝对算不上多大金额，但这些钱，老母亲肯定是省吃俭用节省下来的。

“妈妈……谢谢您……”

声音哽咽，接着视线也模糊了，我这才留意到泪水已经落在了我紧紧地抱在胸前的那张一万日元纸币上。

……妈妈，您放心，我会珍惜的。

任凭泪水肆意流淌，不知该怎样用语言表达我的心情。我把纸币更紧地贴在胸口，在心里轻声呢喃。

我相信这张寄托着母亲深深挂念的一万元纸币，一定会成为我的动力的。

（文 / 太宰治　改写 / 桃户晴　橘翼）

送花人

来买花的人，大都表情温柔。

有的是要送给过生日的恋人；有的是要送给一起生活了三十年的妻子；有的是要送给第二天即将退休的恩师。一年一次的母亲节，一辈子一次的求婚……

心里想着某个人的人们，聚集到鲜花店。而对我来说，面对客人，一边问着买花要送谁，干吗用，一边和客人一起选花，这就是最幸福的时刻了。

“你好。”

听到这熟悉的声音，我把装着玫瑰花的黄色塑料桶放下，转过身来。

那里站着一位很有气质的男客人，正点头向我示意。

“您好。”我回答道，脸上自然地露出了微笑，这样的氛围是他带来的。

这位看上去有七十多岁的男士，从两个月前开始频繁地来店里买花。一个星期最少也要来三次。多的时候，连续三天，每天都来买花。

颀长的身材，衬衫外面穿着一件马甲，头上戴着一顶和服饰很相配的绅士帽，银发梳得整整齐齐，笑起来的皱纹像镌刻过似的。他身上的一切无不诠释着“绅士”这个词的含义，所以我一下子就记住了他。

那位绅士好像也记住了我。只要我在店里，他总是第一个跟我打招呼。这对于店员来说，是一种被信赖的证明，既让人觉得不好意思，又让人暗自得意。

“欢迎光临！”

“今天也还像每次那样，拜托了。”

绅士一字一句地慢慢说道，让人听着耳膜都觉得微微有些振动。这么好听的声音，让人怀疑他是不是唱男中音的。

“今天有一种典雅的淡紫色玫瑰，很珍贵的品种，给您来几支吧？像薰衣草那样的颜色，给人一种成熟高雅的印象。”

“嗬，这么好啊！那就来五支吧。还是做成花束好吗？”

“好的。”我回答道。

绅士冲着我笑了笑，那笑容就像这还是蓓蕾的花朵突然绽放了似的，特别温暖。

绅士买的花束总是很简洁，每次都是由我来挑选一些推荐的花，然后做成一个小小的花束递给他。听说他要送的人是他妻子。

对了，那是两个月以前，他第一次来我们店买花的时候。

“欢迎光临。您想买什么样的花？”

“啊……嗯……我不太懂花……”

“如果您不介意的话，我可以问问您是打算送给谁的吗？”

“那个……就算……是送妻子的吧。”

“送夫人花啊，真好。真令人羡慕。”我不由得把自己心里想的话说了出来。顿时，绅士一直有点儿紧张的表情一下子松弛了下来。

“是吗？女性，只要送她们花，肯定会高兴的吗？”

“当然！哪有女性收到花不高兴的？如果是丈夫送的，肯定更高兴！”

绅士好像吃了一惊似的，眨了下眼睛，但很快又露出了像蒲公英一样柔和的笑容，轻声说了句：“是吗？”看着他的笑容，我不由得就想为他选漂亮的花。

“如果是送给您夫人的话，那还是选不太艳丽的好吧？”

“是啊。想请您给我做成花束可以吗？不要太大的，小一点儿可以吗？”

“好的。小花束现在很受欢迎哦，给您做一个吧？您夫人喜欢什么颜色？”

“颜色呀，喜欢什么颜色呢？嗯……啊，我记得她好像比较喜欢新奇的东西。”

“那么，说不定她会喜欢比较别致的花。”

那时，我在斟酌着是不是应该为他选择那天早上刚刚到货的一种叫作“春之惊喜”的郁金香，这是一种红色花瓣上镶着一圈白边的郁金香，我觉得应该适合绅士年轻的妻子。

SPRING SURPRISE——“春之惊喜”，花名的意义也很合适。

我把五支合在一起，做成了一个小花束递给了绅士。绅士好像终于踏实了似的，笑着说了声“谢谢”。给我的感觉好像是他还没习惯买花，或者已经好久没买花了。

“今后关于花的事情，还得请你多多指教，可以吗？”

离开之前绅士说的话，四天后便成了现实。

那之后，为绅士那位不知道长相也不知道名字的妻子选花，然后交给绅士，就成了我的日常。可以说像日常一样，绅士开始频繁地来买花。不过，这里面是有原因的。

“每次都是来买花去看病人，真好。”

高雅的淡紫色。当我把淡紫色的玫瑰做成的小花束递给绅士时，绅士一边接过去，一边谦逊地笑了。

“住院的夫人，只要看到您为她选的花放在枕边，一定会非常高兴的。”

“哪里，这么点儿小事……我也只能做这些了。再说，给我选这些花的不是你吗？我一直都非常感激，谢谢。”

哇，这位绅士怀里抱着的玫瑰，这时一定特别幸福吧？我发自内心地这样想着。

这个花店位于医院附近的一个拐角处，所以来这里买花的客人大都是去医院探望病人的。这位儒雅的绅士，每次买完花也总是朝着医院的方向走去。所以，我觉得他每次买花都是去探望住院的夫人，我也希望自己能早一点遇到这样一位男性。

当我把所想的这些说出来时，绅士有些不好意思，好像还有些为难似的笑了笑。他左手无名指上的戒指闪着银色的光泽，显得质朴稳重。我觉得这种低调不张扬，也是两个人长年恩爱的表现。好羡慕！

“没问题，像你这样心地善良的女孩，很快就会找到好男孩的。”

他的话出乎我的意料，我不由得“啊”了一声。

“‘心地善良’？哪有……”

“的确是啊。护士还说呢：‘能做出这么漂亮的花束的，肯定是个心地善良的花店店员，没错吧？’”

“护士？”

“是的，担任看护的护士……一位姓MIKULIYA的女性，总是特别开朗活泼地在病房工作。她说看你做的花束是一种享受，总是特别期待。听她这样说，我也特别高兴。虽然并不是我选的花，可被她那句‘没错吧？’说得我自己也得意起来。”

“对不起。”他轻轻地低下头，向我道歉。我赶快在胸前摆了摆手。竟然给我道歉，哪里的话?

“谢谢您。您这样说，就已经让我们花店感到无上荣幸了。”

不知是不是不该用“无上荣幸”这个词。绅士“呵呵”地笑了一会儿，然后轻轻地咳嗽了几声，把笑意稍稍压下去，又把帽子从头顶上稍微拿起来一下，低头行了个礼。

“下次，还会再来。”

“好的，恭候您再次光临。”

我一直把绅士送到店门口，对着他的后背鞠了一躬。

绅士今天也是步履缓慢地朝着医院的方向走去。

之后，绅士也常常来花店买花。每次我都为了绅士，以及绅士惦念着的夫人，尽心地挑选一支支鲜花。

五彩缤纷的非洲菊、轮廓柔和的土耳其桔梗、细小轻盈观赏期较长的“补血草”、纤细可爱的瞿麦花、洁白美丽的马蹄莲、容易让人误解为绽开的玫瑰的花毛茛、在母亲节比任何花都更有魅力的康乃馨……

今天选什么花？做成什么样的花束？配什么颜

色的缎带？我就这样费尽心思地考虑着方方面面，最后做成花束递给绅士，换来绅士的一声“谢谢”。这个过程，总是让我感到特别开心。“下次他什么时候再来呢？”不知不觉间，我竟这样期待起那步履缓慢的脚步声来了。

可是，从某一天起，绅士突然再也不来花店买花了。

其实，我也曾感到有些奇怪。过去每周三次来店里买花，后来变成了每周两次，再后来变成了每周一次。当我觉得好像很久没见到他来店里时，便查了一下日历，这才发现他竟然已经十天没来了。

说起来，十天前见到他的时候，感觉他的表情好像特别严肃，我猜也许是他夫人的身体情况不太好吧，但又觉得我去问这种事有些不合适，便没问。

我比平时稍快地把向日葵花束做好递给了他。从那天起，我竟然已经有十天没见到绅士了。这么长时间没见到他，从他开始来这里买花后还是第一次。

难道，他夫人的身体真的有了什么情况吗？正想到这儿，突然店长叫我，只见店长身旁站着一位女性。

“这位客人想订一个花篮，希望按指定的日期送到。”

“好的。”

那位客人是一位四十岁出头、眼睛很大却目光柔和的女性，一副“好妈妈”的形象。我欣赏着她身上那种温暖的气质，又问了一下她的要求。

“您想要做成什么样的？”

“是用来给我婆婆祝贺七十大寿的。”

“这样呀。我在这里祝福您婆婆了！那么，就以紫色和蓝色为基调来做吧？”

根据客人的要求和预算，我提出了几种插花的方案。听到客人说“就是这个了”后，我把填写配送地址的表格递给了她。

那位客人在姓名一栏里填上了“御厨”两个字，上面写上了读音“MIKULIYA”。

突然，我脑海里记忆的那根弦突然弹出了一个小小的声音。

“MIKULIYA。”

我的嘴无意识地轻声念了出来。女客人好像听到了，她马上抬起头来，脸上露出了笑容。

“是啊，很少见的姓，对吧？我结婚前本来姓‘土井’的，现在笔画变多了，写起来好麻烦。”

嘴上虽然说得很烦似的，可她脸上却露出了活泼开朗的笑容。

——总是活泼开朗地在病房工作。

当我想起这句话的一瞬间，还没认真考虑，话就先脱口而出了。

“您是不是在旁边的医院工作？”

女客人的手停住了，她抬起头，注视我的时间比刚才还长。这不自然的瞬间，让我醒悟到自己失礼了。

“对，对不起。”

我赶快低下头道歉。女客人面带微笑地回答道：“没关系的。”

“是啊，我在这家医院做护士。我……可是，你怎么知道的呢？难道你去过我们医院？”

女客人不可思议地歪着头问。既然话都说到这儿了，我觉得如果我不说出来，反倒更失礼了。

“有一位经常来我们店买花的客人，七十岁左右，很儒雅的一位先生……”

说到这儿，我才发现自己连那位绅士叫什么都不知道，要是问问就好了，现在说什么也晚了。

“那位客人说，有位负责的护士叫‘MIKULIYA’。他总是衬衣外面穿一件马甲，戴着一顶帽子，很绅士的一位先生，来买花说是送给夫人……”

这时，女客人——御厨突然深吸了一口气，两只睁得大大的眼睛里满含震惊，为了掩饰这种震惊，她把眼睛又慢慢地眯了起来。

“那么，每次给‘MAKI’制作花束的就是你了？”

“MAKI”这个名字，是那位绅士的？还是他夫人的？或者是两个人共同的姓氏，从御厨的话里我无法判断。但，这些都无所谓了。

我沉默着点了点头。御厨“哦”了一声，又轻轻地叹了口气。我盯着御厨那有些低垂着的面庞，急切地想要得到确认：

“为了探望住院的妻子，他几乎天天都来医院，对吧？我还说他们真是一对恩爱的夫妻，还羡慕得不行呢。可是，最近却见不到他了，有些担心……”

我不知道再说下去是否合适，声音越来越小。御厨听了，只是从鼻子里又一次轻轻“嗯”了一声。

然后，她抬起头凝视着我，两只眼眸里仿佛有一股悲伤蔓延开来。

“其实，‘MAKI’两周前去世了。”

“怎么会……”这句话，我竟无法说下去了，“他夫人，去世了？”

果然，那位先生之所以再也不来店里买花了，是因为医院里已经没有他要探望的人了。他要送花的人，已经不在那里了。

说实在的，这个答案我不是没有预料到。医院本来就是那样一个地方，长期住院的话，这种可能性就更是如影相随。

可是，绅士几乎每天都买花送给妻子，可以想象他是多么珍爱他的妻子。一想到绅士失去了这样一位他深爱着的妻子后的心情，我的心就一阵绞痛。

所以，当听到御厨说“不是，你弄错了”时，我对御厨的话一时没能马上理解。

“去世的，是这位丈夫。”

“啊？这到底是怎么回事？”

我实在是太震惊了，传到自己耳朵里的问话声音好像不是自己的了。御厨的声音也变得很遥远，好像是在说悄悄话一样。

“在我们医院住院的，不是他夫人，而是你说的那位绅士自己。癌症晚期，只有几个月了。真可怜，他没有家人……听他说也没有孩子。夫人在五年前就去世了。”

“怎么会……”

怎么会是这样？不可能是这样！因为，如果是这样的话，很多事情就太不合情理了。

“可是那位先生是为了夫人才来买花的呀。说是想让我给他做成花束，他好送给妻子。而且，每次来买花都穿得挺阔整洁。”

“因为他是一个特别注重自己形象的人。他说不想让人看出他是一个病人。所以每次外出时，总要穿上衬衫、马甲，戴上帽子才出门。不过，他显然太过于要强了……”

这样说来，我突然想起，绅士每次来，头上的帽子都戴得越来越深的情景。

是因为抗癌药的治疗，头发都掉了？说不定是想用帽子来遮掩一下呢。又或者，想要遮掩的是和病魔做斗争时越来越憔悴的面庞？

“怎么会？有这么凄惨的经历……可为什么他夫人已经不在了，他还要买花？”

“以前，他夫人和他曾经说过这样的话。”

和我不同的是，御厨的声音沉稳平静。也许是她察觉到了我的情绪波动，特意在安抚我吧。

“他说妻子曾经问他：‘如果可以把一样东西带到另一个世界，你会带什么去呢？’我说，要是我的话，我就带一本装满了家庭记忆的相册。可是那位先生却这样说——‘我要带一束漂亮的花，因为隔了这么久才终于见到了我妻子啊！’”

我的眼泪一下子涌了上来，我掩饰着用手捂住了嘴。看到我这样，御厨的眉眼也顿时皱在了一起。看着她强行挤出来的微笑，我知道她也在拼命忍着。

“我听到后再也说不出一句话来。他信守了自己的诺言。”

“啊？”

“他去世的时候，枕边有一束漂亮的花。他可能知道自己随时都会死，所以才每天都去买花的吧。是你让他实现了自己的心愿啊。”

终于忍到了临界点，从眼窝深处涌上的热流，渐渐模糊了视线，又变成一颗颗泪珠沿着我的脸颊滑落。面前也流着泪的御厨，轻轻地说道：

“看来，在患者临终时，陪伴他的不仅仅是家人和我们这些在医院工作的人。谢谢你。”

我不知道该怎样回应她，只是一味地摇着头。

原来，他是为了随时去见妻子，为了随时见到妻子时都能给她刚刚做出的最新鲜、最美的花束，所以才每天都来店里买花！

他见到他妻子了吗？实现了再见到妻子时的愿望了吗？我选的花能为他们的幸福带去一份祝福吗？

我的眼前浮现出绅士离开花店时转过来的脸庞。

他说：“谢谢你。”

那声音，我仿佛又听到了。

（文 / 橘翼）

告白

"喂，你在听吗？"

瑞希偷瞄了一眼徹的表情。

"嗯？"

徹这才突然回过神来。

"怎么？发什么呆呢？"

"啊，对不起，对不起。"

"我说的话，你在听吗？"

"嗯，在听，在听。嗯……然后，怎么了？"

"然后吧……"

瑞希气鼓鼓地继续说了下去。

每天放学后，从学校到车站的这段路，徹总是和瑞希一起走，在站台上一起等车，然后两人告别，各自坐上正好方向相反的电车回家。在这段时间里，徹的内心总是有着小小欣喜。

瑞希很漂亮，是班里很多男生仰慕的女孩。

“瑞希放学能和我一起走，是因为都在一个社团，又正巧回家顺路吧。因为自己既没有出众的外表，也没有任何特长，瑞希是不会喜欢上我的。”徹这样想。

可是，即使没有社团活动，放学时间不一样的时候，瑞希也会特意在校门口等着。

“难道……”

徹开始在意起瑞希的感觉来，渐渐地，他发现自己已经抑制不住对瑞希的“喜欢”了。

“怎么办？索性向她告白吧？可会不会是自己自作多情？万一被瑞希拒绝了，说不定连现在的关系也彻底完了。”

这样一想，他便失去了向瑞希告白的勇气。

那天，他们像往常一样并肩坐在站台的长椅上等着电车。不知瑞希是不是察觉到了什么，她突然降低了音量，轻声问：

“最近，你好像总在想心事。”

“哦？”

“是不是有什么话要对我说？”

“……”

“你是不是有什么事隐瞒啊？”

“哪里，没有呀。”

“说说嘛！”

“我说了，没有。那，明天见！”

“啊，滑头！”

这时，徹那边的电车正好进站，徹像逃跑似的冲了进去。

电车门关上了。

徹转过头来，从车窗望出去，只见被留在站台上的瑞希那孤零零的身影越来越小，渐渐消失了。

“瑞希的表情好像有些伤心。”徹这样想着，“为什么我就不能跟她说呢？”

那天晚上，徹做了一个奇怪的梦。

他正走在森林里，不知从哪儿走来了一位个头矮小的老女人，头上裹着一条黑色的头巾。只见她把手里的拐杖伸过来，说道：

“喂，可怜的小伙子，这个拐杖送给你，只要有了这根拐杖，你的愿望就能实现哦。”

“哦？什么愿望？”

“在这个世上，只有一个人，你能让她喜欢上你。”

“真的吗？”

“只要你拿着这根拐杖，喊着那个人的名字就可以了。这样，那个人就会喜欢上你的。如果你跟那个人告白，你肯定会得到满意的答复。如果你和对方结婚，你会一生被爱，会过得非常幸福。”

“你是魔法师吗？”

徹没想到拐杖格外沉重，他用两手接过来，想起了瑞希。

“不过，魔法只能用一次！所以，你最好认真想好了。”

他正琢磨着她的话，突然一阵和煦的风吹过，老妇人便消失得无影无踪了。

太棒了！这样一来，我就可以和瑞希……

梦到这里，徹醒了。朝阳从窗帘的缝隙里照射进来。

“原来是个梦呀。梦到了魔法师，有什么说法吗？”

他正想起床，却觉得自己手里好像正攥着一根硬硬的东西。他一看，原来正是梦里魔法师交给他的那根拐杖。

“难道……那个梦，竟然是真的？”

仍疑心重重的徹又认真地盯着拐杖看了一会儿。虽然没有任何依据，但徹知道那个梦和魔法是真的了。

“这的确是真的！魔法能够让我随心所愿！竟然真有这样的事啊！”

徹兴奋得满脸通红。

他立刻想起了瑞希。一想到瑞希会喜欢上自己，他和瑞希也许能够结缘，顿时感到特别幸福。

于是，他毫不犹豫地就要喊瑞希的名字。

可这时，他的脑海里突然冒出了魔法师的一句话：

只能用一次！

“等等……如果能让任何人都喜欢上自己的话，那么即便不是瑞希也可以吗？比如演员，如果把目光投向海外的话，说不定好莱坞的那些名演员也可以吧？”

想到这儿，瑞希的身影顿时从徹的脑海里消失了。

“也许现在我还不知道那个人在哪儿，但说不定今后会有更好的女性出现。现在就使用魔法太早了，机会只有一次，所以得慎重使用。”

从这天起，徹便不再和瑞希放学后一起走了。对瑞希，他虽然心存内疚，可是一想到“我随时都能跟比瑞希更美的女性交往”，说实在的徹对瑞希的感觉便渐渐变得冷淡，与她疏远了。现在，他优先考虑的是要认识更多的女性。

高中毕业后，徹考上了东京的大学。在大学校园里，有许多以前从未见过的漂亮女生。

“幸亏我留着魔法没用。”徹想。

之后的大学四年，他有过几次想要使用魔法的时候，但最终还是没用。因为他想：“说不定还会遇到更好的女孩。”

大学毕业后，他在一家大企业就职。公司又有许多和大学时不一样的漂亮女孩。

因为工作关系去拜访客户时，他又遇上了更漂亮的女孩。打开电视，里面有很多离自己的现实生活很远的女性，徹拥有着能够和她们中间的任何一个人结婚的权力。

徹有好几次都把魔杖拿在了手里，但每次一想到“不行，说不定还会有更好的女孩呢”，便无法喊出女孩的名字。

就这样，徹的年龄慢慢大了，过了四十岁依然没有结婚。

正在这时，高中时的同学们要举办同学聚会。

同学聚会那天，瑞希也来了。两个人几乎有

二十年没见了。

瑞希早就结婚了，现在已经是两个孩子的妈妈。和特别显老的徹相比，瑞希显得特别年轻。

当徹告诉瑞希自己还是单身时，瑞希的表情有些吃惊。

“啊？你没用那根魔杖啊？”

突然从瑞希嘴里蹦出来的词，让徹吓了一跳。

“魔杖？”

“是呀，那根魔杖啊。为什么你没为我使用魔法？”

徹更加吃惊。

“你不是有一根魔杖吗？可以让你随心所欲的魔杖。”

“你怎么知道的？”

“那是我拜托魔法师，让她交给你的呀。”

“是你？……你为什么要那样做？”

这时，瑞希低下了头，她的眼里有着悲伤。

“……我想用魔法，和你成为一对恋人呀。”

“啊？这到底是怎么回事？”

“徹君是害怕被我拒绝，才不敢向我告白的，对吧？所以，我想用我的暗示——‘我喜欢徹君’来让你拥有自信。”

“的确，那个时候，我记得瑞希好像曾向我传达过好感。可是，我却没有勇气告白。”

“本来，也许我那时向你告白就好了，可我觉得告白这事，还是应该由男孩子先说。我确信自己绝对是喜欢徹君的，所以希望徹君能向我告白……不过，现在你可千万别再为我使用魔杖了啊。因为我已经有了深爱的丈夫和孩子。”

徹除了呆呆地看着瑞希，再也说不出一句话。

那悲哀的表情，和他那天没能向瑞希告白、坐上电车后，瑞希目送自己时的表情重叠在了一起。

（文 / 桃户晴）

旅伴

男孩一边开着车，一边不断把目光投向副驾驶座。坐在那里的女同伴兴致特别好。

“太漂亮了！谢谢！”

“你能喜欢，真是太好了！”

俩人亲密地说笑着，突然“咣当”一声，他们的屁股被重重地颠了一下，方向盘一下子失去了控制，车子开始像蛇一样扭来扭去，男孩的脸上露出“糟了”的表情。他用尽力气，终于把住了方向盘，在暮色中把车子停靠在了山路的路边上。他从驾驶座下来，俯下身去一看，果然应验了刚才不好的预感——左前轮爆胎了。

“这种时候发生这样的事，简直难以置信！”

突然，女孩歇斯底里地大声喊道。

男孩掏出手机想要报警，可在这偏僻的大山里根本没有信号。

“这……我们只能步行走到有信号的地方了。”

男孩低声说，女孩更加别扭起来，可实际上也没有其他办法。于是，他们一人背着一个沉重的登山包，沿着薄暮笼罩的山路向山下走去。

大山里，夜色很快降临，走着走着，他们发现太阳已经完全落山了，夜幕下的大山里只剩下了他们两个人。只听不知什么东西发出了“嘎、嘎”的叫声，在山里回响着，女孩不由得向男孩那边靠近了一些。

“我已经受不了了！哎，还没有信号吗？”

“嗯，还没……”

“烦死了！为什么你总是在这种关键时刻掉链子呢？我已经走不动了。”

没完没了地发泄着不满的女孩，把背包往路边一扔，一屁股坐在地上。男孩知道这个时候的女孩就是九头牛也拉不动，他抱着头束手无策。

正在这时，一束光线照了过来。是一束穿过大山的夜幕远远照射过来的白光，而且这束白光离他们越来越近，同时还传来汽车发动机的声音。

“超级幸运！搭他们的车吧。”

“啊？可能不行吧？”

刚才九头牛都拉不动的女孩，没搭理男孩，一下子轻快地站了起来，直接冲到路中央，把手机的液晶显示屏当作手电筒在手里晃着。只见，那辆车越来越近，车速越来越慢，终于在女孩面前停住了，是一辆小面包车。女孩走过去，来到驾驶室前。司机把车窗降下探出头来，是一个很壮实、满脸大胡子的男人。

“这个时候在这儿，你们怎么了？”

“我们的车胎爆了，如果能把我们拉回市里，就太感谢了。”

听到司机面无表情发出的问话，女孩儿双手合十地请求道。这样求别人是不是太轻佻了？女孩感觉到了身后男孩想要深深地叹一口气。

“哎，怎么了？”

正在这时，从车里传来了一个女人的声音，男孩仔细看去，这辆车一共有三排座位，只见在第二排座位上，坐着一位中年妇女，她身旁还坐着一个十岁左右的小男孩。如果说是父母带着孩子，感觉年龄差得有些大。车里的中年女人看着面带狐疑的男孩，目光像锥子一样锐利。她的手臂简直像束缚着小男孩儿似的，紧紧地搂着他那单薄的肩膀。小男孩乖乖地一声不吭。

“老公，咱们如果不快点儿走……”

中年女人催促道。声音里一半是不高兴，一半是焦躁。

男司机挥着手说：“知道了，知道了。”

他挥着的那只手顺势向后排的座位一指，说：

“那就坐到后面去吧。如果是到市里的话，就送送吧。”

“太好了！谢谢！”

女孩高兴得声音都变了，一下子在原地跳了起来。

“老公……”

中年女人有些责备男司机似的低声嘟囔着，女孩儿仿佛没听到似的。

“唉，算了。不是说‘旅途要有伴儿’嘛。那什么，看到人有困难的时候，无论如何也……算了，别客气，上车吧。”

最后这句话是中年女人为了缓解刚才的紧张气氛，冲着不知所措的男司机说的。男司机那大胡子掩盖的脸上露出了笑容。他再一次指了指后排座位，而女孩儿早已把车门打开，一副准备上车的样子。

虽然男孩觉得很不好意思，但也没办法，便决定到了市里就马上下车。于是，他也跟在女孩后面上了车。

驾驶座上是大胡子男人，第二排座位上是中年女人和那个像是她儿子的小男孩。男孩和女孩并肩坐在了第三排座位上。另外，在前排的副驾驶座上放着一个巨大的保温箱。

面包车发动机响起的巨大轰鸣盖住了车内收音机的播放声，车子在深夜的山路上行驶。也许是终于安下心来，女孩儿伸出快要够到车顶的手臂，挽住了前排座位的椅背。

“对不起，打搅你们了。喂，小家伙，你叫什么名字呀？”

嘴巴上道着歉，女孩儿的兴趣又转到了小男孩的身上。不过，小男孩没有回答，他表情沉郁地咬着嘴唇，一直低着头。在光线昏暗的车里虽然看不太清楚，但隐约能够看到小男孩的脸色有些苍白。也许小男孩感觉到了车里的气氛，怕被骂吧。

小男孩好像一点儿精神也没有，他那纤细的手腕被旁边表情严厉的中年女人紧紧地抓在手里。那种“不许说话”的气氛，让小男孩吓得一句话也不敢说。女孩儿很不在乎地只是一味地想要套出小男孩的话。男孩儿提心吊胆地担心她是不是话太多了，会不会惹得中年女人不高兴？

收音机里正在播放的政治新闻，变成了今天白天发生的银行抢劫案。不过，不久就被轻松的音乐替换了。

车内一片沉寂。

这时，轻松欢快的音乐显然很不合时宜，男孩儿终于听不下去了，便勉强找着话题。

“嗯……那个，副驾驶座上放着一个大大的保温箱，是不是你们一家去郊游了？”

“嗯？哦，是啊。”

男司机的眼光向大保温箱扫了一眼，点头道。

“这里有个不为人知的好地方呢。在令人心情舒畅的大自然，可以自由垂钓、狩猎。”

“狩猎？”

“有野兔，杀了烤着吃，很好吃啊！”

大胡子的脸上，浮现出机敏的笑容。这时，女人也好像注意到了似的，她的视线从小男孩身上移到了司机这边，好像要再看清楚一些，眨了好几次眼睛。

和眼前的氛围不相称的音乐终于停了，收音机里传出了“插播新闻”的声音，说是傍晚有个两人团伙拐骗了一个男孩，带着赎金逃走了。

男孩儿心想：拐骗事件能在新闻里播出，可见是孩子的家人报了警。这种时候，犯人一般都会说“不许报警”的，那么逆着犯人的意思选择报警显然会有很大的风险吧。

如果被拐骗的男孩没事的话就好了。男孩儿正想着的时候，突然一根粗大的手指把收音机的按钮给按下去了，正播了一半的“插播新闻”戛然而止，车子里只剩下发动机的声音。

“哎呀，这种负面新闻真多啊！”

男司机把收音机关了以后，再次用双手慢慢地握住了方向盘，小声嘟囔道。

“这社会越来越乱了，有孩子的父母得多提心吊胆啊！你们俩有孩子吗？”

“嗯，没有……”

“我们的情况不一样。”

男孩儿的话还没说完，女孩儿就抢着回答说。

“是吗？”男司机有些意外地低声嘟囔着，冲着后排座位微微笑了笑。

“可是，肯定喜欢孩子吧？看你对我家孩子的态度就知道了。我们夫妻也很喜欢小孩儿，可却一直要不上。”

“老公……”中年女人又一次用责备的语气插

话，但男司机依然继续说道：

“没关系吧。唉，就这样，我们一直没有孩子，所以看到别人家的孩子，我和妻子都特别羡慕，这么多年来，我们一直梦想着能有个孩子……现在这个梦终于实现了。我们今天还在说呢，今后这个孩子就是我们家的宝贝，我们得多给将来留下些美好回忆。对吧？”

后视镜里映照着司机的眼睛，他注视着第二排座位上的小男孩。可是，小男孩依然低着头蜷缩在那里，他的肩膀被中年女人的手臂搂得更紧了。

男孩子有一种说不出的异样感觉，他的胳膊被旁边的女孩儿捅了一下。

“哎……说不定我们误入了一个危险的境地？”

看着女孩儿少有的紧张表情，男孩儿有一种不祥的预感。女孩儿又把嘴巴凑近男孩儿的耳边悄声说道：

“刚才那个男司机说的话有些奇怪……”

“奇怪？”

“说生不了孩子，一直想要……终于得到了。

那个，从我们刚才一上车，那个小男孩的样子就很奇怪。”

女孩儿的眼睛偷瞄了一眼第二排座位，她的目光飞快捕捉到那个脸色一直不好的小男孩的身影。

“我觉得……刚才收音机里说的拐骗犯，会不会是这两个人啊？”

男孩儿吃惊地瞪大眼睛，女孩儿更加小声地贴近男孩儿说：

“刚才收音机里播放新闻时，那个司机不是把收音机给关了吗？好像是不想让我们听到似的。那个孩子也有点儿奇怪，不过，如果是因为被拐骗或威胁，倒是能解释得通。还有，那个大保温箱里，会不会是从孩子父母那儿抢来的赎金啊？”

女孩儿说着，语气变得越来越紧张。男孩儿也不知不觉地从喉咙里发出了“咕噜”一声咽唾沫的声音。

“可是，如果是那样的话，他们不会让我们上车吧？”

“收音机里不是说了嘛，犯人是两个人。那么，让我们坐上来，车里就是五个人了，可以假装是一起的，这样就容易混过检查盘问了呀。”

平时看着很不着调的女孩儿，偏偏在这个时候脑子转得快。男孩儿心情复杂地注视着她，不但不佩服她的敏锐，反倒希望她别注意这些可怕的可能性就好了，心里竟没来由地对她生出一种怨恨。

“可，可是……”

男孩儿正要做没有任何根据的辩解，可刚要张开发干的嘴唇，就听到：

“从刚才起，你们就好像一直在嘀嘀咕咕？”

话音是从驾驶座那里传来的，响亮的声音让男孩儿和女孩儿吓得肩膀哆嗦了一下。

“在我的车里，请尽量别说悄悄话啊。”

“啊，对、对不起。”

男孩儿本能地道着歉，可话音刚落，也许是山路不平使车轮失去了控制，只觉得整个车身上下剧烈地颠簸起来。男孩儿和女孩儿的身体一下子撞到了一起，就在这时，两个人的屁股下面突然“咣当”响了 声，声音很大。

“呀！”女人不由得叫了一声，司机通过后视镜看着这一切，脸上浮现出了淡淡的微笑。

“对不起，让你们受惊了。座位底下的收纳箱里放着一把斧子。”

“斧、斧子？”

“嗯，野营的时候用来劈个柴呀什么的。”

这时，男孩儿和女孩儿的脑海里浮现出烤野兔的画面。

刚才司机笑着说抓住野兔后，杀了吃掉。杀野兔时，用斧子不会不顺手吗？这个男人如果手里拿着把斧子的话，除了劈柴以外，那个“什么的”是指做什么呢？

这样下去可不行。

男孩儿和女孩儿的想法，虽然两人都没有说出口，但是心有灵犀。

当女孩儿说要坐这辆车时，有些慎重的男孩儿曾经是反对的。而且本来他就觉得坐别人的车不合适，更别说是不认识的人的车了，因为不知道会发生什么，可是现在再说什么也毫无意义了。既然已经上了车，而且既然已经知道了，那么他们觉得现在最应该考虑的不是自身的安全，而是小男孩的人身安全。

突然，男司机不由得轻声“啊”了一声，虽然声音很小，但对于现在神经高度敏感的男孩儿和女孩儿来说，就好像在耳边轻声耳语似的，听得一清二楚。

“哎，我可以在那里停一下车吗？得让孩子休息一下。”

司机指着前面说道。车子在男孩儿和女孩儿没有留意的时候，已经从山上下来了，现在已经来到了进城的入口处了。司机用手指着一个家庭餐馆，对于刚刚从黑乎乎的山上下来的男孩儿和女孩儿来说，那里闪烁的灯光，亮得有些刺眼。

那也可以称为“希望之光”。

“啊，那么，我们去吃点儿什么吧，到这个点了，我们还没吃过东西呢。”

“嗯，就是啊，去吃点儿什么吧。啊，大家也一起去怎么样？”

说着，男孩儿和女孩儿很担心被怀疑是故意的，紧张得出了一身冷汗。

不过，司机却好像一点儿也没注意他们出没出冷汗。

“啊……也可以吧。你说呢？晚饭就在那儿吃吧？”

司机问的是那个中年女人。她依然搂着小男孩的肩，稍微想了想，叹着气轻声嘟囔着：

“好吧。”

男孩儿和女孩儿悄悄地牵住了手。

司机驾轻就熟地转着方向盘把车停进了停车位。家庭餐馆里人不太多，他们五个人一进去就被领到了包厢的座位那儿。一坐下，男孩儿做的第一件事就是拿出手机来看有没有信号。果然如他所愿，已经有信号了。这样就没事了，事情很快就能得到解决。

“那么请稍等一下。”

男孩儿看着服务员记下五个人点的饭菜，裙摆飘飘地转身离去，便转过脸对着女孩儿说：

“那我去打个电话，就说咱们吃完饭就回去，好吗？”

男孩儿问的这句“好吗”的意思，女孩儿心知肚明。

女孩儿闭着眼睛，好像考虑了一会儿，也许是下定决心了吧，只见她表情紧张地点了点头。男孩儿看到便站了起来，小声跟司机说了声：“对不起……”打算离席一下。司机好脾气地笑着比画道：“请，请。”男孩儿在司机那真诚的笑容里离开了餐厅，来到了外面。手机显示的信号很强。这样的话，自己的声音应该能清晰地传递给对方吧。男孩儿这辈子第一次下了这么大的决心，要打这个电话。

男孩儿做了一个深呼吸，然后开始拨号。

“……喂，是警察局吗？”

※

“哪里，哪里。谢谢您的协助。”

满面笑容的刑警说道，而男司机则有些不知所措地苦笑着回应道：

“哪里……哪里谈得上协助，我什么也没……反倒是，我都不知道这究竟是怎么回事。”

男司机用粗大的手指挠着脸颊，他身旁的中年妇女也是一副不知道该说什么才好的样子。

“真没想到，竟然把我们当成了拐骗犯报了警。”

大胡子的脸上依然浮现着一副难以置信的表情，看着男孩儿，轻声嘟囔着。

大胡子司机的视线所及的地方，停着辆警车。警车后座上有两个年轻的男女，他们脸上挂着有气无力的讪笑坐在那里。

刑警看了看那一对男女，又看了看大胡子司机，脸上恢复了严肃的表情说：

“虽然是这样，但能够抓到犯人，是因为你们让犯人坐上了你们的车。登山包里的那一大包宝石，也被顺利地没收了。的确，我们还是第一次遇到这样的事情……”

刑警一边说着，一边握着中年妇女的手转向那个小男孩，为了使自己的视线和小男孩的视线平行，刑警弯下腰问道：

“小家伙，晕车好点儿了吗？”

“嗯。”

“警察来之前他在餐厅休息了一下，好像好多了。车子在山里行驶的时候，他的脸色苍白，一直没有说话，真让人担心。”

听了中年妇女的话，刑警差点儿又说：“幸亏……”他使劲儿点了点头。直起身来，冲着这一家三口轻轻地敬了个礼。

“那么我们负责把这两个银行抢劫犯带走了。关于另外两个拐骗犯，刚才我们接到了无线电报，收音机里说的那两个抢了赎金逃走的拐骗犯也在我们设置的关卡被抓住了。今天是连续快速破案的日子啊！”

他满意地独自大笑着坐上了警车。

警车里，男孩儿对女孩儿说：

“真是对不起啊，事情变成这样……”

一瞬间，女孩儿眼里含着怒气瞪了男孩儿一眼，不过很快就自嘲地笑着，一边轻轻叹着气一边说道：

“笨蛋，说什么‘对不起’呀，仓促做出错误判断的也有我呀。虽然我们被抓住了，但比起我们看着孩子在眼前被拐骗走要好多了，不是吗？”

随着女孩儿的嗫嚅声，警车闪着红色的警灯驶离了餐厅。

男孩儿、女孩儿、司机、中年妇女和那个小男孩，听着这声音，心情仿佛是在听电影里最后滚动字幕的背景音乐一样。

（文／橘翼）

无情的旅客

那天晚上，我经营的酒吧来了一位旅客。之所以说他是旅客，是因为他拎着一个虽小巧却很有年代感的旅行箱，我一眼就看出来了。

他说的英语带着口音，是一位拉丁民族的中年男人，手腕上戴着一块款式少见的很大的手表。

他坐在吧台前，要了一杯波旁威士忌。店里，除了他再没有其他客人。当他知道我会说英语时，便开始跟我聊起他在旅行中的见闻。他在那些我连听都没听说过的国家和地区看到或吃过的东西、那里的人们生活的场景，聊的都是些很有意思的事。

他聊得忘了时间，我也听得入了迷。

不知不觉中，外面的天空微微有些亮了，于是我开始做闭店的准备。这时，他轻声嘟囔了这样一句话：

“我走遍了世界上很多国家，可没有比这个国家的人更冷漠的了。”

没有比这个国家的人更冷漠的了……

迄今为止，在游历过的所有地方里，我都没见过这么无情的国家。这个国家简直太不像话了。

昨晚，我走在繁华的商业街上，正想走进一家餐厅吃饭。只见门厅附近有一个男人脸朝下倒在了地上。衣服有些脏，头发乱蓬蓬的，身上散发着臭味。可能是流浪汉吧，流浪汉在世界各个城市里都有，所以，有流浪汉这件事本身并没有让我感到意外。

不过，让我感到吃惊的是，那个男人就那样摔倒在地上，一副痛苦的样子，却没有一个人去救他。

来来往往的人，进出餐厅的客人，人们都能看到那个人，可谁也没有在意他。

现在正是冬天，被刺骨的寒风吹着，他的体温肯定在渐渐流失，显然生命已经到了生死的边缘，如果不及时救助，他肯定会这样死掉。

这一点估计谁都明白，可是这个国家的人们对那个倒在地上的男人完全视而不见。我愕然了。

我在餐厅有预约，所以没办法我才只好走进了餐厅。那是代表着这个国家，不，是代表着这个时代的著名餐厅，我早就向往已久。

那里的料理的确好吃，服务也非常好。可是一想到外面倒在地上的那个男人，我就无法真正开心地享用美食。

而且，显然餐厅里的其他客人进餐厅时也应该看到了那个倒在地上的男人，可每个人都那么开心地吃着、喝着、聊着。我有些扫兴。

在餐厅里待了两个小时左右吧。

付完钱，穿上大衣，服务员跟我道了“晚安”，帮我打开了餐厅大门。然后，我再一次被我看到的光景震惊了。

门外，那个男人还躺在那里。

两小时里，看着这个快要死了的人，竟然没有一个人去救助他！简直难以置信！餐厅服务员也视而不见地沉默着关上了门。

这个国家，真是个无情的国家啊！

他说完这句话，眼睛盯着手里的玻璃杯看了一会儿，然后，好像心情重新恢复过来似的，一口把剩下的波旁威士忌喝干了。

“那，晚安。”

说着他站起身来，把酒钱放在桌子上正要走。

我总觉得有什么话要说，虽然可能对这位客人会有些失礼，但总觉得不说不行。

“这位先生……”

“嗯？”他转过身来。

“这个国家的确如您所说的那样，也许有些冷漠，表面上到处都洋溢着亲切，但也有对肮脏的东西视而不见的伪善的一面。可是，您不是也没有帮助那个流浪汉吗？您不是也很冷漠吗？这样的您，有什么资格对这个国家说三道四？”

这时，他的表情有一瞬间显得有些恼火，但很快就显出一副镇静的样子，表情沉静地说：

“对不起，店长。我并不想说这个国家的坏话，我这个人、我刚才说过的话，还有我现在要说的话，请你全部忘记。其实，我是时间旅行者，而时间旅行者的规则是不能干预过去的。如果我救助了某个人，那个人的命运本来是死亡而没死的话，那么历史就有可能发生改变。”

（文 / 桃户晴）

神对应

"那个女孩儿，不适合从事待客服务行业，让她辞去这份工作，也是为她好……"

在郊区的一个家庭餐馆，时间已经过了晚上十点。店长青木一边看着餐馆大门外国道上车流的灯河，一边轻声地自言自语道。

青木说的那个女孩儿——一个大块头的姑娘，现在正站在收款机后面，躬着身体点头哈腰地向一个身材娇小的女人道歉。

"对不起。对、对……"

学生打工妹高平育美，正在那儿一边哭着，一边道歉。而两手叉腰正在训斥育美的，是餐厅服务生主管吉川纯子。

“育美！得教你多少遍，你才能记住？我不是告诉过你吗？给了客人发票，就不能给小票！”

“对不起。对不起。”高平育美一边说着，一边“哧溜、哧溜”地吸溜着鼻涕。不知是哭泣还是鼻炎的缘故，连鼻涕也和着眼泪流了出来。

“脏死了！我不是说过吗？你是待客服务生，所以，如果有病就去医院好好把病治好！”

一直静静地在旁边看着的青木终于决定：

“虽然可怜，但还是让高平辞职吧。”

三个月前，青木面试育美的时候，他就清楚地预见了即便是录用了她，也会落得像今天这样的下场。当时虽然是很短暂的面试，但也能充分感觉到育美的愚钝，通常这样的人是不会被录用的。

可是，店里的临时工们都不喜欢上夜班，为了填补这个空缺，不得不录用她。

果然如他预见的那样，正式开始工作以后，育美做事笨拙，抓不到要领，工作总也记不住。她本来是端盘子的服务生，可大多时候是手忙脚乱地白忙活，加上她的块头很大，就更显得笨拙。

眼下，她正在引导来店里的客人落座，却没留意过道上正在通过的其他客人，结果她那宽大的后背一下子撞飞了客人，她赶紧跟客人道歉。

说实话，没想到她竟然如此不能胜任这份工作，而且眼下这么笨手笨脚的，也会影响餐厅其他工作人员的干劲呀。

正在考虑这些问题的时候，青木的视线无意识地转向了餐厅大门口，他想看看那里还有多少光临的客人。突然，青木那端庄的面孔瞬间变了形。

一个五十多岁体格健壮的男人，用身体粗暴地把门撞开，闯了进来。他满脸通红，像喝醉了一样，脸上的表情好像在寻找什么猎物。说实话，这是青木最不擅长应对的一类客人。作为待客行家，青木为了不给对方留下任何“找碴儿”的借口，他一边谦恭地行礼打招呼，一边手心朝上向店里引导着客人说：

“欢迎光临，请随便坐。”

男人大大咧咧地叉开双腿，四仰八叉地仰靠在座位上。

“客人就是上帝，上帝来喽！赶快过来，点——菜！”

“您好，请问您要点些什么？”

作为老服务生的吉川纯子立刻过来接待。吉川做事麻利，这给青木一种可以信赖的感觉。

“交给她去做，大概没事吧。”

青木的紧张感稍稍放松了一些。

“这位先生，您想好要点什么了吗？”

吉川手里拿着点菜机冷静地应对着。

“我吧，喜欢蛋包饭，上面浇上红红的番茄酱，多多地浇上些，给我端过来。”

“这位先生，我们店的蛋包饭，浇汁不是用番茄酱，而是用多蜜酱，您看可以吗？”

“什么？多什么酱？你是把我当傻瓜骗吗？！麻利地给我浇上番茄酱，端过来！”

“对不起，那么，我们就为您浇番茄汁了。”

“什么？你这不是可以做吗？为什么却不给我

做？你这个臭娘们儿，竟在这儿胡说八道。客人是上帝！你竟然敢跟上帝抱怨？!”

店里的客人们表现出对男人大声吼叫的不满。

青木不好的预感果然应验了。

得赶快想办法……

青木的脑子里回忆着工作指南里写的每一项规则，这时手足无措的吉川向青木投来求救的目光。也不能只照顾客人的感受，因为万一应对不得当，就会失去员工们的信赖。

男人的蛮横越来越过分。

“妈的，客人不是上帝吗？为啥上帝的话你们竟然不听？”

“咚”的一声，他把两只脚搁到了餐桌上。

“……”

连习惯了应对刁蛮客人的吉川也束手无策了，店内的气氛顿时变得格外紧张起来。

青木下了决心，朝着男人的座位走去。

就在这时，他看到育美突然朝着男人走去。接着，他听到育美对男人说：

“喂，这位客人。”

被大块头的育美这么一说，男人有些胆怯。

育美的出现也让吉川吃了一惊。

青木也担心男人正在气头上，育美会火上浇油，心里特别紧张。

“这位客人。”哧溜……

“什、什么？你这个大块头女人！难道你对上帝有什么不满吗？”

男人站了起来，那架势好像马上就要揍她似的，眼睛瞪着育美。

育美慢悠悠地说道：

“上帝……”

“怎么着？”

“这位上帝，实在不好意思，拜托您能不能安静点儿。这样会给别的上帝添麻烦的……”

眼看着男人的脸憋得通红，看上去好像就要暴发了似的，紧张的气氛一触即发。可这时，男人突然人笑起来。

原来他那憋得通红的脸，是一直憋着笑来着。

“姑娘，说得不错嘛。你这么一说，我只能道歉喽。”

无论是客人，还是店员，餐厅里所有的人都大笑了起来。青木，也笑了。

对上帝的精彩应对！

之后，男人吃完了浇了番茄酱的蛋包饭，而且好像吃得很香。吃完饭道了谢，他很开心地走了。

餐厅的大门关上的那一刻，吉川绷紧的那根弦一下子放松了下来，她的眼里不由得流下了眼泪。

“高平君，谢谢你。今天多亏了你。”

身材小巧的吉川，带着哭腔，不断给大块头的育美鞠着躬。

青木这时也想和吉川一起给育美鞠一躬。今天这段小插曲，使青木开始对育美刮目相看——育美并不是愚笨，只是比较温和敦厚罢了。

回想起来，迄今为止育美从来没有说过抱怨或不满的话，更没见过她说别人的坏话。平和善良，正是这样的人，才配称得上“人品好”吧。

那天晚上，育美的工作结束时，青木对她说道：

“高平君，你是我们店不可或缺的人，今后也拜托了。”

育美慢慢悠悠地回答道：

“好的，请多多关照！”

（文 / 冈野钦哉）

公正的庭长

因为被 B 公司侵犯了专利权，A 公司把 B 公司告上了法庭。A 公司控告的理由是，他们公司将在下个世纪承担医疗现场工作的最新型的机器人技术，未经许可被 B 公司使用了。B 公司却说："不，这是我们公司开发的技术。A 公司的技术，我们根本没有做什么参考。"当场给予否认了。

就这样，双方谁也不肯让步，一直闹到了法庭上。

"如果这次官司打输了，我们公司就完了。能不能想想办法？"

A 公司的高层领导缠着律师不断拜托着，于是律师开口说了句："这是秘密手段……"然后小声向公司高层提议：

“其实，审理这个案子的庭长，有一个关于他的负面传言，那就是如果给他合适金额的钱，他就会做出对付钱一方有利的裁决。”

“这，就是说……要收买庭长吗？”

律师虽然没有点头称是，但他那紧抿的嘴唇已经说明了刚才的话的真实性。

于是，A 公司为了赢得这场官司，决定贿赂庭长。他们把 100 万美元的现金寄到了那个有着负面传言的庭长家。马上就到圣诞节了，他们用红绿两色的包装纸把 100 万美元包好，再扎上金色的缎带，无论从哪个角度看，都是一份能够带来幸福的圣诞礼物。

这份圣诞礼物到底会不会被接受呢？A 公司的高层在不安中一天天等待着。突然有一天，那位庭长给 A 公司打来了电话，说“请马上来一下”，公司高层不知道自己将面临怎样的命运，战战兢兢地来到了庭长指定的地方。

“有人给我们家寄来了这样的东西。”面对来到自己面前的A公司高层，庭长说道。

他抱过来一个箱子。

“想得真周全啊！”

平静的声音里带着一丝气愤。话音刚落，庭长把一团东西扔到了桌子上。那是张皱皱巴巴的红绿两色包装纸和一条被剪断的金色缎带。

庭长瞪着已经吓得缩成一团的A公司高层，说：

“我知道有关于我的负面传言。不过，我是个公正的法官，不会因为接受这些东西就关照谁。”

说着，他的手敲了敲已经拆了包装纸和缎带的箱子。公司高层领导好像被责罚似的，齐齐低下了头，表示道歉。

“如果你们也都是搞技术的，那就应该靠你们自己公司的技术去跟对手竞争，不是吗？如果有搞这些‘暗箱操作’的时间和金钱的话，用在技术开发上多好！这个案件，如果你们有自信，觉得那个技术是你们自己的，就不需要搞这些小花招了吧？把这些拿着，走吧。”

庭长带着一副“再说什么也没用”的表情，把桌子上放着的箱子往公司高层面前推了推。受到羞辱的公司高层，带着屈辱的表情，伸手去拿箱子。

突然，拿起箱子的那个人，眉头一下子皱在了一起。他是亲自把这个箱子寄到庭长家里去的那个策划人。这个箱子，他当时寄出时拎着的重量和现在拎着的重量明显不一样。

“好轻。”

男人轻声嘟囔了一声，把箱子又放回桌上，当着庭长的面打开了箱子。他往箱子里面看了看，眉间的皱纹更深了。

100 万美元——10 万美元一捆，一共捆了 10 捆寄出去的，可现在里面却只有两捆了。

“这到底是怎么回事？”

这次，轮到 A 公司高层阴沉着声音质问庭长了。

“我们寄给你的应该是 100 万美元，可现在这里却只有 20 万美元。你把那 80 万美元私吞了，对吧？”

公司高层们锐利的目光一齐射向了庭长。可被逼问的庭长连发怵的样子也没有，甚至脸上还浮现出了笑意。他说：

“实际上，你们这些东西寄到家后不久，B 公司也寄来了一个小包裹，打开一看，里面有 80 万美元。所以我把你们这 20 万美元还给你们。这样我从你们双方那儿拿到的钱就都是 80 万美元了，条件相同。这样的话，我就能够做出公正的判决了。”

（文 / 桃户晴　橘翼）

八仙花盛开的窗外

他是从何时起，常来到窗外的？我已经记不得了。对于不能出门的我来说，这个家客厅里的大飘窗就是我的全部世界。无论是晴天还是雨天；无论是彩蝶扇动着美丽翅膀的夏日，还是雪花飞扬飘舞的冬季。这个世界上四季变化的所有景致，我都是通过这扇窗子与其相遇的。

从不觉得寂寞或悲伤，这就是我与生俱来的命运。再说，一天又一天透过窗子追逐窗外渐渐转换的景色，实在是一件非常开心的事情。

“那只是因为你根本不知道外面的世界有多精彩。”

他打断我的思绪说道。

一天眺望好几次窗外的世界已经成了我的习惯。可是，有一天，他突然出现了。虽然我的朋友不多，但初次相遇时，他还是给我留下了“初次见面，怎么这么没有礼貌”的印象。

“你真是不幸啊！”

这就是他对我说的第一句话。

“依我看，不管有什么理由，不得不被关在这样一个地方，这简直悲惨得令人毛骨悚然。”

他隔着窗子投射过来的目光比我认识的任何人都犀利。不过，本来我认识的人也不多，除了我的主人，就是隔壁的笹木夫妇，以及他们的养子龙之介。

“好老气的名字。”

当我提到龙之介的时候，他耸着鼻子哧哧笑着说。

主人告诉过我，龙之介的名字是从很早以前写小说的一个作家的名字中来的。我的主人特别喜欢看小说，他还给我讲了很多故事，不久我也很快就喜欢上了小说。因为有小说，所以我即便不出门，也觉得自己能知道这个大千世界的一切。

“到外面去走走看看绝对比读小说有意思多了。”

紧接着，他在窗外叹了口气，挑逗般地眯起了眼睛。

“偶尔，抛下你的主人，到外面看看多好。”

这话真是充满了诱惑，可是，虽然心里被引诱得发痒，我却清楚地知道自己是绝对做不出那种惊世骇俗的事来的。

“唉！”他又叹了口气。正当我觉得他那挑逗的目光有些黯淡时，转瞬间，从他的眼里流露出一道淡淡的孤寂的目光。

“那，你就打算一直待在那儿喽。”

那样子好像一个闹情绪的孩子。本来我俩年龄都不小了，不过，好像他的确比我小一点儿，所以有些孩子气也是没办法。

他留下一句“随你便吧”，便转身拨开那些仿佛是被一口气吹得变了颜色的八仙花走了。看着他那拱起的背影，我突然意识到自己连他住哪儿都还不知道。

他是在哪儿出生的？每次都是从哪儿来的？虽然我觉得可以问问他，可马上又意识到不能外出的自己即使问了也不能去找他。而且，他甚至连触碰我都不可能。“随你便吧”，他孤寂地扔下这句话后转身离去的背影，我甚至连伸手去够都不能。

即便我对他和主人怀着不同意义的珍惜之情。

我让他失望了，我觉得对我失望的他肯定不会再来了吧。可是，三天后，当八仙花的颜色又变得深了些时，他穿过八仙花的花丛，冒着豆大的雨滴又来了。

“还以为你不来了呢。”

“虽然知道来了也是白来，可没办法还是来了。”

在我的视线稍稍往下的地方，他笑了，鼻尖仿佛要碰到玻璃窗。唉，我觉得这个距离很像——罗密欧与朱丽叶。

“怎么？又是你知道的故事？”

“是的，一个男孩子和一个女孩子的悲伤故事。”

他的两只眼睛闪闪发亮。

“可是，和你的主人比，我能让你看到一个更有趣的世界哦。”

我的喉咙有些发紧，如鲠在喉。虽然并没有奔跑，心却感到仿佛揪在一起的痛苦，那是一种特别幸福，却又有些悲伤的感觉。

我很庆幸在我和他之间，有那扇因雨雾而变得模糊的窗子。否则一切都将被看透，那样的话我肯定会受不了的。

既然这么想念，不如索性说了吧。

“八仙花，凋零的时候……”

我听到自己的声音有些发抖，这是冰冷的窗户把声音反射回来的缘故，要不就是不知何时才会停的雨滴的声音在作怪。

“等到窗外那片八仙花完全枯萎凋谢的时候，你再来吧，那时，我跟你一起走。”

他那年轻的眸子闪闪发亮，照射得我不由得缩了缩脖子，希望他没有注意到。还好，这个小小的心愿好像成功地传递过去了。

“好吧。一定啊！我向你保证，一定把你从你现在待的地方带走，带到一个快乐得多的地方。”他说道，表情好像从晨曦里看到了一片晴空似的，说完他就轻快地走了。

我一直目送着他，直到他的身影消失在八仙花尽头。那因他的到来而轻轻摇曳的八仙花的景象，再也不会有了。那隐约映照着我面庞的玻璃窗上，也不会为我留下他的一丝痕迹。

从现在这一瞬间开始，我将毫无疑问地把他的面庞一点点地遗忘。

就在这时，我听到了背后传来的古老地板“吱吱嘎嘎”的响声。我的身体开始颤抖，但接下来听到的叹息声，却有一种温馨感，让我安心。

“啊，果然在这儿啊。”

半掩着的门被人推开，我的主人进来了。他直接走到窗边来，两手轻轻地摸了摸我的脸颊。

“笹木先生和龙之介君来玩儿了，你也来吧？”

我点点头，把脸贴在主人的手掌心。虽然无法用语言表达，但我知道主人脸上刻进每一道皱纹里的笑容，绝不是装出来的。

我跟在主人后面来到了客厅，只见和主人年龄相仿的笹木夫妇正坐在沙发上喝着茶，他们旁边端坐着的龙之介看到我来了便抬起头来。我一边冲着他点头示意，一边走近了沙发。

“你好，龙先生。”

“你好，一切都好吧？”龙之介说道，低沉的声音让人联想到钢琴的低音。

“你的主人好像也一切如旧啊。刚才大家称赞你们家的八仙花养得好，他就围绕着八仙花给我讲了个从前的故事。”

啊，为什么？为什么？我的心情是如此苦闷。

这不是我的主人不好，当然我也不怪龙之介，因为他只是听了我主人讲的故事而已。

可是，虽然谁都不怪，他的话却还是让我这么痛苦。龙之介一边喝着茶一边侧目看了一下正开心笑着的主人，然后又把目光移到空中，好像要寻找散落在那里的文字似的。

“很早以前，有个男孩儿爱上了一个女孩儿，他向女孩儿求婚，可是女孩儿并不喜欢那个男孩儿，便说，当八仙花枯萎凋落的时候，她就答应他。男孩儿回去以后，每天都盼着八仙花马上枯萎凋落。可是八仙花，即使干枯了，也不会凋落，可以长期残留在花枝上。当男孩儿看到枯萎难看的八仙花随着时间一天天过去却迟迟不凋落时，他终于意识到他的求婚其实是被女孩儿拒绝了。于是他离开了女孩儿。大概讲的就是这样一个故事。不过，你肯定早就听你主人讲过了，对吧？”

当然，不过我跟故事里的女孩儿不一样，我对不凋落的八仙花的期待是不一样的。

我又想起了那个消失在八仙花丛中的年轻背影，想起了那双再也见不到的快活的眸子，说起来那双眸子的颜色是那种能够和八仙花融为一体的紫色。

已经见不到了，他的双眸，还有那八仙花的紫色花朵。明年当我再看到那些八仙花时，我一定会想起他，一定会伤心地哭泣。

“你怎么了？”

龙有着和他不一样的绿色眼睛，此刻正关心地注视着我。

“龙，我……”

我的声音哽住了，话再也说不出来。我甚至都不知道自己想要说什么。但龙之介好像察觉到了什么似的慢慢地眨了眨眼睛。龙之介用他的鼻头碰了碰我的额头。我顺势坐了下来，两只前爪搭在他的腮帮子上，两只耳朵折起来，再也不想听周围的任何声音。龙之介用他那温暖的舌头轻轻地、温柔地舔着我湿润的眼睛。

看到这一幕，笹木的夫人咻咻笑着轻声说：

“哎呀哎呀，到底是猫的同类，关系那么好。”

“喵”的一声，龙之介很有礼貌地回了一声。于是，主人也眼睛一弯地笑了。

“来，过来。”

对呀，这样才对嘛。我就应该待在最心疼我的主人身边啊。

看到他冲我张开了怀抱，我跳上了主人的膝头。

（文 / 橘翼）

替死

救护车伴着尖利的警笛声，接连三辆冲进了医院。三辆救护车上拉的是——就在三十分钟前还那么幸福的一家三口。

三十分钟前，在一个十字路口发生了一起交通事故。肇事的是一辆跑长途的大货车。远途彻夜开车的司机大概是犯困，不知是开着车打盹儿还是干什么来着。总之他在十字路口闯了红灯，不幸的是正好跟一辆正常行驶的轿车撞在了一起。

在被挤扁的轿车上，坐着一家三口，父亲、母亲和一个刚满五岁的儿子。事故发生后，一家三口都被赶来的急救人员救了出来，分别被抬上了三辆救护车，送进了同一家医院。

通过急救手术，一家三口的命终于保住了。最先醒来的是母亲。她一醒来就问丈夫和孩子的情况，当听说他们都没事时，禁不住流出了眼泪。医生说，父子俩虽然现在还是昏迷状态，但估计不久就会醒来的。不过，医生说完这些以后，脸上的表情突然变得阴郁，带着一丝悲伤。

“不过有一个很不幸的消息……”

实际上，一家人乘坐的轿车上，还有一个生命——他们家的宠物狗“八宝”。一家人，尤其是儿子，特别宠爱这只狗。一家三口的命虽然保住了，但八宝却在这场人为的事故中去世了。

母亲一直在犹豫该如何告诉儿子，因为儿子特别喜欢八宝，他醒来以后肯定会问八宝怎样了。可是，母亲不知道该怎么告诉儿子。也许应该如实告诉他，可五岁的儿子对于“死”能完全理解吗？最好的朋友——爱犬的死，儿子会不会承受不了？母亲一直苦恼着，不知怎么办好。

儿子是在交通事故后的第三天才醒来的。一开始，他好像不明白到底发生了什么似的四处打量着，问母亲：“这儿是哪里？”

“这儿是医院。小勇，你和爸爸妈妈一起去郊游，回来的路上发生了交通事故。”

母亲慢慢地讲给儿子听。如果关于交通事故的事儿子完全记不得了，说不定那样最好。可是八宝死了的事却不能不告诉他，她把这三天来组织好的话都告诉了儿子。她知道年幼的儿子听了之后，肯定会特别悲伤，可他又不得不去经历和跨越这种悲伤，一想到这儿，母亲的眼里就噙满了泪水。

“……所以，小勇就这样得救了。可是，八宝却死了。”

“啊？”

“八宝是为了救小勇，代替小勇去了天国的。”

儿子眨了好几次眼睛，好像是要把耳朵里听到的话慢慢地、慢慢地传送到脑子里去。

“就是说，我们再也见不到了？”

儿子终于轻声说，母亲听了眼泪不禁又流了出来。如果不是这种时候，她一定会为儿子的聪明而感到骄傲的吧。可现在，她只有为他的聪明感到悲伤。

“是啊……再也见不到了。好伤心啊。”

母亲哭着抱紧了儿子。她怕儿子会因为伤心而大哭大叫，或者因为愤怒而大吵大闹。那样的话，她觉得作为母亲，自己有责任劝住孩子。

可是母亲想错了，儿子并没有哭闹。母亲恍惚间好像听到儿子喃喃自语了一声：“是吗？”然后，他从母亲怀里抬起头，说道：

“原来是八宝保护了我呀。”

“是啊，是啊。看到小勇遇到了危险，八宝替小勇承受了下来。小勇能够得救，八宝知道了肯定也会非常高兴的。”

“那么，我得好好珍惜自己的生命才行。”

母亲张着嘴，却说不出任何话来，只能更用力地抱紧儿子。这孩子到底还是聪明，在这种时候，这已经不再是悲伤的聪明，而是让全家人得以解救的聪明了。

这时，病房的门被“咣”的一声撞开了。

“小勇！”伴随着大声的哭喊，进来的是拄着拐杖的父亲。当他听说儿子醒过来了时，拖着骨折的腿就赶了过来。

“爸爸！”

“小勇！小勇……啊，太好了，真是太好了！”

父亲冲向儿子的病床，用整个身体紧紧地抱住了儿子。发生车祸时，虽然是父亲在开车，但奇迹般地只是右腿骨折和几处外伤。可当他听说儿子一直昏迷不醒时，这三天来他觉得自己也好像快死了一般。

“对不起，小勇，都怨爸爸，才成了这样……不过，你能够醒过来，真是太好了……”

“爸爸活着，我也觉得太好了。”

满脸泪水的父亲看着儿子，傻傻地笑了，满是划伤的手捧住儿子的小脸，好像是要确认皮肤的温度似的，一次次地抚摸着。儿子就那样被父亲抚摸着，口齿不清地说道：

“我吓了一跳，因为妈妈说‘爸爸替我去了天国’什么的，我以为爸爸死了呢。”

“啊？”

话噎在嗓子眼儿里没说出来的是母亲。

“不是的，小勇。妈妈没说什么‘爸爸去天国’了呀，代替小勇去天国的是八宝呀。”

听了这些话的小勇，又眨了好几次眼睛。好像要把耳朵听到的话，慢慢地、慢慢地传送到脑子里……接着就听到了好像要把病房的房顶震裂似的叫声。

“你胡说！你胡说！你胡说！你胡说！八宝不能死！八宝不会丢下我一个人走的！”

“小勇，冷静点儿……”

母亲试图抱住大声哭闹的儿子，这才注意到——他那小小的身体里，不知从哪儿生出这么大劲儿，几乎在发狂。

父亲知道现在小勇的状态光靠母亲一个人大概是控制不住的，于是他也伸手想要按住儿子。怕他再这样闹下去，万一身体碰到什么地方受伤了。

“小勇，你听爸爸说。”

可是，儿子使出浑身的力气挣脱了父亲的手。有一条腿骨折的父亲，突然失去了平衡，一下子跌坐在病房的地板上。母亲正要跪下去搀扶起父亲时，就听到儿子大声哭喊着：“为什么？”

同时抬起头来的夫妻俩，就看到儿子那哭得满是泪痕的脸上带着一股憎恨的神情。

“为什么？为什么是八宝死了？为什么替我死的是八宝而不是爸爸 ?!”

这一瞬间，夫妻俩一下子呆住了。听到吵闹声赶过来的医生护士们心情复杂地注视着这一切。

（文 / 桃户晴　橘翼）

世界上最好吃的江米条

那是在东京奥运会刚刚结束后。对，是昭和时代发生的事了。

当时，我还是个小学生，我们一家六口住在一间像极了时代剧里才会出现的那种只有六个榻榻米大的狭长的屋子里。

家里一共兄妹四个，从大到小依次是“铁哉”“金哉”“实哉”和妹妹“银子”。我排行老二，大家都叫我“金宝”。

父亲是个出租车司机，母亲身体不好却特别要强，除了睡觉，一直在外干着一份零工。

母亲的医疗费花费很高，父亲为此借了一大笔债。所以，父亲和母亲都不得不拼命工作，可尽管这样我们家却依然非常贫穷。

因为没有按时交房租，父亲经常被房东骂。

我也常常因为交不上学校的伙食费，而被班主任训斥。

有一天，吉田绫子老师在教室里收同学们的伙食费。收到我这儿，教室里响起了吉田老师的怒吼声。

“金宝！你又忘了！”

“吉田老师，我没忘！我记得的，可是我家没钱。”

“真是岂有此理。金宝，你就是嘴巴会说。”

正在这时，我从教室的窗户那儿看到有一辆出租车疾驰进了校园，然后一个急刹车停了下来。

驾驶座这边的车门打开后，只见父亲从车里走下来。父亲手里捏着纸币，一边扇动着，一边朝着教室的方向飞奔过来。

“金宝，我跟公司预支了些工资，给你带伙食费来了！”

教室的窗子“咣”的一下被打开，他把纸币塞到了我的手里。

“爸爸，谢谢！”

虽然很不好意思，但另一方面，却为自己有这样的父亲感到骄傲。

就是这样一个贫穷的家庭，我父母却经常给我们买一些零食吃。

如今有巧克力、蛋糕，以及种类多得数都数不过来的点心。可那时对于我们这些孩子来说，巧克力也好，蛋糕也好，都是极少能吃到的梦中的零食。

巧克力、奶糖，是只有郊游或运动会时才能吃到的零食。蛋糕则是只有在圣诞节的时候，父亲才会买回来的点心。

那么，那时吃的零食是什么呢？平时，家里能够拿出来的零食，就只有便宜的散装江米条和糯米仙贝了。

虽然都是一些朴素又廉价的东西，但对于我们这些孩子来说，已经足够让我们感到满足了。而当今这个时代，这些对于大多数家庭来说都已是普通得不能再普通的零食了。

江米条总是在附近商店街上一家小小的点心铺买。当时的点心铺，零食都是用秤称着卖的。

你只要说“请给我称 300 克的江米条”，老板就会称好 300 克的江米条，装进纸袋里递过来。点心铺老板是个很大方的人，有时往纸袋里多装了点儿江米条时，他就会说：“哎，白送一点儿。”待客人特别慷慨大方。

有一年冬天的晚上。

只听“嘎啦嘎啦”传来玄关处拉门被拉开的声音，伴着呼啸的冷风，父亲回来了。

“冷啊，好冷。哇……好冷啊。你们听见了吗？外面正刮着北风呢。”

我们兄妹四人一起来到玄关迎接父亲。

“爸爸！您回来了。”我们三兄弟说道。

“回来啦。”妹妹也说道。

我目光敏锐地看向父亲的手里，因为父亲下班经常会带点儿零食之类的礼物给我们。

可是，今天他手里是空的。

——唉，今天期待落空了。

我这样想着，心里有些失望。

父亲回来，一家人都到齐了，于是全家人围坐在一个圆形的矮桌上开始吃晚饭。

虽然是很普通的饭菜，但却是母亲精心做的。热气腾腾的“疙瘩汤”，大家“呼呼”地吹着气，把“疙瘩汤”吃得一干二净。所谓的“疙瘩汤”，就是用小麦粉和成面，揪成一个个的小疙瘩，放到味噌汤里煮出来的东西。

因为没钱，当买不起米的时候，这种“疙瘩汤”就会出现在家里的饭桌上。

吃完晚饭，父亲站起身，把衣柜上放着的收音机打开。

电视机太贵了，所以那时只有有钱人家才买得起，很多人家里的主要娱乐方式就是听收音机。

收音机里经常播放歌曲、竞猜，以及连续广播剧。特别是棒球比赛和相扑的实况转播，总是最受欢迎。

父亲盘腿坐在那儿，一边喝着饭后茶，一边开始听他最喜欢的落语（单口相声）。

全家人大笑着，气氛变得特别活跃起来。大家都很喜欢搞笑的节目。

“金宝，这个单口相声太有意思了。哈哈哈哈……”

“我长大以后，当单口相声演员吧。”

父亲听了，看着我说道：

“金宝，喝茶时，还得有些甜点才相配啊。”

“是啊爸爸，还得有些甜点才相配啊。”

“要是有江米条就好了。”

“是啊，好想吃啊。”

“那，金宝，咱去买江米条吧？”

“可是，点心铺已经关门了啊。”

当然，那个时候，日本还没有 24 小时便利店。

无论什么店，到了傍晚就都关门了。过了晚上七点，商店街就会变得漆黑一片。

“是啊，金宝。点心铺已经关门了哦。可这样一来，就更想吃江米条了吧？”

“是啊，没错。可是没办法呀，爸爸要是早点儿想到就好了。”

“对不起，对不起。”

寒风刮得更猛了，玻璃门被风吹得“嘎吱嘎吱”“咣当咣当”地响着。

正在这时，父亲突然语气严肃地对我说：

“金宝，外面好像有什么声音啊！从刚才到现在，一直在‘窸窸窣窣’地响着。”

我竖起耳朵仔细一听，的确隐约能听到窸窸窣窣的响声，夹杂在狂风声中。

“金宝，去看看外面走廊上，是不是有人。”

“啊？万一是小偷怎么办？我怕。”

“没关系。如果是小偷的话，爸爸马上出去抓住他。”

“可是，我还是害怕。”

“没事，去吧。”

爸爸一边说着，一边推着我的后背。

没办法，我战战兢兢地把走廊一侧的玻璃门拉开了一条缝。

寒风呼啸着从漆黑的门缝外吹了进来，我不由得闭上了眼睛。

当我慢慢地睁开眼睛时，只见走廊上有一包白色的东西。

——是一个白色的纸袋子，是它，在强劲的寒风中，被吹得摇晃着发出了“窸窸窣窣”的响声。

原来是纸袋子呀，幸亏不是小偷。

“爸爸，有一个奇怪的纸袋子。”

“奇怪的纸袋子？到底是什么东西呀？金宝，把它拿过来。”

“嗯。”

那个纸袋的大小正好能被一双手攥住，当我拿起来时，感觉到它沉甸甸的。

一家人围着矮桌，屏住呼吸，眼睛全部盯着桌子的中央，那里端端正正地放着那个纸袋子。

父亲在我后背上拍了一下，说：

“金宝，把纸袋打开看看。”

“嗯，嗯。”

我战战兢兢地把纸袋打开，往里面一看。

“哇！是江米条！”

原来，里面是江米条！这下可把我们这些孩子高兴坏了。

“真奇怪。为什么那里会放着一袋江米条呢？肯定是老天爷看到你们兄妹几个相处得这么好，给你们的奖励吧。”

因为眼前有江米条，所以父亲的话大家好像都没听进耳朵里去。孩子们一下子扑上去，抓起江米条就往嘴里塞。

父亲一直笑眯眯地看着孩子们吃，开心得不得了。

江米条是父亲买的，是他悄悄地放在走廊上的。因为是在大家对江米条的渴望越燃越高之时才吃到的，所以那味道真是香甜极了。我觉得比我吃过的任何高级点心都好吃。

至今我依然这么认为，我在那个寒风呼啸的夜晚吃过的，是这个世界上最好吃的江米条。

（文 / 冈野金哉）

樱花

一切都是由于那个冬天比以往任何一年都寒冷。

那天，我中学放学回到家一看，不仅还在上班的爸爸没回来，连应该在家的妈妈和上小学的弟弟也不在。

“你回来啦。”跟我打招呼的只有已经八十多岁的奶奶。

“妈妈和笃志呢？”

“小志说周末要去修学旅行，你妈妈说去买些需要带的东西。”

奶奶好像还说了他们马上就该回来了之类的

话，不过都被我当作了耳旁风。我兀自回到自己的房间，钻到了被炉下面。

修学旅行？的确，笃志是说过要去京都和奈良，从一个月前就兴奋得不得了。小学生真是无忧无虑啊，一点儿也不顾及别人的感受。

“哎，小樱。”

因为躲在被炉里，直到奶奶喊我，我都没留意到不知什么时候她已经来到了我的面前。

“家里有森崎送来的草莓糯米团子，你吃吗？”

“不吃。”

几乎没等奶奶把话说完，我就一口拒绝了。一瞬间，我几乎感觉不到奶奶的气息。当我以为她走了时，只听到她的声音又在我耳边响了起来：“你怎么了？”随着被炉的被子一阵翻动，我才知道奶奶也把腿伸进被炉里来了。

这反倒更让我感到烦躁。

我从正式选手中被淘汰了，在眼下初中二年级最后一个学期的时候。这对我来说，无疑是遇到了人生一个巨人的坎儿。

不能说我自身没有问题。的确，最近三分投篮时失误越来越多。虽说如此，可那个从一年级交换过来的教练好像故意惩罚我一样，简直是个魔鬼！还有那些队员们，表面上好像是来安慰我，背地里却偷偷地在笑话我，这样的人根本算不上真正的伙伴。

身体不灵活，都是天气太冷的缘故啊。

我知道这只是个借口，可即便如此，却还硬要找这些幼稚的借口。因为如果不这样，自己就会被这悲惨的遭遇击倒，再也爬不起来。

所以，眼前奶奶那张浑然不知一切的笑脸，在我看来简直就像是一种无法忍受的讽刺。

“小樱，你肯定可以的，今后再加把劲就是了。”

本来我还在给自己找借口，想要把这事消化，好尽快忘记呢。她却故意把那伤疤揭开，还补充了一句什么“加油”之类的话，这种少根筋的样子更成了我无法承受的负担，让我感到特别恼火。

“您知道什么呀？别好像什么都懂似的乱开腔！”

当回过神来时，我已经从被炉里出来，站在

那里俯视着正跪坐在棉垫上喝茶的奶奶，冲她乱吼了一通。

奶奶就那样双手捧着茶杯，抬起眼来看着我。她睁大的眼睛一眨不眨，瞳孔里仿佛有些战栗——我不敢再看她接下来的表情，抓起外套逃也似的奔出了家门。

寒冷的严冬，太阳下山也比较早。因此，我更觉得柏油路上泛起了越来越重的寒意。

越来越冷……越来越冷……那股寒冷从发丝之间侵入我的大脑，使我的头脑渐渐冷静了下来。

一旦冷静下来后，我开始明白自己说的话给奶奶造成的伤害是多么严重了。本来奶奶说得一点儿也没错，是我自己郁闷，就那样随便把火往奶奶身上撒，又任性地跑出来，这等于是把面前的奶奶使劲摔了个跟头啊。

这到底是谁缺根筋啊！随着自己变得越来越冷静，另一个自我开责备起我来，另一个自我知道自己做错了。

可即便这样，我的脚步也没有马上朝着家的方向走，因为回去以后该怎样面对奶奶，我还需要时间做一下心理准备。再等一会儿，再稍微等一小会儿……

正在我一边踢着路边的小石子，一边这样想时，大衣兜里的手机突然剧烈地振动起来，好像是在提醒我——“别丢下我不管啊。”我取出来一看，显示屏上显示的是“妈妈”。

“喂。”

声音和白色的哈气一起细细地逸散出来。相比之下，妈妈的声音却大得震耳，像是在抗议我把她忘了似的。

“小樱，你现在在哪儿？奶奶摔倒了！赶快回来！”

当我回过神来时，已经在拼命地往回跑了，手机也忘了放回大衣兜里，我只是拼命地跑着、跑着……快到家时，只见家门口停着辆救护车。

奶奶躺在担架上，正被搬上救护车，她戴着氧气罩，我看不清她的脸。我的眼前浮现出奶奶刚才睁大的眼睛，以及瞳孔里有些战栗的样子。

“奶奶！”

奶奶没有回应，她就这样走了。

妈妈说她和笃志买完东西回到家，就看到奶奶脸朝下倒在厨房的地上。奶奶的主治医生无力地摇了摇头，说因为今年比往年冷……

奶奶的葬礼上来了很多人，大家都哭了，而爸爸、妈妈哭得更凶，当然，还有笃志。

可是，我没有哭。以周围人的眼光看，也许会觉得我是一个特别无情的孙女。但我还是无法像爸妈和笃志那样为奶奶痛哭。

这并不是因为我心里有什么罪恶意识，或者还在讨厌奶奶。

我之所以没哭，是因为本来已经死了的奶奶，现在就站在我的身旁，正笑眯眯地注视着排队来参加葬礼的人们。

那一天，比任何一年的同一天气温都低，大气冷得终于下起雪来。

第一次看到的幽灵竟然是自己的奶奶，不知道这是幸运还是不幸，或者这正是一种所谓的“讽刺”？我无法判断，虽然不知道奶奶这时是怎么看我的，但已经变成幽灵的奶奶，即便是在葬礼结束后，也依然待在家里。

而能够看到奶奶的，好像只有我一个人。

人们都说，之所以有幽灵，是因为他们在这个世上还有未完成的心愿。可是，奶奶只是待在家里，既不说话，也不做什么，甚至没有一点儿要跟身边人倾诉的样子，只是像她活着的时候一样，每天“过着日子”而已。

她有时坐在露台上，凝望着院子里那棵老樱花树；有时坐在被炉里打盹儿；有时在佛龛那儿对着爷爷的遗像双手合十敬拜。这些奇妙的现象就发生在我的眼前——不管怎样，奶奶没有任何改变，还像以前活着时一样。

终于，这样的情景让我的心慢慢地揪了起来。

因为，没有任何改变的奶奶的样子，越发让我想念奶奶还活着的时候。我开始想：难道这就是奶奶“未完成的心愿”吗？

如果我那时没有从家里跑出去，那么奶奶摔倒时，就可以马上叫救护车，也许她就不会死了。这样一想，为什么奶奶的身影只有我一个人能看到这件事也就能解释通了。

——奶奶的死，都是因为我。

所以，奶奶为了责备我才变成了幽灵。她把自己跟活着时一模一样的身影展现给我看，是在责备我：“都是因为你，奶奶才失去了这样的生活。”

“奶奶……你是不是在恨我？”

我对着正坐在露台上凝视着院子的半透明的奶奶问道，可是没有得到任何回应。嘴唇看上去虽然并没有紧紧地抿着，可也看不出她会轻易启齿的样子。

冬天的庭院萧瑟冷清，庭院里树木的叶子都枯黄了，一朵花也看不到。可即使是这样，奶奶的视线也不会从庭院那儿移到我这边来。而我觉得，也许这正是她的回答。

“对不起，奶奶。对不起……”

虽然我知道再痛哭，再说多少“对不起”也没用了，可我除了哭泣和道歉，不知道还能做什么。

“对不起，对不……起！”

我的泣不成声，终于使奶奶把目光转向了我。

我害怕看到她那沉默责备的眼神，和那天一样，我逃掉了。

那之后，又过了大约两个月。

我终究还是没能回到正式选手的队伍里，就这样，初中二年级的最后一个月——三月就要结束了。春假过后，我就是初中三年级的学生了。

奶奶仍在家里。我以为四十九天的佛事结束后，也许她就不在了。可奶奶的存在否定了我这个小小的期待。

四十九天虽然过去了，可奶奶还是照样一句话也不说，有时在家人们身旁晃来晃去，有时坐在露台上，有时坐在被炉里，有时跪在佛龛前……一点儿厌倦的样子也没有，就那样半透明地过着日子。

莫不是奶奶打算就这样一直待在我身边？难道她真的——即使死了也不原谅我吗？

天渐渐变得暖和了，露台的日照时间也渐渐长了。奶奶今天也弓着身子坐在那里。我坐在她身旁，轻轻对她说：

“没关系，奶奶，您就是一直恨我也没关系……”

因为，这个罪过永远无法弥补，而我应该接受惩罚。

“真的对不起……”

就在我的眼角浸出泪花时，预料之外的事发生了。

“开了。”

那一瞬，我还没明白我听到了什么。

我轻轻“啊”了一声，抬起头来，只见身旁的奶奶依然一动不动地盯着庭院。我看见她的嘴唇——我以为那绝对不会张开的嘴唇——竟然微微地张开了一条缝。

奶奶悄无声息地站起身来，因为是半透明的，所以任何行动都变得无声无息。可现在，就在现在，她迈着那轻快的步伐走到院子里去了，似乎能听到“脚步声”。

“看，开了。”

奶奶又说了一遍，抬起了头。

在她旁边，种着我家院子里唯一的一棵老树，一棵老樱花树。

我也来到院子里，顺着奶奶的视线看去。于是，我终于理解了奶奶话的意思。

——哦，是“花开了”的意思呀。

老樱花树靠近树梢的枝桠上，今年第一朵樱花微微地绽放了。

“原来是樱花开了。是啊，已经春天了呀。”

我不由得轻声说道，没想到奶奶竟朝我这边看了一眼，这还是奶奶变成幽灵后第一次对我的话有了回应。我没想到竟然能够与她这样交流，不知道怎么办才好，只能站在那儿回看着奶奶的脸庞。奶奶堆起满脸的皱纹，笑了。

“只要时候到了，樱花肯定就会盛开的。”

“啊？”

“不管寒冷的冬天有多漫长，樱花终究会绽放的。所以，即便现在很难熬，但小樱，你的花朵绽放的日子一定会到的。”

我顿时一句话也说不出来，嗓子里好像被什么东西堵住了，连声音都发不出来。奶奶一直盯着我，脸上绽放出比那朵初放的樱花还要灿烂的笑容。

原来她不是责备我，也没有恨我，奶奶一直待在我身边没有离去，是为了等这棵樱树开花呀，是为了樱花绽放时，告诉我这些话啊。

奶奶的微笑，就像使樱花盛开了的暖流，像春天的阳光一样温暖。可是，我没有资格领受这份温暖。我羞愧地跪在地上，把脸埋了下去。

——为什么我竟误解了奶奶的话？

“小樱，你肯定可以的，今后再加把劲就是了。”

被奶奶这样安慰的时候，自己不可理喻地发着脾气冲出了家门。本来对自己所做的一切已经后悔了，可是……

可最终我还是什么也没明白，甚至没有想着去领受奶奶的心意，一直那样执拗，误解到今天。

可是，无论是那天，还是今天，奶奶却一直都在为我着想。

“奶奶！”

我抬起头，却不知道说什么了。因为奶奶那半透明的身影不见了。

是啊，掠过老樱花树的树梢，吹下来的风里，蕴含着春天的气息，那春风拂面的感觉，让我想起已很久没有碰触过的奶奶的手。

院子里的老樱花树，樱花正在绽放。

（文／橘翼）

珀尔修斯和美杜莎

——你将会被你女儿所生之子杀死。

阿尔戈斯城的阿克里西奥斯国王得到这个神谕后，不禁打了个寒战。

“天啊！怎么会是这样？”

阿克里西奥斯国王立刻把自己的女儿达那厄囚禁在了一座铜塔里，不让任何人看到她。这时，达那厄还没有孩子，只要不让达那厄生孩子，那么神谕就不会实现。把她关到塔里，是为了不让她与男人接触。可是，达那厄的美貌却引起了众神之王宙斯的注意。宙斯化作黄金雨潜入塔中，和达那厄发生了关系，然后生下了珀尔修斯。

——如果你不把自己的女儿和外孙埋葬，你自己就性命堪忧了。

虽然被这样告诫，可阿克里西奥斯国王还是舍不得杀死自己的女儿和外孙。于是，他让他们母子坐上了一条木制的方舟，把他们放逐到了海上。方舟漂到了一个叫塞里福斯的岛上，在这里，达那厄和珀尔修斯母子被一个渔夫救了上来，从而过上了安稳的生活。

当珀尔修斯长成一个青年小伙子时，岛上的国王波吕得克忒斯看上了美丽的达那厄，他不断来纠缠，想要娶达那厄。珀尔修斯为了保护母亲，一次次成功地阻止了波吕得克忒斯。

“真是个讨厌的家伙！”

于是，国王心生一计。为了把珀尔修斯支得远远的，他命令道：

“珀尔修斯，你可否把妖怪美杜莎的头颅给我取来？”

国王的命令不容违抗，珀尔修斯只好受命前往。

“好吧，那我就去取来给你看看吧。”

国王得意地笑了。

——有人能杀死美杜莎才怪呢。不过，这样一来，这个碍事的家伙就能消失了……

美杜莎是戈耳贡三姐妹中最小的一个，她的头发是无数条缠绕在一起的毒蛇，嘴里长着野猪的獠牙，是一个样貌极丑的妖怪。她的两个姐姐丝西娜和尤瑞艾莉都有着不死之躯。而美杜莎却不是不死身，她能够被杀死。不过但凡亲眼见过美杜莎的人，都会变成石头。

“那个妖怪，怎么对付她呢？”

珀尔修斯一筹莫展。

正在这时，有个人听说珀尔修斯要去消灭美杜莎，便说要助他一臂之力，这个人就是智慧女神雅典娜。雅典娜交给了珀尔修斯一个打磨得锃亮的盾牌。

“这个东西太棒了！”

珀尔修斯接过气派的青铜盾牌，定睛凝视。那里映照出一个立志要消灭美杜莎的干劲满满、充满自信的英俊青年。

珀尔修斯听从雅典娜的建议，来到了斯堤克斯河，从住在那里的仙女手中得到了带着翅膀的鞋、戴在头上可以隐身的帽子、用来装美杜莎头颅的袋子和一把钻石宝剑。

他不知道她们为什么对他这么好，但是，珀尔修斯深深地感激女神雅典娜，在自己最无助的时候给了自己巨大的帮助。

终于一切都准备妥当，珀尔修斯朝着美杜莎的住所出发了。

珀尔修斯悄悄地潜入美杜莎的住所时，美杜莎正在睡觉。打磨得铿亮的青铜盾牌像镜子一样清清楚楚地把熟睡的美杜莎映照在上面。珀尔修斯盯着青铜盾牌里的美杜莎，小心翼翼地向她靠近。

然后，他按照青铜盾牌里显示的美杜莎的位置，挥起了宝剑。正在这一瞬间，美杜莎突然睁开了眼睛，大声咆哮着：

“你终于还是到这儿来杀我了！”

珀尔修斯既不明白美杜莎这话的意思，也没被她的咆哮吓倒。他挥起宝剑，一下子就把美杜莎的头给砍了下来。

可就在这时，只听那颗被砍下来的妖怪头颅好像在轻声说着什么，珀尔修斯也不知是不是听错了，只听到她好像在说：“谢谢。”

得快点儿逃出去，珀尔修斯抓着美杜莎那盘绕在一起的蛇发，把她的头颅装进了袋子，然后戴上隐身帽、穿上带翅膀的鞋，向着天空飞去。

正在这时，从美杜莎的脖子处飞溅出来的血水里，一匹长着双翼的飞马——珀伽索斯诞生了。

珀尔修斯骑上天马珀伽索斯，向着远方飞去，终于逃脱了美杜莎两个姐姐的追杀。

就这样，珀尔修斯骑着珀伽索斯向母亲所在的塞里福斯岛飞驰而去。途中珀尔修斯看到下面的岩石上用锁链捆绑着一个美丽的少女。离那片岩石不远的地方，有个可怕的海怪正向少女逼近。

少女是埃塞俄比亚国王的女儿安德洛美达。海怪正在逼近，可克浦斯国王和卡西奥佩亚王妃却只能站在岸边看着女儿，惊慌失措地流泪，什么也做不了。

为什么会这样？到底发生了什么？

原因在卡西奥佩亚王妃身上，有一次她信口说道：

“我和安德洛美达比任何海神都美。”

谁知她的话竟惹怒了众神。

遵从神谕，克浦斯和卡西奥佩亚不得不把女儿安德洛美达绑在岩石上，给海怪做贡品。

因为消灭了美杜莎而信心大增的珀尔修斯便对克浦斯和卡西奥佩亚大声喊道：

“如果我救了你们的女儿，我想娶她为妻。”

“好吧。不过你得先把那个海怪干掉再说。”

克浦斯国王同意了。

于是珀尔修斯把美杜莎的头给海怪看，把海怪变成了石头，从而成功地救出了安德洛美达。

“好厉害的青年……”

可是，国王和王妃并没真的打算让女儿嫁给珀尔修斯，因为安德洛美达和克浦斯的弟弟菲纽斯早已有了婚约。

珀尔修斯和安德洛美达婚礼的那天，国王和王妃偷偷地邀请了菲纽斯，想让他杀了珀尔修斯。

"安德洛美达是我的！"

菲纽斯带着人马闯进了宴会大厅。

于是，珀尔修斯再一次从袋子里拿出了美杜莎的头颅，菲纽斯带领的一众人马瞬间变成了石头。

珀尔修斯就这样娶了安德洛美达为妻，带着妻子回到了母亲所在的塞里福斯岛，然后又带着母亲和妻子去了阿尔戈斯城。可是，接到了神谕，惊恐不安的阿尔戈斯国王阿克里西奥斯早已逃亡，珀尔修斯就成了阿尔戈斯的国王。

后来，有一天珀尔修斯被邀请去参加一个竞技比赛的投掷铁饼项目，结果出了意外。他扔出的铁饼正好砸到了一位老人，把老人给砸死了。而实际上这个老人正是珀尔修斯的外祖父阿克里西奥斯，神谕终究还是应验了。

故事除了讲述珀尔修斯大显身手以外，还对更早以前的事做了追述。

以前，在某个地方，住着丝西娜、尤瑞艾莉和美杜莎这三个年轻貌美、统称戈耳贡的姐妹。三姐妹美得各有千秋，其中最小的美杜莎尤甚。

“这世上没有比美杜莎更美的了。”

人们对美杜莎着了迷，都在称赞她的美貌。

就这样，美杜莎在人们赞美自己美貌的声音中长大，有一天，她不由得有些得意忘形地说：

“我比女神雅典娜还美！”

女神雅典娜，是众神之王宙斯的女儿。

虽然雅典娜是个拥有智慧和美丽的女神，但同时她也有着暴戾的性格，而且自尊心特别强，特别是对那些胆敢和自己比美的女性，她会给予最严厉的惩罚，绝不宽容。

所以像这种“比女神雅典娜还美”的话，是绝对不能说的。

美杜莎的话很快就传到了雅典娜的耳朵里。大发雷霆的雅典娜来到美杜莎面前，说：

“就让你知道知道那些说比我还美的人是什么下场！我要把你变成一个丑八怪！丑得你再也无法出现在人们面前！”

于是，美杜莎那美丽的金发变成了无数条毒蛇，小巧的嘴巴里长出了两颗野猪的獠牙，柔软的手变成了粗糙的青铜。

“这是怎么回事啊？请把美丽的妹妹还给我们！”

美杜莎的两个姐姐，哭着央求雅典娜。可是这不仅没用，而且令雅典娜更生气了。她大吼道：

“住口！你们也该一同问罪！我也要给你们惩罚！”

于是，她把她们变成了拥有不死之躯的怪物。

即便这样，雅典娜的怒火仍然没有平息。虽然两个姐姐在变成怪物的同时拥有了不死之躯，但妹妹美杜莎却不是，她依然是凡身。过了很久，雅典娜的怒火不但没有平息，反而整天虎视眈眈地盯着美杜莎诅咒，给她各种各样的报复。

后来美杜莎逃进了一个人们看不到的洞穴里，而雅典娜不愿意弄脏自己的手，所以美杜莎才得以逃生。

雅典娜听说珀尔修斯要去杀了美杜莎，已

经是这件事过去很久以后了。但雅典娜依然没有原谅美杜莎，她装出一副要帮助珀尔修斯的样子，主动援助给他一块盾牌。然后，珀尔修斯就出发了。

当听到动静的美杜莎突然睁开眼睛时，她的身边站着一个强壮的年轻人，他好像把盾牌当作镜子，看着里面反射的影像向她走了过来。

“你终于还是到这儿来杀我了！”

美杜莎不由得大叫了一声。

因为她知道这个年轻人是谁指派的。

不过，美杜莎很快就恢复了平静，她把头伸到年轻人面前，好让他砍得容易一些。

失去了曾经被人们盛赞的美貌，变成奇丑无比的怪物，不得不躲藏到暗无天日的洞穴里居住，她已经厌倦了。虽然她没有姐姐们那样的不死身，但除非被杀否则也无法轻易死去。而对于她来说，活着无异于是在地狱。

于是，年轻人挥剑斩了下去……

头被斩断的一瞬间，美杜莎轻声说道：

“谢谢……”

（文 / 希腊神话　改写 / 桃户晴）

理想的结婚对象

终于迎来了这个日子，三十岁前的最后一次生日，可我却还没有恋爱对象。一想到这儿，我就心情焦躁得浑身大汗。

已经结婚的朋友里，有的朋友顺理成章已经有了孩子。平时很难找到见面的机会，大家都是用短信联系。有一回，我在短信里抱怨了几句，却收到了一条冷静得仿佛是拒人于千里的回复。

“绘里子要求太高了。”

只看文字虽然看不出那些话的温度，但它们却像一颗颗小石子一样在我心里不断翻滚着，扎得心刺痛。

颜值高、性格好、收入高，如果可以，个子尽量高一些，声音嘛低沉一些，我也不挑剔。

……嗯，再追加一些条件也可以吧？

知道哪儿有什么好吃的饭店；纪念日绝对不会忘记；每次约会都有新鲜的项目；说话风趣幽默；懂得穿衣打扮与流行时尚；懂得给人惊喜；会适度地“吃醋”，但懂得尊重宽容；既会宠爱又会撒娇，还要有一点天生的可爱性格……我期待的也就是这些。可朋友们给我的回信却总是“好好正视一下现实吧”之类的话，真没劲。

所谓的“正视现实”，大概就是“得把什么东西放弃”的意思吧？再看看周围朋友们的结婚对象，就觉得她们“应该要求再高点儿吧”。作为朋友，我都替她们感到悲哀。

在这个世界上，难道我所要求的结婚对象就不存在吗？很久以前，我在一本杂志上看到了一个以保佑人喜结良缘而著称的神社，便像抓到了救命稻草似的赶去参拜。我注意到神社里果然都是年轻女孩儿，而且还有很多女高中生。这些穿着校服闭着眼睛祈祷的女孩子们，正值青春年华，混在她们中间，我也闭上了眼睛。

“拜托，拜托。请让我遇到一个理想的结婚对象。”

迄今为止该反省的言行，我都认真地一一反省，甚至做好了戒掉最喜欢吃的甜点的心理准备。两手合掌拜完之后，我又去奉上了绘马匾，然后买了一个守护恋爱成功的护身符。在回家的电车上我竟迷迷糊糊地睡着了。

然后，我做了一个奇妙的梦。

好像是在大雾中，看不到一个人影，只是有一种声音好像空谷回声似的响彻白色的世界。

“考验考验你吧。从现在开始到回家的这段时间，请你去帮助一个人，无论这个人是谁。做到的话，我就让你遇见一个理想的男性。但如果你失败了，没能经得起考验，那么你将会和一个你不中意的男人交往。”

当我思考这些话的时候，人一下子清醒过来。电车正好到了我经常换乘的车站。

我急急忙忙地下了车，跑着赶上了要换乘的那辆电车，电车开往我家附近的那一站。当我看到自己租住的那栋公寓楼时，想起了梦中听到的那些话，但并没真的想要去践行。

第二天，当中午休息时间快要结束时，隔壁部门的木岛来找我。我以为他是为了上周提交的报价单而来，没想到他满脸认真地对我说："你能跟我交往吗？"

我没能立刻给他答复，只是问道："嗯……你说跟你交往是……"

"也许我太着急了，但我们都年龄不小了，所以，能不能以结婚为前提跟我交往……"

他轻声嗫嚅着回答道，傻乎乎的，却显得很真诚，一边说还一边挠着头皮。

以前我从来没把木岛当作一个男人看待，因为他离我心目中理想的类型相差太远了。

圆圆的脸、白皙的皮肤、单眼皮，外眼角有些下垂，粗粗的眉毛显得人很和蔼，但不是我喜欢的类型。再说个子也不算太高，也许是这个缘故，西服穿在他身上还真说不上帅。据说，他经常在下班后约后辈或同事去美味的料理店吃饭。所以，也许他精通美食，可遗憾的是，他有太多地方不符合我的理想条件，所以我把他划为了“对象外”的人选。

不过，他当场向我告白这件事本身，并没有让我觉得讨厌。于是我只能说“请让我再考虑考虑”，然后就回去工作了。这时我才意识到自己竟有些兴奋，也许是好久没有被人这样当面告白的缘故吧。都快三十了，怎么还像个女高中生似的？——我正这样想着，眼前又出现了穿着校服，闭着眼睛虔诚祈祷的女高中生的样子。对，就是在神社遇到的那些女学生。刚想到这儿，我的记忆又跳到了那天回家时在电车上做的那个梦。

——让你遇到你理想中的男性。

记得好像还说了些其他什么？……不行，想不起来了。

无论怎么看，木岛都不是我的“理想男性”。梦，终究是梦。

第二天，我把木岛叫出来想要拒绝他。木岛好像特别紧张，额头上渗满了汗水，这个样子更让我确信——他果然与我的理想型相去甚远。

“那么，那件事……是不是我能得到答复了？”

“是。”

我早已习惯了拒绝，无论多么心急，我也不打算找一个自己不满意的。

“木岛，我……愿意和你交往。”

“啊？”两个声音重合到了一起，一个是木岛的，一个是我自己的。

“啊，不，刚才那个……”

我急慌慌地去捂嘴。本来我想说：“我不能跟你交往。”可不知为何嘴巴里说出来的，竟然是和这个意思正相反的话。这到底是怎么回事啊。

“你可以跟我交往？真的吗？”

“是的。”

怎么又是——本来想说的是“不”，可脱口而出的却是正相反的话，我完全搞不懂这到底是怎么回事。可木岛却是万万想不到这些的。只见他高兴地跳了起来，大叫道：“太好了！”

“谢谢。不对……太好了！拜托了。”

看到木岛打心底里高兴的样子，我到底还是逆着自己的本意点了点头。

就这样，我和自己本来并不喜欢的木岛开始交往了。

近半年的交往中，木岛对我非常好。他比我想象的还要老实、认真，这让我觉得他特别值得信赖。而且他知道很多好吃的饭店，跟着他从来没吃腻过。

可是，在一起越久我就越觉得他的模样不是自己喜欢的。有人说，“一个人的内在比长相更重要”，可长相好的，不一定内在就不好啊！

我一直在犹豫：就这样跟木岛好下去呢？还是去找新的呢？我又做了那个似曾相识的梦。在一个白色的世界里，有一个听不出是男是女的声音在回响：

“如果你想和现在的对象结婚的话，我会成全你们。不过，如果你还想找更好的，我会给你机会。今天，从你走出家门到回到家中的这段时间里，请你帮助别人。成功的话，我就让你遇到你理想中的男性。相反，如果你失败了，没能经得起考验，那么你将会再次和一个你不中意的男人交往。”

醒过来时，这次在梦中听到的话，我一句不漏地记了下来。

对了，这次的梦，以前也做过。而且在那之后，我就不由得逆着自己的本意和不是自己“理想男人”的木岛交往了。

原来，我无法拒绝和他交往都是因为那个梦在作怪啊，虽然这件事说起来很荒诞无稽，但我却感觉到了怪异，让我无法一笑了之。既然如此，我就不能忽视梦中听见的话。

——帮助别人。

说是如果帮助别人，考验合格的话，就能给我一个理想的男人。

可即使想要帮助别人，该帮什么？怎么帮呢？如果能再具体一点儿，告诉我“请这样去做”“去帮助那个人”之类的，就比较好理解了。

再说，今天是星期天，公司休息。今天是要和木岛出去约会的日子，难道能在约会的时候，去帮助谁吗？就这样我在约会前一边想着这些不相关的事，一边随便选了一条连衣裙换上了。

和木岛的约会不是不开心，他的话也不是没意思。可最近还是有一种不满足的感觉。就好像他那张单眼皮、轮廓平淡的脸不可能突然变得浓眉大眼、五官立体一样，一个人的言谈举止是绝不会突然发生改变的。

已经有两个星期没约会了，和两个星期前没有任何不同，就那么“平平常常”地结束了。回到家，我嘟囔了一声：“累死了……”然后就仰躺在了沙发上。这时我才想起来，唉，今天到底还是没有遇到能够帮助什么人的场景。

也许是自己去和木岛约会时三心二意的缘故，我把手绢忘在了他带我去的那家餐厅，那是去世的奶奶送给我的礼物，虽然已经很累了，我还是决定去取一趟。

我跟一个男店员打听，他“啊”了一声，好像马上就想起来了，不一会儿他就给我拿来了，果然是我丢失的那块手绢。

“幸亏你回来取了。”

“谢谢，还特意替我保管着。”

“因为我想要是能再见到你就好了……”

我禁不住“啊”了一声。那个比我年龄小，仔细端详，还是个帅哥的男店员，他脸上浮现笑意，那样子都可以当画贴在墙上了。

“我对你一见钟情。”

他毫不躲闪地用深沉的目光盯着我，我也同样凝视着他。

我和木岛分手了，开始和中津——那个年轻的餐厅服务员交往。

他的长相显然比木岛更贴近我的喜好，立体感很强的脸庞仿佛雕塑一样，左右近乎完美对称，笑的时候露出小虎牙，非常可爱。虽然比我小五岁，但也许是工作性质的关系，他穿衣服很有品位，人也机灵细心，在女性面前举止潇洒、谈吐幽默。他知道很多各种风格的店铺，精通料理和酒类的知识，这一点也是他的魅力之一。当然还有他个子很高。

我有点儿在意的是他的收入。他将来想当一名厨师，现在还处于学徒阶段，所以他在餐厅还只是一个打工仔，每月工资比我的要低。马上就要三十岁了却还只是在打工，这一点令人感到不安。我觉得他如果没有这方面的才能，就索性死了这条心，好好地找份安稳的工作多好。

不过，比较麻烦的是中津的自尊心特别强，曾经因为我说了一些劝他找份安稳工作之类的话，最后竟跟我大吵了起来。从那以后，找工作之类的事就成了我俩的禁忌话题。对我来说，一直以来胸中就好像郁积了可燃气体一样，一触即发。

收入是件大事，那时，要不是在“考验”时失败了，我可能就拒绝跟他交往了。

就这样心里疙疙瘩瘩地跟中津交往着，眼看就快要十个月了。

有一天，突然发生了一件事。

那天我和中津一起吃饭，我去了一趟洗手间，回来时就看到他正在翻看我放在桌子上的手机。我倒是没有什么不能给他看的东西，不过，趁我不在的时候偷看我的手机，还是让我心里产生了一种厌恶感。

“为什么看我的手机？”

我回到座位追问。中津慌忙把我的手机倒扣放回了桌上，但已经晚了。看着他满脸“完了，被发现了”的神情，我毫不留情地指责他。可他突然好像自己很有理似的说道：

“因为喜欢绘里子嘛，所以就变得有些惴惴不安。你又漂亮，朋友又多，我担心你会不会有别的男人……我甚至希望如果可以的话，你能不能不要和除我以外的男人说话。”

从那以后，也许是真的觉得自己很占理，中津的独占欲变得越来越强。

即便是和女性朋友约好出去玩，他也会说“那作为证据，拍张照片发过来”。

本来是我自己买的首饰，他也会没完没了地问：“是谁送给你的？男的？”

如果我带着公司的后辈去喝酒，不知在哪儿被他看到了，他就会很不高兴地问：“那个男的是谁？”

他那越来越严重的醋意，超过了我的容忍限度。收入那么低，自尊心还高得没边儿。这样执拗地束缚对方，是不可能成为一个完美恋人的。

唉，真想分手算了……

这样想着，有一天晚上累了睡着以后，我又做了那个梦。

“如果你想和现在的对象结婚的话，我会成全你们。不过，如果你还想找更好的，我会给你机会。在接下来的一天里，请你帮助别人。那样的话，我就让你遇到你理想中的男性。”

凡事三次为真，我只好老老实实地到处去找有没有人需要我的帮助，可是找了半天也没找到遇到困难的人，只有时间无情地流逝着。另外，只能趁工作的中间休息时间去寻找也是一种“考验”，可偏偏今天，连在工作中出个差错的人都没遇到。

结果，这一天什么事情也没发生，就到了下班时间。我心情焦急地出了公司。可即便是在下班的路上、车站、电车上，我依然双目炯炯有神地寻找着。

可不知是幸还是不幸，我没看到一个貌似遇到困难的人。但我还是不甘心，一直在大街上徘徊到了深夜。

这时候突然好像有人把我从深夜的黑暗中拉出来一样，我的脑子里竟出现了一个恶毒的想法。

都到这份儿上了，如果我故意绊一下谁的脚，让他摔倒，然后再去把他扶起来……像这样的事如果我做了会怎样呢？不过，只是把摔倒的人扶起来这样的事太小了。既然做就做个大点儿的，如果不是一件能让人承认是“帮助别人”的事，只怕又会遇到一个自己不是特别喜欢的人了。

当我开始倒计时，马上要去“做一件真正帮助别人的事”的时候。

突然“啊”的一声惨叫打断了我的思路，紧接着就听到有什么沉重的东西掉在地上的声音。时间再过几分钟就到第二天了。到底发生了什么事？我停下脚步竖起耳朵，这时我听到一个人在呻吟，好像是从旁边公园里传来的。

“哎哟，疼、疼……”我注意到好像有人在不断地喊着疼。于是我悄悄走了过去，问：

“你要紧吗？”

坐在地上的那个人影抬起头来，虽然是坐在那儿，但也能看出他是一个身材瘦高的男性，身上穿着的高级西服上沾满树叶和小树枝。

难道……这个念头刚从我脑海里闪过，就听到男人苦笑着回答：

“我爬上树想去帮一只小猫，结果摔了下来。猫也跑掉了。”

看着男人笑着说自己狼狈的样子，我却一点儿也不觉得他形象不好。

挺直的鼻梁，笑的时候露出一口整齐的牙齿。不仅仅是西服，连鞋和手表也都是名牌，当他轻快地站起来后，我一看果然个子很高，几乎比我高出一个半头。身材完美得简直像模特一样。

我发现这个模特似的男人手背受伤了，大概是从树上掉下来时划伤的吧。血慢慢渗出来，看着就疼，我不由得眯起眼看着那里。男人看到我这副样子，才知道自己受伤了。

“让我看一下……”我说。

“这点儿小伤，用唾沫抹一下就……”他刚说到这儿，我没让他说下去，就把他带到了水龙头下，帮他冲洗了一下伤口，把我带着的创可贴给他贴上。做完这些，男人感慨地说：

“女人随身带这些东西原来就是为了这种时候用的啊。谢谢，谢谢你帮了我。”

他的话，在我听来简直是如雷贯耳。

“谢谢你帮了我。”没错，男人确确实实是这么说的。这就是说，我对他就是成功地“帮助别人”了？

想到这儿，我看向那个男人，他也正回看着我。

我的脑子里，响起了大钟轰鸣的声音。

我和恭平的交往非常顺利，转眼就一年了。他是企业的顾问律师，和同龄人相比，手头比较富裕。外貌长相往往会关系到工作上能否得到信赖，因此他很自然地一直保持着外形的精致干练。

而且，他对“吃”也非常讲究，约会时他带我去的每一家餐厅，料理都格外好吃。而且他本人也喜欢做菜，无论是我听都没听说过的西餐，还是熟悉的日本料理，他都能轻松地做出来，当然味道也是极品。

也许因为他是律师，所以无论什么话题，他都能自然而然地应对自如，特别会聊天。有时他也说一些俏皮的笑话，逗得我哈哈大笑。

“绘里子那么漂亮，肯定也有其他男人觊觎你吧？”虽然他表现得好像很不安，但却绝对不会纠缠不休、没完没了地吃醋。也许是信任我吧，他和我保持的距离感也让人心里很舒服。交往一周年的那天，为了给我一个惊喜，他预约了一家高级餐厅，感动得我差点儿掉下眼泪。

无可挑剔！这个完美的理想恋人，我想到了和他结婚。

自己的年龄，如果四舍五入的话，也是奔四的人了。说真心话，我想尽早结婚。如果是和恭平，我相信我们一定会幸福的。

“是的，我相信。”我自言自语地说。

那天晚上，我在恭平为我们预约的法国餐厅说出了我的想法。

“哎，恭平。我们已经交往一年多了吧。年龄也都不小了，我觉得我们是不是应该考虑那件事了……”

“‘那件事’？你说的不会是……结婚吧？”

恭平用餐巾擦了擦嘴巴，眨着眼看着我。看到我肯定地点了点头，他一边用手指绕着餐巾，一边深深地叹了口气，然后嘴巴里说出了令我预想不到的话。

“对不起，我没有想过要和你结婚。”

“啊？为什么？怎么会？可是……我们一直都这么好，我还以为恭平也想和我结婚呢。”

“我是想结婚，可那个结婚对象不是你。”

“不是你”，这句话让我的脑子一片空白，眼前一片模糊。可越在意就越难以克制，眼看就要崩溃了，我拼命装作不在乎的样子，终于问道：

“如果不打算跟我结婚，为什么还要和我交往一年多呢？你应该知道我是想要结婚的……”

这时，恭平把手中玩了半天的餐巾放下。面对我俩之间从未有过的冰冷气氛，我没再说下去。

“不是你不好，相反，不好的是我。说实话，和你开始交往，是因为我在‘考验’中失败了。那时我整天想着要结婚。有一天我做了个奇怪的梦。在一片白茫茫的世界里，有个声音对我说：‘如果你今天帮助了别人，我就让你遇到理想中的结婚对象。’

“所以，为此，我就一直在找，看谁需要帮助。可偏偏那天一个人都没遇到……眼看再有几分钟这一天就要过去了，我终于找到了，一只小猫爬到树上下不来了。我想如果没有遇到有困难的‘人’，也许小猫也行吧。于是我就想去救它，然后树枝断了，我从树上摔了下来，救助小猫的行动失败了。正在这时，你出现在我的面前。”

我的心狂跳不止。接下来的话，毫无疑问，我的脑子里早已有了答案。

“你不是我理想中的女性，因为我没有成功通过梦中告诉我的‘考验’，所以才只能和你交往的。可昨天我又做了那个梦，说我还有一次机会。所以，我想赌一把。”

恭平动作潇洒地从椅子上站起身来。我坐在那儿，只能呆呆地看着这个理想中的男人，身姿像模特似的渐渐走远了。

（文 / 桃户晴　橘翼）

密码

一个富翁得了重病卧床不起。这个富翁讨厌医院，不肯住院，就决定在家里养病。可是，渐渐地他连吃饭的力气也没有了，每天昏睡的时间越来越长。男人好像知道自己快要死了。

有一天，他把三个儿子叫进卧室，告诉他们：

“我的遗产，都给你们。现金、贵金属、证券、土地、不动产的产权证……全都在地下室的金库里放着，金库的密码是四位数。只有输入一个四位数的密码，才能打开那个金库。不过，如果三次输错密码的话，金库就永远无法打开了，所以一定要慎重。无论用什么手段都可以，只要找到密码，打开那个金库，里面的遗产就都是你们的了。

我也许活不过下个月了。所以，到这个月末最后一天的夜里十二点，如果你们能打开金库的话，财产就归你们了。不过，如果过了时间还没能打开，我就把遗产全部捐出去。我也把这件事告诉了我的律师，想要蒙混过关是不可能的。你们就好好干吧。”

说完，他笑了笑，又陷入了深深的昏睡中。

三个儿子，双臂抱在胸前低头凝视着他那张昏睡的脸。

“这个男人一直到最后，对我们这些家人都没有一点儿爱啊。”老大轻声嘟囔着。

“他是不是根本不想给我们什么遗产啊？”老二叹了一口气。

老三沉默地看着虚空。

“不管怎样，先想办法猜猜那个密码吧。”

三个人来到了地下室。昏暗的房间里，最里面靠墙的位置就是那个金库。仿佛是被黑夜的冷寂涂抹上了一层坚硬的涂层，那冰冷漆黑的金库门看上去就不可能轻易被打开。

三兄弟再一次把手臂抱在了胸前。

“会不会是母亲的生日？”

不一会儿，行动派的老大开口说道。于是，在老二和老三还在沉思的时候，他已经走到了金库跟前开始转动密码锁。

他们母亲的生日是 12 月 8 日。所以先往右转到 1，再往左转到 2，接下来再往右转到 0，最后再往左转到 8……

厚重的铁门，使劲推、拉，却怎么也打不开。

“不可能是母亲的生日这么简单的密码吧？大哥，大概那个男人根本就没爱过母亲。”

老二一吐为快地说道。

兄弟三人的父亲，是一个只为工作活着，完全忽视了家庭的男人。当然，兄弟三人也因此能够一直过着富裕的生活。但他们觉得在父亲眼里，他们也许“不如工作重要”。这种想法从小就植根在他们心灵的某个角落，多年来一直挥之不去。

造成这种不满和不信任的，是母亲的去世。母亲临终的时候，父亲正要去外地出差，和给母亲送终相比，他说“我有一笔非常重要的生意要谈”，最终还是选择了工作优先。

最后，母亲是轻声叫着父亲的名字去世的。

所以，父亲得病，他们兄弟三人都认为那是老天爷对他这一辈子的惩罚。连妻子去世都能坐视不管的人，怎么可能把母亲的生日设为金库的密码呢?

“就这样把一次机会给浪费了。如果再失败的话，就没有多余的机会了。”

谨慎派的老二用拳头抵着额头，好像要把记忆揪出来似的。可是，想了半天，脑海里也没浮现出任何一组数字。而且，老大和老三也同样想不起来，他们和父亲的关系已经疏远到了这样的程度。

终于，老二放下拳头，好像想起来了似的，竖起食指说：

“他说了，为了找到密码，用什么手段都可以，对吧? 这包括使用暴力手段吗? ”

“胡说什么呀? 他怎么可能允许干那种事? 再说他也不是那种被打一顿就全都交代了的男人吧。”

“那么，就去跟谁问问，看能不能问出有可能被他设为密码的四位数。”

“问谁呢？”

“比如，他的老朋友啦、主治医生啦、顾问律师啦、家里的用人啦……不管怎样，你们心里能想起谁就问谁呀。金库只要在这个月能被打开，就是我们赢了。”

就这样，兄弟三人分了工，为了找到密码，他们开始到处打听。

父亲公司的股票最高值是“6，8，7，8”。

父亲现在的公司成立于“1，9，8，8”。

父亲的公司实现向海外发展的日期是“0,6,2,5”。

父亲尊敬的某一个领袖去世的日期是“1,9,4,5”。

父亲心目中比孩子还重要的爱车号码是“5，0，3，3”。

根据父亲的嗜好开的一家餐厅的地址是“1，0，2，9”。

“4，9，5，8”“3，9，6，4”“2，1，2，0”“8，

8，0，0” “7，6，1，4” “9，0，9，1” “1，2，2，4” “0，2，8，3”……

三兄弟汇集并记录了各种各样的数字，可是，哪组数字他们都无法确定。

老二特别谨慎地把数字一组组地记下，经过思考，找出了一组可能性最高的数字。

“说不定是这个房子落成的日期吧，那个男人虽然不爱这个家庭，但这个房子他是爱着的，他不是在暖炉上刻着日期吗？”

老大和老三都把这事给忘记了，过去一看，果然如老二说的那样，家里的暖炉上刻着四个数字，把上面的炭灰擦掉后，浮现的数字是“0，4，2，9”——奇妙的是正好是今天的日期。

三个人来到了地下室，转动着金库的密码锁。根据父亲的性格，他们觉得这个推理应该不会错。

可是，金库的大门这次仍旧连动也没动。

“怎么办呀？已经不能再失败了。”

“还有其他可能的数字吗？”

“哎，如果在这个月里打不开的话就完了，对吧？所以必须认真想好了。”

“知道了，那还用说吗？”

老大和老二说着说着，渐渐吵了起来。老三终于看不下去了，开口说道：

“你们俩最好先让头脑冷静冷静，静下心来，再好好想一想。还有些时间嘛。”

听了老三的话，老大和老二这才勉强回到各自的房间去了。不过即使是躲进自己的房间，他们也肯定还在拼命地想着那四位数字。

只有老三没有回自己的房间，而是去了父亲的卧室。他悄悄地走进房间，庞大的床中央，父亲安静地睡着。“父亲瘦了好多呀！”老三想。自己和哥哥们小时候，父亲脸上和肩上的肉要比现在多一些。他想起小时候骑在父亲肩上，从后面用双手抱住父亲脸颊时的感觉。

于是，他叫了一声：“父亲。”

可伴着深沉的呼吸陷入昏睡的父亲，连眼皮都没动一下。

“你是怎么想的呢？”老三自言自语。

只有墙壁上挂着的日历，把他们父子留在原处，一天天不断地向未来翻进着。

父亲醒来时，身边只有老三。

“他们两个怎么样了？”

被还在半梦半醒状态的父亲一问，老三坐在床边的圆椅上，脸上露出了疲惫的笑容。

“因为金库还没打开，他们好像有些不高兴，躲到各自的房间去了。”

听了小儿子的话，父亲依然躺在那儿，只是眼睛转了转。他看了看墙上的日历，日历上显示的是5月2日。

“已经5月了啊。”

“这些天父亲您一直在昏睡。”

因病经常陷入昏睡的父亲，有时可以连续睡上两天或三天。这次大概也是睡了那么长时间，一直徘徊在梦中吧。

很多东西失去了才知道珍惜，父亲脸上露出有些伤感的笑容说：

“金库，还没打开呀？”

老三皱着眉头，无力地笑了。

“各种可能性都想了，也尝试了。‘母亲的生日’‘这个房子落成的日子’……都试了，可都不行。”

“这还用说？如果能那么轻易被打开，就没意思了。”

父亲叹了口气，那声叹息是骄傲，又像是放弃了什么似的。

“唉，父亲，那个密码对于您来说，肯定是特别重要的东西，对吧？能够让您不顾这个家，却一直都无比珍惜着的，到底是什么呢？金库的密码到底是什么数字呢？”

“是啊。”

父亲慢慢地撑坐起上半身，老三赶紧去扶了一把，然后往父亲的背后又垫了一个靠枕，让他舒服地靠坐在床上。

父亲慢慢地叹了口气，说道：

“的确，正像你说的，对于家人来说，我不是个‘好爸爸’，对吧？正是因为现在生命快要走到尽头了，所以我对以前的所作所为才渐渐看清楚了，而且，我也知道自己是为了什么才不断坚持到现在的。”

“那个‘不断坚持到现在的理由’，是您最重要的东西？”

对着突然眯起眼轻声嘟囔的老三，父亲轻轻地点了点头。

“我和你母亲，带着你们兄弟三个，一家五口第一次去海边的日子，你还记得吗？”

“海边？啊！在我五岁那年的夏天吧？那是整天就知道工作、很少放假休息的您第一次带我们出去旅行，所以我记得特别清楚。”

“从你出生后，那还是全家人第一次出远门。你的两个哥哥第一次看到大海的时候，兴奋得不得了。而你却不同，一直盯着远处的海平面，表情若有所思……那时我就想：啊，这孩子将来会成为一个大人物。”

“那么，密码呢？”

“就是那天的日期呀。我永远也不会忘记——7 月 28 日，一家五口聚在一起，看着同一个方向的日子……‘0，7，2，8’就是我设定的密码。我们不仅是家人，也是志同道合的同伴。即便是其中哪个人力气用完了，也不能停在那里止步不前。你妈妈去世后虽然我也很难过，但她肯定不希望我停在那里什么都不做。”

老三听了父亲这番话，不仅没有像父亲预料的那样惊讶地睁大眼睛，反而埋着头肩膀不断颤抖，遇事总是非常冷静的老三，从来没有像这样感情外露过——被人看到流泪真是稀罕。

可是接下来，当老三抬起头来时，他的眼里并没有父亲想象的眼泪，那清澈的眼眸里反倒含着轻松的笑意。

“这到底是怎么回事啊？”还没等父亲弄清楚，老三已经先从床边的圆椅上站了起来。他的动作太突然了，父亲不由得眨了眨眼睛。老三对父亲的问话置若罔闻，他迈着轻快的步子向门口走去。

“怎么了？”

父亲又问。老三的手抓着门把手，回过头来，注视着身材比自己矮小很多的父亲，说：

“‘怎么了？’当然是去开金库啊，因为今天是最后的期限了呀。”

那一刹那，父亲好像没理解他在说什么似的，眨了眨眼睛，疑惑的目光转向墙上挂着的日历，那上面显示的是“5月2日”……

突然，父亲深吸了一口气，张大了嘴巴，把视线转向了小儿子。

因为赢了父亲，老三的脸上露出了复杂的表情，既有喜悦也有孤独。他的手里晃动着几张撕下来的日历。

“对不起啊。可是父亲您说过，‘为了找到密码，使什么手段都行’，所以我赢了。我想起了小时候父亲跟我们一起玩猜谜语游戏时，我们兄弟仨互相较量的事了。”

说完，老三悠然自得地走出了卧室，离开的时候他松开了手，于是被撕下的日历像几片羽毛般飘落到了地毯上。看着它们被不知从哪儿吹来的风吹得来回飘动、无依无靠的样子，父亲觉得那简直就像手里举着白旗表示投降的自己。

“你呀，长大了。”

他用枯瘦的双手捂住了脸颊，冲着可爱的儿子留下的背影苦笑着说。

（文 / 桃户晴　橘翼）

生命的光辉

一位画家死了，死在了他住宅旁边的画室里。早上被前来画室找他的徒弟发现时，身体已经凉了。这位伟大的画家是在一幅画前去世的，手里还握着画笔，直到生命的最后一刻他都在运笔作画。那幅画的名字叫作《生命的光辉》，画面上是一位女性，她那洋溢着生命的喜悦的表情被画得栩栩如生。

徒弟流着泪在师傅的遗作前看了三天三夜，终于决定不能让这幅画废弃掉，应该让更多的人看到它。于是，他决定把它作为师傅的集大成之作赠送给美术馆。

“这幅画太棒了！”

美术馆的馆长看到画家的徒弟拿来这幅肖像画时，一只手往上托了托圆圆的眼镜，看着画上美女微笑的表情，入了迷。

“这幅画可以挂在美术馆吗？我不想让师傅生前的努力白白浪费。”

“当然可以，我很高兴能接受这幅作品。”

馆长痛快地满足了画家徒弟的愿望，他把美术馆里最大的那间展厅正中央的位置空了出来，把这幅画镶进一个工艺精湛的画框里，挂了上去。装饰在美术馆漂亮墙壁上的画，画面上女性的脸庞浮现出一种更加健康明艳的美丽，真正诠释了“生命的光辉”这个主题。

可一个月以后。

有一天，正在画室一点点地整理着师傅遗物的徒弟突然接到了一个电话，对方是前些日子接受了师傅遗作的美术馆馆长。

“前些天，谢谢您了。那幅画，大家的评价如何？”

徒弟问道，可电话那头馆长的声音有些沉郁。

“嗯？”正当徒弟感到疑惑的时候，就听到馆长有些为难地小声说道：

“实际上，我想跟您商量一下……实在对不起，那幅画我想还给您。”

“嗯？这是怎么回事？”

可是对于徒弟的询问，馆长支支吾吾地说不出个所以然。最后，他含混不清地说：“先暂时放在我们馆，可以吗？”然后就挂了电话。徒弟心里带着疑惑走出了画室。

徒弟来到了美术馆，馆长迎面走来，局促地说：“突然给您打电话，真是不好意思。”徒弟觉得和上次来捐赠那幅画时相比，馆长的脸色有些不太好。

“那幅画的确是一幅非常棒的画……可是毕竟在我们馆这样放下去，我有些疑虑……”弓着背的馆长表情歉疚地说道。

徒弟一副丈二和尚摸不着头脑的样子，不知他的话是什么意思。

“到底是怎么回事啊？是不是有什么问题？”

“也不知该不该说是问题……实际上我们也担心现在让您来看是不是有些太早。那幅画原来的样子，您还记得吗？”

听到馆长的问题，徒弟点了点头，脸上的神情分明是：当然。恩师画的画，捐赠完以后他也时刻没有忘记过。画中女性肌肤的质感，眼眸里洋溢着的温和目光，白皙得仿佛透明的脸颊，充满年轻明艳的光泽。还有那生命力顽强并充满希望的微笑。正如馆长所说，那幅画在师傅遗留下的画作里，可以算得上最优秀的作品之一了，徒弟敬重那幅画已经到了这样深的程度。

“这就是那幅作品吧。”

馆长把徒弟带到展厅里，徒弟知道这个展厅的中央位置挂着那幅题为《生命的光辉》的肖像画。于是他自己快步走上前去，想要看看那幅画——可是他一下子愣住了，惊愕地瞪大了眼睛。

女性的脸庞变了！

捐赠画作时，画中年轻女性的脸上泛着灿烂明艳的微笑，可现在却变成了悲怆的表情。眼眸里蕴含的光芒也黯淡了，嘴巴抿成了弓形，哪里还像是在表达希望，简直就要哭了似的。女性脸上表现出来的深深悲伤，使她的肌肤和头发的透明感也消失了。

“这，这是怎么回事？”

“从您捐赠这幅画的第二天，她的脸部就开始一点点地变了。”

一脸疲惫的馆长，连嘴巴都没怎么动地吐出了一串话。

“一开始我们以为看错了，因为一幅画怎么可能发生改变呢？可是，第二天、第三天……每天看到它都是不一样的，让人不得不怀疑这幅画在变。您看到后，是不是也觉得……”

作为徒弟，我不能否定馆长的说辞。我的印象很深，现在挂在那里的这幅画和捐赠前师傅画的那幅根本不像是同一幅《生命的光辉》。

“有没有恶作剧的可能？”徒弟轻声问。

馆长无力地摇了摇头，徒弟也预感到了这不可能。因为这家美术馆里展示着数量众多的有价值的艺术作品，闭馆后会有保安巡逻，监控设备也不是一般的水平。

那么，师傅最后遗留下来的作品到底发生了什么呢？

馆长好像看穿了这位徒弟的想法，他说：

“其实，奇怪的事情不仅这些……”

“除了这幅画的变化，还有别的吗？”

“您跟我到监控室来……”

馆长说着，又把那个徒弟带到了监控室。里面有一个穿着制服的保安，当他看到馆长和那位徒弟时，好像猜到了什么似的，眼睛眯了起来。

“那段录像，能调出来吗？”

保安听了馆长的话，开始在一个又小又薄的显示屏上操作起来。这是从最大的展厅天花板的一角拍摄的录像，录像带不断地被往回倒着。从白天有很多人入馆参观的画面，渐渐地变成闭馆后，一片黑暗中一个人影也没有的画面，这样的画面不断地重复了几次以后，保安停住了。

“在这里。”

只听馆长轻声说，徒弟便把视线落在显示屏上。

一个白色的影子在摇晃着，那是裙子吧？记得好像在哪儿见过。徒弟刚一想到这儿，便看见那个影子突然回过头来，徒弟屏住了呼吸，这影子好像在哪儿见过，可到底是在哪儿见过呢？他记不清了。

“好笨啊！”

那个在黑暗中转过头来的人影，正是师傅画上的女人啊。没错，就是她。

“好笨啊！”徒弟嘴里又把这三个字重复了一遍。那幅画是用画笔和油彩画上去的，既不可能发生改变，画上的人物也不可能从画框里走出来。

可是，馆长接下来的话证实了徒弟心中的猜疑。

“不知怎么，这个女子每天晚上好像都会从画里出来……实际上，这里的保安也说在巡逻的时候看到过。”

啊？徒弟看了过去，他的视线所及之处，一个中年保安表情怪异地低了低头，过了一会儿他才明白那是点头的意思。

“看到什么了？”

“就是录像里的那个女子。我和平常一样，夜里去巡逻，走进那个展厅的时候……”

保安的身子颤抖了一下，叙述的时候他的脸上渐渐失去了血色。

“就看见她在那里徘徊着……在展厅里四处走动，好像在寻找什么东西。”

徒弟这才意识到自己“咕嘟”一声咽了口唾沫，这声音和馆长重重的叹息声重合到了一起。

“我觉得这样下去终归不行，所以就给您打了电话。如果入馆参观的客人间再有什么奇怪的流言，也不太好……”

馆长满是皱纹的手像不知放在哪儿好似的在胸前来回搓着，眼睛不时瞟着徒弟的脸。徒弟想，这已是事实，既不是流言也不是误会。可问题大概不在于此吧？

“实在对不起，您能把这幅画带回去吗？放在我们馆里，实在是……”

本来就是徒弟想要将画捐赠，馆长只是好心地满足了他的心愿而已。所以，徒弟现在无法拒绝馆长的要求。

就这样，徒弟把那幅《生命的光辉》又从美术馆带了回来。他没有把画从画框里取出来，就那样带着框先挂在了师傅画室的墙上。虽然回到了工作室，但画上那个女子的表情依然悲伤，好像眼睛里马上会有眼泪掉下来。看着那幅画，徒弟自己也不知不觉用手捂住了胸口。

不可思议的是，他并没有感到恐怖，他的脑海里浮现的只是想要为她做点儿什么的怜爱之情。

“可是。”

怎么办好呢？首先，事情为什么变成了这样？发生了什么？简直超乎想象。徒弟两只手臂抱在胸前沉思着。

“为什么？”

为什么女人脸上的表情那样悲伤？

正当徒弟一边在心中疑惑，一边伸出手指想要触摸那幅画的时候，放在口袋里的手机振动了起来，他吃了一惊，掏出手机接通了电话。对方是一位优雅的女性——师傅的夫人。

“画室的事全都交给您一个人去做，真对不起。”

“哪里，哪里。我也一直受过您很多关照。”

听到夫人的声音又恢复了以前的明快开朗，徒弟终于放下了心。陪伴了半个多世纪的丈夫刚去世时，她那消沉的样子甚至让徒弟看着都感到心疼。最近她终于能吃下饭了，脸颊也圆润了一点儿。

即便深爱的人已经不在了，但对那个人的思念却不会消失。“快打起精神来”之类的话，只有那些不知真正的死别是怎么回事的人才会说。徒弟觉得，正因为失去了最爱的人，所以无论她如何悲伤，就让她悲伤吧。他决定在这期间，有能做的，任何事他都愿意去做。画室里的遗物整理，也是他决定做的事情之一。

“对不起，我丈夫的印章是不是在那边？我要用一下，家里没找到……”

“印章吗？好的，我找找。回头再给您打电话。”

跟夫人通完话，他又把手机放回了口袋里。

“印章啊，好像在哪儿见过……”

画室这边有时会有快递送来，有时市里的工作人员也会有事过来，应对这些事情，也都是徒弟的工作，所以由他保管师傅的印章。不过，那枚印章在画室里没有固定的收纳位置，因为师傅有个毛病，爱把东西随手乱放。他常常脑子里想着绘画的事，把本来放在那里的东西随手放在这里，又把这里的东西放在了那里。因为的确都是在无意识中做的，所以师傅自己也常常忘记东西放在哪儿了，跟小孩子一样。

所谓的画室，其实是一套独栋别墅，因此作为画室有些过于宽敞了。这里的房间也很多，本来应该在洗脸池那儿的牙刷，有时在碗橱里被发现；夫人送给他的手表在鞋柜的角落里被发现，上面已积满灰尘；临时休息室里没有电视，可电视遥控器却出现在那个房间的枕头下面……刚成为徒弟的时候，每每遇到这些事，他总是很惊讶，但现在早已经习惯了。

所以，他一时想不起来最后一次是在哪儿见过那枚印章了。

“真是令人为难，对吧？”他想起夫人以前曾充满爱意地苦笑着说过。徒弟也苦笑着开始寻找印章。

起居室、厨房、会客厅、厕所，还有兼具画室功能的西式房间。虽说现在正在一点点地整理遗物，但因为很多东西是被毫无秩序地随手乱放，所以整理的进展很慢。基本上每个房间都收拾过了，可哪儿都找不到印章。

“到底放在哪儿了呢？”

徒弟刚才的这句话，仿佛是对着师傅说似的，轻声嘀咕道。他擦了擦额头上渗出的汗水，如果说还有没找的房间的话……

“该不会是……”

徒弟不由得嘟囔了一声，朝着最后一个房间走去。那是师傅为徒弟留的一个房间，里面有一张床、一个书桌，还有一个摆满了画册的小书架，这几样东西基本上就快把房间占满了。不过，师傅说给他留出这个房间是为了方便他“随时在一旁偷师”。所以，徒弟喜欢这个小房间胜于任何地方。

“咔嚓”一声门开了，房间里有一股灰尘的气味。自从师傅去世后，他便再也没来过这个房间，因为他想把其他房间都收拾完了，最后再收拾自己这个房间。

当他打开书桌的抽屉，看到从里面滚出来的印章时，只能苦笑。

“真是，竟然在我的房间……”

虽然师傅很了不起，但无论他怎样受人尊重也非完人，甚至会有让人无可奈何的淘气的一面。从某种意义上说，师傅就是这样一个特别有人情味儿的性情中人，想到这儿徒弟的眼眶湿润了。

拿起印章正要关上抽屉时，徒弟突然留意到里面还有一样别的东西，于是他的手停住了。那是两个巴掌大的本子，并不是自己的东西，那么答案就只有一个了。

徒弟稍微犹豫了一下，还是打开了本子，他一下子睁大了眼睛。

那是师傅用他那特有的笔法画的素描草图——有好几十张之多的画稿底样。

一张张地翻看下去，徒弟发现里面有几张构图好像有些眼熟，大概是师傅一有灵感就赶快在这个本子上画下来，然后再在这个基础上修改成画吧。那些以前没见过的草图，大概是还没有灵感才没画到画布上。

即便是这些最后没成画的草图，徒弟看了后，心里依然为师傅生前那卓越的才华而感到震撼。

他甚至忘了时间，师傅的这些草图让徒弟看入了迷。对于徒弟来说，这些东西显然是最有价值的遗物，有的刚劲有力，有的纤细入微；有的雄壮，有的静谧。他觉得师傅仿佛就在身边，甚至能够感觉到师傅的呼吸。他不知不觉间流下了眼泪。

当他翻到下一页时——他的手指一下子僵

住了。

“这个……”

那一页的右下角潦草地写着这幅画的名字《生命的光辉》，画上是一位女子。

没错，这就是师傅的遗作——今天从美术馆取回来的那幅《生命的光辉》的草图。

可有一点除外。

“这……难道是？”

眼睛一眨不眨地盯着草图的徒弟，突然意识到了一种可能……他倒抽了一口气，不由得低头自言自语了一句：“说不定……”然后飞奔出了房间。

他跑进了画室，把《生命的光辉》从墙上取下来，飞速地从画框里拿出画，把它展开固定在了竖起来的画架上。弟子凝视着眼前画布上的画，画上的女子依然表情悲伤地低垂着头，好像在为什么而深深叹息。

如果可以，自己能为她做点儿什么呢？这个想法也是为了师傅。

徒弟的眼神里显示着他已经下了决心，于是他拿起了画笔。之后几天，他好像被什么东西附体了似的，一直躲在画室里没有出来。

徒弟从画室里出来时，已经是一个星期的午后。也许是没好好吃饭睡觉的缘故，徒弟好像一下子老了，可是眼神里闪烁的光芒却比过去强烈得多。走出画室的他并没有去吃饭，也没躺在床上睡一觉。他径直走到门口穿上鞋，臂弯里抱着一块用布包起来的东西。

徒弟去的正是那个美术馆，迎出来的馆长看到他的样子有些担心。为了打消馆长的担忧，徒弟赶紧快步走了过去。

“能不能再把这幅画挂上去？”

说着，他把从画室里小心翼翼地抱过来的东西递了过去，那东西包着一层布，馆长好像察觉到了可能是那幅画，所以脸上并没有现出喜色。

对于馆长在担心什么，徒弟知道得一清二楚。但他不能打退堂鼓，因为这幅画不能让它就这样被埋没。

“无论如何，您先看看再说。”

徒弟当着馆长的面打开了包着那幅画的布，馆长很不情愿地把目光转向了那幅画。可就在接下来的一瞬间，馆长藏在圆圆的眼镜片后的眼睛，一下子睁得大大的，眼珠子都要掉下来了。

画上女子的臂弯里，一个刚出生不久的婴儿正香甜地睡着。

“这……”

“这才是师傅想画的。”

看着呆呆地站在那幅画前看入迷的馆长，徒弟递给他一个本子。馆长接过来打开一看，说了声：“这……”接着哑口无言了。

名为《生命的光辉》的草图上画着的那位微笑的女子，确实和油画布上画着的那位女子是同一个人，她正温柔地对着怀里刚出生的婴儿在微笑。

“我也没注意到当初给您看的这幅画实际上是个未完成的作品。师傅给这幅画起名为《生命的光辉》，是打算画婴儿和女子的，一个画的是母亲；

而另一个就是师傅想要画的闪耀着光辉的生命——就是那个刚刚诞生的生命。”

馆长的视线像钉子一样死死地钉在那幅重生的《生命的光辉》上。

“这个婴儿，是您画的吗？”

“是的。在师傅的画上修改润色，虽然内心的确有很多胆怯和不安。但我觉得师傅一定是在等着这幅画完成。不过，女子的脸部我终究还是没敢修改，否则就太对不起师傅了。不过虽然如此，我觉得这样做也挺好的。因为如果师傅就这样带着未完的事业去了另一个世界，他也无法超度成佛的，不是吗？”

馆长慢慢地把脸凑近那幅画，这时他那厚厚的眼镜片后面的眼睛终于眨了一下。

“真棒！不，简直是太棒了！这简直是杰作呀！”

徒弟听了，终于从张着的嘴里长长地呼出了一口气，这下他终于安心了。一瞬间，所有的疲惫好像一下子都飞走了似的，他的肩头变得格外轻松。

“那么，这幅画能挂在这里吗？”

“嗯……嗯。当然能。应该是我求您，请一定捐赠给我们，拜托了！”

两个人紧紧地握了握手，脸上都浮现出了满足的笑容。

几天后，正在打扫着师傅画室的徒弟又接到了馆长打来的电话。“我想请您看样东西，希望您能来美术馆一趟。”馆长好像很兴奋似的说道。徒弟觉得也许早点儿去比较好，于是就停下手里干了一半的活儿，走出了画室。

看到徒弟的到来，馆长几乎是以上去拥抱的架势迎了出来，他把徒弟带到了美术馆最大的那间展厅。徒弟跟在馆长的后面，他觉得馆长那本来有些驼的后背好像挺直了不少。

“在这里，请看。”

和电话里一样，馆长兴奋地一边说着，一边站住了。顺着他的手势所指，徒弟把目光移了过去，和上次馆长的表情一样，他的眼睛也瞬间睁得很大，大得好像眼珠子马上就要从眼眶里掉出来了。

那里挂着的是前些天徒弟再次捐赠给美术馆的

那幅《生命的光辉》，这次挂的位置更显眼了。画上画的女子和婴儿，女子温柔的目光一直注视着怀里熟睡着的婴儿那健康的小脸，那样子仿佛能听到婴儿酣睡时的呼吸声。

女子的脸又变回了年轻艳丽、白皙透明的笑脸。

“这……”

“不知什么时候，她的脸又变了。过去曾经是那样悲伤，现在竟变成了这样……”

也许是太激动了，馆长看着那幅画把后面的话给咽下去了。馆长的心情，徒弟觉得自己也特别能理解。怀里抱着婴儿的女子的表情，闪着光辉，让人觉得这个世界上的幸福好像都集中到了她身上一样。

“以前说过的那个女子半夜在馆内徘徊的事再也没发生过，是不是因为不需要再寻找她最珍视的东西了啊？”

馆长说道，声音又恢复了平静。徒弟看向他的侧脸，他眼角那深深的皱纹好像也被给予了一份幸福似的，带着柔和的微笑。

——自己也能画出让人们感到幸福的画吗？

徒弟再次注视着那幅画，心里想着。

他握紧手掌，手里曾拿着画笔的感觉还是那样鲜明，他的脑海里浮现出一个年轻的画家在画架前遐想的样子。

（文 / 橘翼）

年轻人

现在的年轻人没有梦想，过分注重对金钱的追求。

年轻时，不要太在乎金钱，应该把欲望放在对梦想的追求上，大胆向前闯。因为能够这样去做，是年轻人的专利。

年轻，就该有梦！——不，也许是有梦才称得上年轻。你不懂我说的意思吗？

因为你也还年轻，应该去试着追求梦想嘛。那样的话，你就会明白我话的意思了。

我年轻的时候，眼里只有梦想。

你问我的梦想是什么？

当然是当演员啊，我想成为日本最好的演员来着。

确立自己这个梦想的时候，是大学四年级。当时周围的同学全都穿着规规矩矩的西服，开始找工作，然后在一个平平常常的公司里入职，成为一个普普通通的上班族。

而我并不想成为一个普通的上班族，像大多数人那样进一个普通的公司，按部就班地结婚生子，建立普通的家庭，普普通通地过一辈子——像这样从一开始就知道了“故事梗概”的剧本一样的人生，我是绝对不要的。

我想试着去追求一下伟大的梦想。

大学毕业后，我想凭着自己的力量去实现自己的梦想。

当然，这不是一件简单的事情。父母也拼命反对，说：“好不容易供你到大学毕业，为什么不好好找个工作？”“就你？能成为一个演员才怪呢！”

我发誓一定要成为一个演员，给他们看看。但即便是这样，父母也还是不同意，从此我和父母的关系渐渐疏远……

我早上送报纸，白天在荞麦面店打工，晚上到演员培训中心去刻苦学艺。生活很苦，连饭都吃不饱，但奇怪的是我并不觉得饿。为什么？因为肚子里有梦想啊。这样的经验，你不觉得很珍贵吗？

后来呢？你问我是否成了一名演员？没有，我后来才意识到，“日本”这个能够承接我梦想的舞台太狭小了。

于是，我毫不犹豫地去了美国——好莱坞。

在好莱坞，我接触到了来自各个方面的新鲜刺激，而我觉得我给好莱坞带来的刺激要比接触到的多得多。

不过，人到了我这种份儿上，只要待三个月就能知道所谓的“好莱坞”体系。

终究，想要拿到好的角色，还是得靠金钱的力量，而且那里还有种族歧视。无论到什么时候，阻碍有才华的年轻人实现梦想的，终究还是“钱”和“偏见”啊。

你问我后来怎样了?

后来，我只好彻底放弃了成为演员的梦想。大文豪莎士比亚不是说过嘛：“世界是一个舞台，所有人无论男女都只不过是这个舞台上的一名演员。”

啊? 你不知道这句话?

那，你买这本书吧。

这本《成功者的哲学》是我写的，里面有很多名言。这是一本非常稀少的书，在书店里是买不到的。现在你要买的话，给你特别优惠，3 万日元就可以。

哦，你不要啊?

那，再回到刚才的话题。因为“全世界就是一个大舞台”，所以即便不做演员，也照样能成为“世界的主演”，对吧?

虽然放弃了演员的梦想，但毕竟还年轻嘛，我还是不想放弃其他梦想。

于是，我接下来追求的目标是要成为日本最好的老板。

在一个研讨班上，有人说我“你有经营的才智”。

一家公司看上了我，让我帮他们卖减肥食品。他们说我能够通晓这个商品优越在哪里，还说我有贩卖的才能，问我能否成立一个贩卖公司。

我本来有些犹豫，可又觉得这也是一个机会，于是就大胆创业开了一家公司，打算在那个减肥食品上赌一把。

虽然那个减肥食品一点儿都不便宜，但我还是进了一大批货。总之，我还是很有自信的。在刚才说过的那个研讨班上，他们夸我是“一百年才出一个的杰出人才”，我觉得这都是源于自己有在好莱坞打拼的经验。

可是，我还是遇到了倒霉事。供给我减肥食品的那家公司倒闭了，那家公司的总经理也失踪了……嗯？是不是被骗了？我哪儿会那么笨啊？相反，如果我再早点儿创业，拼命多卖些商品的话，他应该就不会落到这样的地步了。所以，我反倒觉得很对不起他。

我自行申请了破产，变得一文不名了。不过，这也是好事。因为，刚才告诉你的那本《成功者的哲学》，其中有一章写的就是这些内容。虽然钱没了，不过还是能追求梦想的。

这件事之后，我利用广阔的人脉开始寻找肯给我的梦想投资的人。然后，又开始了创业。

不过，如果能够轻易实现的话，那就不是“梦想”了。所以，我又一次破产了……后来又创业，又失败，反复了好几次。

为什么？因为追逐梦想，是一件很有意思的事啊！

你也向我学着点儿，怎么样？

直到现在我也依然在追逐着梦想，和年轻时一模一样。

我觉得如果没有了梦想，人生就完了。那样的话，不就成了“行尸走肉”了嘛。

可是，实现梦想，还是需要点儿钱，这你能理解吧？所以我才拜托你的。

这次的事业，是我迄今为止最有自信的一次。

因为，这次是抗衰老的保健食品，只要每天吃几粒，整个人就会变得年轻、健康。像这样如魔法般的药，大家肯定都会特别想买，对吧？

这次创业，可以说绝对能成功，而且我觉得必须成功。这不仅是我自己的梦想，也是在帮助其他人实现梦想呀。

可是大企业有钱能使鬼推磨，他们不断地开发出同样的新产品，而且价格上也比我们便宜很多……所以我们不可能赢。

不过，我还是觉得追逐梦想非常重要。

我非常感谢你为了帮我实现梦想，借给我钱，帮助了我。本来借你的钱我是能够按时还上的。

可是我遇到了特别倒霉的事，现在还暂时还不上。借出去的钱却还不回来，也许你为此特别生气，不过你也不要再去追逐金钱了，怎么样？你也别再追着我了，去追逐梦想如何？

虽然你来了好几次了，可没有的东西就是没有啊。

对了。一本3万日元的《成功者的哲学》还有一万册库存，用这些抵那3亿日元的债，你觉得怎么样?

什么? 网上书店卖“一本一元”?

你大概也不想再看到比自己父亲年龄还大的老人痛哭着道歉的样子吧?

对不起。请原谅。

（文 / 桃户晴）

爱妻便当

我和丈夫本来是因为相爱才结婚的。结婚时，我们一起发过誓：“无论是健康还是疾病，富裕还是贫穷，夫妻间互相支撑直到永远。”

孩子是夫妻间的纽带——如果有孩子也许事情会不一样，可我们夫妻结婚以后一直是两个人。一想到这样的生活，还要再过半个多世纪，就觉得这已经远远超过了“抑郁”，简直是“悲剧”。

我丈夫就是人们说的那种“精神虐待狂”。他一有机会就对我大骂不止，把我作为人的尊严早已践踏得粉碎。

“没看见地板的角落里积了灰尘吗？”

“你简直是个笨蛋，连个吸尘器也用不好。”

“不是让你把我的西服拿到干洗店去洗吗？你难道听不懂日语吗？还是你的耳朵只是个摆设？”

“午饭吃了牛肉盖浇饭，晚饭谁还能吃得下肉丁洋葱盖浇饭？”

“唉，抱歉，你做的饭能让人吃的实在少之又少……”

“早餐的旁边放一份报纸这不是基本常识吗？你比我起得早都做什么了？连这个也不能做的话，你还是永远给我睡着更好。”

“真是个没用的东西！偶尔也动动脑筋。你一个家庭主妇只要闭嘴听我的就行了……”

他只是把我当奴隶看待——不，他好像根本连想都不会想我还有“心”！大概最多是把我看作“机器人”吧，觉得“有工作”的自己很了不起，而我这个家庭主妇就是垃圾。这就是我丈夫头脑里构建的理论。

而且，尽管他整天好像很了不起似的，其实非常吝啬。结婚前他就把钱包攥得很紧，最近我觉得他越来越过分了。如果是为我花钱，他一分也不会给。即便是为家里花的钱，如果不按照他的意思买东西，他就会很不高兴地说："自己一分钱不挣，整天那么轻松，真不错啊！"

有一天，丈夫下班回到家，突然提出"从明天开始给我做便当"。他整天抱怨着我做的饭菜，怎么还要我做便当？我一边挨着抱怨，一边还得给他做便当，没有比这更痛苦的了。

"你做的那叫什么呀？那个煎鸡蛋……鸡蛋甜兮兮软塌塌的，那能当菜吗？"

"那个炸鸡块，外面裹的面黏糊糊的让人恶心得想吐。你是想用油把我腻死吗？"

"鲑鱼刺卡在喉咙里，下午都发不出声音了。如果我谈的那笔生意失败了，全都怪你！"

"光是蔬菜，能吃饱肚子吗？也放点儿好吃的炸鸡块什么的。蠢死了！"

就这样，丈夫依然要吃我做的便当，我想也许他是为了省下伙食费吧。真的是吝啬加精神虐待。我只能责备自己，为什么当初和这样一个人结婚呢?

可这样的丈夫，据说在公司里是个“好上司”。精神虐待狂，大部分表面上都是好人。所以，我丈夫大概也属于这样的类型吧。

这个“好上司”丈夫，有一天晚上，带着几个他的部下来到了家里。他笑着给他的部下介绍我说：“这是我妻子。”我看透了丈夫的意图，便顺着他的意思说道：“我丈夫一直得到你们的照顾，谢谢。”我戴着“好妻子”的面具，仿佛那就是自己的本来面目似的，说完低头鞠了一躬。

我为丈夫带回来的几位部下亲手做了一顿饭，当然这也是丈夫命令我做的。我怕自己做的菜会偏向老人的口味，回头又得被他数落半天。所以就做了几种偏向年轻人口味的菜，其中就有丈夫整天抱怨的炸鸡块。

“夫人！这个炸鸡块，实在是太好吃了！”

说这话的是三十岁出头的名叫“TSUYURI”的男同事。听起来很像女孩子的名字，原来是他的姓。虽然他告诉了我汉字是“栗子的花落了”的意思——读作“栗花落”。可我一时没能想出汉字是哪几个。

总之，那个栗花落对我做的炸鸡块一直赞不绝口，一大盘炸鸡块，有一大半都被他一个人吃了。

“真的好好吃啊。部长真有福气，有一个会做饭的妻子。羡慕啊！如果我结婚的话，也想找您夫人这样的。”

临走前他这样笑着说道，左脸颊上浮现一个可爱的酒窝。

栗花落他们走了之后，丈夫嘴里的牢骚就像开了闸的洪水一样奔涌而出。可这时，丈夫的话我一句也没听进脑子里去。

“栗花落”，这个有着奇妙的好听名字的男人，论起年龄来，比我小将近十岁。可这个年轻人的存在，在每天经受暴力的生活中，成了我的防洪大堤。

那之后，丈夫又带着栗花落以及其他下属来过家里几次。他大概是想表现一下自己是个珍惜妻子的丈夫，而他妻子也是一个肯为自己奉献一切的好妻子吧。我知道他的心思，所以也就配合着表演了。表演时，每每和栗花落的目光碰到一起时，我的心就会怦怦乱跳。

随着栗花落来我家的次数增多，我俩的目光相遇的次数也多了起来。这大概并不是我多心，因为每当我感觉有视线传来，抬起头时，栗花落君总是很慌乱地赶快把目光转向别处。这样的情景已经出现过好几次了。我和丈夫结婚时的确年龄不大，但之前还是谈过几次恋爱的。至少，栗花落君看我的目光里没有不快，这反倒让我感觉到了他的目光里有一些恰恰相反的东西。

一旦我有了这个想法，再和丈夫在一起时，就有了一种强烈的厌恶感。就像他不爱我一样，我也不爱他，我的感情早就不在丈夫身上了。我甚至不愿意跟他待在同一个地方。

我并不是想要和栗花落在一起，但我想要摆脱丈夫的诅咒和束缚的希望，却的的确确是栗花落给的。

我决心杀掉丈夫。

丈夫每天逼我做便当的事，倒成了一个机会。我每天早上都往丈夫的便当里下一点儿毒药。现在世界上有一种方便得令人恐怖的东西，那就是互联网。我是在互联网上查到的毒药，据说这种毒药里有种物质，如果每天吃一点，慢慢地就会在身体里累积，时间久了也会致人死亡，但死因往往显示是心肌梗死，而且从遗体里完全检测不出有毒的成分。对于我来说，这简直就是梦幻的药物啊。

因为是一点点地让他吃下毒药，所以离看到“结果”还需要很长时间。我希望一年以后能够看到“结果”，于是每天只往便当里放很少很少一点儿毒药。虽然这个过程很漫长，但想到一年以后自己就能够获得自由，我对丈夫的“语言暴力”和“精神虐待”便一直忍耐。只有想到栗花落君左脸上的那个酒窝，我才会有追求梦想的渴望。

大概是过了十个月的时候，丈夫开始说身体不舒服，眼睛变得昏花，浑身无力，肩膀疼得厉害，睡不着觉……随着这样的唠叨越来越多，他似乎顾不上再去抱怨我做的便当了。

如果说“已经不年轻了，工作别太累了”之类表示关心的话，我怕又会冒犯了他，所以只是沉默着什么也不说，装出一副关心丈夫身体的“好妻子”的样子，买回各种据说对身体非常好的食材，继续每天做着“爱心便当”。当然，在对身体有益的食材里，下进去的料不是爱情，而是杀死丈夫的毒药。

都到了这个份上了，那就快了，但不能心急。再说也不用心急，因为丈夫的一只脚已经踏出这个世界了，距离最后失去平衡、轰然坠入黑暗的瞬间，已经不远了。

我想起了侧脸上那可爱的酒窝，一想起它我的情绪就会高昂起来。只是，不知是不是丈夫身体不好的缘故，最近他不怎么带部下来我家了，我只是对这一点有些不太满意。

一年过去了。

也许今天吧？也许明天吧？我就这样精力充沛

地过着每一天。相反，看起来明显变老的丈夫，有一天对我说：

“今晚要守夜，把我出席葬礼穿的西服拿出来。”

“是谁死了吗？”

“你是白痴吗？当然是因为有人死了，才去守夜的。”

这种令人讨厌的说话方式没几天了，离给丈夫守夜的日子也没几天了。我得准备好作为伤心的妻子该怎么去哭他。

“谁死了？”

其实我并不感兴趣，只是漫不经心地问道，丈夫却不耐烦地翻着白眼。看着他那有些病态的泛着黄色的白眼，我不由得感到有些毛骨悚然。

“栗花落。”

那一瞬间，丈夫还说了什么，我完全没有听到。

——不，是我的脑子拒绝接收。

“所以，是栗花落，他来过咱家几次。你那笨脑子肯定也记得吧。看上去像是从事体育运动的健康男儿似的，可这一年来脸色渐渐变得难看起来，前几天突然就死了。”

这……这怎么可能？为什么？那么开朗阳光的栗花落君，难道就这样走了？难道他那笑脸就再也见不到了？

我的思维就这样像冻成了一坨冰似的流动着，就像把浮冰放进大海里一样。

唉……丈夫一声深深的叹息，撞到了“冰流”上。

“唉，今后我的收入该减少喽。”

收入？栗花落君的存在和丈夫的工资之间还有什么关系吗？

看到我诧异的表情，丈夫的脸上露出了一丝冷笑。那笑容冷冰冰的，却好像很开心似的。

“栗花落”的发音，读起来又是“入梅雨”。栗子花凋落后，会有一段很漫长的雨季。的确，他第一次来我家时，曾经这样告诉过我。

“那家伙不是单身吗？我看他午饭整天不是方便面，就是去便利店买午饭，所以就把我的便当卖给他了。你做的那些难吃的饭菜，虽然不合我的口味，但那家伙却说‘好吃、好吃’，每次都把便当全吃光，也许跟你投缘吧。哦，每天卖 500 日元，一个月能有 1 万日元的零花钱。可太遗憾了，死了一个我最舍不得的部下呀。”

（文 / 桃户晴　橘翼）

预知能力

这个男人一直活得很平凡。

他从当地的公立中学毕业后，考上了一所二流大学，毕业后在一家小制造公司找到了一份工作。他经人介绍结了婚，但发现与妻子之间并没有爱情，于是结婚三年就离了婚。现在他是单身，已经不想再结婚了。

他在工作上的表现也很一般，业绩马马虎虎还算过得去，没有什么可以称得上“烦恼”的烦恼，业余时间的小小乐趣，就是去游戏厅打老虎机和赌赛马。

有一天，他在游戏厅输了钱，回家路过一个公园时，坐在公园的长椅上打了个盹儿。这时，突然风云突变，转瞬间天空就布满了厚厚的一层黑云，剧烈的炸雷一个接一个地响个不停。

男人揉着惺忪的睡眼，正想站起来，只见一个巨大的人影挡在了面前。

“你许一个愿吧，无论你想要什么都可以满足你。”一个低沉的声音说道。

他抬头一看，只见一个穿着连帽斗篷的男人，手里拿着一个长长的拐杖，正俯视着自己。那样子实在太不现实了，男人以为自己还在梦中。

“怎么回事？你是谁？”

好像是为了确认一下是不是现实，男人问道。

“我是魔法师，只为没有任何梦想和希望的事主出现。无论什么，只要你许下一个愿望，我就能满足你。”

“如果是魔法师的话，你是为了表演想要练习一下呢？还是想怎么着呢？”

男人说完就后悔了：唉，这样的人，也许还是不要理他为好。但那个人好像并不理会男人是否后悔，继续说道：

“唉，你不信我也不奇怪。那要不你就先许一个愿试试也好嘛。”

男人好像很有自信地笑了。

“啊，有意思。那么，你拿出100万元现金看看。”

“这点儿事啊，太容易了。”

说着，魔法师打了个响指，接着，男人的头上就哗啦啦地落下来大量的纸币。

“好了，实验结束了，你可以许愿了。”

男人捡起来一张纸币，仔细看了看。没错，真的是1万日元。虽然没有数一下张数，但估计能有100张吧。他深吸了一口气，再一次仔细地端详魔法师的样子。

“哎，你真的是魔法师吗？如果真有这样的事，请你别让我从梦中醒来。”

听到男人小声嘟囔着，魔法师嗤嗤地笑了。

“那么，你能满足我的愿望，对吧？那许个什么愿呢？”

男人犹豫来犹豫去，最后决定，想要赌博时能够获胜的能力。只要有了这个能力，就能有钱。只要有了钱，基本上就什么都能做了。于是男人说：

“好，我想要预知能力。”

魔法师听了说：

“你的愿望我已经听到了。”

说完，就消失得无影无踪了。

“喂，等一等！”

这时，天上的乌云一下子散开了，原来被乌云遮挡住的太阳也露出头来，1 万日元的纸币依然散落在男人的脚边。可像这样的一些小钱，他连捡都懒得捡了。只要有了预知能力，金钱要多少有多少。

男人一脚把钱踢飞，嘴角咧了咧，暗自笑了。

第二天，男人跟公司请了假，一早就去了赛马场。

他立刻买了几份赛马报纸，在数据一栏勾选了一通，对每场比赛做了预测。

不可思议的是看报纸的时候，他竟然能够预见每场比赛的结果。他的脑子里，非常清晰地浮现出每匹马到达终点的顺序。

“第 1 场比赛，3 号马虽然把其他马远远地甩在了后面，但还是以微弱的差距输给了 5 号；第 2

场比赛，1 号马领先；第 3 场比赛，接近终点时，6 号马从混战中脱颖而出，以一个马脖子的优势赢得了比赛……”全部，他都能看到！

他拿着报纸的手不停颤抖着。

可是，这到底是不是真的有了预知能力还不知道，说不定是搞错了呢。

男人试着先买了一张第 1 场的赛马券，想看看结果再说。

结果，比赛完全按照男人的预想进行。3 号马遥遥领先，把后面的马越甩越远。当大家以为它就要那样冲过终点时，在最后冲刺的直道上，5 号马难以置信地超了过去。

“不会吧？”

于是，在快要冲过终点时，5 号马替代了 3 号马，赢得了第 1 场比赛。第 2 场比赛是 3 号马赢了……

男人独自一人欢呼雀跃着，不是因为比赛赌赢了而高兴，而是为自己真的拥有了预知能力而欣喜。

男人确信自己有了预知能力，于是便按照自己的预想购买了赛马券。然后，全部都买中了。

那天的最后一场比赛，男人预测到了一个高倍率的大冷门马券。

“如果这个也中了，就能拿到一大笔钱了……”

结果这场比赛也被男人买中了，仅仅在那一天，男人就拿到了数千万日元。

“简直像是做梦一样，这样下去，都没必要再去工作了。”

这之后，男人在各种各样的赌博或购买的股票中获胜，赚了一大笔钱。

他用赚来的钱买了高级公寓和外国产的高级轿车，过上了奢华悠闲的生活。通过这种生活，他的周围聚集了不少人，于是权力之类的东西也弄到了手。男人一改以前那种平凡的面貌，生活幸福到了极致。

有一天，魔法师说：

“说起来，不知那个男人怎么样了？就是那天在公园里遇到的那个。”

他的徒弟回答说：

“您想看看他吗？”

说着，只见一个巨大的水晶球里映射出那个男人的影像，男人正躺在医院的病床上笑着睡着了。

“他被人发现的时候，好像依然在公园沉睡，一直没有醒来，所以被送到了医院。他可真能睡呀，而且，脸上的神情好像特别幸福。”

魔法师看了看水晶球，说：

“那当然了，因为是梦嘛……”

说完他看了看徒弟。徒弟表情有些惊讶地看着魔法师说：

“果不其然，师父您还是那么喜欢捉弄人。”

“喂、喂。这要是传出去可不好啊。我只不过是让那个男人实现了他的‘如果是梦的话，就别让我醒来’的愿望而已。”

于是，魔法师和他的徒弟相视而笑。

（文/桃户晴）

砰。

部长一巴掌拍在了桌子上，毫不掩饰自己的愤怒。三十分钟里这已经是第六次了。适可而止吧，将人觉得耳朵都好像被震得嗡嗡作响起来。

“简直是，你这都工作多少年了？你这样还怎么给部下起到表率作用？”

“啊？”

“砰”的一声，第七回。

“就是因为这样，你才错过了上次那拨晋升机会。好好看看你周围吧，和你同一年进公司的哪个不比你强？!”

最后，将人又被训斥了三十分钟，然后才被放出来。

午休，在食物难吃又不便宜的公司食堂里，吃着总是软塌塌的面条，将人冲着碗深深地叹了口气。他已经四十多岁了，却总是当着同事的面没完没了地挨训，的确很不舒服。虽说是上司，但他有权利那样说吗?

“那样的家伙如果不是上司就好了……”

不知道是第几次叹息了，将人长长地呼出一口气后抬起头来。就在下一瞬间，突然“啊”地大叫了一声，他吓得碗撞在了胳膊上，碗里剩下的面汤也洒了一桌子。周围的视线一下子都转向他，他却毫不在意地只是盯着那个东西看。

那是一个洞穴，它在空中突然裂开，看上去只能说是一个黑漆漆的洞穴似的东西。

这到底是什么呀？洞穴吗？为什么会出现在这里？洞穴本来不应该在空中呀……

天旋地转的将人被一声“佐野桑”打断了思绪，声音是从他身后传来的。

“你怎么了？突然那么大声地喊叫？”

端着一碗炸猪排饭的后辈，好像在看什么奇怪东西似的看着他问。将人的视线在后辈和眼前的洞穴间来回移动，过了一会儿才终于挤出一句：

“铃木，你……你，这个，你觉得是什么？”

将人拼命指着洞穴说。可是后辈的视线却好像完全看不到似的穿过了那个洞穴。

“你问的‘这个’是面条吗？哦，这个面条有点儿‘微妙’哈。”

后辈好像看不到洞穴。

“我先走了。”将人对后辈说，他把盛面条的碗端起来，摇摇晃晃地走出了食堂。这时将人突然有了一种不可思议的预感，他转过身来，就看到在自己身后两米左右的地方，那个洞穴就像自己养的一只狗一样跟着自己。将人向前走，那个直径大概四十厘米的洞穴也跟着在空中飘移，从三楼食堂到八楼工作的地方，这一路，竟然没有一个人发现并指出这一现象。这个洞穴，好像不仅仅是在食堂遇到的后辈，其他人也都看不见。

不仅如此，在将人下班回家的路上，那个洞穴也一直在跟着他。

“晚饭一直没法收拾，你能快点儿把晚饭吃了吗？”

连句“你回来啦”也不说，平时将人总是会对妻子皱起眉头，可今天却顾不上这些。

“喂，小雪，你能看到这个洞穴吗？”

“洞穴？什么？难道你的西服又破了吗？哎，你能不能别这样了……”

果然，对于眼前这个洞穴，妻子没有显示出任何反应。将人浑身带着焦躁的情绪去了厨房。

除了自己以外，谁也看不到那个——洞穴，而且还能在空中移动。难道是自己的幻觉吗？或者，被训斥得太厉害了，自己的脑子有些坏了也说不定。他希望别太严重，睡一晚就能好。可就是这么点儿可怜的希望，第二天当他睁开眼睛时，也破灭了。

收拾好东西出门上班时，妻子并没有送他到门口。而那个洞穴却跟在将人的身后出了门。将人停下脚步，它也会停住；将人再往前走，它也会无声地开始向前移动。

“真是的，这到底是什么呀？”

将人一边走，一边回头嘟囔着。正在这时，他突然注意到，那个洞穴没了精神。

“你肚子饿了吗？”

洞穴的边缘稍微鼓了鼓，又恢复了原状。将人明白了，它那是点头承认了。

“说是饿了，可难道洞穴还能吃什么吗？”

将人不知道该找点儿什么东西给它，便向周围环视了一下。突然“咚”的一声，将人的后背被人撞了一下，是一个年轻人，脖子上戴着一条花里胡哨一动就哗啦作响的项链，眼神恶狠狠的。虽然听不清他在咕哝着什么，但显然是在骂脏话，同时还恶狠狠地瞪着将人。接着他还把嘴里叨的烟拿出来，也不掐灭，就那样直接扔在路上走掉了。

他好像被毒蛇盯着的青蛙，浑身僵直。对自己刚才的表现，将人感到失望至极。那样一个小破孩儿……将人想，他无意识地看着那个被扔在路上的烟头，刚要叹息，突然感觉那个洞穴震颤了起来。

“你是想吃那个吗？”

将人轻声问道，洞穴又震颤了几下。将人指尖夹起还在冒着细烟的烟头，半信半疑地把它扔进了那个洞穴里。在漆黑的洞穴里，烟头渐渐坠落，只见那洞穴就好像是在咀嚼什么食物似的，轮廓一伸一缩地动着。

“好吃吗？”

洞穴好像是在点头似的，越发明显地抖动了几下。

紧接着，他就听到一声轰鸣，好像要把早晨的空气撕裂，同时又听到了一声惨叫。光听那惊心动魄的声音，就知道发生的事肯定不一般。将人向着传来轰鸣和惨叫的道路前方跑去。

每次等信号等得心急的十字路口那个让人心焦的信号灯，现在从底部绵软地扭曲着。一辆车鼻子都被撞烂了的大卡车冲到人行道上停在了那里。在布满了闪闪发亮的碎玻璃的道路上，人们的喊声嘈杂一片。

“快！叫警察和救护车！”

“有人被撞了！”

一大早就出了这么大的事……将人想着，突然迈出去的脚踩到了一个哗啦作响的东西，低头一看，是在刚才那个年轻人胸前看到过的花里胡哨的项链。

不会吧？那个事故肯定只是偶然。一边工作一边想着刚才那件事的将人，又被上司叫去了。上司很不耐烦地把眼镜摘下来扔在了桌子上，眉头紧紧皱了起来。

“新职员都比你好用！你偶尔也去开拓开拓新客户怎么样啊？”

上司一边训斥着将人，一边端起咖啡杯。正送到嘴边要喝时，也许是生气手抖的缘故，有几滴咖啡洒了出来，溅到了他的衬衣上。他气鼓鼓地咂着嘴，起身出去了，大概是去茶水间或洗手间擦拭衬衣去了。需要咂嘴的是我呀，一边这样想着，一边挠头的将人，突然发现旁边的洞穴震颤了起来。

“哦，原来你是想要吃这个呀。”

将人拿起被上司忘在了桌子上的眼镜，连看也不看地扔进了洞穴里。只见那个洞穴的黑色边缘又好像很高兴似的来回伸缩了几下。正在这时，就听到一个女职员发出一声惨叫……

惨叫声正是从茶水间那边传来的，将人跑了过去。那里的人已经围成了一堵墙，人墙的中央，大块头的上司正翻着白眼躺在地上。

有人喊："快打急救！"有人在不断地叫着上司的名字；有人小声说，是不是老毛病又犯了。可将人的耳朵却什么也听不见，因为看着旁边开心地好像在说"表扬我，表扬我"似的一伸一缩的洞穴，将人像被钉子钉住了一样一动也不能动。

这是黑洞啊！如果把某个人的随身物品扔进洞里，那么那个物品持有者的灵魂也会被洞穴吸进去，其生命就会被吞噬。

我得到了一个最棒的伙伴！将人努力忍住，没让自己脸上的微笑流露出来。

只要有了这个洞穴，他想取谁的性命就能取谁的性命。只要消灭了碍他事的人，很多事情就能随心所欲地去做了。好像是在肯定将人的想法似的，漆黑的洞穴一伸一缩了几下，简直像极了一个摇头摆尾的小狗。将人没有孩子，如果有孩子的话，就会是这样的感觉吗？将人的嘴角露出了微笑。

白天憋了一天的天空，到了晚上七点多，终于憋不住了，开始下起了雨。将人没带伞，所以他只好猫着腰从家附近的那个公共汽车站往家一路疾跑。

“我回来了。”将人说着打开了家门，像往常一样，家里没有任何回应。刚结婚那阵儿，妻子不仅每天早上给他做便当，而且主动要求睡一张床。可现在，她不仅不再送将人去上班，而且晚上也是睡在自己的房间。

今天也是，都这个时间了她还没回来，也不知去哪儿了。夜幕笼罩的家里，一片寂静。打开灯，也看不到任何做了晚饭的迹象。丈夫去工作的时候，也不知去哪儿闲逛了。正当将人的胸中充满了怨愤时，门口传来了开门的声音。他等在原地没动，而进来的妻子却惊讶地瞪大了眼睛。

“呀，你回来啦。”

“你去哪儿了？都这个时候了。”

"都这个时候了？不是才八点吗？这种束缚人自由的话，还是不要说了吧。"

连句道歉的话也没有，她把手里拿的购物纸袋放在了桌子上，自鸣得意地长叹了一口气。和老公比，她好像更在意自己被雨淋湿的头发。当将人一再问她去哪儿了时，她从披散的头发缝隙里看向将人，眼神里带着刺。

"百货商店来电话说我预约的东西到货了，所以我就去取了一趟而已。"

她敷衍了两句，就转身走了，肯定是去卸妆了。这样一来，大概还得再等三十分钟才能吃上晚饭。

将人把湿漉漉的刘海胡乱地用手拨弄了一下。妻子不可能关心他，把毛巾递给他的。

"你是不是也觉得很过分？"

将人的眼神往旁边瞥了一下说，黑乎乎的洞穴，变化了一下大小，表示同意。看来只有这个家伙理解我呀。

"用丈夫挣的钱买这么贵的东西……"

妻子放在桌子上的纸袋，是高级手表的专用纸袋，上面印着那个品牌的标志。虽然不知道她买的是什么样的手表，但这个牌子的手表，即便是女表，价格也不菲。他觉得只靠妻子打工的钱，是不可能买得起这个牌子的表的。

闪着光泽的铜版纸袋上，时尚地印着凸起的银色品牌标志，他记得那应该是哪国语言里“永远”的意思。结婚誓言里说的那两个字“永远”，对于将人来说，已经变成“后悔”了。

现在如果再找一个，还能重来一次吗?

他突然冒出一个念头，那个漆黑的洞穴幽深莫测。

“这个，吃吗? ”

将人指着纸袋问洞穴，并没想要回答。

他从纸袋里拿出一个盒子，上面精致地扎着一个蓝色的缎带。那条寓意幸福的缎带，却让他感到一种讽刺的意味。他变得更加气愤起来。

“就这样，让我的婚姻生活再重新来过吧。”

他的嘴角上翘，把小盒子扔进了洞穴。这个假冒幸福的东西，瞬间就在黑暗里消失了。

结束了，这下大概一切都会改变吧。回归轻松的单身，重新开始新的人生。

将人脱下了沉甸甸的西服，被衣服掀起的风一吹，留在桌子上的那个空纸袋一下子被扫落在地。只见从里面掉出一张比名片稍大一些的卡片，滑落到了将人的脚下。

致老公：

将人的目光被这三个字吸引了。

生日快乐！当面总是很难说出口，就让我把感情寄托在这份礼物上吧。

你的手表已经戴了很多年了，我觉得你也到了该拥有这种上档次的东西的年龄了。每天工作辛苦了，借今天这个机会，如果能再像年轻时那样真诚坦率就好了。

将人拿着卡片的手抖了起来。

原来那块手表不是妻子给她自己买的呀。那么，这能是给谁的东西呢？

将人颤抖的手一下子把那张卡片揉成了一团。他感到不知从哪儿吹过来一阵风，将人慢慢地转过身去，风不是从背后吹过来的，那股风倒像是要把人吸过去似的。

他回头看去，只见那个洞穴瞬间好像膨胀了五倍，就好像摇头摆尾的小狗一下子露出了獠牙。

“对不起，让你久等，我马上就做饭——”

妻子把头发彻底吹干回到房间时，丈夫已经变成了一具冰冷的遗体。

标有泛着淡淡银光的“永远”两个字的纸袋，在地板上来回摇晃着沙沙作响。

（文 / 橘翼）

求婚

男人是一个做壶、盘子和碟子的陶瓷艺人。除了把土和成泥再拿去烧以外，他是一个再无其他任何特长的沉默寡言冷淡生硬的男人。可是，有个女人却喜欢上了他，准确地说，也许不是喜欢上了男人，而是喜欢上了男人烧制的陶器。总之，女人想要支持男人的事业。

女人很殷勤地照顾着男人，住进了男人的家，给他做饭、洗衣服、打扫房间，毫无怨言地一直为这个除了会做陶器，别的什么也不会的男人做着贤内助。

而对这个女人，男人却一直视同空气，从不跟她说话，女人跟他说话，也很少得到回应。即便两个人都在家，家里也总是安安静静的。

面对男人的这种态度，女人宽容地接纳了，对男人也从来没有任何要求。当然，这得是在男人选她为妻子的前提下才行。

她没奢望过他会给她买结婚戒指，可是，说一句“跟我结婚吧”或者“做我的妻子吧”这类话，难道还会遭天谴不成？可这类话男人却从来没说过。女人背着男人独自哭了无数次，眼泪都快流干了。

算了，分手吧。说到底，他只不过是把我当成一个“免费保姆”罢了，他肯定从没考虑过将来要跟我在一起什么的。

这样的想法，她有过无数次。

有一天，女人看到客厅的桌子上放着一张纸。

是一张结婚登记申请表，丈夫一栏里，已经写上了男人的名字，旁边还盖上了印章。结婚登记申请表的边角上还沾着烧陶器用的瓷土。显然是他借着工作间隙，一点点儿填上去的。

别说求婚之类的甜言蜜语了，连一点儿浪漫气氛都没有。可是，早已流干的眼泪，这时却又涌了出来。真是不可救药！这个蠢男人！

就这样，既没有结婚戒指，也没有新婚旅行，两个人就成了夫妻。家里的家具也还是那些旧的，他们的新婚生活实在是煞风景，但即便是这样，女人却想：

“虽然我不太清楚这个人是不是爱我，但我还是就这样全力支持他，还有他的创作吧。”

婚后生活很无聊，偶尔问男人点事儿，他也最多点点头或摇摇头，头连抬也不抬。

不久孩子出生了，接着第二个、第三个，一直到第四个。家里变得热闹起来。女人跟孩子们说话多了，跟男人说话就更少了。可另一方面，家庭生活渐渐变得更加拮据。

男人的长处就是只会工作，没错，就是只会闷头干活。可随着时代的变化，手工艺品被批量生产的便宜货挤压，男人制作的陶器几乎卖不出去了。

女人在照顾孩子们的同时，又在家附近的一个工厂找了份合同工的工作。工厂的工作结束后，她还去一家超市打工，还有那么多要做的家务，所以整天忙得连睡觉的时间都没有。

好在辛苦也值得，孩子们都健健康康地长大成人，一个个离开家独立了，家里又恢复了宁静。两个人都已经年过七十，“安静的老年生活”听着蛮好的，但男人依然和过去一样每天转着陶轮，夫妻之间，几乎没有什么话可说。

终于男人也不解释，就连陶轮也不转了。他是怎么想的，女人不知道，也不想问。不过，过了一阵子，男人不再转陶轮的理由终于清楚了。

男人得了老年痴呆症，不仅是头脑，连手上已经干习惯了的陶艺技术也被无情地从男人身上剥夺了。本来以为他只是白天整天裹着条被子待着呢，可到了晚上，他却忽然起身出门，在家附近徘徊。因为迷路，给警察带来麻烦，已经不是一次两次了。

男人的痴呆症越来越严重，渐渐地什么也不记得了。因为他不说话，所以这一点也只能是推测。不过至少依照女人的判断，男人是什么也不记得了。这也不是毫无道理的。

有一天吃完午饭，男人少有地开口说话了。

“这里……是哪儿？”

“哎呀，真要命，这儿不是你家吗？”

“是吗？……是我家呀？那么……”

“怎么了？”

“请你别随便进我家来。”

连这个是自己妻子的女人都忘记了。那天晚上，女人哭了，她已经很久没哭过了。不过，她也只是伤心了这一个晚上而已。

“我爱的，是这个人的作品。期待这个男人的爱情，实在是一件很愚蠢的事。这一点，我不是在结婚前就已经明白了吗？”

第二天，女人又像往常一样去护理男人。虽然男人已经不能再做陶器了，但女人还是一如既往地照顾着这个男人。

终于男人卧床不起了。无论问他什么，他已经连头都不摇了。在这样的状态下，女人依然每天给男人擦拭身体、喂饭。

就这样，在一个春天的午后，男人去世的前一天。不知何时，在男人身旁打着盹儿的女人，被一个声音惊醒了，她听到男人好像在低低地说着什么，他已经好久没有“说话”了。

女人把耳朵凑近了男人嘴边，流着泪恳求道：

“请你再说一遍。”

虽然不像是在回应她的恳求，但男人还是用沙哑的声音，断断续续地又重复了一遍：

“虽然，不知道你叫什么，但你是个好女人……如果可以的话……跟我结婚，好吗？”

说完，男人安静地闭上了眼睛。

（文 / 吉田顺）

实之助彻底调查清楚了，杀害自己父亲的是一个叫“市九郎”的男人，他曾经是父亲雇用的伙计。

实之助浑身颤抖着。这是因为各种复杂的情绪一下子涌上来，才使他的身体不由得颤抖起来。

太漫长了，一直到今天，他不知道度过了多少个不眠之夜。有多少次，那难以忍受的痛苦记忆使他不得不咬紧牙关。那些日子，今天终于有了回报。

实之助拿起了一直摆在家里壁龛上的祖传宝刀，那沉甸甸的感觉，让实之助更加坚定了自己的决心。

“等着吧，父亲的仇……”

愤怒、憎恨以及兴奋，使他的声音有些颤抖，但实之助的眼睛在黑暗中闪着幽暗的光。

市九郎在很久以前犯下了罪行。

起因是他喜欢上了自己侍奉的主人的夫人。主人知道市九郎和自己夫人私通的事之后，气得大发雷霆，冲过去要杀了市九郎，虽然市九郎知道是自己不仁不义在先，即使被杀死也活该。可一旦事到临头，他还是不想死。他下意识地用短剑接住了砍过来的一刀，在混战中，他的剑就那样顺势一下子刺中了主人。

犯下杀主重罪的市九郎逃走了。在逃亡期间，为了活下去，他又一次次地犯下了罪行。不知不觉中，他犯下的罪恶已经让他的双手沾满了鲜血。

精疲力竭的市九郎，终于有了后悔的念头。浑身病痛的他再也逃不动了，市九郎终于倒在了荒郊野外的路边。

正巧有个僧人路过，僧人可怜市九郎，便把他带回了自己的寺庙，给他吃了一顿热乎乎的饱饭，又让他盖着被子暖暖和和地睡了一觉。僧人的慈悲感动了市九郎，他哭着向僧人忏悔了自己犯下的罪行。

一直闭着眼睛听市九郎忏悔的僧人，等市九郎说完，才终于睁开眼说道：

“如果你对自己曾经做过的事感到后悔的话，就用余下的生命去帮助别人吧。只有清明端正的行为，才能洗刷你曾经犯下的罪过啊。”

听了僧人的话，市九郎又流下了大滴大滴眼泪。于是，他踏上了为自己赎罪的旅途。

市九郎虽然没有钱，也没有智慧和力气。但在旅途上，不管是伤心流泪的人，或者是愁眉苦脸的人，只要他看到了，就一定会走上前去陪伴他们。有时会竭尽全力地去安慰他们，若有需要，哪怕是滚一身泥浆，他也会挺身相助。

就这样，怀着把余生全部奉献给他人的决心，市九郎继续着他的旅程。有一天，他来到了一个位于悬崖峭壁上的村子。

沿着绝壁攀援的那条路，狭窄而陡峭。据说每年都有人从那儿失足，掉落峡谷，只要掉下去，基本上没有生还的希望。遇到下雨时，甚至一天中有十多个人在这里丢了性命。

拼死爬过那个险关时，他一边擦着汗一边想："这样的路，对于村里的人来说，真不是一般的艰难啊。"这时，市九郎的脑子里浮现了一个想法。

"对呀！修一条隧道，让大家不用爬这条悬崖小路也能走出峡谷不就行了吗？那样的话，就再也不会有人从这里摔下悬崖丢掉性命了。"

一旦有了主意，市九郎便在悬崖附近的村落找了个栖身之处。虽然这只是自己突然生出来的想法，但他知道只有为这里的人们把隧道打通，他才能将自己过去所犯的罪过彻底赎清。

之后，很多年过去了，市九郎为村民不断地挖着隧道。虽然村民们嘲笑他说："在像铁一样坚硬的岩石上凿洞，根本不可能。"但市九郎依然独自一人，不断地向前挖着隧道，两只手挖得鲜血淋漓。

他如此执着、如此坚定，眼看着那坚硬的岩石一天天地被凿了下来。岩石被市九郎的毅力征服了，它仿佛是崩裂似的一步步向后退去。于是……

实之助找到市九郎的时候，隧道还有一点儿就要贯通了。这天晚上……

“市九郎，是你吗？”

“是我……”

初次见面的两个人，都大吃了一惊，因为两个人长得太像了。实之助还不到三十岁，而市九郎马上就要六十岁了。两个人看上去简直如同父子俩，相貌几乎一模一样。

“仇人竟然长得像自己的父亲，还有比这更具有讽刺意味的吗？”

“你说什么？那么，你是……”

在毫不遮掩地表露敌意的实之助面前，市九郎知道自己所面临的处境了。

背负着罪过渐渐变老的市九郎早就知道，无论他怎样为了赎罪去挖隧道，他犯下的罪过，就像那岩石一样，是不会消散的。无论花多长时间，无论多少次用钢钎去凿，都不能让它彻底消失。

所以，他早就决定当有人来追究自己犯下的罪过时，他会欣然接受。

“我知道了，我这条命就随你处置吧。只是能否稍微等一等？隧道再有一点儿就可以贯通了，这条隧道是我发誓要为村民修的。至少让我临死前，兑现我这个诺言吧。这件事做完后，我这条命你想怎么处置就怎么处置好了。”

实之助本来打算一见到他就杀了他，但听了市九郎的这番话，他有些犹豫。

市九郎不仅没有乞求他饶命，看上去反倒像是准备好接受死亡审判了。那么，就索性给他点儿时间，让他好好品尝品尝人之将死时的恐惧吧。那样一来，说不定过几天他又不想死了呢。只有在那样的情景下，报仇才真正有价值，不是吗？

“好吧。那隧道完工的第二天一早，我会来取你的命。”

宣告完后，实之助便离开了村子。他来到离村子不远的一座桥下，将那里的一个破茅舍作为暂时的栖身之处。

从那天起，两个男人都各自怀揣着心事过着每一天。太阳每天照样升起又落下，落下又升起。这次实之助是真的每天在数着日子度过，要讨伐的那个男人，就在触手可及的地方。替父报仇的时刻，就这样在一天天数着日出日落中很快到来了。

有时，实之助也会偷偷到市九郎挖掘隧道的地方去看看。市九郎虽然已经年迈，可还是一天都不停歇地不断向前凿着岩石，脚下散落着凿下来的石块，黑暗中实之助好几次差点儿被绊倒。洞里充满了粉尘，连呼吸都困难。在这样恶劣的环境下，已经是老人的市九郎竟然能独自一人，每天握着凿子不间断地凿着岩石，就连实之助也受到了小小的触动。

一开始，嘲笑市九郎说“根本不可能”的村民们，如今大都转变了态度，开始发出了感叹。也有人提出要帮他干，但都被市九郎拒绝了。他说“这个活儿有危险，所以这个隧道必须由我一个人来完成”，便让村里的人都回去了。

市九郎独自在这里劳作，他相信孤独地坚持到最后一刻，也是一种赎罪。

——可以了，我已经明白了，你已经做得足够了。所以，就让我把你从孤独中解放出来吧。

于是，当实之助在山脚下数着太阳的升起和落下，数到了第一百回时，他来到了依然在凿着隧道的市九郎身边。也许是知道他要来，市九郎看到实之助时连眉头都没动一下。这一点，让实之助有些心生不满。

“真是挖了不少了啊。”

“嗯，明天或许就能贯通了。终于等来了这个时刻。”

“明天啊？知道自己只能再活一天了，你有什么想法吗？”

“没有。只要隧道贯通，大家都能安全地来来去去，我的夙愿就实现了，也没有任何遗憾了。”

“是吗？”

实之助点了点头，从随身携带的刀鞘里抽出那把日本刀，向着市九郎砍了过去。因为常年在隧道里干活，好几次被飞溅的石子伤了眼睛，市九郎的眼睛几乎已经看不见了，所以一直到自己的身体被刀砍中，他都没能注意到实之助的行凶动作。

伴着四溅的血花，市九郎倒了下去。实之助漠然地俯视着市九郎的血沿着岩石的凹痕流淌。

“这是……怎么回事？你不是说……等到贯通以后……吗？”眼看就要没了呼吸的市九郎断断续续地问。

在他的面前，实之助把那把滴血的刀插在了地上。手松开了刀柄的实之助弯下腰来，突然开始脱市九郎身上穿的和服。

“喂，你，究竟想……”

“只是把你杀了，我觉得还不够。”

他把市九郎的衣服迅速穿到自己身上，冷酷地笑了。

“如果在隧道贯通后杀死你，你就成了殉道者。

我就只能成为杀死殉道者的恶人了。那即便是替父亲报了仇，我也不可能满足。所以我要从你这儿把一切都拿走。多么讽刺，因为我和你有着相似的容貌，所以只要我装扮得老一点儿，就完全可以冒充你了。不是吗？”

穿着市九郎的衣服，把扎着的头发披散开来，微微驼背，实之助那样子的确像极了市九郎。

而且，在这黑暗的隧道里，没有一个人看到他们替换了身份。

第二天，“市九郎”出现在隧道附近，他迈着坚实的步伐走进了黑暗的隧道。看着手握凿子的“市九郎”，村民们都小声议论着：

“真是一个了不起的人啊！”

“今天好像更是浑身充满了力气。”

这时，在昏暗的飘满了粉尘的洞穴里，终于有一道阳光照射了进来。那一刹那，村民们一边流着泪一边鼓掌欢呼，庆祝隧道大功告成。人们赞颂着救了这个村子的“市九郎”的名字，这声音即便是男人终其一生，恐怕也会不绝于耳吧？

“您的夙愿，终于实现了，父上。”

夺了别人的名字、声誉，以及性命的男人，悄悄地朝着黑暗中射进来的光线，轻声说道。

（草案／菊池宽　创作／桃户晴　橘翼）

记忆

“爸爸，苹果买回来了，我给您削皮吧。”

像往常一样，小茜一放学就来医院看望生病的父亲。

“哦，对不起啊，那我就吃吧。”

男人说着，坐了起来。

小茜管桐谷叫“爸爸”，但实际上桐谷并不是小茜的亲生父亲。现在读高中的小茜，小时候失去了父母，是这个叫桐谷的男人把她养大的。

小茜失去了关于小时候的记忆。因为在一起事件中受到了父母双亡的打击，她失去了之前所有的记忆。

桐谷是负责调查那起事件的刑警，他同情成了孤儿的小茜，便主动要求领养了她。当然，小茜也知道桐谷不是她的亲生父亲。

“感觉怎么样？脸色好像好一点儿了。”

小茜笑着说。

“是啊，也许是吧？我的身体里，癌细胞早已经扩散得到处都是，只能等死了，所以也就说不上是好是坏。不过，今天天气很好，感觉精神很不错。”

小茜的表情有些悲伤。

小茜的悲伤是为我这个快要死的人呢，还是为将要再次成为孤儿的她自己呢？桐谷一动不动地凝视着窗外那宁静的街景。

“刀子放在哪里来着？”

“那边的抽屉里吧？”

小茜从抽屉里拿出水果刀，熟练地削起苹果皮来。

“今天在学校怎样？”

“还是那样呗。”

小茜耸了耸肩。

“不好好学习可不行啊。”

“只要能毕业就行了，又不能去上大学。啊……”

“怎么了？”

突然，小茜抱着头蹲了下去。水果刀和苹果掉在了地板上。

“喂，小茜！你要紧吗？!”

“嗯……”

小茜痛苦地皱着眉头，额头上冒出一层汗珠。

“叫医生吧……”

桐谷刚要按下呼叫护士的呼唤铃，小茜伸手制止了他。

“不用。已经没事了。”

“到底怎么了？”

“最近，偶尔会这样，好像是记忆要被唤醒似的……”

“记忆吗？想起什么了吗？”

桐谷从床上探过身来，晃着小茜的肩膀问。

“没有，什么也没有，看到的只是零星的片段，重要的地方什么也……”

“是吗？”

桐谷深深地叹了口气。

“我已经活不了多久了。也许是时候把真相告诉你了……”

“啊？真相？”

“算了，还是不说了。也许你还是不知道为好。”

“爸爸……”

小茜的表情有些复杂。

可能她明白，一旦知道了真相她肯定会难过，但她又必须知道父母究竟发生了什么。

那天晚上，桐谷的病情突然恶化。

小茜被叫到了医院，医生告诉她今晚很关键。

病房前，有两个父亲的同事，都是刑警。小茜看到他们时礼貌地鞠了一躬。桐谷闭着眼费力地呼吸着。

“爸爸，挺住……”

小茜紧紧地握着桐谷的手。

这时，他慢慢地睁开了眼，回握着小茜的手。

然后，好像是下定了决心似的，重新闭上眼睛，声音嘶哑地说：

“小茜，听我说。实际上，那件事发生的时候，我就在现场。”

“啊？”

小茜怀疑自己的耳朵是不是听错了。

“我和那起事件有关，杀死你父亲的，是我。”

这是怎么回事啊？小茜有些不安。今天父亲的状态不好，显然是不能说话的。可是，她知道一旦错过了今天，就永远失去了知道真相的机会。

“爸爸，是怎么回事啊？告诉我真实的情况吧。”

小茜使劲叫着父亲。

那件事，过去整整十年了。

那天我接到了一个儿时好友的电话，说有些私人问题要跟我商量，我便同意了。对了，小茜，那个叫真由美的女人，就是你母亲。

真由美几乎每天都会受到丈夫的家暴。她甚至担心他会不会杀了自己。即便是在电话里，我也能感觉到她的声音在颤抖。

我很震惊。因为我一直以为真由美生活得很幸福！

其实，不仅是你母亲，我和你父亲也很熟。因为我们都是高中同学。

那时很多男生喜欢你母亲，可最后，她选择了你父亲。

大学毕业后，两个人结了婚，这些我都是听其他同学说才知道的。我凭空想象，不，是希望……希望你母亲能生活得幸福。

可是，实际见面后，我发现真由美的情况之糟糕超乎我的想象。她的眼圈乌青、肿胀。脖子上、胳膊上都是瘀青。

我愤怒了，找到你父亲，狠狠地骂了他一顿。

可那个男人一副满不在乎的样子，不仅如此，他还对我说：

“你一个警察专门跑到别人家，掺和别人家里的事，你是想干吗？这是正式的搜查吗？你的上司知道吗？难道你是想让我们离婚，好借机让她跟你结婚吗？”

那时，还没有数码录像机之类的，真由美也没有意识到自己是个受害者。她说：

“是我不好，不该对老公怀有不满。我自己怎么样都行，可是，我得保护好我女儿。”

身上有那么重的伤，本来是可以作为伤害事件立案的，可是真由美坚决拒绝把丈夫告上法庭，她并不想让丈夫被逮捕，可能还是不想让女儿没了父亲吧。

可是，也不能让真由美就这样时刻置身于危险中呀。于是，我决定抛开工作关系，今后要保护好她。我说服了真由美，让我能定期见她，确认她的状态。

我每周和真由美见一次面，聊一聊。我遇到过很多事，所以，我把这些事讲给她听。聊着聊着，她的态度发生了变化。

她终于认识到不是自己不好，无论什么理由，也不应该受到家暴。而且她说她有和丈夫离婚的打算。

如果说我对真由美没有好感，那是违心话。正如那个男人说的，我心里说不定真是那样想的：如果真由美离了婚，会不会跟我结婚？但我发誓，我和真由美之间是清白的。

但，悲剧终究还是发生了。

那天，约好了我去真由美家，可是我的工作没干完，所以比预定的时间迟了很多。

我确认了真由美和她女儿一切安好，就想早点儿离开，因为快到那个男人回家的时间了。

可是，真不巧。当我穿上外套，正要出门的时候，那个男人回来了。他一看到我们，就开始怀疑我们的关系。

“难怪我觉得你最近有些奇怪呢，原来是这样啊！原来你在背着我偷人啊！”

男人吼叫着，拿起一把刀，刺向了真由美。我想阻止他，赤手空拳去抵抗，但大腿上被深深地刺了一刀，倒在了地板上。我想这下完了，来不及了，因为在下一个瞬间，那个男人拿刀朝着真由美的胸口刺了过去。

这些情景正好都被你看在了眼里。

男人很亢奋，也许是杀了真由美，他自己也不想活了吧，又或许他是想带着女儿一起走，只见他拿着刀向你刺去。

我立刻掏出枪，朝他开了一枪。

“我不后悔开枪打死了你父亲。因为，这样我才救下了小茜。”

桐谷剧烈地咳嗽起来。

“你受的刺激太大了，所以失去了记忆。一开始，我不想让你恢复记忆，才把你留在了身边。可现在我不这样想了，我觉得应该让你知道真相，所以……”

话说到这儿，桐谷好像满足了似的闭上了眼睛。

看着眼前这个陷入沉睡的男人，小茜再也叫不出“爸爸”了。

终于，心电图监视器响起了“哔——哔——”的响声，他的脉搏停止了。赶过来的医生经过确认，宣布了死亡。

小茜紧握着拳头，哭了。她哭，不是因为伤心，而是因为内心里各种复杂的感情像旋涡一样搅在了一起，不知道该怎么办好。

父亲对母亲施暴，毫无疑问他是一个渣男。可是，如果桐谷不出现，不管那些“闲事”，说不定父亲和母亲就不会死了。

但如果没有桐谷，说不定我早就被父亲杀死了。

我不知道到底恨谁，我到底应该恨谁？可他们不是都已经死了吗？而今，我只能和过去诀别，独自一人活下去。

病房外面，一直注意着里面情况的两个刑警，默哀了一会儿，就离开病房，悄无声息地走出了医院，因为他们知道自己为小茜什么也做不了。

——虽然很艰难，但小茜只能靠自己活下去。

“我怎么不知道……刚才桐谷说的那些？他大概一直不想提起过去那些事。NABAI 桑，你知道那起事件吗？”

年轻的刑警问那个好像是先辈的刑警。被叫作“NABAI 桑”的刑警面无表情地回答道：

“负责那起事件的，正是我和桐谷。”

“那您对那起事件也知道得很清楚了？”

“不，一点儿也不知道。”

年轻的刑警吃惊地反问：

“这是怎么回事？竟然连负责这件事的您都不知道？”

“刚才桐谷说的，都是编的。”

“啊？这怎么可能？临死了还编谎言？”

先辈刑警表情悲伤地说：

“正是因为快要死了，所以才编了那样一个一生一世的谎言，为了不让小茜感到痛苦……”

他叹了口气，接着说：

“小茜的父亲对妻子施暴的事是真的，他杀死妻子的事也是真的。不过，杀死小茜父亲的，不是桐谷，而是小茜。”

“为，为什么？”

“为了救快要被父亲打死的母亲，小茜拿刀捅了她父亲，捅了好多刀。不过，因为母亲被杀的刺激和自己犯了罪的意识，这个孩子失去了记忆。因为孩子年龄太小以及事情情有可原，警方决定将这起事件不诉诸法律。所以详细情况，谁也不知道。”

“那，桐谷是为了隐瞒这个真相？”

“是的，桐谷一直担心，万一有一天小茜的记忆恢复了怎么办？如果小茜知道了真相，为自己的罪恶感所折磨，再也支撑不住了怎么办？所以，当看到小茜好像快要恢复记忆时，桐谷就试着把编造的记忆灌输给她。他大概是想让小茜恨他，所以才用这种方式来保护小茜吧。这还真是桐谷的风格啊！”

（文 / 桃户晴）

环城公交车

因为既没有下车的乘客，也没有上车的乘客，于是公交车没停车就开过去了。还有八站。

公交车再开八站，就到她家附近的那一站了。

今天，正好是和她交往两周年的纪念日。现在，他要去她家吃她亲手做的菜。而且，他也为她准备了意外惊喜——就是现在放在他的膝盖上，花瓣微微颤动着的那束红玫瑰。

他想在她打开公寓门的那一瞬间，突然递到她的面前。她一定会大吃一惊吧，不过她肯定会特别高兴的。想象着她的表情，他觉得心中隐隐兴奋。

从他家到她家，需要乘坐小城的环城公交车沿着固定的线路绕城半周才能到。以前他曾经有一次睡着了，坐过了站，结果环城又绕了一周，比约定的时间迟到很久才到，她气得大发了一通脾气。如今回忆起来却觉得很美好。

他觉得今天的公交车开得好像比平时慢，这肯定是因为他的心情焦急。人就是这样，越是盼着快点儿的时候，就越觉得时间过得慢。闲得无聊，我开始打量起公交车里。

显然车里的乘客，每个人生活得都很幸福。高中生们回到家以后，肯定有热乎乎的饭菜等着他们；相互依靠着坐在一起的老夫妇，肯定就这样牵着手已经走过了几十年的岁月；被年轻母亲抱在怀里的婴儿拥有充满希望的未来；那个一脸疲惫不堪的公司职员，肯定也有家人在等着他。

我也想和她共同组建一个家庭。其实，这束花包含的就是这个心愿。等见到她之后，把花递给她，然后好好地把自己的心愿告诉她。她会给我一个什么样的回答呢?

正当我东想西想的时候，公交车的速度降了下来，又到了一站。还有七站了，我在心里算着剩下的站数。

上来一个穿着军绿色夹克衫的男人，他在离车门最近的一个座位上“咚”地一屁股坐下，紧闭的嘴唇抿成了“一”字。外面已经那么冷了吗?

车门关上，公交车刚一启动，正在这时——

“谁都不许动！”

随着一声大喊，军绿色夹克男从座位旁站了起来，在车上其他乘客的注视下大步走到了驾驶座旁，然后转过身来。占据了那个能够看到车厢里所有人的位置后，男人拉开了夹克衫的拉链，露出了胸膛。

“如果谁敢动一动，我就按下炸弹的开关！”

他右手拿着个什么东西，声音尖厉地大叫着，肚子上缠了一圈好像是炸药的东西，那东西看上去做得非常原始简陋，不过这样吓唬起人来，效果倒更加显著。

男人是带着炸弹劫车!

“司机！你别想耍花招啊，继续按平时的路线开，遇到车站不要停车！”

在劫车犯的威胁下，司机赶紧回答：“是……

是……是……”被吓得说话都含混不清结结巴巴。可大家谁也没笑，因为现在哪里还是能笑得出来的时候？

司机踩了油门，也许是用力太猛了，公交车突然向前蹿了出去。这时，只听到“咣”的一声闷响。

“哎呀……”

捂着额头直起身来的，是那个睡着了的公司职员。他一脸不高兴地抬起头来，这才注意到身边站着的这个夹克男有些异样，于是皱起了眉头。因为一直在打瞌睡，他好像完全不知道现在车里究竟发生了什么。

“你在干吗呢？”

“住口！坐下！”

“喂，先冷——”

最后一个“静”字，他的嘴巴已经张开了，声音却没发出来。

劫车犯一只手握着引爆装置，另一只手伸进怀里，掏出了一把刀。那是一把看着就让人不寒而栗的野外生存刀，和他穿的那件酷酷的夹克衫倒是很相配。

这时候如果惹怒了犯人，不知道会是什么后果。那一瞬间，整个车厢的乘客显然都感觉到了恐惧。

“所有人，把手机拿出来。”

犯人的命令虽然音量不大，但却没有一个乘客敢不听。除了没有手机的那对老夫妇和那个婴儿以外，每个人都把手机交给了犯人。犯人从里面随便选了一部（大概是哪个高中生的）拿在手里，开始拨电话。

“就这样沿着这个路线继续开。”他指示司机后，拿起了好像已经接通的电话。

“好好听清楚了。一辆公交车，被我劫持了。我身上带着炸弹和刀，司机和车上的乘客都是人质。如果你觉得我这是在闹着玩，你可以去调查一下。你应该能找到一辆所有公交车站都不停车的环城公交车。目的？哦，是啊。听好了，告诉你们警察局局长或是其他什么头儿，如果想要我释放人质，就把现在服刑的一个叫佐伯的男人带过来。就是那个半年前因拐骗小女孩并杀害而被逮捕的杀人犯！只要你们把佐伯带过来，作为交换我马上释放所有人质。”

男人连珠炮似的一口气把话说完，一下子就把电话挂断了。

既不是要赎金，也不是让对方为他的逃亡做准备，他说的是把一个服刑的杀人犯带来。电话那头的大概是警察吧，男人让带来的那个人，说是一个拐骗小女孩儿并将其残忍杀害的犯人。为了那个犯人，这个男人甚至带了炸弹和刀，一副愤怒得要拼命的样子，究竟是为什么呢?

“这是为了什么？”

轻声问犯人这句话的，是那对并排坐着的老夫妇中的老夫人。

从我坐的位置，看不到老夫人的表情。不过，我却清楚地看到男人一瞬间目光有些畏缩地移向了别处。

“我虽然老了，但听力还很好。从刚才的电话里我听出来了，你的目的并不是钱，对吧？”

“住口……”

虽然嘴巴里吐出来的是拒绝的话，但犯人声音里却没了底气。老夫人肯定也察觉到了。

“莫非你让他们‘给你带过来’的服刑犯人，他的受害者是你的亲人？”

男人的脸扭曲地变了形，握着引爆开关和刀的手在微微颤抖。

男人身体里紧绷着的那根弦，在老夫人的话语中好像松了下来。

“嗯……被佐伯拐骗并杀害的，是我刚满七岁的女儿。本来说好交了赎金就把我女儿放了的……可是，那浑蛋嫌我女儿的哭声烦，竟把我女儿给杀了！佐伯虽然被警察逮捕了，可判决下来后，却没有判他死刑。而我的女儿来到这个世上才七年，就被他剥夺了生命。这也太不公平了吧?!”

男人控诉到一半，已经禁不住痛哭起来。这时，听了要玩命的男人的控诉，有个人也开了腔。

只听有人轻声说道：“我也是……”这声音是从抱着婴儿的母亲嘴里发出来的，“因为是母亲，所以我太能理解了。如果我的孩子有什么闪失，或者我的孩子被谁伤害的话……”

后面的话，她没往下说，但表情已经显示出不是什么太客气的语言，她闭上嘴，紧紧地抱住了怀里啼哭的婴儿。

“其实，我们的孩子也死了。”

说这话的是坐在老夫人身边的老先生。

“我儿子是因病去世的，所以没有任何人可以怨恨，只能接受……虽然如此，但是失去儿子的痛苦，我们非常理解。”

劫车犯的喉咙有些哽咽，湿漉漉的眼睛里溢出了满满的父爱。

可是，那些问题和眼前的问题完全是两码事。

孩子被杀死的事，比自己被撕裂还要痛苦悲伤，可是，劫车毕竟是犯罪。不管怎么样，现在坐在这辆公交车上的人们也都有家人，有着属于他们每一个人的幸福。这些都不是可以让劫车犯随便毁掉的。

至于我，凭什么得做这个劫车犯的牺牲品呢?

“这样下去，是解决不了问题的。”我断言道。

顿时，我感觉到了车上所有乘客的视线都投向了我这边。老夫妇表示疑惑的眼神，公司职员表示赞同的眼神，中年女性表示焦躁的眼神，年轻母亲表示困惑的眼神，高中生们表示好奇的眼神，透过后视镜司机投来的恐惧的眼神，以及犯人满含愤怒和哀叹的眼神。

“你知道什么？”

我能看到男人握着刀子的手在用力，但我并不害怕。我把那束宝贵的花放在座位上，站起身来。那个劫车犯大概没想到居然会有人敢站起来，他的眼睛一下子瞪得很大。

“坐、坐下！我可不是吓唬吓唬你们！”

“我知道，可是，我想结束这件事。”

我一步一步向着男人走去。男人的面部浮现困惑的神情，肌肉一下下地痉挛着，手里握着刀朝我刺了过来。但即使是这样，我依然没打算停下。我感觉到乘客们都屏住了呼吸。

“别、别过来！”

男人叫喊着，挥动手里的刀子。说时迟那时快，我朝着劫车犯飞扑了过去，按住他正挥舞着刀子的手，想要夺下他的刀子。同时用另一只手一把揪下了那个引爆开关，使劲朝着车厢后面扔了过去。接下来，只要把刀子夺下……

可就在这一瞬间，公交车突然剧烈地左右摇摆起来，也许是在转一个急弯？也许是在躲避什么东西？我是没有办法知道的。这个时候，我和劫车犯已经扭成了一团，而超出想象的剧烈摇晃使我的身体失去了平衡。

终于，我和劫车犯一起倒在了座位与座位之间的空当处，不知道谁在上面，谁在下面了。就在这时，我突然感到腹部传来一阵刺痛，便再也顾不得这个颠倒的世界了……

我想要喊叫，嘴巴里发出来的却只是热乎乎的喘息。

男人从我身上移开后，我看到了自己的身体——我的肚子上插着一把凶残的野外生存刀。

只剩下刀柄还留在外面，刀刃已经全部深深地没入了肚子里。刀子周围一圈殷红的鲜血渐渐浸洇开来，染红了我身上穿着的针织衫。

唉，好好的一件衣服，是女朋友送我的圣诞礼物。

车内的空气被尖叫声刺破了。发出叫喊的大概是那个年轻的母亲吧，同时还有一个低沉的声音，不知是那个公司职员的，还是那些高中生的。

很多脚步声一下子向公交车前门冲去，惊慌失措的人群有时也会成为凶器，每个人都不想死、想得救，想从这里逃出去……难道我不想吗？可是，也只能想想而已了。

“大家，镇静……”

司机发出的声音，真可谓是惨叫。这时，好像要制止他的惨叫似的，公交车比刚才摇晃得更猛烈了。

踩急刹车的声音盖过了惨叫声长长的余音。我的鼻子嗅到了轮胎烧煳的气味。

就在下一个瞬间，传来了一阵轰鸣，我的身体轻飘飘地飞了起来。十多吨的公交车，就像迷你玩具车一样，彻底地翻了。

啊，这次又哪边是上，哪边是下呢?

这对我来说已经无所谓了。我的眼前，红色的玫瑰花瓣正纷纷地飞散……

※

突然，我的眼睜开了。

公交车里充满了“嗡嗡嗡……”的发动机声。

最后一排的座椅上，那些男高中生们正“哈哈”地笑着，并排坐着的老夫妇相互依偎着，被母亲抱在怀里的婴儿发出了“咯咯”的笑声；一位中年女性正高兴地听着婴儿的笑声，而公司职员对这一切毫无兴趣，胸前抱着他的公文包正呼呼大睡。

突然，我的目光落在了大腿上，那里有一片红色，是玫瑰花束。针织衫上被染上的另一种红色已经消失不见了，既看不到有插在那儿的刀，也感觉不到有被刺穿的窟窿。公交车里的氛围一如往日，车子依然沿着平日的路线开着。

哦，果然还在环城跑着呀。

因为这是环城公交车嘛，就是要沿着同样的路线一圈一圈地跑，绝对不能脱离“圈子”。

公交车站渐渐近了，没有其他人按下停车按钮。于是，我赶紧伸手去按——“停车”，只要在这儿停了车，也许这个“圈子”就能被解开了。

可是，无论我怎么按下“停车”按钮，表示“下站停车”的红灯却怎么都不亮。手指下只是徒然响着“咔、咔、咔咔……”的声音。

是的。人越是祈祷着“拜托，拜托了”的时候，就越是被时间嘲笑。嗓子里无论怎样用力，想喊“下车”，可声音就是发不出来。

唉，终究还是“环圈”又跑了下去。同样的道路，公交车就这样来来回回地重复着，和车内发生的事情一起……

想要见她，抚摸她，一刻也忍受不了，感觉心被揪得紧紧的。难道我真的再也见不到她了吗？

下一个公交车站，公交车会停下来，车门会打开，我知道谁会从那里上来，因为我已经看到过好几次了。

“所有人，不许动！如果动一下，我就按下炸弹的引爆开关！”

送不出去的玫瑰，永远不会干枯，依然鲜艳美丽的花束从我的腿上轻轻滑落……

（文 / 橘翼）

妈妈，回来吧

父亲因病去世之后，母亲和一个年轻男人离家出走，已经过去一年多了。没有大人的家，都靠长子操持。才刚刚高中毕业的他，有三个比他小得多的弟弟妹妹。最大的妹妹十二岁，弟弟九岁，最小的妹妹才七岁，都还是正需要母亲的时候。

可是，母亲就这样把这些孩子撇下不管，沉浸在自己的爱情里，离家出走了，所以长子恨自己的母亲。母亲把“年轻的恋人”和“自己及弟弟妹妹们”放在天平上，最终却选择了“年轻的恋人”，让他感觉孤独、凄凉。

因为有弟弟妹妹需要养活，所以他只好放弃了考大学的机会，用拼命工作赚的那点儿钱勉强养家糊口。虽然亲戚们有时也在经济上支援他们一下，不过他一直坚持着没住到亲戚家里去。即便没有母亲，他们兄弟姐妹四个只靠自己也能活下去。也许他是想以此显示对抛弃了自己和弟弟妹妹们的母亲的一种责难吧。

就这样，兄妹四人组成了一个“家”。有一天，外面下着雪，家里发生了一件怪事。

“好久不见了，你们都好吗？”

当初那个不管家里的孩子们，追随年轻情人离家出走的母亲，突然又回来了。

“你回来干什么？”

长子的声音比那天早上垂挂在他们家屋檐上的冰柱还冰冷、尖锐。但母亲仿佛没事儿人一样，笑着在门口脱了鞋。

“别说‘你回来干什么？’这么冰冷的话，我是你们的母亲呀。”

她的话，让长子连叹息的声音都发不出来，因为听到“母亲”这两个字，他愣住了。他心想，实际上你是被那个男人抛弃了，没地方去了才回来的吧。莫非她还有脸说要回来继续在这儿生活?

但母亲的笑脸否认了长子的猜测。

“最近天气突然变冷了，所以心里挂念你们，不知你们过得怎样。我经过那个人同意，回来看看。就待一会儿，可以吧? 待一会儿我就走。”

当“同意”这个词被她说出口的那一刻，已经步入社会工作、开始和成人打交道的长子立刻就明白了，在母亲心目中，“那个人”的分量比他们这几个孩子要重得多。

而且，母亲说“稍待一会儿就回去”，不是“回到这个家来”而是“从这个家回去”。这就是说，母亲回的地方不是这个家。

这等于是向长子摆明了：母亲心中的天平，即便是现在，也没有向他们这几个孩子倾斜，他们在母亲的心目中依然不重要。

他差点儿就要喊：“出去！”他觉得在他们心里，也没必要把母亲放在最重要的位置上了。对他来说，还有其他更应该考虑的事情。

“这里已经不是你的家了。”长子握紧拳头说道，想立刻把母亲赶走。可是，三个幼小的弟弟妹妹阻止了他。

“哥哥别这样，妈妈好可怜。”

“是呀，外面正下着雪呢，白茫茫的。”

“哥哥，原谅妈妈吧。”

被十二岁的妹妹、九岁的弟弟和七岁的妹妹抓着袖子的长子，狠不下心来把他们的小手甩开。即便无法原谅母亲，但对他来说，弟弟妹妹们是最珍贵的宝贝。

因为母亲的到来，弟弟妹妹们露出了发自内心的笑容。虽然这是“托了母亲的福”，令他有些懊恼，但长子转念又想：只要他们高兴就比什么都好啊！

为了可爱的弟弟妹妹们，他忍耐着把母亲让进了屋里。

那天晚上，母亲为他们兄弟姐妹们做了涮锅，吃着母亲做的饭菜，弟弟妹妹们高兴极了。长子也是，刚吃了第一口，就想起了母亲那熟悉的味道，但他却没有像弟弟妹妹们那样说“好吃”。

的确，和自己给弟弟妹妹们做的饭菜比，母亲做的饭菜不知要好吃多少倍。可是，他觉得如果自己亲口承认了，那么，迄今为止自己拼命为支撑这个没有父母的家所做的一切努力，都将在发出声音的那一瞬间轰然倒塌。

最小的两个弟弟妹妹碗里空了时，就会去央求母亲“给我盛！给我盛！”，长子伸手要给他们盛，妹妹端着碗的手却一下子躲开了。

“我要让妈妈给我盛！”

七岁的妹妹天真无邪，让长子的心一阵刺痛。

“别盛胡萝卜！”

“我想吃鱼丸。”

“好，好。知道了。按顺序，按顺序来。”

右手被妹妹拽着袖子，左手被弟弟抓着手腕，母亲笑着从锅里捞着食材。

看着眼前的情景，长子只是捏紧了筷子。

“给你盛些吧？”

这时，母亲一只手拿着勺子，另一只手伸向了十二岁的妹妹。妹妹把刚送进嘴里的一筷子蔬菜一口咽了下去。

“啊，嗯……不过，还有呢。一会儿让哥哥给我盛，不用了。”

听了妹妹的话，母亲笑着说了声“哦”，动作轻快地把勺子放下了。正当她要开始吃的时候，最小的妹妹把筷子上夹着的香菇掉到了腿上。

被母亲数落着“真是没有办法啊”，小妹妹却还高兴地嘻嘻笑着；脸蛋上沾着些鱼丸的渣渣，被母亲擦掉后，弟弟有些难为情。

“哥哥。”

长子被人这么一叫，一下子回过神来。他手中的筷子都快被他折断了。

“最后，下点儿乌冬面吧？和烩饭比，哥哥好像更喜欢乌冬面，对吧？”

“啊？哦。”

长子无意识地点了点头，十二岁的妹妹看了，便离开座位去厨房拿乌冬面。听到她的脚步声，长子才终于明白妹妹一直在关心着他。喜欢烩饭的妹妹却特意为他选了乌冬面，在母亲伸手要为她盛饭时，却拒绝了母亲，说“一会儿让哥哥帮我盛”。他知道这些都是因为妹妹一直在意着自己这个哥哥。

一个十二岁的女孩子，已经知道了怎样“察言观色”，怎样“忍让小心”，也许不是件坏事，可是让比自己小得多的幼妹变成了这样，他觉得自己特别可鄙、特别差劲。想到这儿，长子默默地把碗里剩下的那些软塌塌的白菜扒拉到了嘴里。

当锅里的东西都被吃光后，最小的两个孩子就开始打起瞌睡来。也难怪，热乎乎的涮锅，吃饱了以后，自然会犯困。母亲嘴上说“真是没办法呀”，脸上却挂着笑，熟练地给孩子们换上了睡衣，让他们钻进了被窝。

平时很懂事的弟弟妹妹，无论什么家务活都主动帮着做的弟弟妹妹，这时却在母亲面前撒起娇来。长子虽然心里明白这是理所应当的，但一直把嘴巴闭得紧紧的。

看到那两个孩子睡下了，陪着躺在旁边的母亲站起身来，也许是想就那样直接走掉吧。看到母亲伸手去拿大衣，长子心里仿佛一下子松了口气，可是还没睡的大妹妹突然跟了过来，把刚才对哥哥、妈妈以及弟弟妹妹们的小心翼翼和忍耐全部发泄出来，用撕裂的声音大声喊道：

“别走！妈妈！别再丢下我们……”

在长女满眼泪水的目光注视下，母亲好像为难得不行，偷偷地瞄了长子一眼。长子佯装没看见，但终究还是没把“出去”这两个字说出口。不考虑母亲的感受，就算是为了妹妹着想，他也说不出口。

“只是一晚……只是今天一晚的话，住下也可以。”长子依然是一副闷闷不乐的表情，对母亲说道。母亲听了嘴角扬起，笑着抚摸着女儿的头发，说：“太好了，哥哥允许了。”

看着她一边说着，一边抚摸着妹妹头发的手，长子觉得那双手仿佛是那样温柔，可他就搞不懂，那天她怎么就能忍心丢下自己的孩子们不管呢？可他也知道，现在再怎么想也没用了。

长子不情愿地在客厅里铺开了被褥，被褥还

是过去母亲一直用的那床。母亲离家出走后，亲戚们有时会来看看他们，住下过夜时就让他们用，所以一直留着没扔。没想到，母亲还会再次用到它们。

看着心情复杂的长子为自己准备的被褥，母亲仿佛不敢相信似的，瞪大了眼睛说：

“你也完全是个大人了呀！”

长子气得差点吼出来：“这都是谁造成的？”但还是拼命地忍住了。因为在旁边的房间里，最小的两个弟弟妹妹刚刚睡着，他不忍心把他们吵醒。

“明天走就是了。”

说完他转身去了自己的房间，关推拉门的时候，用的力气比平时大了很多，好像在抵触什么。就这样他带着各种怨恨的情绪回到了自己的房间，钻进了被窝。被褥好像也被冬夜里的寒冷浸透了一样，连填充在被子里面的棉花都凉透了。

第二天早上，长子是被最小的妹妹的哭喊声惊醒的，那哭喊声近乎惨叫。他不知道发生了什么，冲出了自己的房间，只见小妹正站在客厅哇哇大哭。不用问为什么，他就已经全都明白了。

客厅里母亲的被褥上，没有应该睡在那儿的人！

“妈妈不在了！”

“别丢下我们不管啊！”被妹妹的哭声影响，弟弟也低着头抽抽搭搭地哭着说。

大妹妹虽然既没有哭也没说话，但看到她那双握紧拳头，由红变白的小手，长子就觉得心口一阵绞痛。

——那个人，为什么至今还是……

“啊，大哥！”

他听到了喊声，但不知道是妹妹，还是弟弟在叫他。他顾不上弄清楚就冲出了家门。

昨天下了一天的雪，给道路涂上了一层白色，但上面已经被很多人踩上了脚印，终究还是无法断定哪一双脚印是谁的。长子按照自己猜测的方向使劲向前追着，奔跑时呼出的气息迅速在空中凝结成了白气。

有时，人会产生一种直觉：“如果是自己母亲的话，大概会往这边走吧？”可他现在连这样的直觉都没有，也许这就是命吧。虽然这样想，但他还是拼命地往前追着，因为一想到弟弟妹妹们的面孔，他只能拼命地往前跑。

可是，天气冷得使他呼出的气息在升到空中之前就凝结住了，他连外套也没穿的身体被无情地冻透了。不知不觉中他的手脚失去了知觉，冻僵的脸颊有一种不太正常的火烧火燎的感觉。

再这样追下去，自己的身体会垮掉，万一生病倒下了，年幼的弟弟妹妹们怎么办？一想到这儿，他知道自己不能再这样胡乱跑下去了，弟弟妹妹们现在肯定已经惊慌失措地不知怎么办才好，正在母亲留下的被褥旁哭成一团吧，那被褥就像这树荫下不合时节的蝉蜕的壳一样。

长子转身又向着家的方向跑了回去。他拼命把力气集中到冻僵的手脚上，也顾不上理会脚上的鞋已被沾满了雪水，一直朝着家的方向跑着……他必须得回去，回到那个对于他来说还残留着些许温暖的家。

“大哥！”

从道路的前方传来了熟悉的喊声，是两个妹妹和弟弟从家里跑出来，追他们这个唯一的哥哥来了。在清晨白茫茫的残雪中，他们分别穿着红色、深绿色和黑色的上衣。他们的身影，长子应该看到了，可是，他没有停住脚步。

奔跑的脚步没有一点儿要放缓的意思，甚至目光连往弟弟妹妹们这边看一下都没有。不仅如此，他从弟弟妹妹们身边跑过去时，溅了三个孩子一身泥水也没注意到。他一副拼命的样子，仿佛只有一个信念——回家。

三个弟弟妹妹还以为哥哥听到他们的喊声会停下来呢，可看到哥哥那不同寻常的样子，便都有些困惑，叫了一声“大哥”后，接下来却没了声音，都愣愣地站在原地看着哥哥跑过去的背影。

长子跑回家后，胡乱地把鞋子一蹬，用力拉开客厅的门，榻榻米上母亲的被褥像蝉蜕的壳一样还留在那里。也许是壁橱里放被褥的地方太高了，弟弟妹妹们够不着才没收拾，也说不定他们就没想要收拾。但不管怎样，这对于长子来说，实在是很幸运。

长子毫不犹豫地把冻僵了的两只手伸进了被窝里，那里还残留着母亲睡过的温度。

在感觉到母亲体温的那一瞬间，长子全身的力气一下子泄光了，就那样停在那里连动也不能动一下，眼里的泪水顿时夺眶而出。

“妈妈！”

他呜咽着轻声呼唤道。

即便母亲不在，他们兄妹四人也能活下去——每每遇到事时，他总是这样骄傲地挺过来，那是因为他想跟母亲赌这口气。可实际上并不是这样，因为如果他不这样想，如果不这样说服自己，那么当想到今后要面对失去母亲的每一天时，他几乎都快支撑不下去了。

他必须说服自己：舍弃孩子不管的母亲，即便自己把她放在心里最重要的位置也没用。如果不这样，就会被“自己在母亲心中已经不重要了”的事实击倒。

母亲做的涮锅即便觉得再“好吃”，但一旦说出口，维系着自己精神的最后一根弦就可能会立刻断掉，所以他什么也不能说。

看着在回来的母亲面前撒娇、被哄睡的弟弟妹妹，如果不咬紧牙关，他肯定也会吐露内心的脆弱。

他允许母亲住了下来，帮她铺好了被褥。找的借口是弟弟妹妹们都挽留她。而实际上，看到弟弟妹妹们对母亲的依恋和撒娇的样子，他感到安心。

就连当他看到母亲不在客厅里的那一刻，扔下哭天抹泪的弟弟妹妹们飞奔着追出去，也不是为了弟弟妹妹们。

那个人，为什么至今都无法从自己内心最重要的位置消失呢?

"妈妈！"

他把残留着母亲体温的被子抱在怀里，怀念着母亲的味道，无声地哭泣……

（原作/菊池宽　田山花袋　改写/桃户晴　橘翼）

亡灵

纪子的丈夫已经失踪两年了。

“爸爸总有一天会回来的，对吧？”今年已经六岁的儿子翔说。

丈夫失踪的时候，翔才四岁。

可是，翔对父亲却好像有着清楚的记忆。不，说不定和纪子的记忆正好相反呢。对于纪子来说，纯一不是一个好丈夫；同样，对于翔来说他应该也不是一个好父亲。可是她觉得随着时间的推移，翔的那些不好的记忆可能慢慢都被好的记忆覆盖了，说不定也正是她自己一直让翔这样去想他失踪的父亲的。

纪子回答道：“是啊。”声音有气无力。

一天晚上，一个人睡在自己的儿童房的翔经历了一件不可思议的事。

他听到有个人在喊："翔，救救我……"

"什么……事啊？你是……谁啊？"

翔不知道自己是在梦里，还是在现实中。

"翔，是爸爸。"

"是爸爸呀！"

"爸爸……爸爸……爸爸！"

翔突然从被子里跳了起来，这不是梦。

"爸爸？在哪儿？"

只见黑暗中有一个飘忽不定的大大的人影，好像一直低头看着这边，翔却一点儿也不觉得害怕。

"是爸爸吗？"

"爸爸在那个湖里，救救爸爸。"

"好的！"

听到翔的回答，那个人影消失在了窗帘后。

翔最后还是抵不住困意，又钻进被子里睡着了。

第二天早上，翔一起床马上就把昨晚发生的事告诉了纪子。

“昨天晚上，爸爸来了。”

“你是做梦了吧？与其想那些，不如快把饭吃了。”

最近，翔经常提起父亲。看来对于孩子来说，果然不能没有父亲啊。关于纯一失踪的事，纪子毫无保留地全都告诉了翔，并且告诉他，父亲总有一天会回来的。至于翔是不是真的相信，她也不知道。可是，纪子觉得今天早上翔的语气却不像是在说着玩儿。

“是真的！我睡着了的时候，爸爸对我说‘救救我’来着。”

“救救我？”

“嗯，救救我……”

纪子停下手里的活儿，确认道：

“爸爸是说‘救救我’，是吗？那么，后来还说了什么呢？”

“嗯……哦，对了！他还说他‘在那个湖里’。”

“哪个湖里？”

“我们一家一起郊游时去过的那个湖啊，绝对没错！”

“也许是吧。可这些，都是翔在梦里听说的，不是吗？”

被纪子这样一说，翔的脸上露出倔强的表情：

“不是梦。因为我还掐了掐自己的脸蛋，很疼。如果是梦的话，应该感觉不到疼的呀。”

纪子表情哀伤地说：

“那，说不定是爸爸的幽灵呢。否则，他怎么可能一会儿在家里出现，一会儿又消失不见了呢。”

“幽——灵？爸爸，死了？”

翔一想到这个不幸的结论，赶紧把嘴巴闭上了。

纪子也没有真的相信。可是，为了说服翔，也是为了说服自己，她不能不理会翔所说的这些。

果然，在警察局，也许是没把他们说的话当回事，也许是觉得他们在找麻烦，总之警察把他们打发出来了。本来这也是预料之中的事，所以他们也不能怨恨警察。纪子不再对警察抱任何希望，便试着去找民间侦探事务所咨询。

没想到，一个胖胖的侦探说：

“夫人，这件事很有可能啊，有时真的会有这种事。有那种直觉比较强的孩子，按照孩子指的地方挖下去，有时还真的挖出了尸体。哦，对不起。还没确定是不是真的去世了，对吧？”

说着他竟然自己笑了，也不知他在笑什么。

有什么好笑的吗？这反倒使纪子感到不快。

然后，侦探突然表情严肃起来，偷偷地看了纪子一眼说：

“好吧，那就搜查一下试试吧。”

纪子终于松了一口气，弯腰致谢。

侦探马上就去了湖边，开始搜查。

说是湖，范围却非常大，只是沿着湖边走一圈也要一天的时间。因为有可能是溺水而亡，所以他们划船找遍了整片湖。

一个星期过去了。

只要是觉得可疑的地方，有可能成为事件线索的，他们都搜查了一遍，却什么也没找到。

“再找下去也是白费力气，夫人，调查费也不是小数目啊。”侦探打电话来说。

可是，纪子还是不死心。

“拜托您再找找好吗？我们曾经在北边的湖畔野营过，那边会不会有？”

“是这样啊……那，就把那里作为重点搜查地点。”

说完，侦探挂断了电话。

三天后，侦探兴奋地打来电话。

“夫人，找到了！你丈夫的遗体找到了！”

“真的吗？”

电话里，能够听到纪子的啜泣声。终于连侦探也先说了句“啊，真对不起，也许没有就好了”，然后才开始汇报情况。

“遗体被埋在北边湖畔的树林里。好像是下班回家的路上出的事，他身上还穿着衬衫，钱包和公文包也被埋在了一起。”

接下来，也不管纪子愿不愿意听，侦探进行了详细的说明。

纪子再也听不下去了，便想结束通话。

“是吗？谢谢你们帮我找到了。”

侦探说，接下来就交给警察了。说完就把电话挂了。

那一天，在遗体发现的湖畔现场来了很多警车，开始了搜查。

已经变成了白骨的遗体，身上还穿着衣服，失踪时带着的公文包也被埋在了一起。钱包还留在口袋里，钱也没被偷走。显然不是谋财害命。

那么，究竟是谁？为了什么把人杀了呢？

警察慎重地对遗体进行了尸检。

尸检结果显示，死者是在两年前去世的，警方认为失踪的原因可能是谋杀。纯一是在下班回家的途中，被什么人袭击杀害后，埋在了湖畔的。

在死者的头部发现了好几处被钝器打击的痕

迹，所以警方认为很有可能是对死者怀有强烈仇恨的人作案。于是，警方把纯一周围的人全部梳理了一遍，却没能锁定犯罪嫌疑人。

调查中，警察根据最初的线索指示的可疑人物进行搜查，终于找到了决定性的证据。

他们回放了事件发生时现场周围的监视录像，发现了犯罪嫌疑人的车辆深夜曾经进入过湖畔的野营场地。

以此为依据，很快便将犯罪嫌疑人抓捕归案。从遗体被发现到抓到凶手，只用了短短十天时间。

“是你将他杀害的，对吧？”

在确凿的证据面前，犯罪嫌疑人终于承认了犯罪事实，说：“是，没错。”

杀害纯一的犯人，是妻子纪子。

警察从一开始，就盯上了纪子。虽说一开始是出自孩子之口，但竟然真的从她拜托私人侦探搜查的地方找到了遗体，这实在是太蹊跷了。这说明，纪子拥有只有犯人才知道的信息，而且尸体被埋在了他们一家熟悉的地方。这一点也让人对纪子产生了怀疑。另外，从纯一周围找不到对他怀有仇恨的人，这也让人不由得把纪子作为重点怀疑对象。

在审讯室里，刑警对纪子进行了审问。

“你儿子说看到了你丈夫的幽灵，说‘爸爸在湖里’对吧？这些是你儿子编的？还是你编的呢？”

憔悴不堪的纪子，喃喃地回答道：

“不，不是编的。儿子的确看到了我丈夫的幽灵，是我在儿子面前扮作了丈夫的幽灵。”

刑警露出了吃惊的表情。

“为什么已经隐瞒了两年的罪行，自己竟然故意暴露了呢？”

纪子抿着嘴好像不想回答。刑警没有理会，好像是自言自语似的继续说道：

“还有动机。在你丈夫周围，无论是谁，都对他评价很好。为什么你要做这种从你儿子身边夺走他父亲的事呢？”

当刑警说到“对他的评价很好”时，纪子有一瞬间，突然抬起头瞪了刑警一眼，然后很快又低下了头。

“最初，我们怀疑也许你和上条俊介的关系是这个事件的起因。我们知道上条和你正在交往，而你丈夫和上条在大学时代曾是好朋友，对吧？我们以为是这种三角关系，使得你俩共同谋划并杀害了你丈夫。

“可怎么查，也无法找到解释得通的证据。因为你丈夫失踪的时候，正是上条被公司派到美国工作的时候，不仅完全没有回国的记录，而且也找不到他和你的接触。所以不得不说，你丈夫被害，和上条没有关系。你们俩的相遇，是偶然吗？”

“我们的相遇，是偶然吗？说出来，你到底是谁？”

面对来拘留所探望自己的男人，纪子问道。

“我是上条俊介，我没有骗你。”

“他们说你是纯一大学时的好友，我却一点儿都不知道。为什么向我隐瞒了这件事？你到底是为了什么？你真的爱过我吗？”

面对连珠炮似的质问，男人沉默着陷入了思考。然后，他好像下定了决心似的，用沉稳的语气说：

是的，我和纯一是大学时的好友，至少我这样觉得。

可是，在毕业前夕，我们俩大吵了一架。我毕业后就去了美国，一直在那边工作，所以后来没找到机会和纯一和好。

可是，对于这件事我一直很后悔，所以当我回国的时候，第一件要做的事就是找到纯一，好好跟他聊聊。

但我去纯一的公司一问，听到的却是“纯一失踪了，不知去了什么地方”。我觉得纯一不是那种扔掉家庭和工作不管，自己玩失踪的人。他肯定是遇到了什么麻烦，所以我就到处去查问了一番，结果发现最可疑的就是你。

我接近你，是想知道纯一失踪的真相，最后我确信是你杀了纯一。因为，你肯定是知道纯一不会再回来了，所以才毫不犹豫地答应了和我交往，对吧？

可你一直都没有露出破绽，所以，最后我只好赌了一把。是的，就是那次求婚。

当我说“半年后我要去美国工作了，跟我结婚，一起去美国吧。如果不能结婚的话，就干脆分手”时，你说“要好好跟儿子说清楚，请等我半年”，对吧？那是为了正式办完离婚手续吧？

你杀害了纯一，把他埋在了谁也发现不了的地方。纯一不知是死是活，只能看作“失踪”。

配偶失踪、生死不明的情况下，如果不满三年，是不能作为“失踪”案受理的，也就是说，不能办理正式的离婚手续。

你为了接受我的求婚，跟我结婚，就必须得确定纯一死亡。所以你利用了翔君，想要让他们发现尸体，对吧？

刚才你不是问我“什么目的”吗？倒是我想问问你，为什么杀了纯一？为什么要从翔君身边夺走他爸爸呢?!

“你根本什么都不了解。”

纪子小声嘀咕道，但俊介没听清。

“你说什么？什么不了解？”

“所有这一切——那个人的、我的，还有翔的！”

纪子的话，对于俊介来说，虽然也是一种诅咒，但也许也是向他发出的最后的求助。

“我……不，是我和翔，遭到了那个男人的家庭暴力。那个男人在外面装作‘一个好人’‘一个温厚的丈夫’，所以谁也不会相信我。可是，那个男人在家里是恶魔！我们总是对他怕得要死……我自己已经无所谓了，可我必须得救翔。所以我只能杀了他。”

俊介想起来了，大学时跟纯一打架那次，就是因为纯一对当时交往的女朋友施暴。

“我只能瞒着翔，把他杀了。虽然从翔身边把他父亲夺走了，可正是因为杀了那个男人，我们才得救。然后，你出现了。我是从心底里尊敬你、爱你的，我也以为你是爱我的呢。我知道杀了人的我是没有资格得到幸福的。可是，我觉得翔需要一个像你这样的父亲。虽说我杀了人，可玩弄别人感情的你，也和我没有什么区别。”

纪子轻声说完这些，站起来走出了探视室。房间里，纪子的话一直在俊介的耳边回响，久久无法散去。

（文 / 桃户晴）

5分钟后情不自禁落泪系列

世 界 瞬 间 赤 红

［日］桃户晴　编著
弭铁娟　译

中信出版集团 | 北京

图书在版编目（CIP）数据

世界瞬间赤红 / (日) 桃户晴编著；弭铁娟译. --
北京：中信出版社,2021.1
（5分钟后情不自禁落泪系列）
ISBN 978-7-5217-2197-3

Ⅰ. ①世… Ⅱ. ①桃… ②弭… Ⅲ. ①短篇小说—小
说集—日本—现代 Ⅳ. ①I313.45

中国版本图书馆CIP数据核字(2020)第166665号

世界瞬间赤红
（5分钟后情不自禁落泪系列）

编　　著：［日］桃户晴
译　　者：弭铁娟
出版发行：中信出版集团股份有限公司
（北京市朝阳区惠新东街甲4号富盛大厦2座　邮编　100029）
承 印 者：北京楠萍印刷有限公司

开　　本：787mm × 1092mm　1/32　　印　　张：11.25　　字　　数：150千字
版　　次：2021年1月第1版　　印　　次：2021年1月第1次印刷
京权图字：01-2020-6599
书　　号：ISBN 978-7-5217-2197-3
定　　价：78.00元（全两册）

服务热线：400-600-8099
投稿邮箱：author@citicpub.com

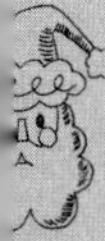

真实的圣诞老人

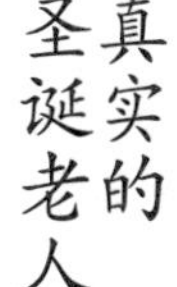

“哎，你是爸爸吧？”

那个男孩儿眼睛睁得大大地看着我，我默默地摇了摇头。

最近的教育到底是怎么了？圣诞老人什么的，谁也不相信了。

“你一直没睡吗，孩子？”

我把肩上装着礼物的大袋子放下来，开始翻找一件适合送给这个孩子的礼物。

“嗯，我一直等着您来呢。”

看到男孩儿亮晶晶的眼睛里闪着兴奋的光，我终于松了一口气。

“那我可太高兴了，可我还是觉得如果你睡着了就更好了。”

“为什么？”

“因为那样更方便我工作呀。可是如果你醒着，你看我就不得不像这样跟你说话，对吧？”

“嗯，可是我想跟您说话呀。”

“是吗？可是爷爷马上就得走啊。”

“为什么？”

“因为在天亮前，我必须给世界上每一个孩子分发礼物呀。”

“您胡说！”

“我没有胡说呀。孩子，你的袜子在哪儿？”

我环视了一下床的周围，没有找到袜子。

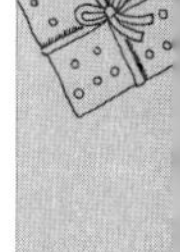

"看，在这儿呢。是我自己做的，很大吧？"

"简直是床罩啊！这还是袜子吗？"

"为了能装很大的礼物啊！"

我苦笑了一下。

"那就给你一个特别巨大的礼物吧，很特别的哟。"

"嗯，就这么着吧。"

"就这么着？"

"难道不是吗？我早就知道了。"

"知道什么？"

"早就知道根本没有什么圣诞老人。"

"我不是在这儿吗？"

男孩儿哧哧地笑了。

"别装了，其实你是爸爸，对吧？学校里的同学们都说，什么圣诞老人呀，根本就不存在，给我们带来礼物的实际上是爸爸。"

“那是大家都弄错了，我可是真正的圣诞老人哟。”

“可我们家没有烟囱啊，你是怎么进来的呢？”

“孩子，烟囱的时代早就过时了，现在人们的家里都没有烟囱哟。”

“那你是从哪儿进来的呢？”

“当然是从玄关喽，而且我还可以穿越墙壁哦。”

“骗人！”

“不骗你。因为我是真正的圣诞老人，圣诞老人怎么会骗人呢？”

“可是，你其实是爸爸。”

“我说了不是的。”

我往巨大的袜子里使劲装进去一辆塑料模型战车，然后站起身来。

“那么，我得走了。晚安，孩子。”

“你其实是爸爸，对吧，你就承认了是爸爸吧，

你是爸爸，对吧？”

“不是的，晚安。”

为了证明自己真的是圣诞老人，我穿越过一堵贴着一幅职业棒球队宣传海报的墙壁，到了外面。

雪正下着。

我把大礼品袋扔到了雪橇的货架板上，然后一屁股坐到了驾驶座上……

这时，我的脑子里突然浮现一个奇妙的想法。“说不定……”一想到这儿，我顿时担心起来。我急忙在驯鹿的屁股上抽了一鞭子，然后又转回玄关前。

“糟糕……”

看到那里挂着的牌子，我在自己的脑门上拍了一巴掌。

虽然牌子已经被雪盖住了一半，可还是能看到那里清清楚楚地写着：孤儿院。

（文 / 中原凉）

目录

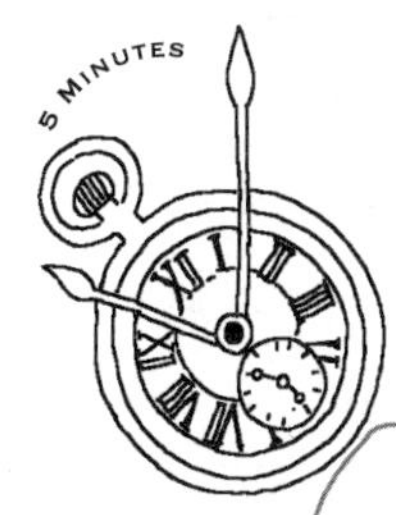

请度过这样的人生——

当你出生的那一刻，

周围的人在笑，而你却在哭。

当你死去的那一刻，

你在笑，而周围的人却在哭。

——引自一位土生土长的美国人

讨厌地球

在月球上的建筑工地干活儿的工人中，有这样一位与众不同的男人。

他身材高大、肌肉结实，不仅有着异常锐利的眼神，而且几乎很少说话。即便是工作上的对话，他也只是用“嗯”“哦”作答。

“总觉得那个家伙不太好相处。”

同事们对他有些敬而远之。不过因为他与众不同，所以常常成为大家谈论的话题。

在月球上工作的工人，只消半年，最多一年，对地球的想念就会达到无以复加的地步。也许这不单纯是一种思乡的念头，而是根植于人本性的一种思念。这些由于伤感而变得极其脆弱的工人们，一旦拿到（比在地球工作时高出十多倍的）工资，就会毫不犹豫地立刻返回地球，几乎无一例外。雇用方在定期进行人员的替换工作上也没有遇到过任何问题。

然而，只有这个目光锐利的男人，自从五年前来到月球，一次也没回过地球。

可没有一个人觉得："他这是多喜欢月球啊！"因为，在这里，人们如果不穿着那件像囚衣一样的宇航服，几乎出不了门。这里的环境就是这样恶劣，没有一点儿浪漫的因素。

"那么，是为了钱？"

好像也不是。因为在月球上干五年，就能拿到地球上工作一辈子的工资。再说，挣到了钱也得回地球去花啊。

"那么，之所以不回地球，就只能是有什么要逃避的事情吧。说不定他是逃犯呢，看那个家伙的态度，总觉得像。"

关于这一点，一个喜欢八卦的家伙在回到地球后，还专门托人调查过，结果不是。他既没有上通缉犯的名单，也没有任何与犯罪组织有染的迹象，甚至连犯罪前科都没有。

“好奇怪呀，那他为什么不回地球呢？他攒下的钱，即便这辈子什么都不干也够花了，不是吗？”

“大概是不喜欢地球吧，那个家伙肯定不喜欢和人交往。”

“是啊，肯定是不喜欢地球吧。”

不过，这个被大家断定不喜欢地球的古怪男人，很快就到了不得不返回地球的时候。因为预期的工程已经完工，合同期满了。

“无论如何拜托您，让我再在这里工作一段时间吧。”

古怪男人用那不太灵活的舌头与雇主的代理人谈判道：“我不想回地球去。不，是不能回去。拜托了，就让我一辈子留在月球上吧。”

“那怎么行呢？首先月球上什么也没有啊，为什么你不想回到地球去呢？”

“这，不能说呀。”

“也是，也许你有什么难言之隐，可是与其待在月球上，还不如回到地球去监狱待着呢。”

“不是那样的。”

“不管怎样，我们事务所是没有任何办法的。回到地球，也许还有其他的工程在招人，你可以再到别处去应聘试试。”

大块头男人的肩膀一下子垮了下来——谈判没有成功。

不久，大块头男人和其他工人们一起踏上了返回地球的旅途。在大家兴奋的嘈杂声中，只有他一个人把大块头的身体蜷缩成一小团，一路悲叹不已。

在返回地球的飞船船舱里，透过圆圆的窗户，能够看到渐渐拉近，变得越来越大的地球和渐渐远去变得越来越小的月球。

“哇，那就是地球吧，到底还是地球漂亮啊！”

“这样看去，月球也很美呀！”

船舱里抱着头的男人好像也被大家的议论吸引了，他的步伐仿佛被什么东西牵引着似的，不由自主地慢慢靠近了飞船的窗户。

“哎，你怎么了？”

不知是谁发现了他的异样，禁不住问道。可他却一点儿反应也没有，眼睛睁得大大的，慢慢地向飞船的窗户走去。在窗前吵吵嚷嚷挤作一团的人们为他让出了一条通道。

大块头男人一言不发地一下子抓住了窗框。看着眼前那一轮巨大的月亮，突然，他像野兽一样号叫起来。他的两只手在胸前抓挠着，躺在地上打滚。

于是，一切真相大白。当他站起来时，只见裸露在外的皮肤上长出了兽毛，而他的脸则变成了一张冷酷凶恶的野狼的脸。

大家这才明白了他不想回到地球去的原因，但现在已经晚了。

（文/中原凉）

可可色的记忆

给这个迷你腊肠小母狗起名为“可可”的人，是我。

可可是在我小学一年级那年，我过生日那天来到我家的。从幼儿园时起，我就一直跟父母吵着想要养一只小狗，如今我的愿望终于实现了。那天爸爸带回来了这只小狗，作为给我的生日礼物，条件是：“妈妈工作也很忙，所以照顾这只狗就全是HIRO的任务。”

我一下子被可可那双可爱的圆溜溜的大眼睛给迷住了。可可小时候，我给她喂离乳食、训练她上厕所、第一次带她去遛弯……太不容易了。不过，可可慢慢地好像开始“认”我这个“姐姐”了。我们俩就像姐妹一样，总是形影不离。

我俩有时会瞒着妈妈分吃同一块点心。做作业的时候，上床睡觉的时候，可可总是陪在我身边。早上，我没听到闹钟的铃声，还在蒙头大睡时，她会用舌头狂舔我的脸颊把我弄醒。自己朦朦胧胧有好感的男孩儿，藏在心中跟谁也不能说的小秘密，我都会毫无保留地告诉她。

可是，升入初中加入排球活动小组后，我和可可的亲密感便渐渐变得淡薄了。活动小组结束后，本来回到家就已经很晚，再加上回家路上和朋友们边走边聊又是那样开心，于是我原本的傍晚遛狗任务不知从何时起竟然全部交给了妈妈。

也许是因为我不再像过去那样跟她玩了，为了吸引我的注意，可可开始把各种东西在家里到处藏，折腾的主要是我在体育馆里穿的运动鞋或高筒袜，全都是和活动小组相关的东西。

有一回，我的运动衫第二天比赛要穿，却到处都找不到了。那回可把全家人折腾惨了。妈妈也一起帮我找，我们把家里翻了个遍，最后运动衫是在洗衣机和墙壁之间的缝隙里发现的。毫无疑问，犯罪嫌疑人就是可可！

如果运动衫找不到的话，我好不容易才刚刚拿到的场上固定位置没了不说，说不定还会给我们队其他队员添麻烦。当时我一时气急，粗暴地一把抓住正在得意地躲来躲去的可可，恶狠狠地教训了她一顿。可可用赌气的眼神抬头看着粗声大气的我，蔫蔫儿地夹起尾巴蜷缩到沙发后面去了。

升入高中后我依然参加了排球活动小组。我记得是在高二的那年暑假。一天下午我参加完小组活动，少有地直接回了家。因为那天天气十分闷热，我筋疲力尽，根本没有力气再和同学们玩儿。

妈妈打工还没回来，我没理会在我脚边绕来绕去的可可，径直来到厨房，打开了冰箱门。太阳从西边的窗子透过窗帘照射进来，把房间染成了蜜橘色。我“咕咚咕咚”地大口喝着麦茶时，可可两只后脚着地，站了起来，仿佛在冲着我说：“我也想喝，我也要喝……”

“好，好，等一下。”

于是，我往她专用的碗里倒了一些瓶装水。可可好像也渴了，只见她用粉色的舌头“吧唧吧唧”地闷头喝了起来。

“热死了！”

我坐到沙发上，稀里哗啦地脱下校服裙。可可慢慢悠悠地爬到了我的腿上，想跟我玩儿。以前她能够很轻松地跳上沙发，现在腿脚好像没那么灵活了。

这个时间，她用舌头舔着我的脸，意思是想让我带她出去散步。我看了看表，妈妈还得一会儿才能回来。没办法，我只好带着她出了门。

我换下校服，拿下挂在玄关挂钩上的牵狗绳，带着她出了门。好久没带可可出来散步了，不知道是不是因为高兴，只见她兴奋地跑来跳去，仿佛在说：“哇！今天是 HIRO 带我去散步啊！”

沿着那条熟悉的通往公园的路，我们往前走着，突然，短裤口袋里的手机响了，是刚才在车站刚刚分开的同学通过 LINE[①] 发来的短信。虽然都是些无聊的事，但我看到马上就到公园了，于是，我便把牵狗的绳子换到左手，腾出右手开始打字回信息。

突然，可可大声叫了起来，绳子被她紧紧地拽了过去。

我不知道眼前究竟发生了什么。

当我反应过来时，只见从一辆白色的小面包车里下来了一位老大爷，不知为何在那儿发着火大声吼着。而可可却躺在了马路上。

过了半天我才明白，原来我在过人行横道时只顾两眼盯着手机，差点儿被车撞了，是可可挺身而出保护了我。

“拜托，把可可送到医院去吧。”

我哭号着恳求妈妈。

可是妈妈沉默着摇了摇头，然后冷静地把可可

---

① LINE 是韩国互联网集团 NHNNHN Japan 推出的一款即时通信软件。——编者注

喜欢的那条淡蓝色毛巾铺在了纸箱底部，那个纸箱是装洋梨用的。只见妈妈轻轻地把可可横着放了进去。可可早已没了呼吸。装洋梨的纸箱散发着一种甜甜的令人哀伤的味道。

“为了保护 HIRO 而死，这不正是可可的夙愿吗？”爸爸安慰我说，可是这些话却丝毫也没能减轻我的后悔和罪恶感。

如果那时，我没有把注意力都集中在手机上，而是好好握着牵狗绳的话，现在应该依然还能和可可快乐地度过每一天吧。如果我那时能多陪她玩玩儿就好了——紧紧地抱着她，跟她好好玩儿。

“我回来了。”

——傍晚我回到空荡荡没有一个人的家里，再也没有那个连跑带滚地从屋里跑过来扑在我身上的可可的身影了，可是家里却到处残留着可可的气息。

无论是早上我去上学时，还是傍晚从车站回家的路上，我常常会遇到牵着狗散步的人们。

有时，当我看到和可可一样的迷你腊肠犬时，就会不由得盯着看，心想会不会是可可。

爸爸不忍心看我这样，曾提议：“要不我们再买一只小狗吧？”可是我却说“不要”。

即便那只小狗狗也有着同样柔软的可可色的毛，有着圆溜溜的可爱的大眼睛，有着些许顽皮却温顺的性格，它也代替不了可可。狗狗不是玩具，不能玩坏了再买个新的。

不仅如此，我总觉得如果我接受一只新狗狗，那就意味着对可可的背叛。

第二年，我收到了东京一所大学的录取通知书，这是我的第一志愿。上大学后，我会离开家来到东京，开始独立生活。

“搬家公司明天上午九点来，所以今晚要把行李都收拾好。”

妈妈以我去东京上学为由，精神头儿十足地计划着要去东京玩儿。

我把衣服全都装进箱子里以后，又去整理杂货架上那些自己喜欢的书和 CD。那里挂着一个装有可可照片的相框，里面是可可很小的时候和上小学的我的合影。

"我要把你也带去。"

我冲着照片里的可可说，然后伸手去拿相框，可是手一滑，相框一下子掉到了杂货架的后面。

"真是的，可可！难道你不想和我一起去东京吗？"

杂货架的后面，几乎从未清扫过。当我小心翼翼地把手伸向杂货架后面时，手指尖碰触到了一个团成一团，类似纸的东西。

"在这么个地方，会是什么呢？"

我掏出来一看，是一张沾满了灰尘、已经变色的淡茶色纸片。我把那张破旧的纸展开，发现这是一张写报告的格子纸，只见上面布满了数不清的牙印。上面杂乱的字迹往右上方略微倾斜，那不是我的字迹。短信的最后写着一个可能是寄信人的名字，当我看到名字的那一瞬间，那遥远的痛苦记忆一下子又清晰地出现在我的脑海里。

那是我上初一时的情人节，我给一直暗暗喜欢的排球活动小组的学长准备了巧克力，并附上了一封表白心意的信，因为正在读初三的他就要毕业了。

“你难道不怕毕业后再也见不到他了吗？”好友给我打气说。

于是我鼓足勇气向学长告白，几天后学长亲手交给我一封信。上面写道：“现在我有女朋友，所以不能和HIRO交往，对不起。”

没错，我失恋了。

记得学长交给我这封用写报告的纸写的信的那天，我拖着沉重的脚步回到家，心灰意懒地坐在沙发上，可可并不知道我今天究竟发生了什么大事，只见她一下子跳到我的膝头，仿佛是在催促着我：“快带我去散步吧。”

“我现在哪里有心情去散步？”

我深深地叹了口气，从书包里取出那封没有放回信封、只是折叠起来的信。

现在回想起来，我才意识到当时没有用暧昧的态度闪烁其词，而是干脆拒绝了我的学长，可以说是一个诚实的人。可是对于刚刚经历了初恋失败的我来说，学长那句“对不起”就像一根刺一样刺痛着我。本来刚才被好友搂着肩膀，我已经痛哭过一场了，可这时我的眼里又溢出了眼泪。

不知可可是明白了我为什么哭，还是她觉得就是这张“纸”使得我们的散步被拖延了，只见她用一种奇怪的表情盯着我看了一会儿，然后开始用舌头舔我脸上的眼泪。

接着，她又从我手里把那封信抢了过去，不断地啃咬着。

“停下！”

正当我想要从可可嘴里把那封信抢回来时，手突然停住了。

“是啊，就当什么也没发生不是也挺好的嘛。”

可可把那封信轻轻地丢在地上，重重地点着头，仿佛在说：“就是啊。”

然后她抬起头，用那双漂亮的眼睛看着我，眼神里仿佛在说：“学长的事虽然很遗憾，但 HIRO 肯定会遇到更好的男孩儿的。打起精神来哟。”我禁不住破涕而笑了。

可可看到我笑了，突然把头抬起来，两只耳朵上下扇动着，然后再次叼起那封信，一转身跑进了我的房间。

“我回来了。”

妈妈是在这之后打开门回到家的，我急忙擦干了眼泪。

这件事我已经完全忘记了，现在才明白，当时可可就是这样用她的牙拼命把我失恋的事咬碎，帮我藏在了这个杂货架的后面。

“谢谢你，可可！”

我把那封褪了颜色的破信纸按在胸前，闻到了一股若隐若现、令人怀念的可可的味道。

（文 / 井上香织）

妈妈，敬启

妈妈：

好久没写信了。上一次写信好像还是我上小学的时候，母亲节那天。

要不是因为“结婚”这个契机，我几乎都不怎么写信了。而且和那时比，我已经长大成人，稍微变得聪明一点儿了哟。对了，写信时，“敬启”应该是放在信的开头位置，对吧？哎？现在再写是不是太晚了？算了，不管了。敬启，从现在开始进入正题啦。

从哪儿说起呢？要说的事太多了，真不知从哪儿说起好了。

嗯，对了！记得在幼儿园的时候，有一回，我和爸爸妈妈三个人一起去看烟花大会，我走丢了。那时我真的害怕极了。走失儿童招领中心的姐姐问我叫什么名字，我也答不上来。正当我觉得自己再也回不了家的时候，妈妈终于找到了我。我当时以为你们绝对会冲我发火的，可妈妈和爸爸却把我紧紧地搂在怀里，那种从心底油然而生的安全感至今令我难忘。从那时起，妈妈就一直在帮我。

记得我发烧难受的时候，妈妈把手放在我的脑门上，对我说“没关系，没关系”。

记得有一次我说要帮妈妈做饭，干劲十足地拿起菜刀去切菜，结果却切到手指。看到流了那么多血，我吓得大哭，可当妈妈给我包扎好伤口，抚摸着我的脑袋时，我马上就不疼了。

对了。妈妈生美咲的时候，我真是高兴极了。因为我一直羡慕那些有弟弟或妹妹的同学，一直喊着——“我也想要！”对吧？第一次看到刚刚出生的美咲时，我觉得她实在是太可爱了。虽然她现在有时会不懂事，不过，正是因为妈妈生了美咲，才让我有了那么多快乐的记忆，所以这些都托了妈妈的福。

真的，非常感谢。

虽然如此，可我上了初中，进入了叛逆期后，还是给妈妈添了那么多麻烦。每天早上妈妈给我做的便当，我却一口不吃原封不动地带回家。我和同学玩儿到很晚却不跟家里联系。现在回想起来我当时真是很不像话，给您添了那么多麻烦，那么不懂事，真是对不起。

那时，我知道妈妈半夜会哭泣。在我升入初中前，爸爸因病去世，妈妈一定特别痛苦、特别悲伤。而我不但没能成为妈妈的安慰，反而做了很多让妈妈更痛苦的事。

看着妈妈流泪，我虽然心里知道：唉，真是太不像话了，本来没想惹妈妈哭的，可是……

当知道妈妈曾经因为“没有了爸爸，自己真的不行”而感到烦恼时，我心里想：哪里呀，没有的事……可我却一直没能把内心真实的想法告诉您，而且也没能跟您道歉……我真是个不懂事的孩子啊！

对不起。虽然我一直没说出口，但内心一直都是在深深地感谢您的。

一直以来，我总是让妈妈为我担心，但是，我也和妈妈担心我一样担心着妈妈，因为妈妈有时过于操心了。

您还记得吧？我曾经问您："如果有一天我结婚离开了家，您是不是会比爸爸先哭起来？"您看，果然被我言中了。嗯……也许稍有不同吧。不过，美咲还在家里，您应该不会寂寞的，对吧？记得您过去整天说我："别看你说得好听，可毕竟还是孩子，离开妈妈你能做什么呀？"您就像对我一样，对她也这样该骂就骂，该表扬就表扬。她肯定会长成一个好孩子的，至少会比我好。

听我说，妈妈。我真的很好，很幸福哟，所以您别再哭了。

而妈妈身边也有可以依赖的人了，对吧？好像是叫直树吧？我觉得他是一个非常好的人，您女儿说好肯定错不了！他很在意您和美咲。如果他不在乎你们的话，我会让他好看的，这一点您听我的好了。

哈哈，这是跟您开玩笑呢。我从心底里赞成妈妈再婚。您担心那样做“是不是太自私了，光顾着自己的幸福了”。其实您真的不必有这样的担心，因为您的人生是属于您自己的，不必一直被过去束缚。

那天在购物中心和妈妈吵架，完全是因为我自己心情不好。所以，从购物中心跑出来，从天桥上一脚踩空摔了下来，全都是我自己的责任，妈妈根本不用自责。爷爷不是也说了吗？那只是运气不好，是意外。

可是，妈妈太善良了，总是自责说“都怨妈妈”，对自己没完没了地苛责。我实在不忍心看您那样，所以才写了这封信。

我希望妈妈过得幸福，过得开心。我不希望自己成为累赘，影响您的幸福。正像妈妈一直以来希望我过得幸福一样，我也希望妈妈过得幸福快乐。

让您留下那么痛苦的记忆，真的对不起。也许让您马上打起精神来还有些难，可是，希望您别再流泪了。就像我小时候，妈妈抚摸着我的头安慰我说“没关系，没关系”那样，现在我想把同样的话送给妈妈。

没关系的，妈妈。

我很快又会在妈妈身边重生的。

现在我正在考虑是不是要作为妈妈和直树的孩子转生呢！那样，我就可以再做一次妈妈的孩子了。您不觉得这是个好主意吗?

对了，如果美咲结婚了，作为美咲的孩子出生好像也不错呢。也就是说，那样的话我就可以成为妈妈的外孙女了，妈妈您觉得怎样好呢?

反正这次无论如何，我也一定要留在妈妈身边。过去给您添的麻烦，让您流的眼泪，我都要变成个孝顺女儿，好好地孝敬您弥补给您……啊，对了，或许是变成个孝顺外孙女好好孝敬您吧。

所以，我只是为了那个时候的重逢，暂时和您告别一会儿而已。这样的话，您是不是就不会孤独了?不过，正因为是妈妈，所以您在读这封信的时候，肯定是一边流着泪一边在读吧?希望这是您最后一次流泪，这也是我最后一次任性。因为，只有看到妈妈开心，美咲、我，还有直树才会高兴。

那么先写到这儿吧，虽然还有很多很多要说的话，但后面的话，就等到我下次去您那儿和你们再见的时候再说吧。在那之前，您和直树还有美咲都要好好的啊。

期待着和满面笑容的妈妈再次相会。

美晴

（文 / 橘翼）

旁边住着个杀人魔

我们家旁边有个出租屋，那里住着一个杀人魔。

那个好像随时都会有幽灵出现的摇摇晃晃的出租屋，在我出生前就已经存在了，建成大概有几十年了。在那幢破破烂烂的出租屋，二楼最靠边的房间里，住着一个杀人魔。

说是杀人魔，但他并不是被通缉的在逃犯，也不是为了躲藏追捕而偷偷摸摸地住在这儿。可能是他曾经因为杀人罪被判过刑，现在已经刑满释放了。十年前我曾经亲眼看见这个男人被警察带走了。

虽然我是在电视里看到的，但这个画面至今仍深深地印在我的眼底。那时我大概只有三四岁，依稀记得好像播放的是新闻画面，电视里一个三十多岁的男人被两个警察押着往前走。就在他被押上警车的那一瞬间，那个男人用一种很可怕的眼神冲着镜头恶狠狠地瞪了一眼。当时还不太懂事的我，透过电视屏幕看到男人那个眼神的一刹那，吓得一动也不敢动了。那是种能够吓晕小动物，让人感到皮肤仿佛瞬间绷紧的眼神，投出那种眼神的男人简直就像一条疯狗。

虽然我有着深刻的记忆，但毕竟已经过去十多年了，周围大概没有人还记得这个男人了吧？在路上我曾经好多次看到有人和男人擦肩而过，但那些人连看都不看他一眼。

而那个男人走路时却总是稍稍低着头，大概犯过罪的人，虽说已经得到了惩罚，但毕竟曾经是罪人，所以不得不遮遮掩掩地活在这个世上吧。每次看到他大白天在外面闲逛时，就让人不得不怀疑他有没有一份正经的工作。

有一次，我放学路过公园前面的马路时，看到那个男人坐在公园沙坑旁的长椅上。看来今天也没有工作啊，这样想着，我偷偷地瞄了他一眼。只见他的嘴巴不停地动着，毕竟距离太远，听不清他在说什么，但能看到他的表情阴鸷，非常恐怖。只见他的眼里透出兴奋的光，龇着牙，嘴里叽里咕噜说着什么，那模样除了奇怪倒也没什么，只是仿佛拒人于千里之外，令人难以靠近。

和当年一样，我惊呆了。可以说我被男人那不同寻常的气场完全镇住了，只能呆呆地站在公园门口，一动也不能动……正在这时，男人的目光突然转向了我。

我吓得汗毛直竖。那目光和十年前一模一样，没有任何改变，就像龇着牙的疯狗的目光一样。

具有讽刺意味的是，当我的目光与他那仿佛要吃人的目光相遇时，我的腿终于能动弹了。我慌慌张张地从公园前逃离，连扭头往后看一眼都不敢，径直朝家的方向跑去。就在我狂奔的时候，我仍能感觉到男人那暴力的目光好像一直追随在我的身后。

我实在不能理解，有着那样目光的男人，人们为什么就能忘记他呢？当他与你目光接触的一刹那，你甚至会感到一种皮肤被撕裂的危险。当你的视线与他的视线重合时，那一瞬间，甚至会让你联想到那个远离人类能够让人瞬间石化的怪物美杜莎。

那个目光，我再也不想看到。

我决定尽量不走公园前面的那条路了。男人住的那个摇摇晃晃的出租屋就在我家旁边，所以我绕不开，但每次经过时，我都要确认一下男人在不在，然后才经过。那么恐怖的杀人犯，当然能躲则躲为好。

虽然我这样拼命地躲着他，可是，那天我还是差点儿和他碰上。那天，我本来想避开那个公园，绕远道回家。只见那个男人手里拎着一个便利店的塑料袋迎面走来。因为他还和往常一样，走路时低着头，所以完全没有注意到我。“怎么办？往哪儿躲一躲呢？”正当我四下环顾时，突然听到有人大叫了一声：“啊！”

我本能地抬头看去，一条交叉的小路上，一只猫突然跳了出来，而这时正好有一辆车飞驰而来，就好像是以小猫为目标事先埋伏好了似的。我不由得也大叫一声：“啊！”几乎同时，只听到“咣当”

一声，什么东西被摔到了地上。直到我听到有人悲痛哭喊，才注意到被摔在地上的东西是男人刚才手里拎的那个塑料袋，里面还装着啤酒。

马路上除了我，就是摔倒在对面路肩上的男人。他的身旁躺着一个茶色的毛绒球一样的东西，难道是刚才那只猫？正当我疑惑的时候，那个男人动了动。

倒在地上的男人伸出手，好像是在摸索似的，过了一会儿他忽然坐了起来。

“小猫呢？”

男人一边嘴里嗫嚅着，一边四下寻找，随后他的视线一下子停留在了那团茶色毛绒球上面。

男人怯生生地用手去抚摸小猫，过了一会儿，他踌躇着用两只手捧起小猫。

“喂……喂……”

男人轻轻地摇晃着抱在手里的小猫，一次又一次地呼唤着。

可是，小猫没有任何回应，既没有抬起头，也没有叫一声。

看着眼前这个小生命就这样没了，我难过得喘不上气来，鼻子一酸，再也无法在那里待下去了。我的心里只想着：快走吧。就在我抬腿要走时，我发现一直瘫坐在路边的男人哭了起来。

“对不起……没能救成你……”

他把小猫抱在胸前，声音颤抖着一边抚摸它，一边道歉。伴着那颤抖的声音，他的泪一串串地落在了小猫的身上。

“对不起，对不起，我再快一点儿就好了……对不起。”

男人好像并不知道自己在说什么，只是没完没了地重复着这几句话。

我觉得他那些没完没了的道歉，绝不是装出来的。

自从那个男人试图救小猫那天起，我对他的感觉改变了。没错，那双像疯狗一样的眼睛，那时曾经确凿无疑地凝视着那只小猫，可并不是为了掠夺，而是为了救助，没能救成时，也不是愤怒、不是无奈和放弃，而是悲伤地一直流泪，这是再正常不过的感情流露了。

也许那个男人的确曾经犯过罪，但正是因为他已经彻底地赎罪了，所以才能成为我眼前这个人吧。就是说，他已经是一个被认可的普通人了。再说我本来就不知道男人究竟犯过什么罪，只是电视画面上看到他被逮捕的画面，那像野兽一样恐怖的表情给我留下了非常深刻的印象，当时我的脑海完全被那个画面占据了。现在回想，也许那并不是那个男人的全部吧。

那个男人究竟是个什么样的人呢？不知何时起我竟然开始这样去琢磨他了。那天下着雨，我坐在公交车上，出神地看着不断打在车窗上的雨滴，漫无边际地胡思乱想着这些找不到正确答案的问题。

公交车停在了车站，有几个乘客下了车，又有几个新乘客挤上来。我无意识地看着上下车的人流，突然在上车的乘客中看到了那个男人，我的眼睛不由得睁圆了。我简直不敢相信，他不会是听到了我心脏“怦怦”跳动的声音了吧？只见他一边找着空座位一边朝着我这边走来，当他与我的视线相遇的那一瞬，他的脚步才停下来。

我装作没注意到他，继续玩手机。实际上我几乎把所有的注意力都集中在了离男人距离较近的自己的右半边身上。男人很快从我身边经过，在我右侧斜后方的椅子上坐下。虽然看不到他的身影，但我却心神不定，紧紧注意着右后方的一举一动。这种不同于恐怖的紧张，使我觉得今天的公交车比以往速度慢了很多，没办法。

“下一站，是芝尾第三公园站。芝尾第三公园站到了。”

自动报站器里响起了报站的女声，告知我下站就是我家附近的那一站。我抢在大家前面第一个按下了下车键，不久车子慢慢停下来，我急忙从座位上站起来，下了车。外面大雨如注，我却没有带伞。正因为如此，我今天才理所当然地坐了公交车。雨下得这么大，不管是跑回去还是走回去，被淋湿的程度都一样。我还是决定跑回去。可就在我抬起腿准备朝家的方向跑时，后面突然传来一个声音，即便雨声很大，也没能遮住那洪亮的声音。

“我们回家不是同一条路吗？过来，一起走吧。”

男人板着脸一边说着，一边把伞朝我伸过来。当我快要被这个将近五十岁的男人碰触的瞬间，我觉得空气好像成了碎片似的散落一地，可同时他救助小猫时的眼泪也浮现在眼前，我实在搞不清楚现在自己看到的究竟是谁了。

“真是的，这么大的雨，早上天气还好好的呢，没想到竟会下这么大……幸亏我相信了天气预报，带了把伞，不过在雨下起来之前，我还一直在怀疑呢。”

我走在男人左边，听了他的话，不由得笑了。偶尔男人的左肩会触碰到我的右肩，这时我总是会莫名地紧张起来。当笑容从男人脸上消失后，我们陷入了沉默。耳朵里只有雨声，我觉得这样有些尴尬，便主动问他：

“您认识我？”

“嗯？”

“刚才您不是说‘我们回家不是同一条路吗’？”

“哦，是啊，你不是我住的那栋出租屋旁边那户人家的孩子吗？从很早以前开始，我就习惯了观察人。”

观察？大概就是把某个人定为目标，为了看好什么时候，怎样下手杀掉才去观察的吧。

“怎么了？”

“啊？”

被男人这么一问，我不由得把头抬了起来，和男人的视线正好迎面相对。想来，我好像还是第一次这么仔细地看这个男人的脸，这个为我打着伞的男人的脸上再也没有疯狗的影子。

“你被捕时的情景，我还记得。”

当我意识到时，自己已经傻乎乎地把话直接说出来了。

“我？被捕的时候……”

“差不多十年前，你被警察抓住，被推上警车的那一瞬，我是从电视新闻里看到的，记得是我三岁，还是四岁的时候。”

男人听了，好像在记忆中搜寻什么似的，过了一会儿才小声嘟囔道：“哦……”

“虽然隔着电视，但真的好恐怖，吓得我一动都不敢动。那时候你的表情至今我都还记得清清楚楚。”

“是吗？你看到了啊？”

男人抬起头，仿佛在数落在透明塑料伞上的雨滴，从他脸上的表情根本看不出来他在想什么。不过虽然看不出，但一想到今后可能不会再有机会靠近这个男人了，我决定把想说的都说出来。

“也许你是犯了罪，也许还有人无法原谅你的罪行，可是，你已经好好地赎过罪了，对吧？所以我也许不该再说什么了。请鼓起勇气，加油！不管别人说什么，我觉得，那个为没能救下小猫而流泪的你，一定可以的！”

男人有些吃惊地看着我，眼睛睁得大大的，嘴巴轻轻地张开，又合上，然后又张开，好像要说什么似的，可是却什么也没说出来。

终于从他闭起的嘴里发出了声响，不是刚才那样大声的笑，而是轻轻地笑着说：

“谢谢。”

男人的声音是那样的温柔，简直不敢相信是从他嘴里发出来的。这次是我睁大了眼睛。

“我以为自己再也不会被这个社会接受了呢，不管自己做什么，都不行，我都已经开始自暴自弃了……不过，有你这样给我鼓励的人，也许我还能再鼓起精神好好干一把。”

这时，我才注意到雨已经变小了。男人突然停住了脚步，我正感到奇怪，这才发现已经到我家门口了。

“谢谢。”

他又一次笑着感谢着，就好像卸下了一件沉重的包袱一样。从雨伞的阴影里我看到他的笑脸是那样的明朗，沿着台阶走上那幢破破烂烂的出租屋的背影也比以前变得挺拔了。

从那天起，我开始频繁地看到男人经常穿着西服外出的身影，不知道是不是正在找新工作。有时去上学的时候，正好遇到，我跟他说：“加油！”他会举起握着拳的手向我挥一挥。

他好像真的是在努力呢。

从那以后，又过了些日子，开始进入了夏季。

学校开始进入考试期间。我聊以慰藉地做着复习题，做完数学题，我来到客厅想休息一下，看到妈妈正在一边给爸爸熨衬衣，一边看电视连续剧。没错，那是一部由一位很火的年轻男演员出演新手医生的医疗题材电视连续剧。只要妈妈关注的那个男演员出来，她就会停下手中的熨斗，聚精会神地盯着电视。

“有那么帅吗？”我眯起眼看向电视。可就在下一秒，我的眼睛一下子瞪得不能再大了。

我完全没意识到自己说了什么，不过妈妈那声“喂，正看到精彩的地方，别出声”我确实听到了，好像是在抱怨我打扰了她看电视剧。可在现在电视画面上看到的东西给我的冲击要强烈得多，完全盖住了妈妈那句话。

又过了些日子，妈妈让我去帮她买东西，在超市里，我和那个男人碰巧遇见。但肯定也绝不是偶然。因为我们是近邻，自然在同一家超市买东西了。只是在这个节骨眼上遇到，对于我来说却有着特别的意义。

“嗨，你最近怎么没来买东西？是不是演了一个患者？”

我把满脑子想的不管三七二十一先问了出来，男人对我“啪嗒啪嗒”地眨了几下眼睛，然后，脸上又浮现那淡淡的笑容，问我：

“有时间吗？”

我们来到超市门前的自动贩卖机前，男人给我买了一罐果汁，他自己买了一罐只含糖的黑咖啡。他坐到一条破旧的长椅上，拉开了易拉罐的盖子。我也坐在了男人给我空出来的长椅上，喝着果汁。

“连续剧，看了？”

因为我正在喝果汁，所以没办法马上回答他，于是我把易拉罐从嘴边移开，使劲点了点头。

是的，那天晚上，我在旁边瞄了一眼妈妈正在看的电视连续剧，一下子惊呆了，那种震惊甚至让我担心自己好不容易才记住的数学公式会一下子全忘了。那个男人——现在和我一起坐在这条长椅上——上了电视！他扮演的是一位因为摩托车事故，被急救车紧急运送到医院的病人。虽然他被绷带包得严严实实，但我一下子就认出来了，同样的目光——那天他就是用这样的目光凝视着那只小猫的，在我的面前，我看到过。

男人嘴巴里含着甜甜的咖啡，呼出一口气。“我并不是想要向你隐瞒啊。”男人含着笑的眼睛上方，有一对棱角分明左右对称的八字眉。

“你以前不是曾经说过吗？说你还记得我被逮捕的事。因为是在电视上看到的，所以一直忘不掉。其实，那是十年前播放的刑侦剧。我扮演的是那部连续剧里的一个犯人，因为出演那个角色，还曾被人揶揄过。可是，我最近几乎没再演过电视剧了。马上就要五十了，我想，肯定是我没有演戏的才能吧。这几个月我一直在考虑放弃演员的职业呢，可是……”

男人的眼睛注视着我，那目光，既不像疯狗那样凶狠，也不像为小猫哭时那样温柔。

怎么说呢，那眸子里好像燃烧着一团小小的火苗。那火苗虽然很小，但却不会熄灭。

“……可是，你说，你到现在还依然记得那个时候的我。你说当时你在电视机前吓得一动也不敢动，没想到我竟然能够给你留下这么深刻的记忆。想到这些，我就觉得还可以努力。不，至少应该再努力试试。”

男人一边摆弄着手里的易拉罐一边说着，之后把空易拉罐扔进了垃圾箱。他伸了个大大的懒腰，就好像要去够那澄澈的天空似的，两只手伸得很高很高。

“谢谢你，是你给了我再去挑战的勇气。而且，今天马上还有一个新电视剧的演员选拔，我还得去准备，所以告辞了。果汁，你慢慢喝啊。”

男人指了指我手中的那罐果汁，留下这么一句话，就迈着轻快利落的脚步走了。

我独自坐在长椅上，仰望着男人刚才想要去够的那片天空。澄澈的天空好像在等着你去够似的，辽阔宽广，仿佛就要掉落在面前。

“电视连续剧，我还要接着看！”

而且我得好好看看名字，下次再见的时候，我得好好问问他的名字，我在心里说。

（文 / 桃户晴　橘翼）

只差一步

从学校跑出去，大概五分钟左右就能到一个神社。据说那是一座本宗的神社，神社的面积非常大，甚至每年一到正月，来进行新年初拜的人能在院子里排起长长的队。可是现在正是盛夏，本宗也好，新年初拜也罢，都跟我们没关系。

神社的后面有一堵石墙，那是一堵三米左右高的石墙。虽然石墙是砌在一个倾斜的 70 度左右的斜坡上，但因为墙上有很多处凹凸不平的地方，所以人可以攀爬，有人甚至能够设法爬到顶上。

那个一抬头就看到石墙的地方，正是我们最近的集合地。那里是神社的停车场，却不怎么有车进出，所以作为我们玩耍的地方，没有比那里更好的了。

今天放学后，经常一起玩儿的五个小伙伴就来这里集合了。我们这伙人的头儿叫尊留，只见他环顾了一下我们四个人，说：

“好，今天一定要让全体成员合格！”

除了我以外，其他三人都齐声喊道：“好！”看着我一个人在那里垂着头，尊留耸了耸肩说：

“嘿，听到了吗？遥翔，说你呢！我是跟你说的，只要你能够爬上去，大家的难题才算是攻破了啊！”

“……我知道了。”

我心里不舒服，无精打采地答道。

所谓“难题”，就是爬上这堵石墙。这两个字特别难写，笔画特别多。

如果加上助跑，这个不到三米的石墙是可以一下子爬上去的。这就是尊留他们最近刚发现的所谓“难题”。正像刚才尊留说的，五个人里面只剩下我还不能独自攀爬上去。

原因有几个。我作为一个四年级的小学生，个子比较小。另外，可以说我特别不擅长运动。但最大的原因还在于我只是觉得："就算爬上了这堵石墙又能怎样呢？"可是，尊留跟我说："如果放弃的话，以后就再也不跟你玩儿了。"

所以，虽然我心里一万个不愿意，也得每天都像今天这样跟他们过来一起攀爬。

"好，那么，一个一个地上啊，我先来！"

尊留说着，就走到了离石墙五米左右的地方，做了几个下蹲的动作，然后一下子冲了出去，很快就达到了他的最快速度。只见他用脚掌踏住石墙，"嗒嗒嗒嗒"，节奏均匀地大步往上蹬着，最后伸出手攀住石墙的顶端，全身一用力，一下子就攀了上去。像猴子一样轻盈敏捷，身上好像安了弹簧一样。

尊留站在石墙上，俯视着我们说：

"好了，大家接着来！"

他说得轻巧，可我实在想象不出怎么才能把动作做得像他那样好。

可其他三个人却没有我这样的不安。

"好，该我了！"

“下一个该我了！”

“我也冲喽！”

他们说着，一个接一个地助跑，然后全部都像尊留一样动作敏捷，成功地攀上了石墙。

结果和每次一样，石墙下就剩我一个人了。

石墙上的四个人俯视着我，说：“遥翔，如果是男子汉就登上来！”

“有什么可怕的呀？”

“没出息！鼓起劲来！”

大家对着我七嘴八舌地一阵狂轰滥炸，也不知是在鼓励我呢，还是在骂我。我用两只手把耳朵堵上，和大家一样倒退到可以助跑的距离，然后用尽全力冲了过去。

我虽然使出了全力，但速度却还是慢，一步、两步……到了第十步我的脚才勉强够到了石墙。于是这次我尽力保持住速度，身体拼命向上蹿着。就像在地面上助跑时一样。“嗒、嗒”地一步步踏上去，身体尽量向前方冲。然后，手向着石墙的顶部伸了出去，可是……

就在离石墙顶端十几厘米的地方，我的手抓了个空，然后脚下失去了冲力，身体在石墙的半腰处停了一下，接着脚步就开始向后倒退，一步、两步……接着越来越快，最后随着惯性，到了地面也没能停住，一屁股跌坐在了地上。

尊留在石墙上俯视着我，好像很不高兴，说："怎么搞的，就差那么一点儿。别松劲儿呀！就差那么一点儿呀！再来一次遥翔！拿出你的骨气来！"

但是，几乎每次都是这样，无论再试多少次，最后都以同样的结果告终。

这时，其他三个人渐渐地失去耐心。

"唉，看来遥翔真的不行。"

"没办法，谁让他是遥翔呢。"

"你这样和我们一起玩，有意思吗？"

大家七嘴八舌地冲着我说了一通，然后就跑到神社院子里去了。大概是去那片空旷的地方开始踢足球了吧。

但那天，尊留却少见地留在原地没走，他对

我说：

“遥翔，你这也算是男子汉吗？偶尔也拿出点儿骨气来让大家看看嘛。如果你登不上来的话，我们可就不再跟你玩了啊。”

他一脸老大的样子，于是我也终于忍不住脱口而出：“可以呀，无所谓，爱玩儿不玩儿呗。”

只见尊留深深地叹了口气：“是吗？对不起了啊，那就算了吧。”然后迅速转过身去，理也不理我，径直朝着另外三个人离开的方向走掉了。

我一个人被丢在了石墙下面。如果放在过去，这个时候尊留总是会凶巴巴地叫我：“没办法，遥翔你从台阶那儿上来吧！”可今天他却没有这样叫我，因为我说了“爱玩儿不玩儿呗”。

第二天，尊留就真的再也不叫我跟他们玩儿了。

一开始我还觉得特别轻松，因为再也没有人让我去挑战那莫名其妙的“难题”了。

可是，随着时间的流逝，我的孤单感与日俱增。因为我一直都是和尊留他们一起玩。没了他们，我总觉得少了些什么似的。

后来一段日子，我想跟尊留他们去道个歉，我想他们流行的那个挑战“难题”的游戏肯定早就过去了，他们大概已经玩够了吧。

我不知道他们现在都是在哪里玩什么游戏，于是我从另一边进入神社，在神社院子里转了一圈，可是没有看到他们踢足球的身影。可能他们是去别的地方玩了吧，我想。

我觉得特别后悔。

那时，我脱口而出：“可以呀，无所谓。爱玩儿不玩儿呗。”那句话肯定让尊留讨厌我了。

是我不对吧。

我也不知道，可没有了尊留他们，我觉得特别孤独。

就在之后不久，我听到了尊留转校的消息。

那天老师突然公布说，因为尊留父亲工作的关系，下个月他们家要搬到外县去了。和尊留经常在一起玩儿的那些同学可能早就知道了这个消息，而我却是刚刚听到，大吃一惊的同时，也有些心烦意乱。

我想就这样和尊留分别肯定不好吧，于是我终于下定决心。

在尊留转校之前，我要登上那堵石墙！

从此，我每天放学后就一个人来到石墙下，独自一次次地进行着挑战。我一次次地向着石墙顶端助跑、攀登……可是，还和过去一样，我总是差一步上不去。

我摔了无数次屁墩儿，胳膊肘、膝盖……好几个地方都擦破了皮，甚至引起了父母的担心。可因为一直没有成功，所以我不能放弃。这样想着，便每天都去挑战。以前那样讨厌的事，可一旦自己下定决心去做时，那“讨厌”的心情竟然不可思议地消失了。

可我还是一直没有成功，就这样眼看着到了尊留转校的日子。

那天我也依然继续挑战着，还是只差一步总是登不上去。天已经渐渐黑了，夏天也在不知不觉中就要结束了，秋天就要来了。我一如既往地继续向那个“难题”进行着挑战。

也不知道是第几次了，我觉得早就超过五十次了，远远地超过了。“这次一定要……”“下次一定要……”怀着这样强烈的信念，我一次次地冲上去，脚蹬上石墙，拼命向上……又是差一步就要爬上去了，可这次当我伸出手时，我的手却被一个人抓住了。

一瞬间，我没有反应过来到底发生了什么。

可是当我在黑暗中看到尊留的面孔时，我明白了。

是站在石墙顶上的尊留抓住了我的手，他就那样顺势用力把我拉上了石墙。

“尊留，你怎么在这儿？”

我正问着尊留，突然听到“啾、啾”几声尖厉的声音划破了昏暗的天空。接着就是“咚”的一声巨响，只见一朵巨大的烟花在夜空中绽放开来。

尊留愣了一下说：“今天不是烟花大会吗？”

我把这事儿忘了个干干净净，原来今天是我们这儿的烟花大会呀。我光顾着克服“难题”了，一点儿也没注意到，周围已经有几伙人来看烟花了。大家都站在石墙的顶部抬头观赏烟花。

“遥翔也到这儿来看吧，这儿可是特等席哟。”

我还真不知道。

最近我们这里也开始建起了高楼，能够清楚地看到烟花的地方总是挤满了看客。可是在这堵石墙上，却能够没有任何遮挡地看到绚烂的烟花在夜空中绽放的景象，而且这里看客很少。看客中，也有那时候成功地克服了“难题”的三个人，大家见到我，都露出了一副吃惊的表情。

“遥翔也终于登上来了呀？”

“借了尊留的手劲儿，算是勉勉强强爬上来的。”

“不管怎样，干得好！一起看吧。”

我现在终于明白了尊留为什么把这里命名为“难题”，逼着我来克服，甚至故意说出那样挑衅的话了。

“你是想让我看这个吧？”

“那还用说吗？只要能够登上石墙，就能站在最前排，你是不是觉得我是故意刁难你来着？”

我这才知道，尊留他们四个人看到我挑战石墙，就在离这儿稍远一些的地方先爬了上去，然后一直在上面看着我。因为四周慢慢暗了下来，所以我没有注意到他们。

我说：“在尊留转校前能够登上来真是太好了。”

“嗯，我也是，在转校之前能够看到遥翔成功，真是太好了！”

“那是尊留帮了一把啊！”

“那是遥翔不放弃的结果呀！”

那天，我在最前排看到的烟花，比任何时候看到的都盛大绚烂。我想，这个场景我大概永远也忘不掉了吧。

又过了一年，又到了烟花大会的日子。尊留虽然转校走了，但我却和去年一样站在最前排等着看烟花。我已经不用再借助任何人的手就能轻松地登上这堵石墙了。

从石墙的上面向下看，低年级的同学们也在一遍一遍地发起挑战，向上攀登着。有个孩子，不知道他叫什么，可刚才我就注意到他一直在尝试往上攀登，已经挑战了几十回了，可每次都是在还差一步的时候以失败而告终。虽然他曾因不知怎么办好而有过一瞬的犹豫，但就在他经历了不知多少次失败以后，我听到他嘴里小声嘀咕道：

“我怎么能认输?！”

于是，就在那个孩子再次攀登，差一步就要登上来的时候，我一把抓住那只手，一用力把他拉了上来。

低年级同学“呼哧呼哧”地大口喘着气，好像氧气不够用似的对我说：

“谢谢，可是，你为什么帮我呢……”

我回答道：

“不是我帮的你，这是你不肯放弃的结果呀！”

（文／高木敦史）

叶樱与魔笛

这是三十多年前的事了，那时我、妹妹和父亲还在一起生活。

母亲很早就去世了，妹妹也得了重病，以当时的医疗水平，妹妹的病被诊断为不治之症。

父亲是那种人们所说的工作狂，嘴巴很笨，不爱说话，对我和妹妹，既不言语温柔，也不太管我们。但我家毕竟不是那种能够雇得起保姆的富裕家庭，所以，我几乎包揽了包括照顾妹妹在内的一切家务。

虽然我也正值青春妙龄，可因为每天和妹妹忙于家务，所以自己的事根本顾不上，更不用说恋爱什么的，我一直都没有谈过。但我告诫自己，不能为此而感到不满。因为可怜的妹妹，连认识男人的机会都没有。想想妹妹的境遇，我就觉得自己不能去谈恋爱。

直到有一天，我发现了妹妹藏在柜子里的整整三十封信。

我虽然知道私自偷看别人的信不好，但忍不住好奇心，我还是看了其中的一封。果然像我猜的那样，那是一封男孩子写给她的热烈情书。

信封上寄信人的名字每一封都不一样，但留的都是妹妹认识的人的名字。显然，妹妹为了不让我和父亲知道，便和那个男孩儿悄悄约好全部借用了别人的名字。

我简直委屈极了。因为一直觉得妹妹可怜，所以我才一直这样压抑隐忍着。可是，妹妹竟然就这样瞒着我！

这时，正好邮递员来了，把一封新到的信扔进我家的信箱就离开了。一看笔迹就知道是同一个男生的。

我把那封信揣进怀里，把那一捆信按照印章上日期的先后排了一下顺序。我觉得自己在这个环境里为她忍受了那么多，自然有看她信的权利。

可不知怎么搞的，我读着读着心境却变了。因为信的内容，变得越来越奇怪。

一开始，那个男生对妹妹的感情，表达得很直白露骨。那些文字中洋溢的爱情，让读信的我都感到不好意思。

可那些爱的火焰，最近好像渐渐熄灭了。那个男生渐行渐远的样子，通过信里的那些文字仿佛都能够感觉到。

我把刚才送来的那封信从怀里掏出来，信里写着这样一行字：

“我其实没有爱你的资格，我们分手吧。”

刚一读完，我就条件反射地把那封信撕碎扔掉了。

我怎么能让妹妹看到这样的东西？妹妹已经活不了多久了，她已经被上帝放弃了，凭什么还要再被这个男生抛弃呢？我从未像现在这样，觉得妹妹是如此可怜。刚才那些嫉妒和愤怒早已消失得无影无踪，此时我的心里充满了对妹妹的同情。

我该怎么做才能安慰妹妹的心灵呢？从信的内容能够看出，那个男生和妹妹还只是信友关系，于是我心生一计。

那天晚上，我去妹妹的房间帮她换衣服，妹妹对我说：

“姐姐，刚才我枕边有一封刚刚寄来的信……”

“嗯。”

“不知怎么，我有些看不懂。你能帮我读读吗？”

我突然有些恨妹妹，那封信和最初的信一样，是一封热烈的情书。我之所以知道，是因为那封信就是我写的。

笔迹是那么完美地相似，妹妹应该完全相信那是那个男生写给她的信。可她竟然让我来读！肯定是想要向我炫耀那个男生的情书吧。

简直不顾及别人的感受！可话到嘴边，我只是张了张嘴，并没有说出来。

“这可是你让我读的啊。”

我不动声色地开始读我自己写的信。

“好久没有写信了，对不起。其实，我一直在为自己的无能为力而感到懊恼。我是那样爱你，却什么也为你做不了。为此，我感到特别痛苦、特别难受，我甚至一时钻牛角尖想要跟你分手。”

到这里我写的文字和那个男生最后一封信的内容是一致的。接下来，是我特意写给妹妹的，是我自己的创作。

“但现在我发现我错了。世界上没有完美的人，即便是无力的我肯定也有能为你做的事情。所以我想好了，我不会再逃避，我爱你，今后我还要继续给你写信。”

本来写到这儿就结束也很不错。不过，我又加了一笔。

“今后，每天我都会在院子里吹口哨给你听。”

我是想自己吹口哨给她听的。我会吹几首曲子，那是在母亲去世前，为了哄我和妹妹开心，父亲经常吹给我们听的曲子。

“我会一直爱着你。永远爱你的 M · T。”

最后一行文字借鉴了第一封写给妹妹的信，是为了增加可信度。

读完，我问妹妹：

“真不知道你还有个交往的男友啊。可是，这封信你哪里看不懂啊？”

可妹妹接下来的一句话一下子让我哑口无言。

“姐姐，这封信是你写的吧？”

我沉默着，无言以对，总觉得好像听到走廊那边有“吱吱嘎嘎”的响声，特别刺耳。可转念一想，又觉得那是我自己的紧张感在作怪，是这种紧张蔓延到了整个家里。

过了好久，只听妹妹说道：

“我知道，柜子里的信你也都读了。对吧？”

丢死人了！我一句话也说不出来。怎么就会被妹妹发现了呢？那些信我都好好地放回了原位，笔迹也完全和原来的信一模一样，这一点我还是有自信的。

正当我不知道说什么好，在那里手足无措时，妹妹接下来的话简直出乎我的意料之外。

“谢谢你，姐姐。其实我也有事瞒着姐姐。”

瞒着我？

“其实那些信，全部都是我自己写的。”

妹妹说，因为自己没有青春，所以想要讴歌青春。哪怕只是以书信的形式也好，她想尝尝恋爱的滋味。于是就自己化身男的，给自己写了那些情书。

“不过，直到现在我才意识到自己做的事是多么愚蠢。既然早晚都是死，不如自己活得更自由自在些。可我却一直压抑着，还拖累了姐姐，让你为照顾我而不得不舍弃很多东西。我真是自私啊！对不起啊，姐姐。对不起……”

成串的泪珠从妹妹的眼里滑落。

“别说了，别说了。”

我一下子把妹妹抱得紧紧的。妹妹内心的悲伤、对死亡的恐惧，以及自己被戳穿时的羞愧，一股脑地堵在了我胸口。

我的脸紧紧地贴在妹妹那消瘦的脸颊上，任由泪水肆意流淌。

正在这时，突然不知从哪里传来了口哨声，那声音隐隐约约，但我们都听到了。难道是写信的那个男生？或者是我们自己无意识吹出来的吗？

不，不是。那口哨的音色对于我们来说是那样的熟悉。显然，吹口哨的人刚才在屋子前面听到了我和妹妹的对话。

走廊里刚才传来的“吱吱嘎嘎”的响声显然也是吹口哨的人弄出来的。他肯定是为了给我们姐妹俩一个平心静气互相沟通的空间，自己急急忙忙退回到了院子里，然后开始吹起了口哨。

妹妹眼里含着泪，对着我露出了微笑。我也眼泪汪汪地微笑着回望她。父亲的口哨就这样温暖地、轻柔地把我们姐妹俩环抱了起来。

（文 / 太宰治　改编 / 吉田顺）

纪念画

出现在指定好的见面场所——那个小胡同的，是一个几乎刻意乔装打扮隐藏起了真实面目的人物。只见他身上穿着一件长及脚踝的风衣，头上戴着一顶帽檐很低的帽子，嘴巴用长围巾遮盖住了，眼睛被遮挡在一副颜色很深的墨镜后面，戴着手套，几乎看不到皮肤。甚至在我的眼里，连他究竟是男人还是女人都很难分辨得清。

“原来 Z 就是你呀。”

“不要说出这个名字。”

我跟乔装打扮过的人物搭上了话，我的眼睛眯了起来，没错，如果从声音来判断的话，毫无疑问对方是男性。

虽然交易的时候，总是选择人少僻静的地方，但我明白自己这个名字在这个社会能引起多大轰动，所以我只能小心地压低了声音跟那个乔装的男人对话。

怪盗Z，只要确定了目标，无论藏在哪儿，没有弄不到手的。这就是我现在的名字，也是我的工作，更是我的骄傲。

“按照之前说过的，我有事想请你做。”

对方手按着长围巾说。也许他是想要乔装，可他乔装得实在不怎么样。我叹了口气，可男人好像并没留意，只听他继续闷声说道：

“我会付你钱，定金一千万……如果我委托的事情做成了，作为回报，我会再付你两千万。所以就不必说出我的名字了吧？”

“如果是为了钱，我是不干的。”

这次为了让对方听到，我深深地叹了口气回答道。对于我来说，盗窃是基于我自身美学的行为，而不是因为别人“委托”给了我工作，我就得让对方满意。那样的美学在我这里是行不通的。而且，因为是“委托”，就挥舞着大把的钞票，蛮横地强加于人的那种人也实在说不上美。

“我所做的只是盗窃，而且还得是精致漂亮的活儿我才干。像那种搞破坏呀、杀人之类的，你还是去找那些地痞无赖做吧。”

说着我站起身就要走。

“等等，你先听我说好不好？”

这时委托人突然用沉着的口气叫住了我。

“我要委托你的工作，我觉得应该正是你的专业领域。”

他那莫名的充满自信的口吻让我有些反感。虽然他的嘴被围巾遮住，但从他的声音里我却能清晰感觉到他此刻正在嘴角上扬地微笑。

“工作内容非常简单，就是从一家美术馆，帮我偷一幅画。”

委托人好像还没习惯戴墨镜，只见他一边用一只手托着墨镜，一边语速稍快地说着：

那幅画本来就是我们家族的东西，一直作为装饰画挂在客厅里的壁炉上方。那是一幅色调温暖的油菜花田，我父母、我，还有我的兄弟姐妹们，大家都很喜欢这幅画。甚至可以说那是一幅象征着我们全家幸福的画。

可是，这幸福突然有一天消失不见了。父亲被他一直信赖的好友骗了。他们一起经营了一家公司，但公司的钱却全被那个人卷跑了，剩下的只有债务……我们的家也被查封用作抵债。当然，那幅画也被拿走了。那幅象征着幸福的绘画没有了以后，我家也一下子落入了不幸的谷底。

眼看着欠的债连还上的希望也没有，加上被好友欺骗，父亲最后选择了逼着全家人跟他一起自杀。不知道是有幸还是不幸，当时全家只有我一个人活了下来……活在地狱，简直说的就是我的境遇呀！之后，我被送到了一个很远很远的亲戚家，是在那里长大成人的。寄人篱下的孤独感和疏离感，以及被那家人欺负的感觉，至今想起来我都恶心得想吐。

一直到最近，我才知道那幅画被某家美术馆收藏了。从此我每天变得心神不宁，于是我装作普通的访客去了那家美术馆。那幅画——那幅象征着我们家幸福生活的绘画，果然挂在那里。

“……原来是这样！”

我忍不住嘀咕着。委托人用那只被手套遮盖得严严实实的手按了按帽子，不知是不是因为他那隐藏在墨镜后面的双眼泛着泪光。

“那幅画是我们一家的珍贵回忆。我再也见不到我的家人了，而今这是唯一能够让我感觉他们就在身边的东西，无论如何我也要拿回来。——所以，请接受我的委托，好吗？”

我叹了一口气，有些好笑自己什么时候变得如此多愁善感了。

“看来，你好像也有你的美学。好吧，我助你一臂之力。”

我这样说完，委托人在一瞬间低了一下头，从围巾的缝隙里逸出的白气能看出，突然放下心来的感觉让他大大地呼出了一口气。然后他仿佛重新振作起来了似的，把下巴抬了起来。

“我自己也装作参观者做了很多调查。闭馆后，只有馆长才有权限进入展室和后院。所以你可以在闭馆后乔装成馆长进去，乔装是你的专长对吧？”

我仿佛感觉到了他藏在墨镜后面的试探的目光，于是便索性把自己的目光也迎了上去，既没有肯定，也没有否定。委托人好像领会了似的，继续说道：

“根据我的调查，馆长好像一个星期后要去出差，整整一天不在美术馆。到时我会把馆长拖住，然后，就该你登场了。你要不失时机地立刻乔装成馆长回到美术馆，就说‘出差的计划取消了’，然后适当地消磨消磨时间，找准时机施行计划。”

“计划不错。”我心想。

“好吧。”

听到我的回答，委托人满意地点了点头，从脚下拿起一个公文包，递到了我的面前。我接了过来，感觉到了定金的分量。这也是委托人对那幅画执着的分量吧。

我把委托人交给我的美术馆内部结构图拼命地装进脑子里。按照馆长的照片，乔装得和馆长一模一样，等待着时机。事先我还假装打了个电话，听了一下，确信自己的声音完全可以以假乱真。

终于电话响了。在第一声响完之前，我就接了起来，是我等的那通电话。

乔装成馆长的我从美术馆的正门进去后，对着那个有些疑惑的保安说："对方有事，出差改日子了，简直是……"保安看到我皱着眉头的样子，对我露出了同情的微笑。简直是轻而易举嘛！

凭借装在脑子里的内部结构图，我装作很熟悉的样子，在美术馆里边走边寻找着那幅画。在客人眼里和监视器里看到的大概是没去出差的馆长，闲来无事在馆内四处溜达吧。

终于，我找到了那幅画。那幅被委托人称作《油菜花田》的绘画，画面是一片泛着金黄色光芒的花海，花海中赫然浮现一座白色的屋子，整个画面仿佛有阳光温暖的味道飘溢出来。

确认了目标以后，我就在馆内闲逛，度过了一整天。这一天里没有一个人怀疑我不是馆长。

闭馆后，等所有的馆员都走光了，我从墙上摘下了那幅画。监视摄像头仍然开着，但我做了手脚，摄像头录不到我，这是馆长的权限！

深夜，当我把那幅画交给委托人时，他流着泪把画紧紧地抱在了怀里。因为委托人和一个星期前一样戴着墨镜，其实我并没能看到他的眼泪，但他哽咽的样子，让我觉得那不是装出来的。

“谢谢，太谢谢了！”他声音哽咽地说道。然后拿出了一个比一星期前那个还要大的公文包。里面装的大概是剩下的那两千万日元报酬吧？

“你真是帮了我的大忙，托你的福了。谢谢！”

我还从来没有遇到过当面这样感谢我的委托人，心里不由得有些慌乱不安起来。这可不像我啊……我思忖，然后便从委托人面前彻底消失了。

我总觉得作为一个前后总共三千万日元报酬的

工作，它有些过于简单了。

第二天，我扮作一个普通访客，又去了美术馆。因为我觉得那位被奇妙的委托人拖住的真正的馆长应该回来了，那么当他们发现那幅《油菜花田》消失不见了时，美术馆内肯定会乱成一锅粥。

之前我从未在意过自己工作完了之后，现场的“后来”之事。只要作为“目标”的东西到手了，我的兴趣也就从现场消失了。但这次却不同，也许是那两个一千万和两千万日元的公文包的重量还残存在手上的缘故吧。

一到美术馆，我就感觉到了异样。因为美术馆好像什么事也没有发生似的照常开着，售票处的窗口前，附近学校的小学生在老师的指导下排好了队。

这是怎么回事？我一直想象着警察把大门查封了。带着满腹的疑惑和不解，我先去买了张票，走进了美术馆。目的地就是曾挂过那幅画的展室。装在脑子里的美术馆内部结构图依然印象清晰，我没有丝毫踌躇，径直来到了昨晚曾经去过的展室。然后……

“——啊？”

我这个当年曾把全国警察玩得团团转的人，甚至让当时的媒体都不得不告诉人们“亚森·罗宾[①]是实际存在的”，在这一瞬间，却傻乎乎地忍不住发出了“啊”的一声。

因为昨晚我的的确确偷走了的那幅《油菜花田》，现在就挂在那里，仿佛在告诉我从很多年前它就拥有了这个安静的居所。

“怎么可能？”

手上残存的那三千万日元的分量，在这一刹那突然有种变重了的感觉。

画框里油菜花交织成一片金色的花海，白色的小屋仿佛一只小船，漂浮在这片海上。而它要航行的方向，我却根本想象不出来。

---

① 亚森·罗宾（Arsène Lupin）：法国侦探小说家莫里斯·勒布朗笔下的著名侠盗、冒险家、侦探。——编者注

那一天，一栋豪宅里一下子来了好多警察。作为豪宅主人的大富豪在四天前不知被什么人给杀害了。快八十岁的富豪一直未婚，一个人生活，遗体是第二天早上被每天来家里干活的保姆发现的。

警察推定死亡时间是在四天前的下午五点左右。虽然凶器留在了现场，但没有找到可能和犯人有关的任何线索。

“能够锁定嫌疑人了吗？”

被警长一问，年轻的刑警马上翻着记事本回答道：

“被害者因为以蛮横的做法不断扩大经营而广为人知，据说恨他的人为数不少……不过，其中对他特别怀恨在心的人物……”

警长轻轻地“哦”了一声，目光变得更加锐利起来。那个年轻的刑警又把笔记本翻了几页，说：

“那个嫌疑人在孩童时代，曾经被硬拉进了一起全家自杀的事件中，他是全家唯一一个活下来的。据说酿成那次惨剧的罪魁祸首，就是这位被害人。那个逼全家一起自杀的父亲和这位被害人是合伙经营的关系，被害人骗了对方的钱跑掉了。”

“这又是一件悲惨的事啊！”

作为头儿的警长也把眉头蹙了起来，眼神里隐藏着同情。但很快又恢复了老刑警的眼神。

“就是说，那个活下来的人，有着很强烈的杀人动机呀。是为了给家人报仇？”

“嗯。好像他也来过这里好几回，好几次有人看见他对着被害人大吼：‘总有一天我会把你送到地狱！’”

“知道了。那么就把他作为重要嫌疑人传唤吧？”

警长刚要大声发出指令，突然年轻的刑警说了声“且慢”，制止了他。

“实际上，那个嫌疑人有不在现场的证明。”

“不在现场？”

“他现在是一家小美术馆的馆长。出事的那天，他本来是要去出差的，但突然被临时取消，所以他又回到了美术馆，据说他整整一天都待在美术馆里，从他回到美术馆起一直到闭馆。当天的参观者和保安等很多目击证人都可以证明。美术馆的监控摄像机里也有他的影像记录。傍晚五点左右，也就是案发时间，他也在美术馆。”

“哦……”警长手摸着下巴低声道。

“最可疑的人物，却有着最坚不可破的不在场证明。这……实在是蹊跷得很啊。”

“可是，警长，不管怎么可疑，没有证据也不能去抓人呀。”

年轻的刑警“啪”的一声合上笔记本，脸上露出了苦笑。那表情只有刚刚讲完了虚构故事的人才能做得出来。

“从那个美术馆到这个犯罪现场，坐电车要花五个多小时。无论怎么想，馆长都没有作案可能呀。对了，假如说……对呀！如果没有怪盗 Z 那样的，能够乔装成和本人一模一样的人帮忙的话，是不可能的啊。”

（文 / 桃户晴　橘翼）

助听器

戴了助听器的老人，简直有种“戴着窃听器的间谍”的感觉。他在心里暗暗说：“我一定要抓到儿媳妇说我坏话的决定性证据。”随后脸上浮现出了坏坏的笑。

老人和白天在外工作的儿子、儿媳以及三个孙子孙女一起生活。

他的耳朵越来越背。最近，家里人的声音渐渐变得听不见了。

一直生活在一起的老伴儿先他而去了，正是这个缘故，最近老人完全没了精神，加上耳朵越来越背，他的性格变得越来越倔强、顽固。

耳朵一旦开始变背了，自己说话的声音也自然会变得大起来。说话的声音一旦变大，听起来就像在发火一样，不仅会让周围的人变得畏手畏脚、小心翼翼，而且还会与家人产生距离。

“他们肯定正巴不得我变得衰弱呢，这样他们就可以把我当成个多余的人对待了。”老人对于儿媳妇更是抱有强烈的敌意。

看着家里人都在开心地聊着天，虽然聊天的内容他一点儿也听不到，可他知道他们肯定是在说自己的笑话。

全家人聚在一起吃晚饭的时候也是这样，儿子儿媳和孙子们不知说了什么，大家都在笑。

颇具讽刺意味的是，虽然他们在聊什么他一点儿也听不到，但他这对慢慢变聋的耳朵却能听到他们的大笑。

——他们肯定是知道我的耳朵听不到，所以才敢如此放心大胆地当着我的面说我的坏话吧。

儿媳妇对着他说话时，总是习惯在他的耳根旁大声喊。

“今天的饭菜怎么样啊？”

简直是把自己当成个傻瓜一样。老人便总是装作听不见她的询问，不做回答。虽然耳朵渐渐变聋了，可自己的牙口还很好，吃东西也毫无问题。而且自己还没患老年痴呆症，儿媳妇明明知道这些，却把他当作高龄老人来对待，她肯定心里乐开了花。

虽然听不到声音，但白天老人一个人待在房间里时，他能感觉到背后儿媳妇的气息和视线。她从房间前面慢慢经过时，好像在注意着这边。她肯定特别烦我，到了晚上，肯定会向儿子和孙子们告我的黑状。

坐在佛龛前，老人对着已经故去的妻子说话。

“原来，人老了，就会孤独呀。身体一旦变得衰弱了，连心情也会变得郁郁寡欢。现如今，我好羡慕突然去了另一个世界的你啊。唉。”

老人叹了一口气。

“精气神若衰退了，身体也就衰弱了。这耳朵也好像就彻底听不见了。”

说着说着，那个讨厌的儿媳妇的面庞便浮现在了眼前。于是老人顿时心生一计。

儿媳妇以为我耳朵听不见，在背后肯定没少说我的坏话。如果我的耳朵突然听见了，那会怎样呢？坏心肠的儿媳妇，我一定要揪住你的尾巴！

于是，老人决定买一个助听器。

助听器，车站前那个很大的眼镜店里有卖的。

当听说老人想要买一个助听器时，店员便对着老人的耳朵开始大声地一字一句地慢慢讲解起来：

“首先，助听器有最普遍的那种戴在耳朵上的，也有便于操作的口袋型的，还有靠振动来传递声音的眼镜型的……”

“具体我也不知道，不过，如果可以，我想买表面上看不出我戴了助听器的那种。”

“好的，你说的那种是耳道式。正像它的名字那样，您可以把它完全放进耳朵眼儿里，如果不留意的话，从表面上根本看不到。”

“对，就是那种，就是那种。我想买的正是那种。”

店员继续说道：“我们可以按照每一位顾客的耳朵形状订制，也有已经做好了的成品，买了就能用。另外，我建议您最好买两只耳朵戴的，这比一只耳朵戴的那种听到的声音更‘自然’。”

“哦。明白了。”

“因为是要长时间使用的，自然是订制的那种比较好。戴着不会感到不舒服，您看呢？”

“那这种要多少钱？”

老人问，几乎都要决定买了。他有退休金，而且也有一定的积蓄。可是他听到的却是意想不到的金额。

“一只耳朵三十万日元，两只耳朵五十万。”

“什么？要这么贵呀？”

店员满脸歉疚地说道：

“这和过去那种模拟式的不同，这是最新型的数码助听器，所以就得这个价钱了。不过因为是数码的，所以有减少对话以外杂音的‘降噪’功能。还有能使从正面传来的声音听得更清楚的定向功能，减少颤噪声功能等……”

“嗯，太专业的解释我也听不懂。不过，那个叫作耳道式的，我能不能试戴一下呢？”

“订制的不能，如果是成品的话，您可以戴三天试用。您肯定能切实感受到那种舒适的助听效果的。”

就这样，老人在店员的指导下学会了使用方法，然后，瞒着家人把助听器放进了耳朵眼儿里，脸上露出了狡黠的笑容。

傍晚，老人静悄悄地打开门，一进家门，就听到已经下班回家的儿子正在厨房跟儿媳妇说话。助听器的效果简直是出类拔萃，以前完全听不到的声音，现在听得清清楚楚。

“呀，已经六点了。我得做晚饭了。”

一瞬间，他差点儿听成了“那个老糊涂”（日语的“已经六点”和“糊涂老爷爷”发音相似），还好有了高性能的助听器，他才没有暴跳如雷。

老人抚胸轻舒了一口气，然后又竖起耳朵听着。当听到下面这段决定性的对话时，老人几乎马上要跳起来大发脾气了。

“我说，吃晚饭的那段时间，就让爸爸看他喜欢的电视节目好了。孩子们想要看的节目我都给他们录着呢，没关系的。吃饭的时候，放一些孩子们不感兴趣的节目也没关系呀。”

原来我看的节目你们觉得都是没意思的节目啊！怎么？不行吗？不过，老人虽然这样想着，倒还没到冲过去的份儿上。本来好像是想要让孩子们看他们喜欢的节目的儿子，听了媳妇的话，说道：“那倒也是。”

“另外，我想跟你说说关于爸的事，自从妈走了以后，爸好像人一下子就没了精神，对吧？为了让爸心情变得好起来，我也跟孩子们说过，尽量让咱们这个家里充满笑声……”

“自从我妈过世后，家里一直忙忙乱乱的，你这么一说，还真是。”

“以前，每次吃饭都说‘好吃，好吃’，我做的饭也能吃得一干二净。可现在总是沉默着吃完，什么也不说，对吧？我也不知道到底合不合他的口味。”

“你直接问问他不就得了。”

“我问过，可他没理我。自从妈走后，他的耳朵也变得越来越背了。”

耳朵里又传来了炊具发出的“咣当咣当”的声音。儿媳妇一边做着晚饭，一边和儿子继续聊着。可听了半天，也没听到他们说自己的坏话。于是，老人又从墙壁的另一侧朝着离厨房近一些的方向悄悄地靠近了一步。

“我觉得吧，爸的耳朵变背，对于老人家来说肯定是件特别痛苦的事。本来单单妈去世这件事就已经让他很寂寞了，现在连和孙子们说说话都不行，就更……”

高性能的助听器，连儿媳妇细小的哽咽声都能够听到。的确，因为耳朵越来越背，孙子们也慢慢变得不怎么愿意跟他说话了。为此，老人也感觉非常寂寞。可这些，儿媳妇是怎么知道的呢？

“你每天都去公司，可我却每天都和爸生活在一个屋檐下，所以我想尽量多理解他，现在我比你更想了解爸哟。”

原来是这样啊，难怪她总是偷偷地观察我。

“那你说怎么办？总不能因为我爸耳朵背，让你感到有压力吧？”

老人吓得耳朵动了一下。看来和老子比，儿子更心疼媳妇啊。他们不会是打算让我这个“多余的人”一个人搬出去住吧？

不过，对于儿子的问题，儿媳妇给予了明确的回答：

“我根本没事啊。倒是爸，之所以没了精神，我觉得主要是耳朵听不到的缘故。所以我去车站前面那家眼镜店咨询了一下，他们说现在有一种比较好的电子式助听器，订制的话虽然稍微贵一些，但我想作为礼物送给爸，你说呢？”

儿子听了高兴地说：“哈，那我爸肯定也会特别高兴的。”

“说不定爸不好意思戴呢，我劝劝看。家里还有些积蓄，大家再节省着些还是可以买的。如果说是全家人送给他的礼物，爸肯定会戴的。”

为了不让两个人察觉，老人悄悄地离开了那里，回到了自己的房间。

第二天，老人去了眼镜店。

“这个，还给您。”

“试用期还有两天呢……是不是戴着哪里不合适？”

“不是，没有什么不合适的。”

如果是这样，店员相信老人肯定是想买了，于是问道：

“您用着感觉怎么样？”

“嗯，特别喜欢。如果是订制的话，肯定会更合适。”

果然！谢谢您购买我们的产品，店员在心里欢呼着。

“那么，您是要购买这款产品了？我马上给您量一下耳朵的尺寸，可以吗？”

可是老人的回答却出乎他的意料。

“不，今天我只是特地来还这个助听器的。”

“为什么？”店员问。

已经摘下助听器的老人却没有听到店员的问话，但接下来老人声音坚定地说道：“不过，我很快还会来的。一定！”

（文 / 桃户晴）

夏天的送葬队伍

从海岸边的小村子那一站下来，他有些好奇地四处张望了一会儿。车站前的风景完全变了，街道修建成了有拱形彩灯装饰的商业街风格，而且路面被铺得非常平整坚实。他的眼前突然浮现出自己上小学时光着脚丫，沿着当时还布满沙石的这条路跑着去上学的情景。那是战争快要结束的时候。

他们作为被疏散的儿童，在这个小村子住过三个月左右。

“之后我就再也没有来过这个小村子。”那时的孩童，而今已从大学毕业，找到了工作。现在作为公司职员单独出差，他在回去的途中下了车，来到了这个小村子……

只要明天能回到东京就行，两三个小时足够自己在这里逛一逛，他在车站的小卖铺买了包香烟，点燃一支，一边抽着，一边慢慢地往前走。

正是夏天的正午，他沿着两旁坐落着一户户人家的小街，很快就走到了尽头。还和很多年前一样，他穿过一个铁路岔路口，就看见铁路两旁蔓延开去的起伏的稻田。他边走边眯起了眼睛，隐隐约约地听到远处海浪的声音。在那个不太陡的小山坡下，他记得有一棵松树。沿着山脚漫无目的地溜达着，突然他愣住了，停住了脚步。只见正午强烈的阳光照射下，绿油油的番薯叶泛着波浪，在绿色波浪覆盖的番薯地的另一边，有一列穿着丧服的小小队伍正向前移动着。

那一瞬间，他有一种十几年的岁月在宇宙中消失，自己又一次回到了那个时候的错觉……他吃惊地张大嘴巴，好半天都忘了呼吸。

在绿油油的番薯叶覆盖着的一大片番薯地的另一边，一小队人影在向前移动着。他和穿着洁白连衣裙的，同为疏散儿童的浩子并排站在铁轨旁看着。

在这个海边小村子的小学（当时叫作国民学校）里，从东京来的疏散儿童只有他和浩子两个人。比他高两年级，当时在五年级的浩子，学习成绩特别好，而且长得也高大，所以总是守在胆小怕事的他身边保护着他。

那是一个大晴天，快到中午的时候。他们和平时一样，两个人刚从海边玩儿回来。那列队伍走得特别慢，走在最前面的那个人像古代人一样穿着白色的和服，戴着一顶黑色的长长的帽子，他一边往前走，一边不时地在面前挥舞着什么。紧跟在他后面的，是一个拿着类似竹筒模样东西的年轻男孩儿。接着是四个抬着一个长方形箱子的男人，在他们旁边是一个穿着黑色和服的女人，一直低着头走着……

“是送葬的。”浩子说道。他噘起嘴回应道：“好奇怪呀，如果是在东京的话，是不会这样送葬的。”

“可在这里，就是这样送葬的呀。”浩子像姐姐一样告诉他，“而且，如果小孩子们去的话，还会给点心呢。我妈妈说的。”

“点心？真的是里面有豆沙的那种？”

“是呀，特别甜，而且还特别大，据说大概有婴儿的头那么大呢。”

他咽了口唾沫。

“哎……你说他们也会给我们吗？”

“是啊……”浩子一脸认真地歪着头想着，“说不定会给我们吧。”

“真的吗？”

“那，我们去试试吧？”

“好啊。”他喊道，“比一比，看谁跑得快。”

番薯地像泛起层层绿色波浪的大海，他跳到里面，想抄近路。

而浩子却沿着地垄绕着一个大圈子。毋庸置疑，他肯定比她快。如果是按照先来后到的顺序发点心，没有浩子那份的话，他分给她一半就是了。

地里番薯的藤蔓不断地缠住腿脚，他在这绿色的海洋里，用手不断地拨开那些柔软的藤蔓，拼命地向前跑着。

跑到半路时，他感觉正前方小山丘的阴影处，好像有个巨大的石头飞了出来，那石头伴着急速的撕裂空气的声音，朝着他所在方向飞来。突然他听到好像什么东西炸裂了似的，传来一连串剧烈的响声，然后就是人们的喊声。“是舰载机！”那声音变成了怒吼。

舰载机。因为恐惧，他的嗓子好像被堵住了一样，突然就倒在了番薯地里。炸裂的声音在空中响得瘆人，然后听到女人的哭号声。他听得出来，那不是浩子的，而是一个年龄更大的女人的声音。

“两架！快躲起来！又来啦！”奇怪的是，在那被拖长的喊叫声中，又有一个男人的声音响起：“喂！趴下！快趴下！那个女孩儿，别跑了！你身上的白衣服是最大的目标！嘿！”

白衣服——那是浩子啊！浩子肯定是被打死了……

正在这时，第二轮扫射开始了。男人绝望地叫着。

他却连动也动不了。脸颊埋在了番薯地的土里，闭着眼睛，拼命地屏住呼吸。脑子好像麻木了，但两只手却好像是下意识似的一直拼命地揪着番薯的藤叶，想要盖住自己的身体。周围突然变得死一般寂静，只有盘旋在空中的小型飞机不断发出不祥的爆破音。

突然，他的视野里冲进来一个巨大的白色东西。一个柔软的重重的东西紧紧地抓住了他。

“快，快跑。跟我一起，快！你没事吧？”

他抬起头，睁开眼。只见脸色苍白、与先前简直判若两人的浩子正喘着粗气站在他面前。他一句话也说不出来，全身僵硬，眼睛里只有浩子那件白色的连衣裙。

“趁现在，赶快跑！……你还在磨蹭什么呀？快！快跑呀！”

浩子好像有些生气似的，脸上的表情有些凶。他想：完了，我要和浩子一起被打死了。我要死了。正在这时，他突然能发出声音了。他无意识地狂叫着：

“别靠近我！躲那边去！你这个目标太显眼了！”

“我是来救你的呀！”浩子也生气地吼道，“快，躲进道路旁的防空洞里去……”

“我说了我不愿意和你在一起！不愿意和你一起去！”他用尽全身力气，拼命把浩子推了出去，“你去那边！”

他没听到浩子的惨叫。因为正在这时，强烈的俯冲声和爆炸声砸向了地面，番薯地里叶子漫天飞舞。周围飞起一片尘雾，遮住了眼前的一切。他看见被他的手推得仰面朝天飞了起来的浩子就像一个气球一样浮在半空中。

送葬的队伍，在番薯地的空隙里向前移动着，这光景和记忆中的简直太像了。难道这仅仅是偶然吗?

盛夏的阳光热辣辣地照在脸和脖子上，眩晕的感觉和记忆中十几年前一模一样。他突然觉得自己好像除了夏天以外，再也没有过其他季节了似的。而且，那个夏天他把那个来救他的少女故意推出去，暴露在了机枪的扫射下。那个夏天，他杀了人。那个战争中唯一的夏季，一直到现在他都感觉还在纠缠着自己。

她负了重伤，下半身全被血染红了，早已失去了意识。男人们立即用担架把她送到了家里。而他没有再打听她后来的情况就离开了这个村子。第二天，战争结束了。

番薯的叶子在风中时不时露出白色的背面，像波浪一样翻滚过去。送葬的队伍朝着他这边走了过来。在队伍中间，有一具简陋的棺材，上面摆着一张照片。照片上是一个女性，而且看上去是一个年轻的女性。突然他有了一种预感，被这种预感驱使着，他开始往前走。

他一只脚跨在田埂上，停住了脚步。人数并不多的送葬队伍缓缓地从他面前走过。他稍稍低下了头，但眼睛却专注地盯着棺材上那张照片。如果那时她没有死的话，现在应该是二十八九了。

突然，他觉得自己的心仿佛被一种奇妙的喜悦挤压得有些疼。那张照片上正是过去她的样子，那是快三十岁的浩子的照片。

没错。他，不仅没叫出声来，甚至觉得有些不可思议。

——原来我没有杀人啊！

他一边想着，一边拼命地压抑着内心翻滚的情绪，尽量让自己冷静下来。不管她是因为什么原因去世的，首先，这十几年如果她一直活着的话，那么她的死就不是我的责任，至少和我没有直接的关系。

“……这个人，是腿受伤了吗？”

送葬队伍的后面跟着一群孩子，他向其中一个孩子询问道。他记得那个时候，她好像是大腿被打中了。

“不是，她并没有受什么伤。她的身体好得很。”

一个孩子摇着头说。

那么，她就是痊愈了！那我完全是无罪了！

他长长地舒了一口气，脸上露出了苦笑。我一直以为自己杀了人呢，原来只不过是幻觉啊。

这么多年来，一直纠缠着自己的那个夏天沉重的记忆，原来只是自己的幻想，只不过是自己的一个噩梦。

这列送葬队伍确定了一个人的死亡，而对于这个问题，过去他也许有些太不谨慎了。不过能够从十几年的噩梦里解脱出来，他的心情就像这晴朗的天空一样，有了一种幸福感。也许是他高兴得有些忘乎所以了，接下来他脱口而出了一个多余的问题。

“这个人是什么病去世的呀？”他问道，喜不自禁的心情使得他的语气有些轻浮。

“这个阿姨呀，是个精神病人。”那个眼神早熟的男孩子回答道，“前天她跳河自杀了。”

“啊？是不是失恋了？”

“叔叔真笨。”穿着运动鞋的孩子们纷纷嘲笑着他，“这个阿姨已经是奶奶了。”

“奶奶？为什么？如果是照片上的那个人，最多也就三十岁左右吧？”

“哦，那张照片啊？嗯，那是因为只有这一张很久很久以前的照片了。”

那个拖着两条鼻涕的孩子接着他的话说道：

“因为，那个阿姨唯一的女儿在战争中被飞机上的机枪打死在这片番薯地里了。从那之后她就疯了。”

送葬队伍开始爬上那个有棵松树的小山坡，或许是为了追赶渐行渐远的队伍，孩子们纷纷跳进了番薯地，一边欢呼着，一边向前追着。

他就那样站在原地，一直看着那个摆着照片的棺材轻轻地左右摇晃着，浩子母亲的送葬队伍登上了那个小山坡。

他知道那个棺材所蕴藏的沉默，和那个夏天一起，现在已经变成了双份的沉默。这就意味着这两个人的死亡，将永远成为自己的纠葛。他明白除此之外，不会再有别的了。

他没有去追赶送葬队伍，也没有必要去追了。最终这两个人的死亡将永远埋葬在自己心中，除此之外没有其他。

——可是，这是怎样的讽刺呀，他嘴里嘟囔着。当初，一心为了不再去触碰自己内心的伤口，一直以来，他都刻意地避开这个海边的小村子。而今天，他在十几年后又来到了这里，眺望着那片番薯地，是想把战败前那个夏天的记忆从自己现在的生活中彻底地驱逐出去，把那些过去的事情封存起来，让自己能够活得轻松一些。仅仅是为了这些，他才下了车来到了这个村子。可……简直是，这种偶然是怎样的讽刺啊！

过了一会儿，他开始慢慢地朝着车站的方向走去。拂面的风中夹杂着一股番薯叶子的味道。晴朗的天空清澈湛蓝，太阳依旧是那样耀眼。海浪的声音在耳畔回响着。火车带着车轮和铁轨单调的摩擦声，沿着铁路开过去了。那一瞬间，他竟有种时间的错觉，也许在未来的某一个夏天，自己还和现在一样看着同样的风景，听着和现在同样的声音吧。时隔经年，自己或许会把内心里夏天的几个不同瞬间，作为一种痛苦的记忆而再次回味起来吧……

他这样想着，走在拱形彩灯装饰的街道上。

他知道自己已经无处可逃，这个意识使他的脚步变得格外坚实了。

（文 / 山川方夫）

深夜，我的手机铃声大作。我不耐烦地伸手拿出手机，看到屏幕右上角的小字显示的时间是十二点多。

“喂。”

“嘿。”

听到他那轻快的声音，知道他根本没把电话这头的不耐烦当回事，我气得长叹了口气，冲他讥讽道：

“你怎么总是专门选在半夜打电话呀……”

“没办法呀，因为有时差嘛。而且，我跟你不一样啊，我工作又很忙。”

好像多了不起似的，气死我了！没错，他的确是有工作，只身赴任大概也的确很辛苦。而我还是个大学生，学费也不是自己在交。

不过，他这样特地半夜三更地打电话来，居高临下地在电话里说教，我只得先把“受得了还是受不了”往一边放放再说。

“算了，算了。别太在意时间。”

“这话应该我说吧。不过，请您还是留意一下时间！”

他在电话那头笑了，声音有些嘶哑。简直是，他怎么好意思！

“你学习怎么样？每天都好好去学校吗？”

“去呀。明天的课要做一场报告，刚才一直在准备来着，可是被打断了，因为某人打来了电话嘛。这下拿不到好成绩了。”

“哎，哎。你可别让为你付学费的家长伤心啊。别光顾着玩儿，如果不好好学习的话，你的将来会是一片灰暗哟。”

“您到底是激励我呢，还是威胁我呢？”

我身上流淌着他的血，可为啥我这么恼火呢？

我不愿意再让自己做他的攻击目标，于是试着转移话题：

“你呢？工作怎么样？”

“嗯，一点点儿来吧。哦，对了。最近谈成了一个相对比较大的订单。我也在为社会做着贡献哟。哦，不，应该说是为公司做着贡献吧？”

嘶哑的声音在嗓子眼儿里“呵呵呵”地笑着。

“好稀罕，你竟然会问我工作上的事情。这是在什么样的心境下发生的变化呢？是不是报告的准备很不顺利呀？”

他一语中的，我竟然一时想不出词来呛他了。不知他是不是把我的沉默当成了默认，只听他轻笑着嘟囔道“果然是这样啊”。我仿佛看到他嘴角上扬笑话我的样子，便更觉得无聊了。

“不管怎样，首先在做报告时，注意说话不要太快。另外就是留心视线，关注到每一位听众。剩下的就只能祈祷他们别提太难回答的问题喽。”

“这也叫建议啊？”

“肯定没问题的。我都能做到，你肯定也能做到的。”

他在那边大大咧咧地说着，简直是过于自信。我在这边只好保持沉默。他却趁机问道：

“我说，你跟惠表白了吗？”

我惊得手机差点儿掉到地上，脸“腾”的一下就红了。“说什么呀？”嘴巴里发出的声音背叛了我。我在心里默念着：“沉住气，沉住气，沉住气……”大概念了有五遍，声音才终于恢复正常。

“这样的事，即便是您问起，也是侵犯隐私啊。”

他又在电话那头“呵呵呵”地笑了。还以为他在跟我逗着玩儿呢，我的脸又红了起来，这次和刚才不一样。

“好羡慕你啊！纯真无邪。也只有学生时代吧，好令人怀念……我也好想回到那个时候啊！”

“嗯，嗯。你都说了好多遍了，我都听腻了。”

“你怎么这样啊？好冷酷无情啊！不管怎样，但愿别被拒绝啊。因为惠无论是对你来说，还是对我来说，都很重要啊。”

我特烦他在这种时候还给我施加压力。

“真是个令人讨厌的婆婆呀。”

“应该说是公公吧。”

他回应道，竟然没有一点儿不好意思的感觉。我顿时感到“压力山大”，心想：如果有那种连自己无可奈何的叹息都能够传递给对方的电话就好了。唉，没办法。

“说起来，好像马上要放暑假了吧。你们的社团小组是不是有合宿啊？”

说着说着，不知是不是让他想起了自己的大学时代，只听到他好像很怀念似的问道。到底是过来人，对这些都知道得门儿清。

“嗯，这周末，借用了大学的研讨会会馆。”

不知是不是错觉，我回答完后，突然觉得电话那头他的气息有些凝重起来，好像有一种紧张的情绪传到了我的耳朵，手不由得更用力地握紧了手机。

“好好听着啊。”

想起来了，以前也有过。而且每当他这样说话时，他的神情肯定是毫无悬念地一下子变了。

“合宿的第二天，比往年来得早的台风会经过你们研讨会会馆所在地，而且这场台风特别大。你的同学里，有个叫塚田的家伙，对吧？”

“嗯。”

“那家伙可能要去海里玩，你绝对要阻止他。如果他去了，必死无疑。”

他这一番话实在是太突然了，我一下子不知道说什么了。我无法问他有什么凭证，而且心知问也是白问。

我觉得周围好像有一种“嗡嗡”的声音在我的耳膜处回旋着，在那令人不快的回旋声中，仿佛有一个缝隙，而他那有些沙哑的声音正是从那缝隙挤进了我的脑子。

“听到了吗？只有你能够救塚田。”

“我能救他？”

“只要你不让他去海里就可以。不管说什么，只要能阻止他就可以。既然已经在刮台风了，按照常识想一想，阻止他也是理所当然的。”

“可是……”说到这里，他的声音又低落了下来，“如果塚田活着，那家伙就会从你那儿把惠抢走。”

“啊？”

“所以，是救塚田，还是要惠，你自己选择吧。”

突然面对选择，我不仅一句话也说不出，甚至连呼吸都忘了。这时我隐隐约约地听到了电话那头有一种声音，仿佛是在催促似的“嘀嘀、嘀嘀嘀”地响着，是一种单调的电子音。

“怎么这么快就到五分钟了？”

他嘟囔着，声音又恢复了原本的样子，变化之快让人简直不敢想象，就在刚才他还在和你谈论人的生死。换了我是绝对做不来的，看来还是阅历不够吧。

“那么，就看你怎么选择了，好好考虑考虑吧。”

“啊？”

嘴巴虽然张开了，但并不是有什么要说的。不，其实有很多话要说，可我不知道现在说什么才是对的。

结果，我什么也没说。而他则草草地说了句“那就这样吧”，就把电话给挂了，只留下“嘟……嘟……嘟……”的声音在我耳边回响着。

我就那样举着电话，像抛物似的把身体横着抛到了床上。刚才在电话里听到的，被分解成了一个个单词，在我的脑海里飞旋着。

合宿。塚田。海。第二天。比往年来得早的台风。

——死。

——只有你能救塚田。

五分钟，那是我允许他和我通话的时间。就在这么短的时间的最后，他留下这些话，肯定不是随便说说的。

我坐起身，伸手拿过遥控器，打开电视机，不断变换着频道，当出现新闻画面时，我按键的动作停了下来。气象预报员站在天气示意图前，脸上的表情严峻。

“比往年早至的台风，正速度缓慢地向北移动，在这个周末将接近日本列岛。预计这将是有史以来威力最大的台风。希望大家尽早做好防护准备。”

气象预报员来回重复着的话和那个家伙说的一模一样。我只感觉到身体一阵发冷。果然，那家伙并不是随便乱说的。

一圈一圈，电视画面里的螺旋状巨大云团呈旋涡状盘旋着。

“我……”

攥着拳头的手有些发热。我甚至觉得这热度仿佛也在催我快些做出决断。

——几天以后。

一直放在书桌上的手机，在半夜突然振动起来。手机随着振动提示音在桌子上滑动着，眼看就要滑到地上了，我一把抓了过来。

“喂。”

“嘿，你还好吗？”

电话一接通，听筒里传出来的依然是他那漫不经心的声音。

“上次说的那个报告，做得怎么样啊？肯定没问题吧。我都能做的，你不可能做不好嘛。”

听着他得意扬扬的口气，如果是平常我早就

生气了，可今天我却一点儿也没有受其影响。我想不出该怎样回答，只好“嗯……”了一声。也许是从我低声敷衍的回答里明白了什么，他压低了声调说：

“喂，你是不是已经选择好了？”

单单是听着耳边这体贴的声音，我握着手机的手心里就冒出汗来。

我确实已经做了选择。在海边的研讨会会所合宿的第二天。白天喝多了的塚田还真的说要去看刮台风时狂风巨浪的大海。看着背对着我正准备出门的塚田，我毛骨悚然，分明看到他的后背上写着一个“死”字。

我阻止了他几次，都被他甩开了。最后我气得大吼一声：“你是想去死吗？！”周围一下子变得特别安静。几秒钟后，听到塚田嘟囔着“好吧，好吧……”，我这才把心放了下来。虽然我们早就从合宿的地方回来了，可那感觉至今我依然记得清清楚楚。

因为塚田没去看海，所以他活下来了。是我选择了让塚田活下来的。

如果那天放任他去海边的话，塚田真的会死吗？我没有办法求证。可是，即便我和惠最终走不到一起，我也不想失去塚田这个从大学一入学就交到的好朋友，这一点是毫无疑问的。

于是，我把手机拿好，免得它从手中滑落，然后问道：

“塚田他真的很好吗？不管是在你那里——还是将来。”

深夜，这短短的被允许的通话时间，只有五分钟，交错着与现实不同的时间。

这通连接着另一个世界的电话，我洗耳恭听。

于是，我知道电话那头的他脸上带着笑意。

“那还用说。说起来让我和惠有了关联的，还是塚田呢。”

我一时没能理解他的话是什么意思。

最终嘴巴里只能发出“啊”的一声。过了一会儿脑子才慢慢反应过来。

“莫非你早就知道事情会是这样的结局，所以才给我编了那个……”

“啊……就算是吧。”

我本来是想刨根问底的，可那只能让他声音里的笑意隐藏得更深。我眼前浮现出他拿着架子的样子，感觉有些眩晕。

“因为我觉得你也马上就是成人了，不是我预见错了，我觉得这样挺好的。所以，你就大大方方地接受吧。就当是为将来的自己做准备，先锻炼锻炼。行吧？”

终于一阵疲劳感袭来，我拿着手机倒在了床上。虽说刚刚入夏，可身体沉得甚至让人怀疑是不是早早地得了夏季疲乏综合征，紧接着头也疼了起来。

“果然是个让人厌烦的婆婆。”

我铆足了劲儿把自己的不满发泄了出去，可他却没有任何要接我话茬儿的意思，只是好像很有兴致似的“呵呵呵呵”地笑个不停。在他的声音背后，我好像听到了一个成年女性的声音，那声音好像在哪里听到过。

别让自己变成一个令人讨厌的大人吧。

唉，不过可能够呛吧。因为将来的我说不定会和那个家伙一样，对过去的我做同样的事情。

（文 / 橘翼）

中层管理者的苦恼

在农村的中学当教导主任，这份工作总是没完没了，劳心费神。不求有功但求无过的校长，甚至令人怀疑他对学校运营究竟能有着多高程度的理解。而且一线教师各自为政，一个个全都是自私任性的家伙。所以，所谓的“中层管理者”这个身份，除了令人心情郁闷外没有别的。

有一天，“得过且过”的校长说：“过几天，我们学校会迎来一位新的数学老师。就拜托了。”

“啊？”

这件事我还从未听说过。也许这样对校长的态度有些不对，但却是我当时最自然的感受。尽管如此，也没其他办法，这也是中层管理者的职责——

只能全盘接受，像机器一样干活。

然而来报到的新教师，是一个远超我想象的男人。

他是一个刚从东京一所大学毕业的年轻人，但如果你觉得他是个受过大都市熏陶的人物，那就错了。他根本就是一个庸俗的家伙，不，也许说他是个“卑鄙的家伙”更贴切。傲慢无礼、狂妄自大，总是把我们这里称作“乡下、乡下”的，明显一副瞧不起的样子。对这样一个来自大都市的年轻人，老教师中早有人对他不满。而作为“中层管理者”，我的工作也只能是劝慰这些教师们。唉，一想起这些就胃疼……

为了不让他瞧不起，我加倍小心地注重自己的穿着。衬衣和西装都换了新式样。平时用的手帕、戴的手表之类，也都买外国产品。但这样一个不知风雅为何物的粗野的年轻人，并不会留意这些。新任老师的言行越来越令人看不下去，其他老师们与他的隔阂也越来越深。

我知道这样下去不行，于是决定约新上任的老师一起去钓鱼。我担心只有我们俩去，会让他多心，于是又叫上了一位老教师，三个人乘坐一只小船向海湾划去。

那天阳光特别强。我正了正头上的帽子，一边放着钓鱼线，一边跟坐在小船另一侧挥着钓鱼竿的新任老师聊了起来。

“学校，已经习惯了吧？我听到学生们给你起了外号，叫得特别亲近。”

不知道我的话是不是惹他不高兴了，只见他的脸一下子板了起来。从那天起，他再也不跟我说话了。从他的背影，能感觉到他的不高兴，从而使人难以产生想要靠近他的想法。于是我觉得自己是“剃头挑子一头热”，再努力也白搭，就算了。

我打算今后除了工作需要，不再跟他走得太近。当我开始有了这样的想法时，校长好像看穿了我的想法似的，笑眯眯地冲着我说：

“好好儿的，别出乱子哦。”

我心想：既然您这么说，那您就站在前面挡挡枪呗。这话当然说不出口，只好回到家里躲在被子里拼命地吼了一通。唉，胃又疼了……

年轻老师对小地方的歧视好像一点儿也不会收敛。即便是在学校外面，凡事也总是认为“到底是乡下”“这些乡巴佬”，一副自以为是的样子，所以，我对他是越来越头疼。再说，我的工作并不只是为了他一个人，我还有其他一大堆事情得做呢。

那天，我来到了一家咖啡店。有个女店员注意到我，冲着我会意地笑了笑，每次来她都是这样，一个和善亲切的女孩儿。她是我们学校一位老师的未婚妻——不，应该是前未婚妻。

“因为某些原因，我们的婚约取消了。可那个人几乎还是每天都来。我都不知道怎么办才好了……”

下了班，我常来这里喝一杯茶。不知从何时起，女孩儿开始向我吐露这些事，满脸沮丧。

我们学校的老师缠着女孩儿不放，简直丢死人了。万一这个年轻漂亮的女孩儿出点什么事就不好了，于是我给她出了个主意。

“我是他的上司，你装作和我在谈恋爱，他就不敢再来纠缠你了。”

那个做店员的女孩儿把托盘抱在胸前，表情抑郁地说：“可是，给您添麻烦不好吧……”

看她的样子那么可爱，我就想帮帮她。

从此，我就这样时不时地去他们店里坐坐，看看她是不是一切都好。

“欢迎光临，老师。”

“哦，谢谢。一切都好吧？”

“嗯，托您的福。”

看着那楚楚动人的微笑，我脸上的表情也自然地放松下来。虽然我是别无他想，但和女孩儿见面聊两句这短短的时间，却成了我少有的慰藉。特别是那个目中无人的新任老师成为我的部下之后。

“老师，您没事吧？看上去好像很疲惫……”

被她这么关心地一问，心情顿时感到轻松了很多，我把帽檐往下压了压，说：“本来中层管理者，就是要没完没了地操心费力。不过没关系，不必担心。谢谢你。”

也许不应该在这样一个年纪轻轻的女孩儿面前如此逞强吧，后来我开始认真考虑起这件事来——

“是不是该给我涨工资了？”

一个男教师来到我的书桌前，表情神秘地对我说。他正是那个咖啡店店员的前未婚夫。

“主任先生如果能把给我的评价抬高一点儿，审核评定能好一点儿，我的工资是不是还能再涨一点儿呀？如果可以，能不能拜托您啊？”

听了他这突如其来的话，我差点儿把拿在手里把玩的手表摔到地上，幸亏我急急忙忙地抓住了。

“涨工资？怎么回事？突然间……”

“是这样，我母亲病了……请护工需要钱，所以……”

“可是，这事并不是我一个人说了算的——”

我正想继续说“我办不到”时，男老师的那张脸径直靠过来，在我把话停下来的空当，他的话像机关枪一样劈头盖脸地向我扫射。不过，声音倒是压得很低。

“横刀夺爱，这事我也不想到处宣扬。”

我仿佛被人闷头打了一棍。横刀夺爱？我？冤枉死我了！

我差点儿叫出声来，可是一想到这里是教员办公室，正是午休时间，便忍住了。我看向男教师，只见他的脸上露出了狡猾的笑容。

毕竟是乡下小地方。肯定有不少人知道我常去那家咖啡店，如果这个说我“横刀夺爱”的流言蜚语扩散开的话，我就没法在这里待下去了。而问题是不会有人去追究这些流言的真假。

“每个月你想要多少？”

男老师满足地笑了笑，对我说了句“谢谢”。“厚颜无耻”——大概就是他现在这个样子吧。结果，我为这个男老师介绍了一所比我们学校工资高的学校，甚至还帮他写了一封推荐信。

男老师很痛快地调走了。我再也不用担心“横刀夺爱”这样没影的流言蜚语了。可是，我却无法轻松下来，因为我发现这个不安的因素刚刚消除，后面的麻烦又一个接一个地不断涌现出来。

“主任，不好了！大桥那边，我们学校的学生……”

满头大汗的美术老师带来了这个糟糕的消息，我有一种不好的预感，眼前一阵发黑，紧跟在美术老师后面奔出校门，朝着事发的河滩方向跑去。远远地就听到那里的喧哗声，我大致已能够想象那里发生了什么。

是我们学校的学生和其他学校的学生发生了群殴。仅仅是这个，就已经够让我头疼的了，当我发现群殴的人群里那张熟悉的成人面孔时，我的头疼得更厉害了。

和学生们一起打架的男人，正是那个狂暴粗野的新任老师。

“你们在干什么？”

我也不知道自己是在冲着打作一团的学生们吼，还是在冲着新任老师吼了。庆幸的是，我的怒吼竟然奏效了。不知是不是因为听到了我的吼叫，那些打斗的学生们情绪好像突然降温了似的，纷纷四散逃走了。这个时候我根本没有力气去追上某个人问问事情的前因后果。

“老师……怎么也掺和进来了？这到底是怎么一回事啊？”

一位我们学校的老师跟学生们混在一起，一开始我没注意到，他和新任老师一样，也是我们学校的数学老师。因为他们教的课一样，我觉得他正好可以负责带一带新人，于是就让他担任了新任老师的业务指导。可我并没有让你带他一起发动暴力事件啊。

“对不起，我们从这儿经过，正好看到我们学校的学生和别的学校的学生在打架斗殴，想要阻止却没能成功……”数学老师垂头丧气地说。

他的意思是他们本来想要劝架，却力不从心。可即便我全盘接受他的说辞，也不能说一句“哦，是这样啊”就那么算了。毕竟是一件不好的事，不给人一个交代，显然是说不过去的。

接下来的好些天，我不得不到处去给相关人士低头道歉——去被我们的学生打伤了的外校学生家里，受到群殴事件骚扰的附近居民家里……

结果，新任老师因为刚参加工作没多久，考虑到他作为一名教师，还不够成熟，给了他一个严重警告的处分。而那位老资历的数学老师，却没有这么幸运了。虽然我内心也很不情愿，但不得不向他宣布免职以示惩戒的决定。

“主任真不容易啊。这次的事情，真的让您受累了。”

下班后，和那天打群架时跑来告诉我的美术老师一起去喝酒，他微微地鞠了鞠躬说道，我也举起手中的酒杯“嗯、嗯”地应承着。为了让他把想说的话都说出来，我拼命找着话题。

“你是想要跟我谈什么来着？”

“哦，那件事情啊。”

因为他说有事要跟我谈，所以我才挤出下班后的时间，来陪他喝酒。他好像积压了很多不满，为了让他发泄出来，我便带他来到了这家他喜欢的店……而我并不喜欢这样的店。

“哎呀，老师，您的酒好像没怎么喝嘛？”

“多喝点儿吧。”

一个年轻的女店员从旁边依偎了上去，美术老师顿时变得色眯眯的，而我却觉得自己的肩膀一下子变得僵硬起来，只好独自慢慢地喝着酒。

美术老师的烦恼是所有工作着的人都有的，只要把心里积压的不满发泄出来，心情自然就好了。我觉得再这样喝下去并不能品出酒的美味，只会一味地增加酒钱，所以当同样的话题又被提起时，我便结束了这场谈话。虽然倾听部下的烦恼，负担酒钱之类是一个上司的责任。但以后这类事情，还是饶了我吧。

心里带着解决不了的烦恼，美术老师和我一起离开了那家店。走在夜路上，我解开了衬衣最上面的扣子，一边走一边揉着僵硬的肩膀。突然听到背后响起一个阴阳怪气的声音：“遭天谴的！”

美术老师刚回过头去，我还没反应过来，就听到“啪嚓”一声，紧接着就听到“啊”的一声，那是美术老师的叫声，而他正用手擦拭着脸。在破旧的街灯昏暗的光线里，我眯起眼睛朝他看去，只见他的脸上有一些黏糊糊的东西，还夹杂着一些白色的碎片。

我正琢磨着那是什么东西时，就听见有人喊：“见鬼去吧！”好像是些孩子的声音。声音刚落，一个像沙包一样大小的白色东西就朝着美术老师飞了过来，他躲闪不及被击中了鼻子。我一下子惊呆了，正在这时我的胸口也被飞来的东西砸中，又是“啪嚓”一声。那东西弹出去之后我闻到了一阵腥臭味儿，在昏暗中，我用手指触摸了一下，指尖上黏糊糊的。

这些东西难道是……

“鸡、鸡蛋？”

在昏暗的夜里，好像有人朝我们扔了生鸡蛋，是谁呢？

“放明白点儿！”

听到的还是和刚才一样的声音。就在转瞬间，我的腹部被重重地撞了一下，倒在了地上。然后有人在我的后背拳打脚踢，打得我几乎喘不上气来。眼前逼近的脸孔，我熟悉得几乎厌烦。

“是，是你？”

是那个从东京来的新任老师。

“主任！你不觉得无耻吗？把部下像活供品一样抛弃掉！”

他粗暴地劈胸抓住我，拼命地摇晃着。一开始我没反应过来他在说什么。在摇晃的视野里，我慢慢注意到新任老师的背后还有一个人，是那个被惩戒免职的数学老师，只见他一脸胆怯地站在那里。原来新任老师说的活供品指的就是他呀。可是，事情根本不像他说的这么简单。

旁边的美术老师，脸上依然挂着黏糊糊的蛋液，一副要哭的样子。看着他，新任老师怒睁着眼睛，说：

“整天欺负别人不说，还在那种泡女人的酒吧里混得不亦乐乎，你也配为人师！”

“不是，那什么……”

可他好像根本没打算听我的解释，只是一味地一边自说自话，一边又在我的胸前敲碎了几个鸡蛋，这次是两三个鸡蛋一起碎在了我的胸前，新款的衬衫彻底毁了。

“你就当是老天对你的惩罚吧，这个红衬衫，也给你抹上！”

他粗暴地扯开我的衣襟，又一次把我按倒在地上。这次虽然没有像刚才那样喘不上气来，但眼睛里进了沙子，疼得要命。

新任教师站起身，踩着一双木屐“咔嗒咔嗒”地走了。我撑着沉重的身体，慢慢从地上爬起来，只见不远处有一封信被扔在了地上，信封上写着两个难看的字：“辞呈”。

我捏着湿漉漉、黏糊糊的衬衫，想起从那个年轻人嘴里吐出来的词——“红衬衫”，原来是这样。我确实喜欢穿这件衬衫，但没想到这竟然也成了我的外号。

说起来，那个新任老师上任以来就一直态度傲慢，甚至连他自己的名字都没自我介绍过。姓，当然问过，但后面的名字却一直不知道叫什么。而今，我也没兴趣知道了。

我捡起那封字迹难看的辞呈，用它擦掉了一些黏在我衬衣上的蛋液。他年龄也不小了，可这是干的什么事儿呀！想来想去，我操心这些也没用。

长成那么一个“公子哥儿”，整天狂妄自大，今后不管去哪儿，大概都干不好吧。

（文/夏目漱石　改写/桃户晴　橘翼）

假钞

“请到那个拐角停下。”

听到后面座椅上乘客的声音，出租车司机踩下了刹车，车轮发出一阵小小的摩擦声，车子在夜色里停在了住宅区的尽头。

“四千八百日元。”

四十多岁的司机转过头来，朝着后面的乘客说道。男乘客从大衣的内兜里取出钱包，从钱包里抽出了一张一万日元的纸币，从司机座位和副驾驶位的中间递了过去。司机找了零钱给他，他伸手接过钱，从已经自动打开的后门下了车。嗖嗖的北风吹进了车里，那一万日元的纸币还捏在司机手中。

“嗯？”

司机不由得发出了疑惑的声音。

“先生。”

司机急急忙忙地解开安全带，打开车门冲了出去，一把抓住了正要离开的客人的肩膀。被抓住肩膀的客人，一边把大衣的袖口挽起来，一边转过身来。

“怎么了？”

“你说怎么了？你想糊弄谁呀？你这是复印的伪钞！”

司机晃了晃夹在右手食指和中指之间的一万日元纸币，眉头深深地皱到了一起。在街灯照射下，一万日元纸币上没有透出水印图案。

“伪造纸币可是重罪。现在我就叫警察，请你先回到车上等着好吗？”

司机说着，就把男乘客拉到出租车那儿，推进了车里。然后自己绕到驾驶座位那边，把车上所有的门都上了锁。男乘客看到司机伸手去拿手机，便提高音量说：“怎么会是伪钞呢？”他的样子有些慌张，“简直是，怎么可能？——啊，对了。又被……

不是，不是这样的。”

不知男乘客的嘴里嘀嘀咕咕地说了些什么，然后他深深地叹了口气。

“司机师傅，请您听我解释，我没有伪造钞票。我掉进了不知是谁给我设的圈套。”

啊？司机一边眉毛向上挑了挑，用一种诧异的眼神看着乘客。

“圈套？怎么回事？”

坐回出租车里的乘客双手抱着头，用疲惫至极的声音讲了起来：

“这是第几次了？不知是谁，在我不知不觉的时候把伪钞偷偷放进我的钱包里……我只能这样推测。因为有好几次，在付钱时，幸亏我发现了是伪钞，所以都没有出事。可出租车上这么暗，我没有发现……实在对不起。”

他表情真诚，爽快地认了错。一直瞪着三角眼的司机这时好像也有些不太确定了，迟疑地眨了一下眼睛。

“那你为什么在发现自己的钱包里有假钞时，不去报警呢？”

“这种事，谁知道警察会不会相信你？刚才你还怀疑是我造的嘛。想来想去，怕被怀疑……所以，每次发现假钞，我就当场烧掉，因为扔了的话，说不定也会引起麻烦吧。”

可是，就好像要把肺里的空气全部换一遍似的，乘客又深深地叹了口气。

“可不知为什么，烧完了还会出现。不知道什么时候，那假钞总是会回到我的钱包里来。你肯定觉得这不可能，对吧？我当初也是这么觉得。”

男乘客到此才算一吐为快，两手捂住了脸，看他那样子，司机觉得他不像在说谎。

“如果你说的这些都是真的，那是不是你身边的人——你的家人、公司的同事之类——把假钞放到你的钱包里的呢？”

听到司机的质问，乘客却轻轻地摇了摇头。

“问题不是那么简单……还有更不可思议的事呢。假钞被放进钱包里的事出现得实在太频繁了，我也觉得很反常。有一回，我回到家，看到钱包里又有一张假钞，于是我就在炉子上烧掉了。之后我把钱包放在桌子上，一直观察着，眼睛一刻也没有离开。十分钟后，我打开钱包一看，我得说真的是不出所料，里面果然又有一张假钞。”

司机嘴里不由得轻轻“啊”了一声，声音已经不像刚才那样咄咄逼人了。男乘客不知道是不是听到了这声音，只见他胡乱地抓挠着头发，把头发抓得乱蓬蓬的。

“我的眼睛既没有离开过那个钱包，也没有其他任何人动过它，再说我本来就是独居，家里也没有其他人。所以，到底是谁？用什么办法把假钞放进我的钱包里去的呢？”

男乘客终于烦躁得嗓门一下子大了起来，但司机却不可能回答他这个问题。

“这样奇怪的事，怎么可能？”司机叹着气说道。

男乘客终于抬起了头，脸上带着挑衅的表情。

“那么，事实胜于雄辩，你不信就当场验证一下看看嘛。”

男乘客说着，就从司机手里“嗖”的一下抽走了那张没有水印的一万日元钞票，接着从大衣内兜里掏出了打火机，只听到轻轻的“咔嚓”一声，打火机打着了火，放到了一万日元的一角，小小的火苗从那一万日元纸币的边角处像舔舐似的向上蔓延开去。

男客人把后部座位的车窗打开，把燃烧着的一万日元纸币使劲朝车窗外扔了出去。掉落在地上的纸币，就那样燃烧成了一团灰烬。

“看，我已经没有那一万日元钞票了。”男乘客轻描淡写地说道，接着把大敞着的钱包伸到司机面前。

钱包里有几张一千日元的纸币和几张五千日元的纸币，的确找不到那一万日元了。司机点了点头，意思是“没错”。于是，男乘客把钱包往副驾驶位上一扔，那神情几乎是在说：你好好看着吧。到了这份儿上，司机也是骑虎难下了。

两个人就这样一句话也不说，等了十分钟。司机一边看着表确认着时间一边想：这可真是可怕又漫长的十分钟啊。

“十分钟到了啊，那我就看看钱包里了。”

司机把手腕上的手表伸到乘客的面前，翻着白眼说道。乘客闭上眼，只是点了点头。

司机从副驾驶位上拿起钱包，轻轻地打开。他突然开始心跳加速，于是只好把手停下来。不知是对乘客奇妙的说辞太期待了，还是太害怕，又或者是觉得怪诞。总之心跳加速的原因，司机自己也说不清楚。本来早已坐惯了的出租车，这时也感觉坐着不舒服起来。司机一张一张地抽出纸币，数了起来。

一千日元的纸币，一共有六张。接着五千日元的纸币，两张。一万日元的纸币——没有。

“哎，怎么回事？”

司机眼睛瞪得溜圆，声音尖厉地说。

“什么一万日元，哪里有？你不是说十分钟过后，假钞就会出现吗？”

司机凑近男乘客，正想逼他解释这是怎么回事。正当司机把脸抬起来时，男乘客伸手从司机手里“嗖”的一下把钱包拿了过去。他的脸上，就在十分钟前还有的疲劳神情，这时就像开玩笑似的消失得无影无踪。

“嘿，你……”

感觉到了异样的司机，还没喊出声来。

“一万日元假钞？师傅，您在说什么呀？”

“……啊？”

面对男乘客突如其来的说辞，司机愣了整整三秒钟后才反应过来。

“你……说什么？你不是说你的钱包里不知什么时候就会出现一万日元的假钞，烧了还会回来吗？你说让我看看，这不都是你说的吗？！”司机指着乘客的鼻子，提高音量说。

只见男乘客眯起双眼，从鼻子里哼了一声。司机又用了三秒才终于反应过来那是在讥笑自己。

“司机师傅，你没事吧？纸币怎么可能自己回来呢？你不是喝醉了吧？算了，好在这一路也没出事，我就不叫警察了。”

男乘客从司机座位和副驾驶位之间探过身来说着，一脸若无其事的样子。说“叫警察”的时候，男乘客甚至是一个字一个字地对着司机说出来的。可能是对司机在收到假钞时说要“叫警察”的报复吧。

司机气得一下子血往头上涌。

“刚才的假钞到底是怎么回事？你不是说烧了还会再回来吗？”

司机越说声音越高。乘客眼角和嘴角却渐渐地露出了狡猾的微笑。

“又来了。师傅，烧掉的东西怎么可能再回来呢？”

男乘客若无其事地说完，自己用手打开出租车后面的门。这时从车里能够一眼看到外面，就在他刚才下车站过的地方，有些灰色的东西，那是烧掉的一万日元假钞的灰烬。在这样的状态下，它到底是真钞还是假钞，已经区分不出来了。

被骗了！司机再一次咬紧了嘴唇。

不，刚收到假钞自己就已经发现了，所以实际上并没有受骗。如果自己没有留意的话，就会按照计程表上的金额收下钱了。所以应该说是不幸中的万幸吧。可是他觉得和收到假钞相比，这种被人捉弄的感觉更令他气愤。

“哦，是四千八百日元吧？”

男乘客故意像刚刚想起来似的拍了拍膝盖，然后用那只拍膝盖的手拿出钱包，从里面抽出一张五千日元的纸币，夹在了浑身僵直的司机的领带夹上。

“不用找了。”

男乘客的嘴角弯成了上弦月的形状，微笑着说。说完他下了车。北风吹在司机的脸上，比刚才更觉得冰冷。

男乘客动作幅度很大地把大衣整理了一下，然后像是为了保险起见，特意在车外的纸灰上踩了两脚，接着就那样悠然自得地走了。司机只能眼睁睁地看着他远去的背影，直到车里完全冷透了。

（文／桃户晴　橘翼）

好朋友

我和早纪从幼儿园时起就是好朋友了。今年我们初中二年级重新分班的时候，和我们分到了一个班的由里子又加入进来，我们成了铁三角，几乎整天黏在一起。

我们是无话不说的好朋友，喜欢同样的偶像、电视剧，于是我一直把她俩当成我最好的朋友。特别是早纪，我们的喜好几乎一模一样，甚至让人觉得我俩是“双胞胎”。我俩买的东西也一样。周末相约，一见面发现我俩穿的衣服撞衫了，这样的事早就习以为常。

“啊，你们俩的袜子一模一样。”

那天，我们又被由里子这样指出来了。再看早纪的袜子，上面的熊猫图案和我袜子上的一模一样。

“啊！又撞袜子了！”

早纪开心地笑了起来。

那天，秋高气爽，按照学校日程的安排，第二天要开运动会。那天放学后，我们仨像往常一样，趁着篮球队训练时的中间休息时间，来到了体育馆的大门口附近，并排坐下闲聊。

一开始聊的内容是关于昨天的综艺节目。

“要说有意思，绝对是那一组！可为什么却是另一组赢了呢？”“那样的节目，都是有剧本的，事先早就定好了谁能赢。”诸如此类，聊的都是这样一些无聊的话题。

然后开始调侃老师，接下来则是关于今天没来参加社团活动的前辈的风言风语。据说她跟一个足球队的男生告白，却没能成功，于是情绪低落，不来上学了。

一边这样闲聊着，我一边看向早纪，因为我注意到她今天的样子有些不同。

“早纪，你没事吧？从中午到现在，看上去你脸色有些不好，是不是不舒服呀？”

这时，早纪有些唐突地开口了——其实也许她踌躇了很久了，只是不知道应该何时开口罢了。但至少对于我和由里子来说，她选择的这个时刻令我们觉得有些唐突。只听她说道：

“我……有喜欢的人了。”

我和由里子都震惊得大声“啊”了一声。四周其他社团小组的人不知道发生了什么，都齐刷刷地看向我们。于是我们不好意思地笑着敷衍过去。

然后我们把头凑近，开始发起对早纪的质问：

“谁？”

“秘密。”

对于无论任何事情都从不藏着掖着的早纪来说，这次的闪烁其词实属少见。

“几年级的？”

“同年级。”

“几班？”

“这……”

早纪满脸通红地沉默不语。我的脑子里忽然灵光一闪，和由里子交换了一下眼神，问：

“我们班的？”

早纪突然把身体缩成一团，慢慢地点了点头。

“啊！”我俩又发出了一声莫名其妙的喊声，遭到了周围一阵白眼。

早纪说，她对那个人产生好感是今年夏天，当时她要到另一个教室去上不同科目的课，在走廊摔倒了，是那个男生好心地帮她把散落一地的文具和书本捡了起来。理由就这么简单。

虽然一开始她并不觉得自己是喜欢上了他，可后来发现自己的眼睛总是不由自主地去留意他。直到最近，她终于意识到自己“好像是恋爱了”。

“那你告诉对方了吗？”

由里子追问，有些急不可耐，我也接着问：

“你向他告白了？”

我们看到早纪的头动了动，看着既像是点头，又像是摇头。我们俩异口同声地问：

“是？还是不是？”

“这……”

早纪脸涨得通红，低下了头，嗫嚅着说：

“今天想告诉他，所以约了他。”

这次我和由里子都没有再大声叫出来，因为太震惊了，连声音都发不出来了。我俩对视着。终于，由里子问道：

“那时间呢？来得及吗？”

“下午四点，我让他在教室等，是午休的时候说的。”

原来如此，怪不得从午休开始，早纪就看上去心事重重呢，原来是因为这件事。从约了对方开始到现在，早纪就一直这样没完没了地紧张着。

由里子看了下体育馆的挂钟。

“四点马上就到了，只剩不到十五分钟了。”

“快去吧，社团小组那里我们会帮你好好找个理由遮掩过去的，你就快点儿开溜吧。”

早纪弱弱地摇了摇头。

“不行。我好紧张，想吐。”

“可是，你既然已经跟人家约好了，就没有退路了。”

“是呀，不去可不行。”

我们劝了半天，可早纪依然低着头，半天才又摇了摇头，然后从针织运动衣的口袋里掏出来一件东西。

是一封信。

“水希、由里子，我觉得自己吧，当面是绝对说不出来的，所以写了这封信。这样的话，只要交给他就行了，所以，这封信……”

早纪冲着我和由里子深深地鞠了一躬。

“拜托，去帮我把这封信交给他吧。”

面对这个请求，我和由里子有些意想不到，不由得对视了一下。

“可是，你不告诉我们对方是谁，我们交给谁呀？”

“去了，你们就知道了。这个时间已经不会再有人留在教室里了吧，拜托！”

早纪连耳朵都羞红了。面对这样的请求，我们只好答应了下来。

就这样，我和由里子从社团活动小组溜了出来，回到了放学后的教室。这个时间教学楼里已经见不到一个人影，空空荡荡的。

早纪说，对方应该是在教室里自己的座位上等着她。我们来到自己班的教室前，悄悄地从门玻璃上往教室里窥探。

接着我俩不由得交换了一下眼色。这下可难住我俩了。

按照我们的计划，教室里应该只剩下一个男生，我们把信塞给他，让他看完，然后把他带到学校门口，交给在那里等着的早纪就打算撤走的。

而这个计划一下子就破产了。

本来应该除了那个人不会再有其他人的教室里，竟然还有三个男生。

我和由里子只好在走廊里嘀嘀咕咕地商量对策。

“怎么办呢？”

“肯定是他们三个人里面的一个，对吧？”

“是啊。”

留在教室里的是滨田、仓岛和大城三个人。

“刚才要是问清那个人的名字就好了。”

由里子深深地叹了口气。的确，照现在的样子，我们还真不知道该把信交给谁。

三个男生，每个人都有着不同于其他人的个性。

坐在靠窗座位上，好像正在做作业的那位，是足球部的滨田。个子很高，长得很帅，在我们学校里，喜欢他的女孩儿不少。他性格爽快，很会照顾人，是年级委员，学习也特别好。

由里子说：

“滨田应该可能性最高吧。”

“嗯，可是……”

我们又把目光投向了另一个男生。视线所及，是美术部的仓岛。他坐在教室后排的座位上，戴着耳机像是正在听音乐。他是个文静却直率的男生，无论对待男生女生，他都很亲切，对音乐和文学也有很深入的了解，品位之高也赢得了不少女生的爱慕。

由里子说：

“仓岛这边也不好放弃啊。”

“是啊……”

第三个是个名叫大城的男生。他瘫坐在自己的座位上，正打着瞌睡。他的体格特别好，据说一年级的时候，曾经被柔道部看中，极力劝说他加入，被他拒绝了，理由是自己的性格不喜欢争强斗胜。不过，那套柔道服如果穿在他的身上，一定特别适合吧。他长得敦敦实实，剃着光头，倔巴巴的性格和他的长相很是般配，但不是人们通常意义上所说的那种帅哥形象。

由里子说：

“不会是大城吧，我也不知道了。”

“嗯……”

虽然没告诉由里子，但当我看到教室里留下来的三个人时，其实我心里就已经知道该把早纪的信转交给谁了。

由里子手臂交叉着抱在胸前，头稍稍歪着仿佛在思考似的。

“这样的话，我们可不知道怎么办了，怎么办呀？要不先回去，跟早纪再确认一下？”

“时间来不及了呀，马上就要到约好的时间了。无缘无故地让人家等，万一人家不耐烦走了呢？那样的话，这封信就递不出去了。”

“可是，万一递错了人，那可就不仅仅是闹笑话了。”

的确，我们不能把信给错了人。可是我刚才不是还对自己说嘛，既然已经来了，就必须把信转交出去。

我主意已定。

“由里子，剩下的拜托了。”

我冲着由里子说完，就把早纪给我的那封信塞给了由里子。然后，我冒冒失失地闯进了教室，对着正在学习的滨田和正在听音乐的仓岛说：

“不好意思，男生们。老师说需要找几个人帮忙搬些东西。”

滨田和仓岛抬起头，看着我双手合十向他们请求的样子，脸上摆出一副不情愿的样子，从座位上站了起来。

接下来，我给由里子递了个眼神，委婉地说：

“大城睡着了，就算了吧。”

就这样，我把两位男生引出了教室。我一边急匆匆地穿过走廊，一边在心里暗自祈祷：由里子，接下来就拜托你了。

大约二十分钟后，我来到了校门口，早纪和由里子已经在那里等我了。

“嘿，水希，你终于回来了。”

两个人向我跑过来，由里子问我：

“那两位呢？”

“随便找了个理由糊弄过去了。”

实际上，我把他们带到了社会课的准备室附近，然后歪着头，故意装出一副迷迷糊糊的样子：“嗯？老师不在。也许已经找到人搬完了吧。对不起啊。”滨田和仓岛虽然满脸的不可思议，但也没抱怨一句就回教室去了。

于是我回问由里子：

“你那边呢？进展如何？”

“嗯，我把信交给大城，让他看了。他说给他点儿时间再给答复。不过他答应会认真地给早纪本人一个答复的。”

“是吗，那太好了。”

我抚着胸口，终于放下心来。早纪一定会成功的，她那么可爱，人缘又那么好。虽然有些怯懦，但一旦遇事却很有主见。

由里子把手指放在嘴唇上，好像突然想起什么似的盯着我。

“不过，水希，你是怎么知道早纪的信是要交给大城的呢？”

我耸了耸肩，答案很简单。我看了早纪一眼，早纪的眼神迅速地躲开了。

肯定早纪也早就注意到了大城那副倔巴巴的个性了，所以那不经意的瞬间所显示出来的体贴，让她慢慢地喜欢上了他。

是的，就和我一样。

早纪和我从幼儿园时就在一起，简直就像是双胞胎一样，喜欢的东西也都一模一样。

可是，我不仅没有跟大城表白，甚至连约他出来都不敢。而在这一点上，早纪却比我胆子大多了。所以我选择了帮早纪一把。

不过，这件事绝对是我一个人的秘密。也许早纪有所察觉，但我却没有打算告诉任何人。

可面对由里子的质问，我该怎样回答呢？其实在来校门口的路上，我已经想好了。于是我脱口而出：

“因为我们是好朋友啊！”

（文 / 高木敦史）

让我们在梦外相见

浩平和奏开始两个人的生活，已经三个月了。曾经感觉既空旷又冰冷的房间，浩平觉得好像又恢复到了以前的大小。

“爸爸，出发了。”

“知道了，请等一下。”

浩平要去公司，奏要去学校。每天早上两个人一起出门，在离开家之前，两个人都要到餐厅一角，对摆在那里的歌步照片双手合十，说一声：“我们走了，妈妈。”这是两个人每天必做的“功课”。

这一年的春天，奏刚刚成为一名小学生。在浩平的眼里，他这个年龄的孩子都还在妈妈面前撒娇呢，所以浩平对自己一个人能否同时扮演好父亲和母亲这两个角色，一直心里没底。可不知是从什么时候开始的，奏总是天真无邪地笑着对他说：

“妈妈一直都在我身边呢，我一点儿也不孤单呀。”

真是个坚强又善良的孩子，这一点很像他妈妈歌步，浩平想到这儿，泪水不由得湿了眼睛。

他想，和这个孩子一起的话，两个人应该能够好好生活下去的。不，必须得好好生活下去。为了这个孩子，自己必须比以往更加坚强地生活下去。想着善良的奏，浩平每天都用这句写在日记里的话，激励着自己。

“呵——”浩平忍不住打了一个大大的哈欠，嘴巴大得能一口吞进去一个馒头。奏用手指着他学着歌步的口气说：“会被妈妈说的哟，打起精神来！”

“是啊，不能让在天国的妈妈为我们担心啊。”

浩平垂下了闪着泪花的眼角，把在平底锅上煎得刚刚好的鸡蛋火腿肠铲出来，放到盘子里递给了奏。一开始浩平总是做不好，不是火腿煎煳了，就是蛋黄弄破了；现在虽然还赶不上歌步，但也能做得很不错了。

浩平把煎蛋平铺在烤好的面包片上。下次煎得还得再嫩一些，浩平想着，又打了一个哈欠。身体的感觉很像是睡眠不足，可是昨晚睡得并不晚啊，浩平不可思议地歪着头想了想，把最后一口面包塞进嘴里。

“哎，你还好吗？好像很疲惫啊。”

在公司里，有个同一年参加工作的同事关心地问浩平。

“也没觉得有多累。可是……”

“别把弦绷得太紧了。肯定挺不容易的吧？又要做家务，又要照顾孩子。”

浩平想回一句“的确”，却没有说出口，只是不由得点了点头，算是回应。

现在，只是感觉到痛苦的时候减少了，可妻子去世后，家里的事他都得慢慢熟练地做起来，这种状态很有可能给他造成了压力。

“谢谢。可是，我没办法喊累啊！”

同事听了浩平的话，轻轻地回了声“是啊”，就去工作了。

“没办法喊累”，浩平的脑子里来来回回想着自己刚才说的这句话，拍了拍脸颊也去工作了。

那天的晚饭，浩平按照奏的要求做了牛肉饼。奏不小心把酱汁弄到了衣服上，于是，吃完饭就赶快让他去洗澡。浩平得趁着这个空当，把碗和衣服洗了。之后他得确认明天会议用的资料。浩平正想着，突然听到浴室的门打开的声音。

这一声简直像个讯号一样，浩平脑子里的轴心好像失去了平衡一样，他突然感到天旋地转起来。

他刚要站起来，脚下却一点儿力气也没有，还没来得及嘀咕一声，身体就又摔坐在了椅子上。异样的困意袭来，浩平不由得揉了揉眼睛，可是越揉视野越模糊。

这是怎么回事……

浩平一下子失去了意识。

他以为是失去妻子的压力太大了，只是疲劳而已。可是这种异样的感觉在浩平的身体里却一天比一天强烈。突然就会困意袭来，完全无法抵抗地失去意识，从而陷入沉沉的睡眠。这样的情形已经持续一阵子了。第二天早上，他是在自己的床上醒来的，而且还整整齐齐地换上了睡衣睡裤，可他根本不记得自己换过衣服，更不记得自己是什么时候上的床。他一边不可思议地回忆着，一边起了床。这样的事连续发生了三回。一天早上，当浩平把煎得半熟的鸡蛋盖在白饭上吃时，就听奏说道：

“昨天，妈妈让我转告爸爸说‘对不起’。”

“啊？”

昨天？妈妈说？浩平一句一句地问着奏，可是，他每问一句，奏都“嗯嗯”地乖乖点着头。摆在奏身后小厨柜上的照片里，歌步的脸上绽开笑颜。

果然，这个孩子在想妈妈呀。即便是看上去很坚强很懂事，但毕竟才上小学一年级，想妈妈也是理所当然的。一想到自己的身体可不能有点儿什么，从而把这孩子一个人留在世上。浩平决定今天早一点把工作做完，去医院看看。

“脑电波没有发现异常。”

医生的诊断非常明确。看来还是太累了吗？浩平这样想着，回到了家，一进门，玄关处一双后跟上写着“KANATA”的旅游鞋躺在那里。虽然奏是个懂事的孩子，但却总是难以养成把两只鞋摆放整齐的习惯。他记得“KANATA”这几个字还是歌步写的呢，她也经常气得小声抱怨过。浩平一边回忆着一边把两只小旅游鞋摆放整齐，然后脱掉了自己的皮鞋。

“我回来了，奏——！我马上做什锦饼，过来搭把手！”

“好的。”等了半天，他终于听到从卧室里传来的回答声，浩平脸上露出了笑容。

“没有异常”，浩平一次次地对自己重复着医生的话。可浩平的意愿还是全都落空了。疲劳感一天比一天严重，即便是睡醒一觉，第二天也依然恢复不过来。从早上起床就不停地打哈欠。这样连续几日下来后，不仅仅是疲劳，而且连脾气也变坏了。在这样的状态下，上了一天班回到家的浩平，就只剩下疲劳加急躁了。

“今天妈妈也会来吗？”刚洗完澡出来的奏说道。

浩平听了，停下手里正在洗的盘子。

“昨天晚上，我做了个可怕的梦。然后妈妈来到了我的房间。”

最近，奏经常讲这样的事情。

昨天晚上，妈妈给我读书听了；我和妈妈一起泡澡了；我给妈妈看了考试成绩，妈妈表扬我了。

他理解奏的寂寞，甚至感同身受地能够体会他思念妈妈的那种痛。一开始，浩平也随口说着“哦……是吗……”，一边笑眯眯地听一边回应着。他想如果关于妈妈的话题能够弥补一些奏对妈妈的思念之情也好。

可渐渐地，这些话题变成了把浩平逼入绝境的咒语。

妈妈这，妈妈那，妈妈……妈妈已经不在了，为什么你就不明白呢?

看来，妈妈——歌步不在，自己真的不行啊。可是我也全力以赴地努力在做啊。

浩平的神经紧张得开始发抖，而奏那天真无邪的声音，却刺痛了浩平。

“妈妈怎么还不来呀?”

“够了！”

浩平厉声呵斥道，奏吓得把身子缩成一团，深吸了一口气。可就算是这样，浩平也没有住嘴。

“妈妈已经死了！”

瞬间，奏嘴里嘟囔着：“还在嘛……”眼睛里涌起了泪光。“还在嘛……”这次还没嘟囔完，眼泪就越过奏长长的睫毛，大滴大滴地从他那刚刚洗完澡还红扑扑的脸蛋上滑落了下来。

“妈妈，就在旁边呀！她是来看我们的呀！”

奏哭喊着跑进了自己的房间。浩平心里知道，这时作为父亲、作为大人，自己应该马上去孩子的房间跟孩子道歉，可他的腿却怎么也迈不动。

看来，单亲父子家庭真的是很难操持啊。

不知什么时候，他把这句话写进了日记里，写完日记也不洗澡就在床上躺倒。这到底是自然袭来的困意呢，还是像往常一样只是失去了意识呢？他实在弄不清楚。

第二天，当他一睁开眼睛就后悔了。不管怎样，自己也不应该对着失去了母亲，孤单寂寞的孩子发那么大的火。还好今天是星期六，跟奏道个歉，然后作为弥补，带他去他想去的地方。浩平下了床，目光在书桌上摆着的日记本上停住了。日记本打开着，显示的正好是昨晚他字迹潦草写的那一页。当浩平的视线无意中看向那里时，他不由得“嗯”了一声。

“看来，单亲父子家庭真的是很难操持啊。”昨晚他写的这行字下面又多了一行字。是加注上去的，可他不记得自己写过这句话——

“不过，总会有办法的。”

不记得了。虽然不记得了，但昨晚自己的脑子那么混乱，说不定是无意识中写的呢。于是浩平合上了日记本，放进了书桌的抽屉里。

吃早餐的时候，奏看到浩平也没说话，默默地吃着牛奶拌玉米片。

"奏……昨晚，对不起。"

浩平小心翼翼地道着歉，可奏仿佛没听见似的继续吃着早餐。

"爸爸昨天有些不顺心。真的，对不起。你能原谅爸爸吗？……为了表示爸爸的歉意，今天你想去哪儿，爸爸就带你去哪儿。不管你想做什么，爸爸都陪你。"

勺子刮碰碗的轻微声音又持续了一会儿才终于停住。

"嗯……"

"嗯？"

"想去动物园。"

浩平提了半天的心终于放了下来，他不由得喊道："太好了！"仿佛比奏还孩子气。

奏开心地从一个动物区跑向另一个动物区。不过说不定情绪还没有完全恢复过来，因为从刚才到现在，他跟浩平说话时一直在口误，显然是故意的。

“妈妈，快点儿！看，这有豹子！”

“不是妈妈，是爸爸！”

浩平苦笑着纠正他，奏却是一副满不在乎的样子一直喊他“妈妈”。

“算了，喊什么都行啊。”

于是，奏朝着豹子的圈养区跑去，到了那里，身子紧紧地贴在围栏上。凝视着儿子的背影，浩平的脑子里突然产生一种异样的感觉。仿佛发现了什么重要的东西似的……或者说，以前对于这么重要的东西，自己竟然从来没有留意过。

奏的旅游鞋的鞋跟上，用油性记号笔写的“KANATA”几个字，是妻子歌步写的，而今天早上，日记本上看到的那几个不记得自己写过的字“总会有办法的”，和鞋跟上的字迹一模一样，简直就像是复印下来的。

“KANATA”，他不由得读出声来，奏应声回过头来。浩平跑到奏的身边，一把抓住奏那还很单薄的双肩，凝视着他那双和妻子像极了的、眼角有些下垂的眼睛，问：“妈妈在哪儿？她总是到哪儿来看你？”

奏眨了眨眼，用铅笔一样纤细的手指，坚定而明确地指着浩平的胸说：“就在这儿啊。”

回到家，再次翻看那篇日记，“总会有办法的”，这几个字怎么看怎么像歌步的笔迹。看来歌步真的就在身边啊。从奏说话的口气看，他已经和歌步见过好多次了。可是，为什么她一次也没来看过自己呢？浩平用手指描画着妻子写在鞋上的那几个字。这时，穿着睡衣的奏，从开着的门那儿走了进来。

“给我读书听，好吗？”

“嗯，好啊。读哪本？”

浩平合上日记本，转向奏。奏却把头摇得像拨浪鼓一样。

“不是爸爸，是让妈妈给我读。”

浩平还没“啊”出声来，他的世界就“嗡”的一下旋转起来，他顿时失去了平衡。为了支撑住身体，他的手马上去扶书桌，却把桌上的那个日记本给碰掉了。

——对不起，浩平君。

在渐渐模糊的意识里，他听到了一个声音，正是白天被奏用手指指过的地方。

哦，难怪，原来是这样啊——歌步。

浩平刚明白过来，视野就一下子坠入了黑暗。

想你、想你、想你、想你……浩平的日记里几乎全被这些痛彻心扉的字眼占满了，而字里行间隐隐散乱着的其他人的文字，全都紧挨着浩平这些痛苦得几乎渗着血的文字。

对不起，我也很想你。可是，浩平君在的时候，我好像就不能出现。对不起。——我爱你。

“歌步……”浩平轻声嗫嚅着，眼泪顺着下巴滴落下来。

太难受了，这个样子。只用文字怎么能够表达自己的思念？他有太多的话想要直接说给她听：

——你走后，我是多么孤单寂寞；在这么短的时间里，奏一下子长大了多少；我是怀着怎样的不安，想念着你度过每一天的——可为什么你能够原谅奏，却唯独不原谅自己呢？难道你做了什么罪不可恕的事？

这些无论自己怎样想都找不到答案的问题，使浩平的眼睛又湿了。正在这时，门“吱”的一声被打开了，浩平抬起视线。这才注意到已经变得漆黑一片的房间外面，走廊上有些晃眼的灯光下站着的奏。他正朝着浩平这边偷看，好像等得有些不耐烦了似的，小小的嘴唇嚅动着，叫道：

“妈妈，在吗？”

“哦，等一下，马上就知道了。”

浩平依然坐在椅子上，身体转向了奏这边，手放在胸前，然后停了下来。他虽然知道有些话，即便是跟奏说了也没用，可是他还是忍不住说道：

“奏，爸爸也想妈妈呀。”

浩平知道奏看着自己，但他依然不管不顾地哭了。奏好像很为难的样子，眉头皱成了八字。

浩平知道自己不能再这样让年幼的儿子为难，于是他的手握成拳，对着自己的胸口轻轻地“咚、咚”捶了几下。于是，这几下好像成了一种讯号，由此世界开始旋转起来。

浩平把闭着的眼睛睁开。奏跑过来抱住了他。

“妈妈！”

“奏……今天你乖不乖？”

浩平的手轻轻地抚摸着奏的头。

“嗯。”奏点了点头，脸上却没有笑容。

“妈妈，爸爸哭了。”

“嗯……不过，没事的，爸爸没事的。”

一遍遍地，仿佛是在说服着自己，因为如果不这样，他那濒临崩溃的情绪就再也无法支撑。

“可是，你的头发还湿着呢。不是说过吗？这样会感冒的。”

抚摸着奏的头发，浩平一歌步装出一副开朗

的样子说道。

脸上露出的笑容里带着悲伤，那里还留着没有干透的泪痕。

（文 / 橘翼）

到那个时刻为止

我一直觉得自己就是那种放到人堆里都找不到的一个普普通通的高中生。

从公立小学、初中毕业后，我升入了当地的公立高中。父母都在市政厅工作，我也想在不久的将来能够像他们一样，当个公务员什么的。我一直觉得，自己这辈子可能就这样平平凡凡地度过，是一个普通得不能再普通的人了。直到那一天。

那天我像往常一样，穿过街道去车站乘车。这里离我们学校只有几站地，我每天坐电车去上学。从早上起，我开始了一切如常的一天。我一边看着手机，一边等着电车。我看到了电车和往常一样驶进了车站，然后听到了一声巨大的声响。当那辆车的车身驶近我的瞬间，“咚”的一下，我感觉后背被什么东西猛烈地撞击了，我连抵抗一下都来不及，就一下子摔下了站台。

我还没反应过来究竟发生了什么，电车已经到了面前。摔下来时受伤的疼痛和突如其来的恐惧使我一动也不能动。即便现在能动，也来不及跑下铁轨躲过电车了，我只好闭上眼睛等死了。

可是，过了数秒之后，电车并没有来。我战战兢兢地把眼睛睁开，发现自己不知为什么竟然坐在公园里。

“这是怎么回事啊？我不是……”

难道那是在做梦？我刚想到这儿，突然听到一个声音：

“能听到我说话吗？小伙子。”

那声音，与其说是从耳朵那儿听到的，不如说是在脑子里震响的。我环顾了一下四周，发现周围一个人也没有，好像那个声音只有我一个人能听到。

“别怕，请听我说。”

声音的主人，说是未来的我。声音低沉，看来是个男性。据他说，在不久的将来，人类就会与进化得超级强大的人工智能进入全面战争。

“按照远远超出人类智慧的人工智能的判断，人类的存在对于地球环境来说是一种破坏，所以他们要消灭我们人类。”

而作为能够对抗那些人工智能生产的机器人军队的人类军人，现在这个“我”，是不可或缺的人物。

“如果没有你的存在，我们人类就不可能取得胜利。”

他接着说道，语气坚定而有力。

“所以，不管发生什么，我们都要保住你的生命，直到那一天的到来。”

虽说是未来的技术，但据说未来人还不能直接来到现在这个时代，所以他们用了“现存坐标的瞬间变更”，使我避开了危险。他说，他们俯瞰着过去的世界，可以使那里的物体在短距离内发生瞬间移动。

太复杂的事情我也不懂，但好像并不是谁都能够做得到这些，于是我就成了被他们选中的特殊人类。就是说，当我遇到危险时，他们就能把我从那个危险的境地解救出来。

摔下站台的事故，不知是有人想要取我的性命，还是单纯的事故。不过，那之后我也遇到过好几次危及生命的事件或事故。

有一次，一辆大型货车直冲着我开了过来；还有一次，在一家餐厅遇到了大火。

根据未来人说的，那些事故绝不是偶然，而是人工智能想要取我的性命。

同样，人工智能也不能把那些机器人军队中的刺客直接派到这个时代来刺杀我。因此，他们只能用“干涉”这个时代的做法，使我这个人消亡。

不过，每当危机降临时，我都会得到那些守护着我的未来人的救助。那些人有着不可思议的力量。

如果人工智能想要摧毁人类的话，那么现在这个时候，马上终止开发不就行了吗？我也曾经这样想过，但很快就知道那不可能。

为了不再发生交通事故而开发自动驾驶技术，或是为了证券交易之类的经济活动，甚至是为了人类寻求更舒适的居住环境，全球的大企业在人工智能的开发上都展开了激烈的竞争。而作为一个普通高中生，即便你告诉大家“人工智能会摧毁人类”，也不会有人理你的。

可是，每当我的生命受到威胁时，我就会强烈地感觉到自己的使命。使用武器的方法，野外生存的方法，怎样把人类军队组织起来，带领他们生存下去。我感到留给我们的时间已经不多了。

因为我关系着人类的命运，为了能够率领这些人，为了不辜负大家的期望，我已经不再是一个高中生了。

刚刚升入高二不久，有一天放学回家路过商业街。突然听到远处有人喊“救命”。在四处逃散的人群中，有一个男人正粗暴地挥舞着一把刀。

他的表情和他的行动都非常奇怪，不知是不是嗑了药。

“闪开！闪开！”

他追着四处逃命的人们，挥舞着刀，直冲着我这边奔了过来。

现在逃的话，以我的奔跑速度还逃得掉——正这样想着，我看到在我和持刀匪徒之间有一个戴着黄帽子，背着一个大大的儿童书包的男孩儿，大概是小学一年级的新生吧。那个持刀的匪徒正拿着刀向那个男孩儿砍去。

“危险！”

我飞奔过去，护住了那个男孩儿。已经来不及抱起他逃走了，持刀匪徒已经近在眼前。

但是，肯定没事的，在我心底的某一个角落，隐隐期待着这次也依然会有那种神奇的力量于危难之中解救我们。就像以前一样，肯定能让我和这个男孩儿一起飞到某一个安全的地方，或者能把这个匪徒转移到其他地方。

可是，就在下一个瞬间，我感觉到一阵疼痛袭来，这是迄今为止从未感觉过的疼痛。我以为是后背被谁踹了一脚呢，但不是，我看到我的学生服——白色衬衫的衣襟已经被血染红了。我终于明白我被刀子刺中了。

“啊！”不知是谁大喊了一声。这时，我看到大批赶过来的警察把那个男人抓住了。

这不可能！我不可能就这样死在这里！因为，我还得保护人类呢。

“为什么？”

我微弱地叹了口气，仿佛是回答我的疑惑似的，只听到那个声音在我的耳畔响了起来：

“因为人工智能军的阻拦，我们没能保护住那个孩子。”

“可我不是比那个孩子更重要吗？过去你们不是总能把我解救出来吗？”

剧烈的疼痛使我无法呼吸，在渐渐模糊的意识里，我喘息着：

“你说过，直到那一刻为止，不管遇到什么，你们都会保护我的……”

那个声音回答道：

“是的，现在就正是那个时刻。带领人类和人工智能军作战的，正是刚才你救下的那个男孩儿呀。”

（文 / 桃户晴）

在某个避暑胜地发生的事

在一个还不太有名的避暑胜地的度假酒店里，来了一位作家。

“为了创作一部新作品，我想在这里住两个月。”

前台负责接待的是这家酒店的老板兼总经理，看到这样少见的长期住客，他心里早已乐开了花。而且那位作家非常大方地把住宿费一次性提前付清了。

“这些够了吗？”作家一边说着，一边把一个厚厚的茶色信封放在了前台上。总经理拿过信封确认了一下，只见里面有一沓用纸带捆好的纸钞，一百万日元。

“我想集中精力写作，不知能不能给我安排一个安静的房间？”

于是，总经理按照作家的要求，给了他一把与酒店主址稍微有些距离的独栋建筑的房门钥匙。还说，一日三餐如果他有什么要求，总经理可以让经营餐厅的朋友从他们那儿分一些好的食材过来，让他不用客气，有什么需要尽管说。然后，他一直把作家送到了客房。在返回酒店的路上，他一边走一边回味着那一百万日元拿在手里的重量，心里不由得有些兴奋和期待。

第二天，总经理把那一百万日元揣进自己口袋里，脸上挂着奇妙的表情走出了酒店。

总经理有个妻子，两个人结婚三十年了，依然恩爱有加、感情很深。虽然他平时从来没有说过，但他是深深地爱着妻子的。

可是他的妻子却在两年前得了一种病，如果不及时治疗就会危及生命。而治疗所需的药物却贵得吓人。无法马上交齐药费，总经理抱着头发愁。这时有人轻轻地拍了拍他的肩膀，他抬头看去，原来是这家医院的医生，也是妻子的主治医生，正微笑地看着他。

“医药费不急，什么时候能交上了再交也行。现在最应该优先考虑的，是给你妻子治好病。”

那时的恩情，现在终于可以还上了。总经理心情有些兴奋和期待，他把钱抱紧，来到了这家小小的医院。

“让您久等了，真是对不起。这是那时我妻子的医疗费。”

他把从作家那儿拿到的一百万日元，原封不动地交给了医生，同时深深地鞠了一躬。医生还像当初那样，脸上挂着微笑收下了钱。

“没关系，能治好你妻子的病，真是太好了！”

总经理一次次地鞠躬，向医生道了谢，然后离开医院回酒店去了。

医生微笑着送走他后，拿起放在自己眼前的那一百万日元，脸上的表情一下子变了。他用双手掂了掂，好像是在确认重量，然后重重地叹了口气。

“这下，终于……”

医生嘟囔着，挂上了“临时休息”的牌子，然后脚步飞快地走出了医院。

医生有个儿子，真可谓“鸡窝里飞出的金凤凰”。儿子非常孝顺争气，说将来要“子承父业”——接手父亲的医院。为此他努力学习，顺利地考上了医学院。

去年秋末，儿子提出想去留学。儿子虽然对留学有兴趣，但毕竟费用太高，所以一直下不了决心。而无论是作为父亲，还是作为医生，他都觉得自己应该支持儿子去。儿子要去的是德国，无论是语言方面，还是医疗技术方面，都是一个很好的学习机会。对于儿子来说，这肯定会成为他很好的人生经历。

“费用的事你不用担心，去吧。对于你来说，肯定会有用的。”

儿子听了他的这番话，终于下定了决心，笑着对他点了点头。

之后，医生和妻子一起想方设法筹钱。虽说是医生，但因为是小地方医院的医生，所以也赚不了那么多钱。实际上，他们估算了一下留学所需要的费用，发现他们的钱还差得远呢。

可是，事到如今，“我们供不起你去留学了”这样的话，他们实在说不出口。可就在他们犹豫来犹豫去的时候，一部分事先需要汇去的费用眼看就到了截止日期。他们想来想去，医生还是觉得要以儿子的前途为重，于是就决定向一个经营着小建筑公司的亲戚求助。

“那时，得到了您很大的帮助。这是借您的一百万日元，现在还给您。”

从酒店总经理手里接过来的那一百万日元，医生原封不动地递给了社长，然后深深地鞠躬致谢。社长那大块头的身体稳稳地坐在椅子上，脸上露出“这点儿小事不算什么”的表情，接过了钱。

“没事，我知道你肯定会还的。而且，你的儿子也是我的亲戚。遇到这样的事情，不帮一把怎么说得过去呢。”

听了社长这番情深意切的话，医生再次表示了深深的感谢。

“以后如果有什么需要的，随时告诉我啊。”目送着医生走出门，社长说道。脸上露出了安心的表情。

“全部还回来了，太好了。他果然是一个值得信赖的男人。”

于是，社长拿起装有一百万日元的信封，来到了保险柜前，正想放进保险柜里，手却在中途停住了。

“这种事，还是越早越好吧。”

社长这样嘀咕着，拿起了车钥匙，快步走出了社长室。

上个月，社长的老父亲刚刚去世了，他一直担任着建筑公司的会长，突然得了脑梗，可不知道是该说赶得不巧，还是该说赶得巧，那时公司刚刚签下了一笔大生意，正是资金极其短缺的时候。可是葬礼不能拖延，而且从公司的角度来说，如果会长的葬礼没什么人参加，也会影响到公司的声誉。所以需要尽量举办得盛大体面些。

可是，从哪儿能够筹到葬礼的费用呢？钱既不会突然从地下冒出来，也不会从天上掉下来。不久前，他装作很有钱似的，借给了一个做医生的亲戚一百万日元。那是一大笔钱。其实，自己并没有那么宽裕。

正是因为经营着公司，所以他对钱的重要性有着刻骨铭心的体会，他掩盖住这种深入骨髓的痛楚，不露声色地把前来吊唁的发小请进了屋里，把心里的苦闷一股脑倒了出来。

那个发小在一所国立大学做考古学的教授，虽然他们所从事的事业不同，但毕竟从记事起就一起骑竹马捏泥巴，对于社长来说，教授是他为数不多的知己之一。身为社长，他不能与别人诉的苦，却可以向教授倾诉。

社长很不好意思地向发小提出了借钱。教授把燃着的烟掐灭，好像小事一桩似的问：“需要多少？”并很快就送来了钱。

从那天到现在，快过去一个月了。

“那时，真的是帮了大忙了。谢谢。”

社长把从医生那里拿到的一百万日元，原封不动地递了过去，深深地鞠躬道谢。教授扶了扶眼镜，完全信赖地连数也不数就收下了。

“咱们俩之间还那么客气干吗？我们不是情同手足的兄弟嘛。再说了，你父亲也曾经对我关爱有加，小时候经常管教我，要不是他老人家，说不定还没有我的今天呢。能够在他老人家的灵前奉上我的一点儿心意，我从心底感到高兴。”

一如既往的友情令社长有些眼眶发热。为了掩饰，社长给了发小一个紧紧的拥抱。教授也知道社长的心意，于是在他的背上轻轻地拍了拍，送他离去。

社长只留下了一句：“回头一起喝酒啊。”

目送社长走了之后，教授拿起了那一百万日元，瞄了一下表。虽然时间还不算晚，但对于餐饮店来说，这个时间应该正是忙的时候。

“明天再去比较好吧。”

教授嘴里这样嘀咕着，便把装着钱的信封放进了自己平常喜欢用的绅士单肩包里。他决定明天去大学之前，先把这辈子最大的欠款还了。

教授有个外孙女，他对她的宠爱真是到了捧在手里怕摔了、含在嘴里怕化了的程度。女儿夫妇哭笑不得地说过他很多次，但他都不听。外孙女对于教授来说，简直就是他活着的全部希望。

就是这个外孙女开始谈起恋爱了。在他眼里，她还是个孩子呢，可仔细想想，外孙女也早就到了该谈恋爱的年龄了，自己也早就变成外孙女嘴里的“糊涂外公”了。对此，教授虽然哭笑不得，却依然和蔼可亲地关心并守护着外孙女的这份爱情。他想这大概也是“糊涂外公”的表现吧。想到这儿，教授脸上又露出了哭笑不得的表情。

也许不能算是外公心想事成，不过，当外孙女和她的恋人告诉大家他们要结婚时，教授自信自己比谁都更有资格祝福他们。

外孙女说，他们结婚想在这个小城举办。她说，因为这里是她出生长大的地方，有着她太多的回忆，也有很多关心照顾过她的亲朋好友，所以想在这里得到他们的祝福。

教授不仅特别赞成，而且还告诉了周围的朋友。对外孙女即将开始的新生活，他希望能够得到大家的祝福。婚礼定在海边的一个小教堂举办，宴席也订在了离教堂不远的地方，租下了一家海景餐厅。

一切都进展得很顺利。正当承载着两个人希望的“气球”就要高高飞起的时候，没想到“气球”却出现了个大洞——新郎所在的公司破产了。

新郎筹不到结婚费用，他说想要取消结婚仪式和婚宴。教授本以为结婚这件事也会黄了呢，可外孙女说“我已经想好了，我会一直做那个人的坚强后盾”，结婚的决心非常坚定。

听起来好像是一场骗局似的，但既然是外孙女这般倾心的人，教授便决定相信新郎。可是，看着外孙女纠结来纠结去，最后决定婚纱不穿了，亲朋好友也不通知了时，他有些心疼起外孙女来。虽然她顾及大家的感受，待人接物依然装作很开朗快乐的样子，可教授还是能够感觉到她的情绪低落，便更觉得外孙女可怜。

他想帮可爱的外孙女实现她的愿望，也想看到外孙女这一辈子可能只有一次机会的身穿婚纱的样子。于是，他便提出，由自己来为他们出这笔费用。

当教授得出了这个比考古研究还要明确的答案后，马上去查了一下自己的储蓄账户，他发现离需要的那一大笔费用还差很多。但教授还是一心想要帮可爱的外孙女实现她的愿望，于是他瞒着大家，悄悄地去了那家举办婚宴的海景餐厅，去跟那里的负责人商量。

餐厅的老板是个还不到四十岁的男人。对教授来说，他是个比自己的女儿年龄还小的“年轻人”，可是一说话便知道他具备了作为老板的自信和气度。面对这样一个老板，教授毫不掩饰地把自己内心的想法全部告诉了他：外孙女的愿望是在这里举办结婚宴会，作为外公，自己很想满足外孙女的愿望。可是按照目前婚礼的预算，费用太庞大了，不知道怎样才能节省些?

听了这番话，老板摸着他那干净整洁的胡子，说：

“那这样吧，我们餐厅所需的费用，不必马上支付。其实我也是被您外孙女的想法感动了……在这个充满回忆的地方，想要为那些曾经关照过自己的人们而举办婚宴，多好的心愿啊！单单是能把婚宴选在我们餐厅举办，我就觉得特别高兴。所以，也请给我一个祝福的机会吧。”

“可是，你们也得做生意呀。”

看着疑惑不解的教授，老板脸上露出了微笑：

“嗯，所以让众多来参加婚礼的人们饱餐一顿我们餐厅的美食，从而帮我们带来新的客源啊。”

老板的体贴关照，让教授满心感动。于是，教授瞒着外孙女，接受了年轻老板的好意。

“让您等了半年，实在对不起。谢谢您为我外孙女做的一切。”

一大早，教授把从社长那里拿到的一百万日元原封不动地递给了老板，深深地鞠了一躬。老板摇着头说“哪里哪里，您说到哪儿去了”，双手恭敬地接过了信封。

“我也应该好好谢谢您呢。能够和你们一起祝福新人，真是太好了。”

“有新客源了吗？”

“嗯，这也是托了您的福啊。”

听了教授的话，老板做出了一个顽皮的笑脸回答道。果然是个优秀的老板，教授想着，再一次从心里对他敬佩不已。

“欢迎你们一家人再来用餐，我一定提前备好新鲜美味的食材。”老板说。

送教授走了以后，老板去了厨房，因为他得根据今天进的食材来决定今天午餐的菜单，然后写在看板上，摆到店门口。他看了一下时间，又一次抚摸着胡子。

“也不知怎样了？”

度假酒店的早晨，总经理今天也和往常一样，在前台仔细地为每一项工作做着收尾。这时，前面提到的那位作家，穿着拖鞋“踢踢踏踏”地走了过来，身上还穿着酒店的和式浴衣。

“早上好，早餐合您的口味吗？”

可是对于总经理的问候，作家却心不在焉地“嗯”了一声。注意到作家的表情有些异样，总经理微笑着问：“你怎么了？脸色好像不太……”

“实际上……”作家把胳膊放在前台上，满脸疲惫地深深叹了口气。

“刚接到电话说我母亲病了，本来她的心脏就不好。这次虽然没有生命危险，但是摔倒时足部骨折了。她马上就九十岁了，需要有人照顾，本来想在这儿住下安心写作呢，可现在看来不行了……”

总经理的脸色“唰”的一下变得惨白。不过正处在这个节骨眼儿上的作家好像并没有注意到。

“真对不起，预支的那一百万日元能还给我吗？当然第一天的房费要扣除。我马上回房间收拾行李，想请您帮我办一下退房手续。”

说完，作家转身就“啪嗒啪嗒”地小跑着离开了。

这下总经理慌了，昨天从作家那儿拿到的

一百万日元预付款，已经被他还了借款。怎么办？派谁去银行取一趟？可银行离这个酒店很远，开车往返一趟要三十分钟，显然已经来不及，而且即便是把账户里的钱都取出来，恐怕也不够填这一百万日元的窟窿啊。

总经理也想过，要不就老老实实地跟作家交代了，但很快他就打消了这个念头。这件事要是传出去，不仅是自己，连酒店的口碑也会受影响。那样一来，客人可能会越来越少。

怎么办？怎么办？怎么办……

正当总经理脸色苍白地抱着头在那儿发愁时，酒店的自动门开了，总经理不安地把目光转向那边，发现进来的是一个熟悉的面孔。

“早上好，总经理，马上就到连休的日子了。客人预订房间的情况怎么样啊？”

“啊，托您的福……”

服务业这一行命中注定得掩饰住自己不好的情绪。总经理在到访客人面前好不容易做出了一副笑容满面的模样。

“今天早上怎么了？我拜托您采购的食材，还是想按前几天说的那样……”

“哦，不是……今天不是因为食材的事，是我个人的一点儿私事……”

说着，只见访客在皮包里摸索着，过了一会儿他拿出来一个厚厚的信封。

总经理拿起放在眼前的信封，手里的重量让他感到熟悉，他的手一下子停住了。访客看着他，又一次抚摸着他那修剪得整整齐齐的胡子，抿嘴笑着说：

“这下终于把您一年前对我的恩情还上了。”

是的，访客正是经营海景餐厅的那个老板。

“一年前，当母亲得了不治之症时，您真的像我父亲一样给了我依靠。母亲特别喜欢从你们酒店观赏外面大海的景色，说在她死之前，想要在这里看着大海度过最后的日子……对于这样自私的要求，您连犹豫也没犹豫就答应了。我想母亲最后的日子一定过得很幸福，真的特别感谢。拖了这么久，真对不起，这是那时的住宿费。”

总经理瞄了一下信封里面，只见里面正好有一捆连纸带都没解开的一百万日元。

“啊，谢谢……谢谢……”

餐厅老板冲着手里攥着信封的总经理，深深地鞠了一躬，说：“应该是我谢谢您。”

“那么，如果采购到好的食材，我会联系您，跟您分享的。”

“啊，那就拜托了。真的太谢谢了。”

之后老板爽快地转身走出了自动门。目送着餐厅老板远去的总经理，刚刚全身心地松了一口气，就看到作家从远处走了过来。衣服已经从和式浴衣变成了西装。回去的行李看起来也已经准备妥当了。

“真是对不起。马上就能给我办退房手续吗？”

“是的，马上就办。那么，首先从您预付的房费里……”

总经理把从餐厅老板手里拿过来的一百万日元原封不动地递给了作家。作家拿出来确认了一下，点了点头。然后从里面抽出第一天的住宿费放到了柜台上。

“这件事，实在是对不起。不过那套独栋的房子真不错，我特别喜欢，而且饭菜也特别好吃，你们进的食材都很不错嘛。等母亲能动了，我还会再回来的，不知那时还能不能给我安排那套房间？”

作家的话，让总经理顿时心生感动，他抑制住激动的心情说：“肯定没问题。我们衷心地期待着您的光临。”

作家招了招手转身走了。总经理深深地鞠着躬，送作家走远。

他抬起头看向远处，一个清新的早晨开始了。

（文 / 桃户晴　橘翼）

鬼的犄角

“良子阿姨。”我的手被轻轻地拉了一下，我低头看去，只见刚上小学二年级的雅弘正睁着一双像他父亲一样圆溜溜的大眼睛看着我。

“现在我们是要去哪儿？”

“嗯……去哪儿呢？雅弘，你想去哪儿？”

雅弘是朋友的儿子，因为朋友家里有事，今天暂时由我照看他。虽然雅弘跟我已经很熟悉了，但待在一起这么长时间，还是第一次。

午餐是在一家亲子餐厅吃的，雅弘吃了他喜欢的煎牛肉饼。之后我们去了玩具店，但什么也没买就出来了。因为不是自己的孩子，所以我觉得如果不经他父母同意就擅自给他买玩具不太好。不过雅弘好像有些不太高兴，后来给他买了支冰激凌他就没事了。单纯的孩子好可爱。

和雅弘一起吃完冰激凌，我不知道接下来该做什么好了。今天最后的去处是早已经定好了的，但那之前还有很多时间。于是，我拉着雅弘的手，沿着僻静的住宅区漫无目的地一边走一边琢磨该去哪儿，突然听到雅弘嘴里嘟囔了一声："鬼。"

"鬼？"

"那个。"

雅弘用手指着道路的前方。那里很突兀地立着一个牌坊，上面的红漆都已经褪了色。牌坊旁边挂着一个破旧的旗幡，上面写着"鬼子母神"四个字。

"过去看看吧？"

我以为小孩子对神社不会感兴趣呢，没想到雅弘竟然点头同意了。

走进神社院子，也许是傍晚天空变得昏暗下来的缘故，我感到空气里有一股凉意。

"冷吗？"我问雅弘。

“不冷。”

雅弘只回答了两个字，就充满好奇地睁着大眼睛四下打量起来。

真是和那个人一模一样。

我正想着，只见雅弘又用手指着前面说：

“你看，良子阿姨，那个字写错了。”

他的小手拼命指着神社上方写着的“鬼子母神”四个字。

“正确的‘鬼’字上面是有犄角的，可那上面的字却没有犄角。”

既然孩子指出来了，我便又抬头仔细地看了看“鬼子母神”那四个字。

果然，“鬼子母神”的“鬼”字，上面没有那一撇——犄角！我恍惚记得好像是有什么说法来着，可我一下子想不起来了。不过我倒是对雅弘那超出年龄的丰富知识而赞叹不已。

“好了不起啊！雅弘，这么难的汉字你竟然都认识啊。”

“是爸爸在读《桃太郎》的时候教给我的。”

是啊，雅弘的父亲是国语老师。记得当年他说过，如果将来有了孩子，在给孩子读书、教孩子认字这方面，他是不会偷懒的。记得他说这话时，简直可爱得不得了。

“良子阿姨，那个‘鬼’字写错了，是吧？我们是不是应该告诉神社的人啊。”

这个孩子这么活泼健康，他父母该多么喜欢他啊。或许正是因为这是我得不到的宝贝，所以我才能够清楚地看到这个孩子身上那些闪闪发光的地方，耀眼的光芒使我不由得微笑着眯起了双眼。

“那个字呀，没有写错。因为那是这个神社特有的字。”

“为什么？为什么是特有的呢？《桃太郎》里是有犄角的呀。爸爸说过，因为鬼头上有个犄角，所以‘鬼’这个字的上面才也有个犄角的。”

我只能用手抚着腮帮子，“嗯……嗯……”地苦笑着。

我以前确实听说过关于“鬼子母神”的由来，可是“书到用时方恨少”，现在脑子里的“知识库”中，能用来应付眼前问题的东西却一样也找不到。如果是雅弘爸爸在就好了，他肯定张口就能回答上来。我试着想象，如果是他会怎样回答，可他并没能给我任何答案。

“对不起啊，良子阿姨一下子想不起来了。”我老老实实地回答道。

“是吗？”雅弘圆圆的眼睛转向了石板地面。

“回去以后，问问爸爸。”

他轻声嘀咕着，听起来好像充满了落寞。正在这时，突然听到有人说：“鬼子母神的鬼呀，已经不是鬼了，所以没有犄角呀。”

我停住脚步，转头朝发出声音的方向看去，看到那边有个老太太，她也正看着我。我还以为这里一个人也没有呢，她什么时候出现在这里的？老太太满头白发，优雅地绾了一个发髻，手里拄着根拐杖，正坐在阴暗的树荫下一个石墩上，好像在打盹儿。

“我给小家伙讲个故事吧。”

一双眼角有些下垂的眼睛看着我们，老太太用手杖“咚”地敲了一下地面。

“在很久很久以前，有一个叫作‘鬼子母神’的神。她是一个抢人家孩子吃的可怕恶神。释迦牟尼觉得这样下去不行，于是就把鬼子母神的孩子给藏了起来。鬼子母神有五百个孩子呢，释迦牟尼瞒着她把她最喜欢的那个最小的孩子悄悄带走了。

“当鬼子母神发现自己最喜欢的小儿子不见了时，她急坏了，暴怒之下，在世间到处找寻他的下落。可是，孩子是释迦牟尼藏起来的，她怎么可能轻易地找到?

“看着因想念孩子而哀伤叹息的鬼子母神，释迦牟尼便跟她说：‘你现在终于知道失去孩子的父母的痛苦了吧。你有五百个孩子，只失去了其中一个，你就这么悲伤。那些只有一个孩子的父母，当他们失去了唯一的孩子时该是多么痛苦，你应该知道了吧？如果你知道了，那么今后就不要再抢人家的孩子吃了。如果你能够做到这一点，那么你的第五百个孩子很快就会回来的。’”

“鬼子母神见到她的孩子吗？”雅弘问。

老妇人微笑着回答：“当然。”

“因为鬼子母神答应了不再吃人们的孩子，所以释迦牟尼就把她的孩子还给她了。鬼子母神反省之后，决定好好守护人们的孩子——这些对于你这个小家伙来说，好像有点儿难懂吧？后来，她变成了一个特别好的神。所以‘鬼子母神’的‘鬼’字没有犄角。因为她已经不是一个可怕的神，而是一个特别特别好的神了。”

“哦。”雅弘小声嘀咕，不知道是理解了老妇人讲的，还是太难了，从他的脸上我实在是看不出来。

“那，再见。”

“啊，好的，谢谢。”

对着慢慢站起身的老妇人，我们鞠了一躬。她表情沉静地向我们点头示意，然后拄着拐杖走出了神社。目送着她那有些佝偻的身影，我突然想：“她大概也是用那弯曲的腰身背着自己的孩子，把他们养育成人的吧。”

也许她也是背负着我看不到的梦想在活着吧?

“良子阿姨，良子阿姨。”

雅弘拽了拽我的衣襟，把我从遐想中一下子拽了回来。这次真的是除了我们俩以外，神社里再没有一个人影了。雅弘那稚嫩的声音显得特别响亮。

“良子阿姨，您也有犄角啊。”

“嗯? ”我不由得发出了困惑的声音，不过，我是过了好一会儿，才意识到这声音是从我的嘴巴里发出来的。

“良子阿姨的名字里也有犄角，不是吗? 可是，良子阿姨却那么好。所以，把良子阿姨名字里的犄角也去掉好了。”

“咻——”我的嗓子眼儿里发出了笛子一样的响声。这孩子，怎么会——怎么会说出这么可爱又残酷的话呢?

“我是喜欢良子阿姨的呀。”

仿佛被他这一句话点中了我的穴位，我双腿一软，跪在地上，石板地的冰凉从双膝处传来。我的视线和孩子齐平，他从正面看着我，那双眼睛和那个人简直惊人地相似。可这个和那人一样有着圆圆大眼睛的孩子，却不是我的孩子，这个现实让我悲伤得无以复加。

“你怎么了？良子阿姨，你哪里疼吗？”

他的话，让我知道自己脸上的表情肯定很痛苦，所以才引起了孩子的关心。是的，很痛。大概就是那个被人们叫作“心”的地方，鲜血淋漓地疼痛着。

“雅弘……对不起，雅弘……”

我把眼前这个别人的孩子紧紧地抱在怀里，把脸埋在他那单薄的肩上，强忍着就要流出的眼泪，紧紧地闭上了眼睛。

——那早已是毫无意义的过去了。

“我要结婚了。”那个人对我说。他明明知道我的感情，所以说这话时，避开了我的目光。作为一个男人，他那双圆圆的眼睛实在是有些过于可爱了。

“那个女人肚子里怀了我的孩子。”说这话时，他的语气里既有甜蜜，也有苦涩。

我心想：你凭什么摆出那样一副面孔啊？痛苦的明明应该是我啊！我才有权利摆出这副痛苦的表情啊！不是吗？被抛弃的是我啊！可这些话我却一句也没说出来。

“祝你幸福！”我憋足了劲儿想把这句话说得讽刺挖苦，可说出来的声音却颤抖得仿佛就要哭出来似的，更显得凄惨不堪。

这件事过去几年后，我抱着“过去的事就让它过去”的打算，和那个人以“朋友”的关系又开始交往起来。并且背着他的妻子，和他儿子雅弘（本来那应该是我的孩子呢）熟络起来。每当那个孩子睁着一双和那个人一模一样的大眼睛，笑着叫我“良子阿姨”时，我的心里就会交织着爱和恨两种复杂的感情。这种复杂的感情像一团乱麻，随着时间的推移，变得越来越乱。而这团乱麻靠我自己是无论如何也解不开的，所以我只能这样做。

把事情弄成一团乱麻的虽然是我，但究其原因却在那个人身上。所以我要把这个现实展示给他，然后消失，就像“鬼子母神”一样。当他失去了自己的孩子，也许就能理解我的痛苦了吧？

不，我就是鬼。装得像释迦牟尼一样的那个恶鬼，其实就是我。

“把上面的犄角拿掉就好了。”雅弘天真无邪的话，深深地刺进了我早已破碎的心里。

我的名字“良子”里的“良”字，如果拿掉犄角的话，就成了“艮”字，是属相里的丑寅。

丑寅，又被称作“鬼门”。这个词是表示鬼走过来的方位的。

这个犄角，不管拿不拿掉，潜伏在我身体里的鬼是抹不掉的。那个鬼一直在我的耳边悄声低语着：如果你有恨的话，把他吃掉好了。

我用手抹掉脸上的泪，抬起了头。和我恨的那个人一模一样的眼睛里，没有一丝浑浊，那闪着清澈光芒的眸子正看着我。

“走吧，雅弘。”

我刚一伸出手去，就被那只可爱的小手回握住了。我是鬼，但我不是因为知道了痛的滋味而改邪归正的鬼，而是只会考虑把同样的疼痛还给对方的真正的鬼。

我的心底流着泪，考虑着今天最后一个目的地，要去哪儿。

（文／桃户晴　橘翼）

在我们这里跑的单线电车，只有四节车厢。而东京的电车动不动就是十几节车厢，而且据说还会钻到地底下，于是一下子就让人感到了大都会和乡下的差别来。

而且在我们这里，车站和车站的距离都很远，随便从一个车站到下一站，坐电车都要十多分钟。可听说在东京，站与站之间的距离才一分钟左右。我想，那么短的距离有必要设立车站吗？也许只有我这个乡下人才会这样想吧。

就这样胡思乱想着，车窗外闪过去一片丹桂树林。过了这片树林，距离下一站就只有一分钟了。突然，我感觉心跳有些加速。乡下这破破烂烂的铁路我虽然早就习惯了，可心脏的这种感觉至今仍然令我困惑。

“吱吱吱”，一阵刺耳的声音，随后“咣当”一声，车身摇晃了一下停了下来。伴随着一阵喷气的声音，车门打开了，两三个乘客上了车，连同丹桂花的香味。准确地说，是一位裹挟着丹桂花香味的女孩儿，上了我们这节车厢。

心跳又加快了一拍，仿佛是汽车的变速器又升了一挡。因为上了车的女孩儿，眼光朝我这边瞟了过来，然后坐在了我对面靠窗的座位上。又是一阵喷气声传来，车门关上了。只挂着四节车厢的乡下列车，发动起沉重的车身，慢慢地开动了。

“你好。”

像银铃一样的声音，无论什么时候，听了都会让人心慌意乱。一开始我拼命忍着，尽量不让自己回答的声音显得太亢奋。

“你好。好壮观啊，那片丹桂花。”

“是啊，好像在告诉人们‘秋天就在那里’似的。”

就这样，我和那个女孩儿开始了“到下一站的十分钟”。

上高中时，第一次在放学回家的电车上遇见她，是在春假结束之后的某一天。我每次都是从四节车厢中的第二节车厢上车，也总是坐同一个座位。

有一天，她也上了我坐的这个第二节车厢。

简单来说，我对她是一见钟情。

乌黑发亮的头发长度刚刚过肩，发梢略微朝内侧弯曲。皮肤白皙。即便不是贴近细看，也能看到她的睫毛很长。身上穿的校服看上去很眼熟，那是邻镇高中的校服。根据年级不同，女生胸前领结的颜色也不同，女孩儿的领结颜色是胭脂红色，所以我知道，她和我一样都在高中二年级。

女孩儿乘这趟电车，只坐一站路。她是在我上车后的下一站上车，然后坐十分钟下车。女孩儿肯定不知道，每天我有多么期待放学时上天眷顾我的这十分钟。

没有办法向她表白自己的感情，因为我是个极其不起眼的人。所以我觉得她不可能会看上我。

可即便是这样，在夏天就要来临时，我还是鼓起全部的勇气跟她说了。虽然明知道她不可能答应，但心里的某个角落还是抱着一丝期待，拼命挤出了声音，没想到她竟然听到了。

她的眼神有些吃惊，却定定地看着我。当看到映照在她眸子里的自己的身影时，倒是把主动告白的我吓了一跳。她好像和我一样，有些不知所措，一开始我俩说话时都是在小心翼翼地试探对方。但因为都是高中生，又是同一个年级，这些共同点让我们很快就无拘无束起来。我觉得这个过程短得简直超出了我的预想。

如果说共同点，其实还有一个。那就是我没想到我们在这里相遇之前，她和我一样，都是刚刚失恋。

“从初中开始，我就一直喜欢那个学长。”

她的两只手放在大腿上，手指一边绞来绞去，一边羞涩地轻声嗫嚅着。

“而且我也和他升入了同一所高中，我高兴得不得了。可是今年春天学长毕业了，我想在他毕业之前告诉他，我也努力过了。可是……”

我以为“可是”后面还有话呢。不过我并没有问，作为交换，我把自己暗恋破灭的事也跟她说了。我并没有像她那样鼓起勇气告诉对方，而是自己喜欢的女孩儿实际上有男朋友。我在告白之前，就已经知道自己会失败，所以只能自己独自品尝单相思的痛苦滋味。我把这些都告诉了她，只见她微笑着，有些伤感地说：

“所以我们才会有这样的相遇吧。因为失恋的寂寞孤独，把我们吸引到了一起。”

就在那一瞬间，我终于由衷地爱上了她。正是从那时起，傍晚和她共同拥有的这短短十分钟的时间，成了我无上宝贵的时光，那种感觉至今都不曾再有过。

“哇！那件事，不是曾经特别轰动吗？”

“嗯，说是克罗受了重伤。”

“如果狗狗躺在血泊中，肯定谁都会吓一跳吧。”

我们聊的都是这些不着边际的内容。对从前的回忆呀，最近吃过的好吃的呀，明天的体育课要竞走烦死了呀，等等。和最初相比，我已经能很轻松自在地跟她聊天了。

可是，我一直没有勇气坐到她旁边的那个空位上去。因为她比我晚一站上车，如果我坐过去就显得很刻意。我担心万一自己那样做了，会引起她的反感，从此逃得远远的，我连够也够不着，那可就连和好都不可能了。也许会被人说是个窝囊废，但即便是这样，我也不想把这好不容易能够聊天的关系给破坏掉。

所以，今天我也和她保持着微妙的距离，继续聊着一些无关痛痒的话题。

“真是令人难以置信，我们学校不是有个巨大无比的钟塔吗？”

“知道，知道，从好远的地方就能看到。”

她竟然知道我们学校。这些细小的事情，让我不禁怦然心动。

“实际上，那个大钟塔里有个梯子，可以沿着它爬上去。当爬到钟表的数字刻盘那里时，可以把头探出去。于是，从那里探出头向外张望，然后瞒着老师再从钟楼上下来，原路返回教室，就成了测试哪个同学胆子大的游戏了。我在一年级的时候也……”

说到这里，我生生地把后面的话吞了下去。因为我看到她的脸色变得阴沉起来，那张会让人联想到松鼠之类小动物的小脸上，出现了与之不相称的阴沉表情。

“怎么了？”

我偷偷地瞄着她那张没了血色的脸问道。她白皙的双手紧紧地抱着双膝，身体缩成了一团。

“对不起，我有恐高症，最怕听到关于高处的事情。因为我以前从高处摔下来过。”她说着说着，脸色更加苍白了，“哦，一想起那事，头就疼起来了……”

她低声嘟囔着两手抱住了头。看到她那痛苦的样子，我有些后悔了。

“啊，对……对不起。我不是想勾起你这么痛苦的回忆……我只是想告诉你，我都有些多么调皮的朋友。”

我着急忙慌地转变了话题，不过转得很不自然。我把大钟塔测试谁不怕死，悄悄换成了去另外一个地方看谁不怕鬼：为了吓唬一个朋友，我们假装玩捉迷藏，然后把躲在神社草丛里的一个朋友悄悄留在那里。大家都走了之后又悄悄返回来吓唬他。我讲完编造的这个故事，她的脸上才终于露出了笑容。

“你挺看重朋友的哦。”

被人这样直接一说，我一时不知道怎么回答才好。不过，我觉得还是把想要说的说出来比较好。

“嗯，也许吧。不过我喜欢我们学校，这一点是毋庸置疑的。”

“怪不得每次你一说起同学和学校的事，总是那么开心。我能感觉到你肯定特别喜欢你们学校。”

这样与她面对面，我感到很不好意思。所以我不敢再注视她那微笑的面庞，只好把目光移向了别处。也难怪被人说自己没出息了。

可是，她的目光依然注视着我，冲我微笑着。这一刻，我竟希望时间就这样停滞好了，即使我和她远隔千里；即使今后我和她之间的距离连一厘米也无法再缩短……

丹桂花的香味，不知何时渐渐消失了。鼻子闻到的是弥漫在空气里的泥土的芳香。

车窗外，傍晚的夜色渐渐暗了下来，无数个墓碑随着列车的行进越来越清晰地被飞快拉到眼前，又飞快地一个个向电车的后方流走了。当速度渐渐变得缓慢时，电车“咣当当”地摇晃了几下，在一个小小的车站停了下来。从车窗那儿能够看到车站的站牌，上面写着的站名是“岭福寺”。车站前就是一个有着一大片墓地的同名寺庙，那里就是她要回的地方。

“那么，再见。”

“嗯，明天见。”

我从座位上站起来，朝着正往车门口走去的她挥了挥手。她下了车以后，伴随着一阵冰冷的声音，车门关上了。我和她就这样被一里一外地隔开了。下到站台上的她，依依不舍地回过头来。我也强忍着心中的不舍，不断地向她挥着手。

电车再次开动了。她挥着白皙的手的身影，转眼被黑暗吞没，无论我怎样凝眸远视，也找不到她的身影了。从墓地和寺庙里飘来的香火的气味，一直追逐着我，久久不散。

我和她本不该相遇的，因为我和她生活在完全不同的世界，我们的生活是不可能有交叉点的。就像到下一站的距离永远是十分钟的路程一样，虽然相邻却又遥远。手够不着，而且永远也无法缩短，这就是我俩相遇后的距离，永远也无法走到彼此的身边。这就是我俩命中注定的相遇。

和她聊着天坐车的那十分钟，永远觉得特别短；而她下车后我一个人继续留在电车里的那十分钟，却显得格外漫长。如果说时间有重量的话，对我来说，绝对没有比这十分钟更沉重的时间了。而且离我家那一站越近，时间就变得越沉重。

终于电车停了下来，“咣当当”，车门震动着打开了。我脚步轻柔地下到站台，在昏暗下来的傍晚时分，沿着长长的站台慢慢地走着，我的脚下连个影子也没落下。我只冲着列车员伯伯微微地点了点头，就过了检票口，朝着自己家的方向无精打采地走去。

明天肯定还能见到，可是只能相见却无法靠近。她的面容一次次地浮现在我的脑海，挥之不去。

“我回来了。”

从玄关一进到家里，便闻到一股饭菜的香味儿。今天的晚饭好像有烤鱼和土豆炖肉。

走进厨房，餐桌上已经摆好了三个人的晚饭，果然，有我最喜欢的土豆炖肉、凉拌菠菜和摆放得整整齐齐的鲭鱼，好像是刚刚从烤箱里拿出来的。而背对餐桌面向灶台的妈妈，正在往碗里盛着味噌汤。

盛完了第三碗，妈妈看了看墙上的挂钟，低声嘟囔着：

“爸爸也该回来了。”

话音刚落，就听到玄关处门被打开的声音。

妈妈回过头，脸上的笑容仿佛在说：瞧，我刚刚说得没错吧。

听到妈妈问:“你回来啦?”

爸爸一边应着“我回来了”,一边走进厨房,他脸上也挂着笑容,真是有夫妻相的一对。

“哇,真好闻啊!一桌美味呀。”

“你回来得正是时候,鱼刚刚烤出来。吃饭吧。”

父亲解下领带,把衬衣袖口上的扣子解开,坐在了饭桌前。正当妈妈往三个碗里盛米饭时,就听到有人从楼上下来的脚步声。

“是爸爸回来了呀,爸爸辛苦了。”

“嗯,我回来了。”

妹妹从楼上下来了,她是初三的学生,正在准备升高中的考试。她说“复习考试需要能量”,所以最近她的饭量见长。

“那么,我先吃了啊。”

“我也不客气了。”

于是,妈妈、爸爸、妹妹三个人双手合十,然后开始吃起了晚饭。饭桌上没有我的饭。我的饭,妈妈应该是提前给我做好了。

在家里,大家是看不到我的。能够看到我的,只有在电车上遇到的那个女孩儿。我不知道为啥那个女孩儿能够看到我。记得她曾经说过“是因为寂寞孤独，才把我们吸引到了一起”，为了这句话，哪怕只有一线希望，我也想紧紧抓住。在家里，虽然我就在他们的身边，他们却听不到我的声音，我想减轻一点儿这种苦闷。

我从他们三个人身边走开，来到了由推拉门隔开的隔壁房间门前。穿越过紧闭着的推拉门，进到那个房间，榻榻米的幽香扑面而来。

这次才闻到了空气中还混合着线香的味道。除了线香之外，还有土豆炖肉，它们都被摆在和式房间最里面的一个小小的佛龛前。香味就是从那里飘来的。

我静悄悄地走近佛龛，妈妈供在那里的土豆炖肉还冒着热气。因为知道我爱吃土豆炖肉，所以妈妈至今依然像这样给我做着这道菜。热气飘到的地方，摆着一个小小的镜框，镜框里的我寂寞地笑着，我便真的很寂寞地冲他笑了笑。

“那天，如果不是骑车摔到了快车道上，也就不会被汽车轧了。”

我那孤独的笑脸在热气中渐渐变得模糊起来，再也看不清楚了。

（文/橘翼）

两个人的结婚

一对男女被咖啡馆服务员带到了漂亮的靠窗桌子。那是一对谁看了都会心生羡慕的漂亮男女。男人为女人拉开了椅子，女人报以微笑后，动作优雅地坐下。可以看出，男人很爱这个女人，女人也知道男人爱她，并给予了回应。

两个人面对面坐下，服务员过来记下了他们点的东西。男人几乎没有问女人，就点了冰咖啡和草莓奶，对于男人自作主张为自己点的东西，女人连一点儿不满都没有。看来男人深知女人的喜好，而女人对男人也很信赖。

服务员离开后，两个人马上开始聊了起来。

“电影挺好看的。”

“是啊。不过，我觉得最后主人公可以再强硬些。”

“是吗？可是我觉得最后挺精彩的呀。看来男人和女人对事物的感知方式还是有区别的啊。”

“这……说不定真有。”

“好羡慕啊，电影里那位英雄向他女朋友求婚那一幕，我也想得到那么美好的求婚。”

“这……你是在说给我听吗？”

“如果你是那样觉得的，那就是吧。”

“那个……我也不是没有考虑过……”

“真是的……你总是这样。我们已经交往了有五年了吧？我觉得一点儿也不早了。”

男人张嘴，好像正要说什么，可就在这个节骨眼上，服务员来到了他们这张桌子旁。

“让你们久等了。”一边说着，她把冰咖啡放在了男人面前，把草莓奶摆在了女人面前。然后鞠了一躬，说了声“请慢用”就离开了。

男人默默地把自己眼前的咖啡和女人面前的草

莓奶换了个位置。对于两人来说，这种事早已司空见惯。男人习以为常地边换着饮料，边开口说道：

“并不是说现在决定结婚太早。可是，很多事情，它不是得一步步来嘛。”

“是啊，所以我想早点儿见见你父母呀。”

“说的就是这个，我希望你再等等。”

“为什么？你总是说‘再等等，再等等’，可是已经五年了啊！我们已经交往这么久了，可是互相连对方的父母都没见过，你不觉得这才是少有的吗？”

“可那是一般情况，不是吗？而我们是不需要那样的呀。”

“你是不想跟我结婚，对吗？”

“我说过，不是的……”

“那这到底算怎么回事啊？”

女人“噼里啪啦”地把话说完，端起杯子，嘴巴凑近吸管喝了口咖啡。咖啡里既没放奶也没放糖。

而男人则用较粗的吸管喝了口漂亮的粉色草莓奶，然后，稍稍低垂下眼角，伸手拿过女人没用掉的糖。看着正在把稀稀的液体糖浆倒进自己草莓奶里的男人，女人放下手里的咖啡杯，继续用逼问的语气说道：

“请你给我一个不想见父母的理由，否则我无法理解。”

“不是不想见，只是我就这样突然求见你父母，会不会把他们吓着？我的父母也一样。我们应该先一点点地耐心给他们做点儿铺垫吧。”

“正相反，显然这样的事就该一股脑儿地告诉他们才好。”

“不是，那个……”

“你也得想想我们都多大了吧？再说我也想要孩子啊，属于我们俩的孩子。难道你不觉得仅仅是为了这个，我们也应该早点儿结婚吗？”

“等一下？你说孩子？我们的？我们哪有那样的能力？……养育孩子是需要负责任的。等我们有了那个能力再说吧。”

“责任感，随着孩子的出生，自然会有的。”

“这才是没有责任感呢。不仅仅是责任，养育孩子也需要钱啊。这些你都想过吗？这可不是说说。没想好就轻率地采取行动，最后受累的可是我呀。”

“轻率？我想要和你结婚的愿望，在你看来难道是轻率？”

女人的声音开始颤抖，音量也提高了几度。有几位客人可能被这声音吵到了，目光偷偷地向他们这边瞟着。也难怪，女人的声音让人感觉像是在吵架，所以足可引起人们的兴趣。男人赶紧把身子探过去，低声说：

“我不是那个意思，我只是想，结婚只有得到了家人和亲朋好友的祝福才会幸福啊。你难道不这样想吗？”

“重要的是我们两个感觉幸福，不是吗？”

“那倒也是。”

“你就那么在意周围人的看法吗？他们的看法比我还重要？”

“你为什么这样说？我一直都把你放在心上的……”

“那么，为什么你从来不把我的想法放在第一位？我只是想一辈子跟你在一起，仅此而已！”

“我也是呀。”

女人的声音太大了，为了让她平静下来，男人把自己的声音压低了说：

“可是，为了这个目的，我们需要考虑好方方面面，不是吗？”

“我不明白，只是想在一起而已，难道有这些还不够吗？”

“你的感情，我是知道的。我也爱你呀，我也想永远和你在一起，希望能幸福……我是真心希望我们能幸福地生活在一起。”

女人不说话了。男人温柔地握住女人放在桌子上的手，就像唱摇篮曲一样，一句一句缓缓地说道：

“可是，结婚不单单是我们两个人的事情。我们要成为一家人，就得让我们的家人也能够理解我们。正因为我们都有家人，所以才有我们的今天，不是吗？如果不是当初我们的父母生了我们，就不会有我俩今天的相遇，不是吗？”

“话是这么说，可……”

“而且，难道你不觉得有了被人祝福的婚礼，今后才能组建幸福的家庭吗？”

也许是“家庭”这个词打开了女人紧闭的心扉。女人的眼神从长长的睫毛后面凝视着男人，好像是期待着男人继续说下去，男人好像意识到了，嘴巴又轻启道：

“我也想和你要孩子啊。所以我想给孩子一个好的成长环境，我觉得这是做父母应尽的义务。而且我觉得也不能给你太大的负担，当然我也会和你一起养育孩子的。可是，像我们俩这种情况，今后要依靠双方父母的事肯定不会少。所以我们终究还是不能切断和家人的关系。”

“嗯。”

“你想通了？”

“嗯，我觉得你说的也在理。”

“太好了。”

“你不是不想跟我结婚，对吧？你是真的想跟我结婚的，对吧？”

“那还用说吗？除了你，我眼里就没有别人！”

终于女人脸上的表情舒缓了下来。她喝了口咖啡，虽然黑咖啡的味道稍稍有些苦，可她脸上却露出了甜甜的笑容。

“好吧，那你就看着时机办吧，随你。”

“谢谢。”

“不过，我们的新居得让我来布置。”

“啊，嗯。不过可别弄得满屋子粉色啊。”

“可是，如果生了女儿的话，我想给她穿粉色的衣服，戴着蝴蝶结、穿有荷叶边的裙子呀，我要教她怎样化妆。”

“哎，哎。你也太心急了吧？就算都按你说的，那我们有了孩子后，我们的孩子该怎么称呼我们呢？”

“这还用说吗？当然是爸爸妈妈了。”

“那，是叫你妈妈？可是……”

说着，男人用手指指着自己的胸口，他的手指修长、纤细。

“生孩子的，不是我吗？”

修长纤细的手指指着的男人的胸部，在身上那件宽大的男式衬衫的掩盖下，几乎看不出来，仔细观察才能看到那里有两处微微的隆起。那隆起的部位与他的男人口气和英俊的面庞形成了反差，说明这个男人本来并不是个男人，而是个女人。

本来是生为女孩，作为女孩活到现在的“他”，伴随着成长，感觉到了心理和身体的不可调和，但这种烦恼并不是能够简单地跟身边的人说清楚的。

渐渐地，“他”发现有些问题靠自己是解决不了的，于是“他”便行动起来。“他”首先找到了一个交流组织，那里都是和自己一样，心理认同和身体不一致或者感觉异样的人们，“他”想在那里找到伙伴，问问他们。

在那里，“他”遇到了“她”，就是这个现在坐在自己面前，开心地笑着的唯一的“她”。

“她”也和“他”一样，本来生下来是男孩儿，作为男孩儿活到现在，却总是喜欢穿裙子，喜欢长发飘飘，喜欢戴亮晶晶的首饰，简直喜欢得不得了。

正是在那个时候，“她”知道了有这么一个交流组织，那里聚集着很多和自己有着同样烦恼的人们。第一次去时，“她”还给自己打了半天的气。一旦去过一次，就发现那里都是一些能够互相理解的同伴，“她”觉得终于找到了一个属于自己的地方。

然后，“她”就遇上了“他”。就是现在坐在自己面前，脸上露出有些困惑的笑容的那个唯一的“他”。

“你是妈妈，我是爸爸？还是我当妈妈，你当爸爸？”

“嗯……无所谓吧，不叫爸爸妈妈也行吧？我们俩本来就无所谓男女，互相喜欢的只是对方这个人而已。”

“是啊……对了，这样吧。”

“有了孩子以后，让孩子叫我们的名字就行了嘛。我们一定会成为世界上最幸福的家庭的，一定。”

说完，憧憬着有无限可能的未来，“她”笑了。看着“她”的笑脸，“他”觉得没有谁能比自己更爱“她”了。而看着“他”为了将来家庭幸福而变得认真的目光，“她”觉得“他”是那么坚强可靠。

（文 / 桃户晴　橘翼）

花

为了那个喜欢花的女人，画家一直画着花。春天他到河边去写生；到了夏天就去画迎着太阳绽放的向日葵；秋天则是画可爱的秋樱；而到了冬天快要结束的时候，他就去画那预告春天将要来临的待雪草的侧影。

只是想让那个女人高兴，这个单纯的想法是他创作的初衷。每当有新的作品问世时，他的第一件事，就是把她请到自己家里的画室，有些羞怯地请她看自己的画。

两个人初次相遇时，他还在美术大学学绘画。有一天，他在一个公园的巨大池塘旁边，画着公园风景的素描。他的画被偶然来公园散步的她看到了。于是，这便成了他们相识的契机。

“好美的画啊。”

还在画素描的阶段，自己的画就被人夸赞，这还是第一次。

“我可以在这儿看吗？”

女孩儿眼睛大大的，主动跟他搭话道。他紧张得心脏怦怦直跳，回答道：

“我还没画完，你看了会觉得没意思的。”

可是女孩儿无所谓地在他身后的长椅上坐下，说：

“我想看看。”

于是，她就一直坐在他身后，注视着风景在白纸上渐渐显现出来，一直到他把画画完。

他画的画，并不仅仅是眼前看到的风景的剪裁，她觉得他把那里刮的风、阳光、池塘中水的味道，甚至小鸟的声音都画出来了。

不知何时，两个人成了一对恋人。当他知道她特别喜欢花之后，便开始专门画起花来。

“如果你还有其他想要画的作品，就去画那些吧。”

听到她的话，他说：

“我最想画的，是能够让你喜欢的画。”

他从美术大学毕业以后，开始了专业画家的生活。虽然很穷，但为了自己爱的人，画她喜欢的画，他觉得特别幸福。

不久后，那个第一次夸赞他的画的女性，成了他的妻子。而且，那时候他画的各种花草画受到了很多人的喜爱，他成了一位很火的画家。

画家是那么地幸福。

不久，两个人的孩子出生了，是一个健康的男孩儿。从恋人到夫妻、再为人父母，画家比以前更深地爱着妻子。而她那内心坚强、乐观开朗的性格也一直是他的支撑。

可就在孩子升入小学的时候，巨大的不幸降临到了他们家。

妻子突然得了一种病，眼睛看不见了。一开始，她只是觉得“视力越来越差”了，很快她的眼睛就失明了。

“为什么偏偏让她遭受这样的不幸呢？”

画家画不出画了。

因为画家之所以画花草，是为了让他爱的人高兴。可是，他画的花草作品，她却再也看不到了。

孩子也为母亲遭遇的不幸难过，说，妈妈连我也看不到了。孩子一想到今后妈妈不能出门、不能做饭，甚至什么都不能做了，幼小的心灵就痛苦无比。

画不了画的画家，把画笔搁置了起来。烦恼了一阵子后，开始干起了农活儿。

三年后，曾经是画家的男人，带着失明后很少出门的妻子，和孩子一起来到了一个地方。那个地方竖着一个画架，画架上摆着一幅画，画的是那里的风景。孩子有些不太高兴地对父亲说：

“您明明知道妈妈的眼睛已经看不到了，却还把我们带到这儿来，您是什么意思啊？”

父亲听了孩子的这些话，说：

“妈妈比我们想象的要坚强很多。妈妈最了不起的地方在于，是她自己最先接受了她的眼睛看不到了的现实。”

视力刚开始变差时，妻子（也许她已经预感到了自己将要失明）就开始研究调查盲人是如何生活的了，她向医生咨询，还直接去咨询了那些失明的人。

当他知道了这一切后，他放弃了自己要作为妻子的眼睛活下去的想法。

“不是要代替她去看，而是要随着她新的生活方式加以改变。”

妻子拼命调动听觉、触觉以及嗅觉等所有剩下的感觉，去感知白天与黑夜的不同、现在自己在什么地方、是什么季节等这些周围的一切，他决定要为这样的她助一臂之力。

他蹲下来，目光平视着孩子的眼睛，说：

“这个美丽的世界，即便眼睛看不到，它也不会自行消失的。”

当他知道妻子乐观向上地接受了自己的命运时，他便决定再一次拿起画笔。因为他知道自己不再画画的事，绝对不是妻子所期望的。

干农活的同时，他为妻子专门画了这幅名为《这个》的作品。而且，在完成《这个》的同时，他又开始在画布上画起花草来。

被丈夫牵着手，和孩子一起被带到这个地方，站在那儿，她说话了：

“我能够感知到你的画。虽然看不见，但我能感知到：这里泥土的清香，很多细小的叶子碰触到一起时的声音，还有花草的芬芳……你种了这么一大片漂亮的花田啊。”

听了母亲的话，孩子明白了，父亲为眼睛看不见的母亲种了这么一大片花田，意义多么重大。虽然一个人眼睛看不见了，但并不等于他什么都不知道，什么都不能做了。

这时，画家是那么地幸福。

（文 / 桃户晴）

地狱变

有一个名叫良秀的天才画家。

他无与伦比的绘画能力，使得他的作品不仅仅是写实，还有着深刻的内涵——是那种能够一下子抓住人们感情的东西。不管怎么说，他都是个绘画奇才，这一点毋庸置疑。

可是，良秀在为人方面，却小气、冷漠、赖皮、懒惰、贪婪，而且还极度自负。至今为止，没有谁比他更令人讨厌了。另外，他画的肖像画也是这样，由于他连画中人内在丑恶的东西都画了出来，所以也有一部分人不喜欢他的画。

良秀很得意自己是个有名的画家，经常摆出一副盛气凌人的样子，甚至对欣赏他才华的领主，也照样态度蛮横，举止无礼。

比如，有一件发生在良秀女儿身上的事。良秀有一个漂亮能干的女儿。她的嘴角有一颗很黑的黑痣，其实这颗黑痣倒更衬托得这个女孩儿有一种说不出的性感。这个女儿被领主看中后，领主便让她在城堡里做了一个侍女，那是很多女孩子都向往的工作。如果放在一般父母身上，他们会觉得无上荣光，对领主感激涕零都来不及呢，可良秀却不仅不感谢，反而冲着领主大老爷说：

“请你把我可爱的女儿还给我。”

那口气仿佛领主是个把他女儿拐走的人贩子似的，而且这么蛮不讲理的话，良秀说了好几次。虽然领主是个宽宏大量的人，但他的无礼早已超出了这宽广胸怀忍耐的底线。

于是，领主就让良秀“给我画一幅地狱变的画看看”，也是为了给他的傲慢自负一次惩戒。

为什么说让他画一幅“地狱变”是对良秀的惩戒呢？因为良秀是个写实画家，他的画都是对实际存在的事物的描绘。这也就等于，良秀只能画他看得到的实际存在的东西。而地狱实际是什么样子，当然谁也没有见过。

也就是说，领主让他画“地狱变”的屏风画，对于良秀来说简直是办不到的难题。这就是领主的心机。

“这次，就是良秀这个天才也肯定会说‘画不了’，对我表示歉意吧。如果他能老老实实地承认错误，我会说‘画不了就画不了吧，没办法’，笑着原谅他。”

可是，良秀不但没道歉，反而自信满满地一口应承下来，说：“那我就给你画一幅。”跟领主犯起了牛脾气、较起劲儿来。

领主大概也觉得“你若能画那你就画吧”，便由着他了。于是，良秀开始画起了地狱变的屏风画。而他作画的手法，完全打破了常规，充满疯狂和叛逆。

比如，他要画地狱里饱尝死亡痛苦的人们时，就特意跑到那些因饥寒交迫而丧命的尸骸前坐下来，没完没了地画着那些已经半腐烂的脸和手脚。另外，他为了画出罪人被惩罚的样子，便让徒弟赤裸着身子，把他们用锁链锁起来。由于血液不流通，他们的肉体渐渐变得黑紫肿胀。可无论徒弟多么痛苦，他都视而不见。甚至徒弟越痛苦，那样子越能激起他的创作欲望，画得更开心。

腐烂的尸体、被锁链锁住的人，即便发生在现世，也可称是地狱的写照。良秀就用这样的方法，不断画着这幅屏风画。

可就在画了八成左右的时候，良秀画不下去了。

画笔一下子停在那里，甚至连涂一下都涂不了了。

曾经是那么傲慢的良秀，突然变得动不动就掉起眼泪来，常躲在别人看不到的地方哭。

听说了这件事，领主再一次把良秀叫到身边，亲切地问：

“屏风画，进展如何呀？”

“已经完成八成了。可是，屏风中央要画的东西，却无论如何也……”

“无论如何也？”

良秀欲言又止。

“说话，良秀。”

领主等着良秀后面的话，等着他说“无论如何也画不下去了”，然后乖乖地认错。只要他认错，领主就打算原谅他。

可是，良秀不仅不认错，反倒一口咬定说：

“关于屏风中央要画的东西，我早已构想好了。现在只差去看实物。领主，请尽快让我看到实物吧。”

这话简直就像是在说，“如果画不出来，那可就都怨领主了”。因此，即便是好脾气的领主，面对这样的情形，也气得心在发抖。不过，领主还是忍住了怒火，说道：

“好吧。那么良秀，你打算在屏风中央画什么呢？”

“被地狱之火燃烧着，从天上坠落下来的人。请您让我看到这样的实物。”

领主考虑了一会儿，回答说：

“好吧，我答应你，让你看到那样的实物。”

“谢谢。”

“不过，有句话我要说在前面。”

“什么话？”

“再后悔也来不及了哟。”

这句话的意思，不知道良秀是怎样理解的。

不久，领主就把良秀叫到了一片宽阔的草原上。

平静无风的草原中央，有一个人双手被捆在背后，站在那里。而家丁们则举着明亮的火把围着那个人站了一圈。领主想：

即使良秀再强硬，此刻当他亲眼看到无辜的人要被活生生地烧死时，肯定也会心生恐怖，从而低头谢罪，说“请住手”吧。

如果他能那样做，自己肯定会原谅他的。当然那样一来，屏风画肯定就画不成了，但即使画不成也没关系。因为像这样必须把活人当作祭品才能完成的艺术作品，就不应该有。

领主说：

“那么，良秀你打算怎么做？”

良秀身子瑟瑟发抖，却终究没有说出“请住手”这三个字。

他握紧双拳、咬紧牙关，那样子简直像是至死也要守住“为了艺术不惜一切”的信念似的。

“良秀！这样做，真的可以吗？”

良秀还是自始至终沉默着。

只有松明子“噼噼啪啪”的燃烧声，响彻了整个草原。终于，领主什么也没说，走了。当领主的身影再也看不到了时，家丁点燃了那个人。

良秀流着泪睁大双眼，一直凝视着火中的那个身影。

不久，“地狱变”的屏风画终于完成了。

那简直是一幅精彩的画作。只是看着那幅画，你仿佛就能听到被拷问的人们那痛苦的哀鸣。那场景实在是太残酷了，令人想要背过脸去，可不知为何，却又有一种魅力吸引着你，无法移开目光。

毫无疑问，这是天才画家良秀最杰出的作品。

可是，就在画作被送到城堡后的第二天，良秀死了，自缢身亡。为什么良秀选择了自杀？答案就在“地狱变”的屏风画里。

“地狱变”的屏风画中央，被烈火焚烧着从空中跌落下来的，是一个女人。被火点燃的长发凌乱地飞舞着，身体因炙烤和痛苦而扭曲变形。

在那丑陋歪斜的嘴角处，有一个显示着女性魅力的黑黑的痣。

（文 / 芥川龙之介　改写 / 吉田顺）

等候之人

如果很久没来这个小渔村的话，人们大概会惊讶于这里的变化之大吧。

那里曾经是一个以渔港为中心繁荣起来的充满活力的渔村。近年来，因为渔夫的高龄化和接班人的人数不足，这里的渔业便渐渐地衰退了。现在，这里根本看不到一点儿活力了。

进出渔港的渔船，数量掰着手指头就能数得过来。捕鱼的人，都是些高龄老人，他们还能干多久谁也不知道。

年轻人为了一份安定的工作，都去了大城市。

不过，前几年，旁边的一个小村子建了一个新铁路车站，开通了一条沿海铁路线。于是，大家图这边的土地价格便宜，便有很多新住户搬到了这里。

正是在这个时候，小渔村迎来了开发的高峰期。建好待售的别墅住宅、仿佛建错了地方似的巨大的公寓楼，鳞次栉比地建了起来。能够看到海景这一点，成为公寓楼热销的原因之一。

可是，这对于当地的老住户来说却是一个悲剧。为了土地的开发建设，开发商强制收购土地，不卖就开始骚扰。不断有人把老住户赶出渔村，让他们搬走。马上就要八十岁的胜代，就是被骚扰的其中一位。

“奶奶，您就别再固执了，放手吧。您的邻居最后不还是都卖了吗？卖了个好价钱，他们高兴得不得了。这块地您这样紧紧抓着不放，对您一点儿好处也没有，不是吗？”

这个男人是土地开发商，最近几乎每天都来。不经允许就开门进来，然后不客气地坐在那儿，一坐就是一两个小时。

“我得跟你说多少遍，你才能明白啊？我不想卖，所以请你走吧！”

后背挺直地跪坐着的胜代，对于男人的威胁一点儿也不怕，把想说的一口气说了出来。

胜代一个人守着这个家。很早以前这条街上住户密集，这一年几乎全都搬走了。据说，好像这里要建一个新公寓楼。胜代家的宅基地正好是将来新公寓楼的入口大厅部分。对于开发公司来说，无论如何他们都要拿下这块地。

“这一片，只剩下奶奶这里了，您能不能别这么刁难我们呀。”

“我不卖。”

“您是不是对昨天说的价钱不太满意？”男人突然郑重其事地问。

可是胜代还是干脆地回答他：“不是价钱的问题，是我不能离开这块土地。”

“哦？是吗？”

男人点着一根烟，深深地吸了一口，然后故意把烟喷到了胜代的脸上。

“那么你说说，到底是什么理由？”

“我跟你说了也没用。”

“别这么说，先说给我听听。说不定我们能根据情况，放弃这里呢。”男人调笑着说道，“是你那当渔夫的丈夫吧？”

“是的。”

开着的屋门外，一条笔直的坡路从门口延伸出去。胜代的目光凝视着道路尽头的大海，仿佛是在寻找着什么似的，淡淡地讲述起来。

那年夏季，因为一波接一波的台风，大家几乎无法出海打鱼。村子里的渔夫们都在哀叹：再这样下去的话，大家的生活就难以为继了。

那天晚上，台风就要来了。大家知道明天又不能出海了。

那个夏夜，潮湿的空气让人浑身上下都黏糊糊的，难受得难以入眠，我和丈夫一直到很晚都没有睡着。

第二天，台风的风力一点儿也没有减弱，太阳还没出来，可丈夫却起了床，说“我出去一下”，就走出了家门。

他好像是去打鱼了。我冒着狂风暴雨去渔港找他，却没有找到丈夫的船。我在渔港一直等到中午，他没有回来，又等到了晚上，他的船还是没有回来。

第三天，台风过后，是个大晴天。我以为丈夫肯定该回来了。因为丈夫无论对大海、天气，还是对渔船，都了如指掌，是个经验丰富的渔夫。我以为他肯定是在哪个岛上躲避着，等着台风过去。

可是，一个星期过去了，丈夫还是没有回来。

他的渔夫伙伴们也帮忙找了很久，却没有发现任何线索。

十年过去了。大家都劝我死心，可我相信丈夫总有一天会回来的。我总觉得他会突然出现在门口，说“对不起，我回来晚了”。

我丈夫肯定会回来的，所以，我不能离开这儿！！如果我不在这儿了，我丈夫就没有家回了！！

不知道是不是忍得太久了，胜代终于忍不住，眼泪唰唰地流了出来。

男人的肩颤抖着，嘴里发出的声音仿佛是在呜咽，可是那声音很奇怪——原来男人是在笑。男人不管胜代还在那儿悲伤，兀自把手里的香烟在烟灰缸里碾灭，一边笑一边说：“老太太，您的丈夫已经死了。”

“你说什么？”

胜代惊呆了。她没指望能得到他的同情，但却没想到会被他这样嘲讽。

“对不起，我跟您说啊，您的丈夫回不来了。如果他还活着，也是从您身边逃走的，说不定是有了年轻的外遇，怕待在您面前尴尬，才装作出海打鱼死了。您就理解他吧，就当他是‘遇到台风死了’。您别再这样没完没了地固执地等下去了，那样的话，无论是对您自己，还是对您丈夫，当然还有我，甚至还有想要住进公寓楼的人们，对于我们所有人来说，都是一件多么好的事啊，不是吗？”

“我丈夫肯定会回来的。”

“已经十年了呀。行了吧。把地卖了，拿着钱，买个好点儿的公寓，好好地过好余生。”

“你说得轻巧。”

胜代的声音传到了屋外。

“老太太，今天我先回去了，明天我还会再来。请您好好想想，您究竟想要多少钱。”

男人说着，掏出车钥匙，套在手指上一边转着一边走出门，坐上他那台黑色轿车，开走了。

“我是绝不会搬走的。”

胜代仿佛自言自语似的说道，拿手绢擦掉了眼泪。

第二天，男人如他预告的那样，又来了。

“老太太！”

又是不经允许就毫不客气地开门进来，然后“啪”的一下把手里的契约书之类的东西摊开在桌子上。

“来，请您在这个上面盖个章吧。”

他指的是土地买卖契约书。

“你这是干什么?！我不是说了吗？我不卖！如果你这样强迫我卖的话，我要叫警察了！”

“呵，叫警察呀。你觉得警察是会站在我们这些渴望渔村发展的人们一边呢？还是会站在一个故意刁难人的老太太一边呢？”

听了男人的话，不知胜代自己是不是也觉得“警察不会站在自己这一边”了，便不再提要叫警察了。

“老太太，您丈夫不会回来了。您就死了心吧。”

“会回来的！”

“那就没办法了。这是最后的方法了。”

男人掏出了手机，老太太以为他要跟谁通话呢，突然听到巨大的机器轰鸣从远处传来。然后，就听到一阵“吱吱嘎嘎”的可怕声音。

“这是怎么回事？”

“是不是墙根被挖了？最好快逃吧。”

男人撇嘴笑了笑。

胜代有一种不好的预感，急急慌慌地趿着鞋跑了出去，就看见挖掘机已经把院墙推倒，开进了院子里，现在他们正在铲院子里的树，接着，速度不减地直接撞向胜代家，把墙壁撞开了一个大洞。

“干什么呢？住手！”

胜代一下子瘫软，跌坐在地上哭喊起来，喊出的声音都不像是自己的了。胜代不断用手捶着地。

在远处看着这一切的男人，看胜代稍微平静下来了一些后，便凑了过来。面无表情地把契约书递到她面前，略带揶揄地说：

“老太太，不管怎样，最终都是这个结果。来，把章盖了吧。”

胜代输了，一个老太太本来就不是他们的对手。胜代只好不情愿地在契约书上盖了章。

也许是觉得被挖开一个洞的房子已经不能住了，很快，胜代就搬了出来。她把钱包、银行存折、贵重物品之类全都塞进一个包里，跟邻居们连个招呼都没打就匆匆地离开了渔村。也许是再也不想待在这里了吧？她要求“按原来说的价钱就行，但我要尽快拿到现金”。

就在她拿到钱的当天，便不知去了何处。

对于土地开发商来说，这真是如愿以偿。第二天便开始拆房，施工速度一下子加快了很多。大型公寓楼的开工日期已经近在咫尺，只剩两个星期了，所以得赶快把这里弄成空地。

成功让胜代签了约并搬走的那个男人，这一天来工地看拆房的进展。

“一个老太婆，竟然这么难对付，我也太迁就她了。”

男人沉浸在满足感里，看着几乎消失殆尽的房子，抽了一支烟。

就在这时。

“喂，停！”

“怎么了？”

从屋子那边传来了喊声，很快重机器的轰鸣停了下来。

“出什么事了？”

男人把抽了一半的烟扔掉，朝着施工人员聚集的地方跑去。只见土里埋着个白色的东西，有个施工人员正在用手挖着白色东西两边的土。

“这是？”

男人惊得哑口无言。

还不到五分钟，几乎所有人都能看出来土里是一具白骨。

“为啥家里的房子下面有人的遗骨呢？”

男人的脑子里一片混乱，这到底是谁的尸体呢？

“喂，赶快报警。”

“今天就干到这儿了。”

施工被当场终止了。

接到报警后，警察很快就开着警车赶了过来。他们在房子的周围用黄色塑料带拉上了警戒线。这件事很快就在渔村里传遍了。看热闹的人成群结队、络绎不绝，让人惊讶这个小渔村怎么会有这么多人。

男人只想着别给自己惹麻烦，便穿过混乱的人群离开了现场。他的工作只是让那个老太太搬走而已，其他的不关他的事。

可是，当他开着车出了渔村不久，突然脑子里有个念头一闪而过：

“那具尸体，会不会是……”

男人觉得自己好像知道那具尸体是谁了。可是，还有一些地方他不能理解。

“可是，为什么？”

尸检结果出来了，胜代家的旧址里发现的尸体，经鉴定是胜代的丈夫。而且，从头部的巨大损伤来看，怀疑是他杀。

从尸体被埋在自家的屋子下面这一点来分析，作为妻子的胜代有可能对这件事知情。而且，警察从周围邻居们那儿了解到，他们夫妻的关系并不好。所以胜代与这件事有关的嫌疑更大。

于是警方对几天前就搬走了的胜代，以“遗弃尸体罪”发出了逮捕令。

显然，胜代早就预见了这些，为了不被抓住，她才开始了逃亡生活。不过，就在新闻刚播完关于这一事件的报道后不久，就有人报警说，在一个温泉村的旅馆里，有一个奇怪的老太婆一个人住着。就这样胜代很快就被抓住了。

已经憔悴不堪的胜代，在警察审讯室交代了全部犯罪经过。

“是我杀的。十年前，台风就要来临的那个夏夜，趁着我丈夫睡着的时候，我把他打死了，然后埋在了房子下面，以为这样绝对不会有人发现。为了让大家相信我丈夫是出海打鱼时失踪的，我在那天晚上去渔港把丈夫的渔船发动机发动后，把空船放出了渔港。”

这么一个小老太婆，一个晚上怎么能做这么多事？这让审讯的警察吃惊不小。

“可为什么选在刮台风的时候？”

“我觉得刮台风的时候，谁也不会出门，不容易被发现。”

“哦，那你为什么要杀了他呢？”

“丈夫……有了外遇。”

警官什么也没说，只是用目光示意她继续。

“那天，丈夫对我说‘我喜欢上了别人，我们离婚吧’，我问他是谁，听他说，好像是一个比他小很多，像孙子辈一样的女孩儿。我告诉他，人家是骗他的，可他却说‘她不是那样的女孩儿’，不仅护着她，而且……”

接下来因为她是哭着说的，所以有些地方听不太清楚。

据她说，她丈夫说“我不想再和你这个老太婆一起过到死，你滚出去”，然后就打她。胜代就是在那天晚上把她丈夫杀死的。

胜代不想搬出去的原因，不知是不想让丈夫的遗体被发现，还是想要和已经变成尸骨的丈夫永远生活在一起，从她毫无表情的脸上，实在是找不出答案来。

（文 / 桃户晴）

那天，那时

恋人得了一种罕见的病。

“不能否定她说的话。如果你指出她的记忆是错乱的，她的脑子会更加混乱，病情会加剧。其实我也是第一次遇到这样的患者。”医生说完，轻轻地叹了口气。

我是从两周前注意到她的样子有些奇怪的。我发现她买了大量我不爱吃的西红柿放满了冰箱，问她，她却笑着说：“你不是最喜欢吃西红柿吗？”可她明明知道我讨厌西红柿，甚至连看都不想看一眼啊。

后来有一天，我的衬衫找不到了，我问她看没看见，她却回答说：“你有过那样的衬衫吗？”我连名字都没听说过的乐队演奏会，她却好像我俩一起去看过似的突然聊起来。最初，我还以为她把我和她以前的男朋友弄混了，还有些不高兴。可后来这些小小的异样越来越多。

于是今天，我带她来了医院。

医生说，她的病叫“突发性部分记忆篡改症”。过去的记忆随着时间的推移，每天都会不断地被改写。

简直不可思议。她既不喝酒，也没服用过副作用巨大的药物，平时吃饭也很注意营养均衡。无论如何，这么年轻的她都没有得这种病的理由啊。如果说这是真的，那么这种病例极少的怪病，为什么会让她得上呢?

为什么这种病偏偏选中了她?

我打心底不愿意相信，带着她直接从医院回到家。而她却笑容满面地说：

“去动物园好开心啊！可能是好久不去的缘故，一下子玩儿疯了。”

啊？看着笑得像个少女般的她，我差点儿哭

出来。我说了声“我去换衣服”，就快步进了卧室，靠着门坐在了地上，我因恐惧和悲伤而全身发抖。

因为，在她的记忆里，我的存在也有可能会消失，不是吗?

医生说，没有确切的治疗方法。能做的只有一个，那就是为了延缓疾病的发展，不要去否定她说的话和她的记忆，而是尽量接受。

而且，我的希望也只有一个，那就是尽量能长久地和她生活在一起，哪怕多一天也好。除此以外，再无其他奢求。

就这样，对从她嘴里说出来的“谎言”，我选择了笑着接受。与其去想象被她忘记后的恐怖，不如听她脑子里编造的那些虚构的故事。她不就是需要一个人随声附和吗?我全都能满足她。

是的，无论什么时候，我都会陪在她的身边，即便她再也不认识我了。

“哎，天气预报说明天是个好天气，咱们带着便

我知道那是十足的错觉，只是记忆发生了改变而已。她相信所有的这些事都是和我在一起时做的，从不怀疑。所以，她所谈论的并不是跟某个“毫不相干的陌生人”的记忆。

我知道。可我也知道，她所谈论的那些记忆，对于我来说都是幻想。她那么钟情地谈论着的“我”，不是我，而是“某个人”。可我却不能否定那个幻觉，因为没有比使她的病情加重更可怕的事了。

她在幻觉中谈论着和相爱的“某个人”的幸福，我只能微笑着倾听而已。而她在幻觉中越是对“他”好，我就越觉得矛盾。

于是，以前我从来没考虑过的事，现在开始考虑了。

假如我从她的身边离开，她关于我的记忆也会很快被覆盖改写吧?

如果说和幻想中恋人的记忆能给她带来幸福的话，那么我在她的生活中，就成了一个不被需要的多余的人了。

最近我在她的脸上看到的困惑表情也越来越频繁了。虽然我一直注意着对她说的话一句都不要否定，可是一聊到细节时，应和起来显然还是力不从心。连看也没看过的电影，随声附和着说好，可接下来却说不出里面的细节；连去也没去过的地方，自然说不出那里的风景好在哪儿。这种时候，只能支支吾吾地敷衍过去。她看我这样，困惑的表情也一天比一天重。

难道……再也走不下去了？

“在你的生活中，也许没有我更好吧？”

我看到她的表情一下子变得凝重，那一瞬间她那不安的眸子，让我不忍直视。

“最近，跟我在一起你一定很累吧？真对不起，我总是跟不上你的话。”

“不是那样的！”

突然高起来的声音又被她生生咽了下去。交往这么久了，我一眼就能看出，她正在拼命地思索着该说什么。不过，我没等她把要说的话想出来，就已经背过了身去。

不是对她没了感情，恰恰相反，正是因为想要永远留住这份感情。

如果我从她面前消失了，那么不久后，我的存在就会从她的记忆中悄悄溜走。只要我的痕迹在她的周围完全消失，那么她会更开心的。

即便她在幻想中恋爱，即便她把我忘记，只要她幸福就好。我这样希望着，从那个房子里搬了出来，离开了所有和她的共同回忆。

那一天，那一刻，我决定要把和她在一起的一切，都深深地记住。

他走了。我的眼前一片黑暗，当我意识到时，自己已经来到了医院。

看到我一把鼻涕一把泪的，医生肯定也很为难吧。因为心理疏导，不是这位医生的专业。

不过，医生非常真诚地听了我抽抽搭搭的诉说，亲切地跟我说：

“没关系，因为生病，他的记忆每天都在被刷新改写。不知道是幸运还是不幸，他跟你说的分手的那些话，肯定很快会被新的记忆刷新的。那样一来，今天的事他会全部忘掉，然后好像什么也没发生似的再次出现在你的面前。”

也许医生说的是对的。由于他得的是突发性部分记忆篡改症，所以他的记忆每时每刻都在被刷新改写。

突然提出分手，肯定也是因为生病，他的记忆被刷新了，从而跟我的记忆无法保持一致了。他自己大概也察觉到了这一点吧。

其实这根本没什么呀。只要他能够在我身边，记忆这种事，我全都可以随他呀。因为我爱的并不是他的记忆，而是他这个人啊。

正在这时，我不安地抱在胸前的包突然振动起来。不对，是包里的手机在振动。

拿出手机，当我看到屏幕上显示的名字时，我紧张的心情一下子放松了下来，视线不由得被泪水模糊了。

“是我。”

听到声音的那一刻，我再也忍不住，泪水夺眶而出，滑过脸颊滴落下来。

“今天，十二点在车站见面对吧？打算去哪儿？十二点左右我想去吃蛋包饭。”

听到电话里他那无忧无虑的声音，我的耳朵有些痒痒的感觉。一想到又哭又笑的自己，觉得有些神经兮兮的。没办法，这就是所谓的“难以忘怀的恋爱”吧。

我故意用撒娇的声音问：“你现在能马上过来见我吗？”

“啊？”

“是的，就现在，马上。我想见你。”

听他在那边好像有些不好意思似的说：“真是没办法。好——吧。”我心想，我是绝对不会把他一个人撇下的。

即便是有一天，我从他的脑子里完全消失了。

（文／橘翼）

结婚五年了，我们夫妇却一直要不上孩子。我和妻子都很喜欢孩子，“孩子越多越好啊”“想一家人组成一个棒球队”之类的话，虽然在我们结婚前就说过，但这种事只能遵从老天爷的旨意。

看到妻子那么想要孩子，我索性给她买了只圣伯纳犬让她养。圣伯纳犬曾经在妻子很早以前喜欢过的一部动画片里出现过，是那种表情特别温柔的狗。

我们以为它是这样呢，可它从还是小狗的时候起，就特别顽皮。地毯、沙发腿什么的都被它啃坏了。尽管是这样，它对于我们夫妇来说，就像自己可爱的孩子一样。我们在它身上倾注了很多的爱，养育着它。

从它还是小狗的时候来到我家，已经一年多了。有一天，我从公司下班回到家，妻子突然有些兴奋地抱住了我。我问她怎么了，她含着泪告诉我："我怀孕了！"听到这个消息，我也被她感染，禁不住泪湿了眼眶。那天晚上，我突然想起乡下的奶奶说过，"狗是安产的守护神"。

就这样，我们迎来了盼望已久的女儿。我们给狗狗起的名字叫切尔希，女儿和切尔希就像亲姐妹一样依偎在一起睡觉，一起玩儿得浑身上下都是泥。两个小家伙健健康康地一起长大。也许是知道有一个"小妹妹"了，切尔希像个"大姐姐"一样，即便被当成马骑也毫无怨言，我们甚至连它表示不满的哼哼都不曾听到过一声。

我们家简直像画上画的那样，就是一个幸福的家庭。虽然这有些自夸，但我真的是这样认为的。

所以，我本以为这样的幸福生活会永远持续下去，却突然出现了裂痕，给我的打击真的是难以用语言形容。

女儿三岁的时候，我妻子卷进了一桩恶性事件。很少开车出门的妻子，有一天开车外出时，和别人的车发生了碰撞。倒霉的是，对方的车主不是个善主儿，于是撞车的事，妻子没有告诉我，付了对方的汽车修理费，她以为这件事就算完了。没想到，之后那个男的三天两头给妻子打电话，一会儿说汽车这里还有伤，一会儿又说那里还有凹痕。因为是进口车，所以修理费用很高。而且，不仅仅是车，他说他自己的颈椎也受了伤，治疗费让我妻子想办法。

一次次的电话带着排山倒海的重压，完全打破了妻子的平静，使她渐渐感到了恐惧。

结果，妻子只好按照他的要求，不断地给他付钱。可是，为了支付他一次又一次的赔款索取，妻子的借款数额也在不断地增加，终于再也瞒不住我了。

当我知道这件事时，事情已经到了无可挽回的地步。

我责备妻子，为什么不在事情还没发展到这一步之前就早点儿告诉我。我们养育孩子正需要钱，可为什么她一声不吭地一直支付给那个人钱?

妻子眼里含着泪，一次次认着错说："请原谅我。"可是，正因为她是自己的妻子，我曾经发誓要让她成为世界上最幸福的人，所以她才更觉得这件事亵渎了我们的爱。

这件事给我的打击，使我无法控制自己的情绪。

不知这种无言的日子过了多久。有一天，妻子离家出走了，再也没回来。

客厅的桌子上放着妻子已经签了名的离婚协议和我送给她的结婚戒指，还有一张纸条，上面只写了一句话——"女儿就拜托了。"

五年过去了。我和女儿两个人相依为命。为了照顾女儿，我从公司辞了职，自己创业，在家附近办了一个事务所。工作进展得很顺利，妻子欠下的债也都还完了。

但并不都是好消息。因为工作步上了正轨，我变得更忙，没时间顾家。本来是为了女儿，我才独立创业的，这样一来就本末倒置了。可是，如果不工作就没有钱养女儿。想一想现在对于自己来说什么是最重要的呢？答案不言而喻。

于是，为了女儿，我决定找一个保姆。

一旦有了主意便马上行动，在面试了几个人后，很快就定下了一位。约好两个星期后，她来我家上班。这位保姆和我同岁，虽然不是那种特别出众的漂亮，但脸上总是带着微笑，态度温柔，待人亲切，给人感觉很好。女儿和切尔希也很快就跟她亲近了起来。

我拜托保姆每周从周一到周五，我上班不在家的时候来我家工作。我上班走后，她帮我把女儿送到幼儿园，然后做家务、洗衣服、收拾打扫房间。到了傍晚，再帮我把女儿接回家，在我下班回家之前，帮我照顾女儿。这些都是写在雇佣合同里的。

保姆走后，我和女儿一起吃她为我们准备好的晚饭。我从全部家务中解放了出来，从而能够把精力全部集中到工作上。而且，我不再需要把平日积攒的家务集中在周六周日做了。这样一来，休息的日子我便能心无旁骛地好好陪女儿玩了。托保姆的福，我终于享受到了有张有弛的生活。

而且，她那么温柔、体贴、心细，清扫做得非常彻底，但不该动的东西她绝对不会动；需要收拾的东西，总是该放哪儿就规规矩矩地放在哪儿。

她洗的衣服也和我洗的完全不同，她洗好的衣服总是松软整齐地放回原位。洗好的碗和盘子也总是把上面的水擦干后才收起来。给女儿单独做的那份饭，总是用胡萝卜刻出心形或用彩椒刻出星星，点缀在上面。女儿非常喜欢吃她做的饭，过去不喜欢吃的东西，也开始一点点吃起来了。

事后当我告诉她这些时，她高兴地笑着，大声说："太好了！"然后竟哼起了小曲。看着她从内心流露出的高兴，听着她哼唱着的小曲，我的心无可救药地被她捕获了。

并不是把她当作保姆，对她抱有更多的期待。

而是我已经无法掩饰地对她产生了爱情。

接到了我登的那家保姆介绍所打来的电话，听他们讲了雇主的详细情况，我马上向所长表示“我想去”。很快便定下了面试的日子，跟身为一名单亲爸爸的雇主见面聊了聊。很幸运，之后不久就接到了那个单亲爸爸的电话，说：“我们决定录用你。”

就这样，我就成了这家人的保姆，一位父亲、一位女儿和一条圣伯纳犬的家庭。

那位父亲给我交代的工作是，在他去上班之后，我要做家里的全部家务——做饭、洗衣、打扫房间、买菜，还有接送他的独生女儿上下幼儿园。可以说这些都是做保姆最基本的工作。不知怎么，无论是那个独生女，还是那条圣伯纳犬，很快就都和我亲近起来，难得的是两者都不那么累人。

五岁的女儿正是最可爱的时候，好像不喜欢吃胡萝卜和柿子椒。于是，我试着用做饼干的模型把它们压成各种可爱的形状，点缀在炖好的奶油牛肉或蛋包饭上，也许是因为她对这样的饭菜感到很稀奇，听她父亲说她全部都吃光了。孩子嘛，毕竟得注意营养均衡，所以我使出了浑身解数，为的是让她能多吃点儿。

当然，对饭菜的味道我也非常用心。盐分糖分太多了不好，但如果饭菜寡淡无味，孩子也不会喜欢吃的。工作很难，却很有意义。

和孩子父亲说话时，我也很小心。他女儿今天都做了什么，我会把幼儿园老师告诉我的话原原本本地汇报给他。不过这种时候，我得特别注意说话的方式，虽然很费神，但看到孩子的父亲听到关于孩子的汇报时那安逸的表情，我觉得能在这个家工作真的很幸运。可就在这个时候……

那天我做好了晚饭，跟孩子父亲汇报完他女儿的情况，像往常一样，跟他说了声“那，再见，我明天早上再来”，转身正要走时，突然手腕被抓住了，是孩子的父亲。

“很突然，真对不起。可是，我无法再隐瞒自己的感情……”

我马上就明白孩子的父亲要说什么了。也许是自己自作多情，但除此之外我想不到别的。所以，我既希望他快点把话说出来，又希望他别说。各种复杂的情绪在心中搅成了一团乱麻。

“我爱上你了。你能接受我这份感情吗？”

他的目光直直地看着我，让我不知道说什么好了。

看到我困惑的样子，他终于松开了我的手腕，和往常一样鞠了鞠躬，说：“明天也拜托了。”我回应了声“好”。可这句话到底说出声了没有，我也不知道。只是没想到自己会带着这么复杂的情绪离开他家。

我苦恼了好几天，当然，工作还是在认真做。

无论是作为父亲，还是作为男人，他都是一个很有魅力的人。一个男人，一直独自养育着女儿，这一点就足以令人敬佩，而他女儿也确实可爱。那样的孩子，如果是自己亲手把她养育成人的话，对母亲来说，一定是这辈子最宝贵的经历吧。

可是我不配属于这个家庭。再说我本来就是以保姆身份进出这个家的，如果变成妻子的话，以前平衡的关系会不会被打破?

而且，他的妻子并不是去世了，据他说，他妻子是因为什么事离家出走了。如果是那样的话，我若留在这个家，被他们接受的话，不就是把他妻子回家的路给堵死了吗?

我想来想去，最后还是决定今后不再和这个家有任何关系了。

“那，我就告辞了。”

今天是最后一天，从今往后我再也不会来这个家了。做了这个决定后，我在门口跟孩子父亲鞠了一躬。也许是玩儿累了，他的女儿在客厅的沙发上睡着了。等我走了之后，她肯定会被父亲叫醒，去吃我给她做的炸土豆饼，而且还会一边吃着一边说“好吃”吧。一想到她那可爱的笑脸，我就感觉好像有人在后面拽着我的头发似的，难以挪动脚步。可光想这些有什么用呢?

“再见……”

我对着孩子父亲说完，转身要走。正在这时，我的手腕被抓住了，不用想也能知道是被谁抓住的。

“别走。”

听着他那依恋的声音，我差点儿回过身来，拼命忍着才好不容易忍住了。因为如果这时转过身去，我会彻底崩溃。

“我不配留在这个家里。而且，你妻子终归会回来的，不是吗？”

“离家出走的妻子，就不要再提了。现在我更想留住你。请你不要再次从我面前消失了，好吗？”

我刚想摇头，可却停住了。因为孩子父亲的话在我的脑海里挥之不去。

“等一下，你说‘不要再次’？”

“难道，你——五年前不是从这个家里出走过一次了吗？”

那一瞬间，我的脑袋就好像被什么击中了一样，嗡嗡作响。

“为什么？”

“从你刚来家里工作，我就发现了。”

“可是，我整容了，样子变了，名字也……而且声音也……”

由于声音在发抖，我的话都说不利索了。孩子的父亲——我的前夫好像连这些都知道似的，苦笑着对我说：

“可是，你第一次来，切尔希就摇着尾巴围着你转，不是吗？切尔希自从你走后，除了自己家里人，从不会对任何外人表示亲近。而且，你做的饭菜也……”

我震惊得连手指尖都在发抖。一日三餐我一直是特别小心的，味道、摆盘的方式，都不能暴露我以前的习惯。

“确实，现在饭菜的味道和你以前做的不太一样了。可是，做菜的方式大概不是那么容易改变的吧？”

“做菜的方式？”

“喏，我们家的调味品在哪儿放着呀，哪个是盐哪个是糖呀，应该是很不好找的。如果是外人的话，肯定会确认一下里面的东西到底是什么，然后才会用的，对吧？可是你第一次用就毫不犹豫地用了该用的那个。还有，你洗过的碗盘不是让它们自然晾干，而是先用布擦干，再放回碗柜里。这也曾是你的习惯，对吧？记得我曾说‘这样多麻烦啊’，你说‘这样看着才舒服’。记得刚结婚那会儿经常听你说这句话。”

“这……”我呢喃着，声音从捂着嘴的手指缝里冒了出来。

既然什么都被看穿了，那我的那些苦恼算怎么一回事啊。

我整了容，换了名字，正准备换成另一个人活下去的时候，得知这个家在招聘保姆。而我下定决心要丢掉过去，开始新生活。我知道要想这样做，最好的方式就是不要再和这个家有任何关系。这些我脑子里都明白，可终究还是没能战胜内心想要看他们父女俩一眼的想法。

于是，我隐瞒了这些，拜托中介所所长帮我介绍这份工作。没想到事情一步接一步进展得这么快，我很快就被雇用了。一开始我还觉得这么顺利是不是不好啊，有些担心呢。果然这些都不是偶然啊。

听到我的疑问，丈夫轻轻地摇了摇头。

“不，刚刚发现的时候，心里更多的是不想原谅你。可是一想到女儿需要母亲，便继续雇用你了。既然你隐瞒了身份，我本来也不想逼你亮出真实身份的。可女儿大概也有些困惑了……是啊，我早就发现了。”

说着，丈夫握住了我的双手。感受到那么熟悉的温度，我不由得泪流满面。

“我真的还是爱你的。我们还是在一起生活吧，好吗？”

被握紧双手，我一下子感觉是那样温暖。本来以为再也不会被原谅，再也不会有这样的感觉了。可是当我感觉到以后，我知道自己一直是想要找回这种感觉的。

前几天，当他跟我告白后，我一直在犹豫。一个“保姆”如果成了他的妻子，那我这个“离家出走的妻子”就再也回不了这个家了。做了整容，甚至改变了声音，本来是想忘掉过去的一切的。现在看来虽然表面是这样，但自己的内心还是残留着矛盾和执念的。我犹豫来犹豫去，最终还是做出了一个撕心裂肺的决定——离开这里。

可是，这些苦恼和决定，都被丈夫的一席话驱散了……

忽然觉得自己好蠢，都不知道早就露馅儿了，还在那儿一直扮演着另一个人，想到这儿我不由得笑了，自我解嘲说：

“我真是个大傻瓜！”

可丈夫却没有笑话我。

“我可不这样认为。我现在明白了，对我来说，你是最好的妻子。你帮我们洗的衣服，除了洗涤剂的香味，更多的是太阳的味道；而且你知道我不喜欢把袜子卷成一团；煎鸡蛋，不用我说你就知道给我多撒胡椒粉；电视的音量总是调到不超过十八；打扫完房间后，所有的东西总是归置到拿取最方便的地方。只有窗帘，卷上去一点儿后总是忘了放下来，大概是怕用吸尘器吸尘时碍事才卷上去的吧？但就是忘了放下来这一点，也和从前一模一样。”

没想到丈夫观察得这么仔细！我感到震惊的同

时一下子羞得无地自容。

“而且，不光是这些。”

还有啊?

看到我羞得恨不得找个地缝钻进去的样子，丈夫笑着看着我。那笑容是那么熟悉、那么甜蜜，让我几乎掉下泪来。

“你不是曾经哼过歌吗？大概是高兴的时候无意识哼唱的。那首曲子，是我们结婚的时候，朋友为我们作的曲啊。”

听他这么一说，我才意识到自己哼唱的，是我们结婚时候的曲子。但并非是刻意哼唱的，而是高兴的时候，它就会自动浮现在脑海里。

这首曲子，是我们结婚时，请一位我俩共同的朋友为我们创作的，据说那是象征着我俩永远幸福的曲子。

“也许你觉得自己隐瞒得很好，但其实早就露馅儿喽。”

丈夫苦涩地笑了，记得我曾经在婚礼现场起誓，一辈子都不要失去这淡淡的笑容。

“你哼唱的歌让我确认就是你，那一瞬间我又一次深深地爱上了你。除了你以外，再也没有人能让我想要和她一起唱这首歌了。”

——所以，你愿意再和我一起唱这首歌吗？

丈夫的话音刚落，我的泪像断了线的珠子一样从脸上滑落。

（文／桃户晴　橘翼）

“这份工作难道就这样一直干下去吗？”弘树最近有些困扰。

因为大学毕业后，虽然是在一家大型证券公司就职，但从事的工作却不适合自己。

很明显，那些证券都是他们用对自己最有利的条件发行的，可弘树却不得不把这些债券，还有一些连公司名字都不知道的股票，推销给那些一点儿金融知识也没有的普通人，告诉他们“这会是很好的投资”。

本来弘树就是个处事圆滑的人，无论到哪儿都人缘很好。无论遇到什么样的顾客，他都很容易获得对方的信任，从而把自己的金融商品推销给对方，弘树一直有这种自信。所以在公司里，他的业绩一直名列前茅。

但不知为何，他心里总有一种在欺骗别人的罪恶感。和上司说了好几次，但每次上司都叫苦不迭地说：

“你要是不干了，公司就惨了。为了公司请再忍一忍吧。”

就这样，他拖拖拉拉地一直干到了现在。

正在这个时候，他见到了同学洋介，这还是他们毕业十年后的第一次重逢。

洋介现在在一家大型 IT 公司担任系统工程师（SE），工作很忙。

“SE 就是设计软件和系统的，跟手艺人差不多，就是做东西。自己做的东西能用了，就能为客户服务。能做这样有价值的工作，我觉得简直太幸运了！”

洋介的表情特别阳光。

“据说 SE 好像工作很辛苦啊。”

“现在不是那样了，我们是大公司，加班很少。”

“是吗？”

弘树有些羡慕起洋介来。

洋介一年前和一位比自己大三岁的女性结了婚，他的人生看起来真是顺风顺水。与之相比，自己却对工作抱有不满，看不到未来。而且，迄今为止和很多女孩儿交往过，可当他知道她们是冲着自己这一流企业的头衔而来之后，便徒增了对女性的不信任感。

有一天，和洋介一起喝酒时，弘树倾诉了自己的想法。

“我想辞掉现在的工作。”

“啊？你要辞职？”

“嗯，实际上我已经几次提出辞职了，每次都被上司的花言巧语哄骗得辞不掉。不过，这次我要坚决辞职，因为我有自己的梦想。”

“梦想？”

“开公司，开一家专门为金融企业服务的 IT 公司。金融业务今后会越来越 IT 化，而对于顾客的需求，我有信心满足。”

“是吗？如果你开公司，绝对能干好。”

真不敢相信洋介竟然理解了。

“我一个人是不行的。但如果我俩联手，我觉得肯定能行。”

“我们？”

“是的，洋介，想不想跟我一起干？”

“我？”

“金融系统的SE，是SE里对技术要求最高的。这将是一个巨大的挑战，对于你的职业生涯绝对没有坏处。”

如此流畅地说出自己突然想到的主意，弘树自己都有些害怕起来，因为他的内心萌生的想法正在鼓动着他，他一定要把洋介据为己有。

“有我在金融界的人脉和你的SE资历，我觉得我们肯定能做好这个事业。”

面对这突如其来的提议，洋介一时没有反应过来，目瞪口呆的，不知说什么好。不过，弘树的提议对于洋介来说也不是没有吸引力。其实，洋介也在犹豫：“工作虽然有意思，可这辈子只是这样把公司交给自己的工作做好就行了吗？”所以洋介也想暂时从公司出来，挑战一下新的东西。

“好！干！”

洋介当即做了决定。弘树没想到洋介会这么快就做了决定，吓了一跳。

“啊？真的吗？”

“IT 风投呀，非常期待啊！”

“啊，嗯。是啊……”

就这样两个人开始了创业。

几个月以后，两人各自从公司辞了职，在东京办公楼集中的地方租了一间小小的办公室，共同创办了一家专门针对金融企业的 IT 风投公司。

从公司开业至今已经过去一年多了。公司的业务发展顺利，经营也开始步入正轨。

既是社长又负责公司运营的弘树，利用在证券公司时的人脉拿到了很多和系统工程相关的活儿。洋介则把这些工作根据客户的需求做成产品。

可是，系统工程的设计只靠洋介一个人，显然是忙不过来的。一开始他们也把活儿包出去，可做出来的东西总是无法令他们满意。于是他们招了三个年轻的工程师，由洋介来培养他们。

那天晚上，弘树正要走出公司时，洋介一如既往地还坐在电脑前干活。弘树觉得有些抱歉，可除了洋介，再也没有其他可以依赖的人了，所以现在只能请他先辛苦做着了。

“洋介，还没做完吗？”

“这个活儿很重要，今天不做完还真是不行。”

可能是因为注意力太集中了，他的话有些冰冷。洋介的脸色异乎寻常地难看。镜片后面的两只眼睛干涩、眼皮发沉，有些睁不开似的。

“那三个新手情况怎么样？”

“他们都很有潜质，如果能把他们三个培养出来，我就能轻松些了。现在还得再辛苦一段时间。”

洋介干着活儿的手没有停下来，有些沉郁地回答道。

“是吗？你也不要太累了。”

弘树说完就离开了公司。

第二天早上。弘树像往常一样，九点来到公司。公司职员们的上班时间是十点。早上趁大家还没来，他要处理公司的杂务，这是他的日常工作。

他掏出钥匙拧开锁，打开门。进门处是一个小小的玄关，然后是通往办公室的短短的走廊。办公室那边灯还亮着。洋介难道熬了个通宵吗？可是，办公桌前没有洋介的身影，反倒是地上有个人脸朝下倒在了那儿。那个人正是洋介！

“喂，洋介！你没事吧？”弘树急忙上前抱起洋介。

他那张苍白的脸上早已没了一点儿血色，从眼镜后面那半睁着的眼睛里可以看到，他的瞳孔已经扩散，人没了呼吸。显然他已经死了。

“喂……你怎么了？”

弘树努力想使自己保持冷静，可手却禁不住抖个不停。

看不到任何明显外伤，服装也和昨天一样。白色衬衫外面是一身灰色西装。皮包掉在遗体的旁边。

弘树把洋介的身体翻过来，让他脸朝上躺下，摘下他的眼镜，把他那半睁着的眼睛合上。然后，他去检查了一下办公室里洋介的桌子，电脑还开着。显然，昨晚洋介工作的时候，不知什么病突然发作，就那样倒下没了呼吸。

一开始，弘树正是这样猜测的。

可是，他的想法好像被什么东西卡住了似的，总觉得哪里不对劲……

“啊！”

洋介的家就在公司附近。在给急救车和警察打电话之前，弘树先给洋介的妻子打了个电话。打完电话不到二十分钟，他的妻子晴美就来到了办公室。

弘树见过她的照片，但还是第一次见到本人。他一直跟洋介说“让我见见你的妻子”，但因为公司刚成立，一直忙得根本没有见面的时间。

“洋介……”

看到完全变了样子的丈夫，晴美在那里呆呆地站了很久没动，既没有哭，也没有慌乱，沉稳得有些异常。

过了很久，她像个木偶一样转过身看着弘树，轻声质问道：

“你说是心脏病发作，对吧？可人难道就能这么轻易地死掉吗？”

这个女人是怎么了？弘树后背有些发凉，但他决定说出来。

“洋介真的是病死的吗？我觉得可能不是。”

“可能不是？那是怎么回事？”

“是被什么人给杀死的，是他杀。”

“他杀？我丈夫和谁结下过仇吗？”

“不，洋介不是那种会招人恨的人。”

“那是谁？”

“那就索性说清楚吧。杀害洋介的凶手，难道不是你吗？”

“我？”

“是的，是你杀了洋介。”

“你说什么呢？你有证据吗？”

先把死因放在一边，首先，晴美竟然轻易地就抛出了他杀的说法。从刚才到现在，一直都是以这个为前提在谈论着，不是吗？简直太可疑了。

“洋介的电脑开着，办公室的灯也开着。服装也是昨天穿的那身。这就是说，可以考虑洋介是在工作中倒下的。”

晴美沉默着，什么也没回应。

“可是，有一个疑点。”

“疑点？”

“眼镜。”

“眼镜？”

晴美把目光看向了洋介的遗体。

“每当洋介工作的时候，他总是会戴上看屏幕时专用的眼镜，那是一副防蓝光的眼镜，只要他在办公室，他绝对是戴着这副眼镜的。而下班回家时，才会换上那副普通眼镜。我每天都看到他是这样，知道得清清楚楚。可现在，他戴的眼镜是那一副。”

“那一副？”

“是那副普通眼镜！在公司，洋介不可能戴这副眼镜，因为他在工作中肯定会戴防蓝光的眼镜。显然，洋介不是在工作中猝死的，而是在公司外面死的。也就是说他是被人杀了以后，运到这里来的。把洋介运到这里的人，最有可能的就是杀了洋介的那个人。”

“晴美女士，难道不是你杀了洋介吗？洋介说过，他给自己上了高额度的生命保险，你是不是为了领那份保险呀？”

晴美把目光移开，一言不发地沉默着。

突然，她抬起头，目光里含着杀意瞪向弘树，然后逼近弘树的脸，一字一句地说道：

“正如你所说的，我丈夫是被杀死的，不过犯人不是我。”

如果犯人不是她自己，为什么还说洋介是被杀死的呢？

“像洋介这么好的人，根本不可能有人想要杀他！”

晴美放弃了争执，声音稍稍小了一些，继续说道：

“是的，我丈夫不是那种招人恨的人。他那么优秀，是我这辈子最珍惜的人。正像你所说的，把洋介运到这儿的，是我。”

终于坦白了。也许是在严峻的商业社会摸爬滚打过来的缘故，弘树对一个人说谎时的表情，以及那个人在想什么，在某种程度上是能够看出来的。弘树甚至想，如果有一天辞去现在的工作，也许他会去试试做侦探。

可是，晴美根本不管弘树的脑子里在想什么，继续说道：

“我丈夫是昨晚一点多才疲惫不堪地回到家的，他说冲个澡再睡，我就先上了床，而且很快我就睡着了。当我醒来时，已经是夜里三点多了，可是洋介却没在身旁。我心里奇怪，不知他在干什么，便来到客厅，可那里也没有他的影子。我急忙跑到了浴室，浴室的灯亮着，可却没有任何声音……”

“……”

“我有一种不好的预感，打开了浴室的门，只见洋介瘫软地躺在了浴缸里，早已经死了。”

弘树觉得她的话不可信，便指出了其中的疑点。

“那么，为什么你不叫救护车，反而把遗体运到公司来呢？难道不是为了隐瞒犯罪事实吗？洋介不是自己死的，而是你把他杀死的。”

“可你也没有叫救护车啊，这又是为什么呢？难道是因为你觉得你已经知道了犯人是谁，想过过当侦探的瘾？”

“没、没有的事。”

“你什么都不知道。为什么？我为什么非得专门把丈夫的遗体运到这里来？这是因为我不能容忍你连我丈夫想的是什么都不知道，就让他这样白白死去！”

“到底是怎么回事？”

“我丈夫是工作太累了——是过劳死的！”

“过劳？”

“正是！！我丈夫自从新公司成立后，没休息过一天，每天都在熬夜，几乎是在不眠不休地拼命工作，为了新公司，为了你！无论是精神上还是肉体上都已经超负荷！”

“胡说！”

“只是你不知道罢了，他常常把工作带回家

来。我丈夫只是没跟你说，他一直在独自拼命地做着啊。”

“怎么会……”

“你不知道你已经把我丈夫逼到了死亡的深渊。我恨你，接受不了这个现实。我想让你看看我丈夫死了的样子，所以才把他运到这里来的！你把洋介还给我！！”

刚才还一直强忍着悲愤的晴美，终于再也忍不住了，感情一下子爆发，大声哭了起来。

“……是我杀了洋介吗？”

成立公司后，一切看起来都那么顺利。可那是洋介用他那“透支身体的工作方式”在支撑着，因此他的身体才那么地脆弱。刚才自己的脑子里还在想“在一定程度上还是知道那个人在想什么的”，还为此觉得挺得意的，现在他真想揍自己一顿，因为他连自己身边最亲近的人想什么都不知道。

（文 / 桃户晴）

铜像

一边背着木柴走路一边读书的少年雕像是二宫金次郎的雕像，从 1920 年到 1940 年，曾被设置在全国各地的小学校园里，几乎是人尽皆知。

众所周知，金次郎是一个“勤劳而且爱学习”的人。不仅如此，他还创下众多的伟业，是为年轻人开创了未来的人物。

在富士山和丹泽山的山脚下，有一条河流叫酒匂川，由于这条河的长年冲刷，使这里形成了足柄平原。1787 年，在这片现在属于小田原市的土地上，二宫金次郎出生在了一个富裕的农民家里。

可是，这片土地却一次又一次地被洪水冲垮了河堤，泥浆流进村子里，每次村里的农田都会遭受洪灾，人们只能不断地借钱生活。于是修建一道足以抵御洪水的堤防就成了生死攸关的大事，为此村民们全体出动去修堤。

当时只有十一岁的金次郎也混在大人中间去修堤。因为还不能干和成年人一样的体力活，他就把大人们穿断了鞋带的草鞋拿回家帮大家修好，并找一些类似的自己力所能及的活儿干。

不过，在金次郎十四岁那年，由于酒匂川发生了严重的泛滥，二宫家不得不卖掉了家里的农田。而且，由于操劳过度，父亲病倒了，不久就去世了。看到母亲又背又抱地带着两个弟弟，还得去开垦荒地，金次郎感到特别揪心。

金次郎每天早出晚归地帮妈妈干农活儿，晚上还要拼命编草鞋，一直干到深夜。

为了生活，金次郎还得去山里砍柴，然后背到城里去卖。他就利用背柴往返于山上的时间，反复地通读了《论语》《大学》等中国的古典著作。

正是这个形象，成了后来著名的“边背着柴走路边读书的金次郎雕像”。

金次郎十六岁的时候，母亲也去世了。于是两个弟弟被母亲的娘家人收养，金次郎则被叔叔收养了。

“等我能靠自己的本事生活了，我一定把你们接回来，为了那一天，你们忍一忍。”金次郎对弟弟们说。

为了早一天把弟弟们都接回来，兄弟三人得以团聚，生活在一起，金次郎拼命地干活儿，拼命地学习。

到了叔叔家，金次郎依然是干完了一天的活儿后，每天还要读书到深夜。可叔叔并不高兴。

“农民要那么多学问有什么用呢？灯油又不是白来的，赶快熄灯睡觉。”

于是，金次郎就靠着自己的能力弄到了油。油的原料是油菜花的种子。为了收获“菜籽”，金次郎在河边的荒地上种了一把油菜花的种子，没想到一百天后，竟然采集到了七升“菜籽”（约合十三立升菜籽油）。

“请给我换成油，好吗？”

就这样，他一分钱没花，就从村子的油坊里换来很多油。

还有一天，金次郎看到人们插完秧后扔在田埂上的稻苗，觉得“太可惜了”，就捡了起来。

金次郎把这些还绿油油的稻苗种在了水渠旁边的荒地上，不时过来侍弄一番。稻苗竟蓬勃地生长起来，到了秋天，他竟收获了一袋子稻米。

当时有个规定，像这样在荒地上种植的稻米，不需要交租，可以归自己所有。

“不积小流，无以成江海。小小的事情，只要不断地积累，就能收获硕大的成果。”

金次郎称其为“积少成多”，他把它作为自己行事和思考的准则。

也是因为他这样努力，金次郎二十岁的时候，他又把原来父母的那个家翻新，当年父母卖掉的稻田也重新买了回来。而且，他还向生活困窘的村民发放了无息贷款，并说什么时候方便什么时候再还也可以。借了金次郎钱的乡亲，为了报答金次郎的好心，便自己定下利息，然后连本带利一起还给了金次郎。

“据说，当年父母双亡的少年，而今已是村子里数一数二的地主了。勤劳，而且还有学问，经济上也很有实力。”

人们对金次郎的评价也传到了小田原藩国武士们的耳朵里。听了这个传闻的小田原藩国老臣服部十郎兵卫便把已经二十岁的金次郎招到了家里，雇用他教导公子们。

在这里，金次郎的地理、算术，以及中国汉字等学问也得以精进。

可实际上雇用金次郎的服部家因为生活太奢侈，其财政已经到了濒临崩溃的边缘。服部家看到了金次郎很有打理财务的能力，便拜托他帮助自己振兴经济。

于是金次郎通过厉行勤俭节约，终于帮服部家把欠款还清，仅仅用了四年，就使快要崩溃的财政得以重建。这四年里，金次郎也娶妻生子了。

得知这一情况的小田原藩国藩主大久保忠真，便把金次郎派到藩主的分家——宇津家的领地，负责统筹已经荒废的樱町的复兴重建。已经身为大名家臣的小田原藩士金次郎，为了全力投入樱町的重建，把家里的田地、房子，以及家具农具等全部处理掉，带着妻子和孩子来到了樱町赴任。

一开始并不顺利，直到金次郎诚实的人品被人们广泛传颂开来后，村民们才开始有所改观。樱町经历了十年的岁月，终于得以成功复兴。

金次郎思想的根本是为他人着想的“报德”思想。在他五十五岁的时候，他的功绩被大家广为赞颂。于是便以他被录用为幕府家臣（将军直属的家臣）为契机，把他的名字定为“尊德”。

随着知道这个名字的人越来越多，他也开始声名鹊起。但金次郎说“人如果坐上了轿子（地位升高了），就会与土地生疏”，所以他的生活没有任何改变。金次郎的一生，全部奉献给了“育人”。据传由金次郎重建的村町实际上超过了六百个。

1856 年，金次郎七十岁时走完了他的一生。

据说，他的遗言是“不要漂亮的墓地，在坟头旁边种棵树就足够了”。

金次郎知道，一棵小树终究会长成参天大树，树根会深深地扎进土地，不断蔓延，成为森林，守护着国土。

金次郎知道，一个少年终究会长大成人，从而成为支撑起家庭、周围人，乃至日本的优秀人才。

金次郎去世后不到一百年，二十世纪中叶，日本向英美宣战，发动了太平洋战争。

这个时候，日本已经出台了国家总动员法，根据这条法律，日本建立了“所有的人员和物资，都能够由政府支配运用”的体制。国家规定：凡是能够用来制造武器的材料，比如钢铁、铜、锌、铅、橡胶之类，都必须由军队优先使用。

太平洋战争开始四年后，因为被联合国军队遏制，处于劣势的日本，用来制造飞机、船、炮弹等的金属变得严重不足。于是，各家各户的锅、鼎等金属，甚至寺庙里的钟，都被要求无偿奉献了出来。

可即便是这样，金属还是不够，于是那个铜

块——二宫金次郎的雕像就被他们看上了。

就这样，全国各地的次郎铜像全被征集起来，熔成了铜块。

把希望寄托在未来年轻人身上的金次郎，他的铜像改变了形状——有的成了把年轻人带向死亡的运输工具的材料，有的成了夺去年轻人生命的武器。

（文／桃户晴）

“澳门的阵内”的自白

神父，现在我所说的一切，您真的能够替我保密吗？如果告诉了别人，我的脑袋会被人砍掉的。

您真的能承诺不告诉任何人吗？

好的，那么，我就说了。

神父，您听说过“澳门的阵内”这个名字吗？对，就是那个大名鼎鼎的大恶棍。他盗窃杀人，无恶不作，却从来没被抓住过。据传他会隐遁术，而且从未有人见过他的真容。对，就是那个家伙。

其实，人们所说的“澳门的阵内”，就是我。

您无论怎样吃惊都没什么奇怪的。说“从未有人见过他的真容”也许有点儿夸张，但见过我真面目的人的确是屈指可数。

不，今天我来这儿，并不是想要您宽恕我所做的坏事。毕竟那是我犯下的罪，不是只要道个歉就能够被宽恕的。

今天我是为了我的朋友“保罗”来的，我祈祷让这个可怜的男人的灵魂升到天国去。

下面我按照事情的前后顺序来说吧。

那是两年前的冬天，寒风呼啸，即便是不小心稍微发出点儿声音，也不会有人听到。这种天气的夜里最适合盗窃。

我像往常一样，装扮成一个四处化缘的僧人，在京都的大街小巷里物色目标。夜深之后，我找到了一家门牌上写着“北条屋弥三右卫门”的大房子。

那是一栋非常气派的大房子。我往里面偷窥了一下，没有发现一个人影。今夜的盗窃目标就定在这里了。我暗自决定之后，就攀上墙头，悄无声息地落到了他家的院子里。

这个家无论是庭院、走廊，还是整个建筑物，都建造得非常时尚，显然是一个名门望族。我蹑手蹑脚地穿过走廊，感慨着他们家的品位高雅。是的，小偷到了我这个水平，即便是正在盗窃的时候，目光也会留意这些的。穿过昏暗的走廊，就看到里面的卧室里还亮着淡淡的灯光。

然后，我突然发现那里好像有人。不过，我并没有害怕。如果这个时候害怕了，那我早就被他们抓住了。

的确，当时我也有过掉头离开的念头。可是，我忽然产生了一种好奇，想看看在这黑漆漆的深夜里，名门望族的人们都在做些什么。

说不定能看到只有名门望族才有的风流韵事呢。被这种好奇心驱使，我便豁出去了。

我又往里面走了一段，从纸推拉门的门缝处可以看到里面有一对老夫妇，正躬着背坐在那里。靠近我这边的是个老妇人，她的后背在颤抖着，好像是在哭。

正对面坐着的是一个白发男人，大概他就是这个豪宅的主人——那个叫北条屋弥三右卫门的老人吧。他也是一副垂头丧气的样子，唉声叹气地嘀咕着，只听到他在说：

“耶稣啊，请无论如何赐给我们夫妻力量吧……”

原来是在祈祷。他闭着眼睛继续祈祷着。

当我一直注视着他的侧脸时，突然想起来了。

没错，就是那个人。

二十多年前的记忆一下子鲜明地浮现在脑海里。

当时，我在澳门做小偷。说是小偷，其实那个时候，我还只是个新手，很丢人地只能模仿那些小偷的样子，把他们偷来的东西再偷走一些。

有一次，这种丢人的模仿被发现了，我被那些同道上的小偷给抓住了，全身五花大绑着，从悬崖上推到了狂风巨浪的海里。

怎么能就这样死掉？我不甘心。于是我憋住气，扭动着身体朝着岸边拼命挣扎。可是，我很快就不能呼吸了，身体渐渐没了力气，意识也慢慢变得模糊起来。我意识到自己可能快不行了。正在这时，我感觉到好像有一股特别强劲的力量把我的身体从海里拽了上来。

终于能够轻松地呼吸了，意识也渐渐地恢复了过来。啊，我得救了。我一边这样想着一边睁开了眼睛。只见我被一位陌生的水手抱在怀里。

原来，是这位水手救了我，这就是对我恩重如山的救命恩人。于是我用快要断了气的声音向水手道了谢，让他至少告诉我他的名字。

可是，水手却说“这没什么”，最终也没告诉我他的名字就走了。

从纸推拉门的门缝里看到的老人的侧脸，正是那位水手的面庞。这位北条屋弥三右卫门，正是我的救命恩人。

我拼命地压抑着涌上脑海的记忆，继续听着弥三右卫门的祈祷。终于弥三右卫门结束了长长的祈祷，他沉静地对妻子说：

“接下来不管发生什么，我们也只能把它当作神的旨意接受。”

只听他妻子用微弱得几乎听不清的声音回应道：

“是，可是……”

“别说了。不管是咱家那条北条屋丸号船的沉没，还是借给别人的钱没还，现在再说这些也没用了。”

“不，我说的不是这些。我是说，如果弥三郎在的话……”

“那样的儿子，根本指望不上。你想想看，那家伙赌博输掉了家里多少钱？如果有那些钱，起码能救救急。和那家伙断绝父子关系是做对了。”

“难道我们只有死路一条了吗？”

“我们作为基督徒，是不允许自杀的。如果说现在还有什么能做，那就是把财产全部放弃，尽量把钱还上。”

“唉，我们母子俩一起接受洗礼时，是我们最快乐的时候了。”

老妇人又抽抽搭搭地哭了起来，弥三右卫门也垂头叹息着。看到这里，我下定决心，于是我拉开推拉门，来到了两个人的面前。弥三右卫门吓得大叫了起来：

“你是谁？”

“把你们吓着了，实在对不起。我是澳门的

阵内。”

“什么？是你？那个大恶棍？”

“是的。”

“你这个恶棍，到底要做什么？”

于是我把二十年前被男主人救过的事详详细细地说了一遍。

“……所以，您对我有恩，现在我要报答您的救命之恩。请您告诉我，要想把北条屋从危机中解救出来，需要多少钱？”

得到的回答是六千贯。

数目的确不小，但我承诺这笔钱三天之内会凑齐给他们送来。

好奇怪，神父，我感觉外面好像有动静。

哎呀，这样可不行。今天就到这儿，等明天再继续吧。

神父，您别嫌我啰唆。请您千万千万不要跟别人说呀……

北条屋弥三右卫门的忏悔

神父，请您无论如何都要听听我的忏悔。祈祷您也能保佑我这个可怜的罪人——北条屋弥三右卫门。

我是个罪人，神父，“澳门的阵内”这个名字您知道吧?

是的，就是那个最近被斩首的大恶棍。其实，那个人对我有恩。具体说来，是他帮我还了一大笔欠款。他说那是对我的“报恩”。据他说，我好像曾经救过他的命……

但我一点儿也不记得了。不过，当时我被逼到了绝境，除了依赖阵内，再也没有其他能活下去的办法了。

当我告诉他我欠下了六千贯的债时，那个男人沉默了一会儿才说：

“请您等三天，我一定给您筹到钱送过来。”

三天后的晚上。深夜里我屏住呼吸等着阵内，就听到院子里传来了激烈打斗的声音。我拉开庭院那边的推拉门一看，只见有两个人影正打作一团。

“干什么呢？”

我大声吼道。声音还没落，就见其中一个身影翻墙逃走了。庭院里还剩下一个，我慢慢地走上前去。

“让您久等了。”

月光映照在那个人的脸上，宽宽的眉毛、厚厚的嘴唇，是阵内。

那么，还有一个人是谁呢？

“我不知道，我本来想抓住他看看究竟是谁，但让他跑掉了。”

虽然我很想知道那个人到底是谁，但那天晚上主要的事不是这个。于是，我把阵内请进房间，问：“钱都准备好了？”

阵内没有直接回答，而是把缠在腰间的一个包袱打开，顿时，里面的钱散落了一地。可怎么看，好像也不够六千贯。

这时，就听阵内说道：

“请放心。其实之前我已经筹到一多半了，只剩二百贯还不够，于是昨天我就把先筹到的那些钱藏在了你们家的地板下。不知怎么，刚才那家伙也注意到了那笔钱，他悄悄潜进来肯定是冲着那笔钱来的。”

说着，阵内探进地板下，拿出了那五千八百贯。

“这些，合在一起正好六千贯。您拿去还钱吧。”

我不知道这些钱都是从哪儿来的，恐怕来路不正吧，但我还是深深地感谢了阵内。

正是阵内的这笔钱，让我把欠款全部还上了，所以现在我还能这样活着。这都是托了那个大恶棍的福。

后来，我一直背着人偷偷地向圣母马利亚祈祷，祈祷她能赐给阵内幸福，祈祷能够有神灵保佑阵内。

听到阵内被斩首的消息，是在昨夜。

我背着人偷偷地哭了。从阵内一直以来的所作所为来看，他被斩首也许罪有应得，可他毕竟是我的恩人。

我想悄悄地为他祈祷，至少让他能够升上天堂，于是刚才我到了据说他被斩首的那座桥上。

桥头上已经聚集了一大群人。我分开人群来到了已被砍下，正在示众的头颅前。

太出乎意料了，我几乎无法呼吸。那个被砍下的头不是阵内的！而且，那淡淡的眉毛，薄薄的嘴唇，仿佛在微笑的脸，是一张我一直忘不掉的面孔……

“保罗”的祈祷

神啊，神。

马上，天就要亮了，我就要被斩首示众了。可是，即便是那样，我的灵魂也会像小鸟一样飞到您的身边。

不，作恶太多了，也许会堕入地狱吧。可是，即便是那样也会令我满足了。自出生以来，我从未像现在这样，感到如此高兴。

那是在一个星期前，一个寒冷彻骨的冬夜，我悄悄地潜入了北条屋的家里，当然是为了偷他家的金银财宝。

不过，在他家的院子里，我却和一个来路不明的男人打了起来。那个男人虽然是一身僧侣打扮，可是他的身手并不是僧侣应该有的。

他的力气很大。正当我被他压倒在地的时候，推拉门被拉开的声音传来。一时间，男人抓住我胳膊的手劲儿松了下来，我借机跑掉了。

跑出来一会儿后，我还是想知道那个男人到底是干什么的。于是明知危险，我还是又一次潜进了北条屋的家。

在那里，我听到了男人和北条屋的对话。于是我知道了那个男人就是天下第一恶棍、澳门的阵内。“澳门的阵内”这个名字在我们盗窃这一行里实在是大名鼎鼎。我在房子前埋伏了一会儿，等阵内从房间里出来后，便尾随在了他的后面。

跟了他一会儿后，我叫住了他，告诉了他我的来历。我对他说：“请您收下我这个弟子，为了您，我愿意肝脑涂地。”

可是阵内不仅没有点头答应，反而说："你这么个无名小卒也配？还是好好孝敬你的父母吧。"说着还打了我一顿。

原来我有多佩服他，现在就对他有百倍千倍的憎恨。那一刻的屈辱，我始终耿耿于怀。我甚至觉得如果不一雪前耻，就无法再活在这个世上了。

怎样才能让阵内领教领教我的厉害呢？我想来想去，最后终于想出了一个主意。一旦想到了，我就马上开始行动。

我到另一家去入室行窃，并故意让他们抓住了我，然后自报大名："我就是天下第一恶棍，澳门的阵内！"

没人见过那个男人长什么样，所以在那一瞬间，我便成了自己向往的"澳门的阵内"。

明天早上，我将作为"澳门的阵内"被斩首示众。我将背负起那个男人的全部罪孽，救下他的命。那个被他称作无名小卒的人，却能够救他的命！

不过，不仅仅是这样，因为那个男人对北条屋家有恩，所以作为北条屋家的人，我应该报答他。

我是罪孽深重的人。是一个整天作孽，给父母添了不少麻烦的男人。不过，我是和父母一起受了洗礼，有了教名的基督徒。

啊，神啊。您怎样惩罚我都没关系。但请您保佑我的父母和“澳门的阵内”。请宽恕这个可怜的保罗弥三郎吧。

（文 / 芥川龙之介　改写 / 吉田顺）

上司的建议

想要辞职。每每遇到事时，我都会这样想。

这家公司我从入职到现在已经三年了。与其说这个工作值得做或做得开心，不如说不顺利、痛苦的时候更多。无缘无故地被训斥，被上面要求加班，一直干到深夜，这是常有的事。“我不干了！”这种当场脱口而出的话，已经说过不止一两次了。

虽然如此，我却依然没有灰心，而且总是在最后关头放弃辞职的想法，是因为我有一位特别好的上司。

那个上司，如果从他的外表来看，说实在的，就是一个乏味的大叔部长。而且他的年龄也和我父亲相差不了几岁，和二十多岁的我，无论是性别还是境遇，乃至立场价值观等都完全不同。可不知为什么，每当我有了烦恼时，部长给我的建议总是那么真诚贴心。听着部长的话，我感觉简直就像是同龄好友在安慰自己，非常不可思议。

真正的好友——一起度过大学时代的同学也有很多。可是自从大学毕业走上社会后，环境变了，好朋友也不再像大学时那样理解我的烦恼、设身处地地替我思考了。她们会说“你想得太天真了”“同样的烦恼谁没有呀”“那么不喜欢的话就辞职呗”这样的话。

全是这样一些劝你妥协的话，可这种非此即彼的答案并不是我想要的呀。我只是希望她们能和我一起想办法，解开心中的一团乱麻，希望她们能给我一些这方面的建议而已。也许我有这样的想法，本身就是太不成熟了吧。

即便是部长，也不是从一开始就能给我恰当的建议的。

有一回，我的直接上级让我整理资料，因为没做完，我加班到了深夜。正当我又饿又累，一次又一次地想着“回家”“回家”的时候，就听见部长的声音：

“你努力工作的样子，大家都看到了啊。”

没有批评我工作不得要领，也没有不负责任地随口鼓励我一番，仅仅是一些很贴心的话。也许那些话本身未必有多么动人，但对于一直被“为什么只有我一个人”的孤独感所折磨的我来说，他的话听了比什么都高兴。

于是，对默默地在一旁关注着你的那个声音，不知不觉中，我竟把内心所有的不满都倾吐了出来。

对那个把工作都推给部下，自己却先下班回家的上司的不满。

对有这种潜规则的公司的不满。

对那些明明觉得这种潜规则不合理，却保持沉默的前辈们的不满。

在我一直喋喋不休地说着的时候，部长既没有生气，也没有跟我讲大道理，甚至丝毫也没有表现出“该走了”的意思，只是默默地听着……

第二天，当我去咖啡室冲咖啡时，部长走过来对我说：

“昨天你跟我说的你的烦恼，我觉得吧，对于自己不喜欢的上司，没有必要勉强自己去喜欢，对吧？合不来的人哪儿都有，虽然我是她的上司，但我并不是在袒护她，她为人其实并不坏，只是‘合不来’这种事情绝对是有的。我可从来没想过让你勉强自己‘应该去喜欢她’哦。今后如果再遇到什么想不开的事，就来我这儿发发牢骚吧，那样是不是能让你感到稍微轻松一些呢？再说你不是因为喜欢漂亮衣服才选择了这份工作吗？仅仅是因为遇到了一个性格合不来的人就想放弃，那也太可惜了吧。你对工作一直很努力，而且我也觉得你一直都是很努力的，所以，谁也没有权利从你手中把这份工作夺走。”

我觉得那低沉、亲切，仿佛在身体里浸润开来的声音，渐渐地把我内心的烦闷纠结抚平了。

当听到部长在慌乱地叫着我的名字时，我才意识到自己流泪了。

从此以后，每当我在工作或人际交往中遇到什么烦心事或不知怎么办才好时，就去找部长商量。他虽然不是当场就回答我，但几天后，总是会主动找我说“前几天你说的那件事……”，然后总是会给我一个令人安心的建议。

虽然不能当场给我答复，但这倒更让我觉得部长是在认真替我考虑问题。于是，渐渐和朋友们疏远了的我，心里又充满了快乐。

能够这样给我贴切建议的，除了他，再也没有其他人了。在互联网上，也有一种能够得到不同人建议的网站，不过与那上面的回复相比，从部长那儿得到的回应要有意义得多。

休息日，当我待在家里，浏览着充斥于互联网公告栏里的各种人的诸多烦恼时，我更加确定了这一点。

几天后的一天，我又留在公司里加班到了深夜。因为头一天工作的失误，不得不加班弥补。“为什么会有那样的失误呢？”我越这样想，手里的工作就做得越慢，伴着一声声的叹息，有好几次工作几乎快要做不下去了。越做不下去，我就越钻牛角尖，从而形成了一种恶性循环。也不知道来回折腾了多少次，我心想：看来这个公司、这份工作的确不适合自己啊。

正这样想着，几乎又要叹息时。

“嘿。”

听到这低沉、亲切，仿佛浸透身体的声音，我抬起了头。我以为早就回家了的部长正站在那里。

“辛苦了。累了吧？来，给你。”

说着，部长扔过来一个什么东西。我神经反射地接住了。一个热乎乎的东西落在了手里。罐装咖啡——不，是一罐热热的拿铁。

“比起黑咖啡，你更喜欢这种咖啡，对吧？”

能细致到这种程度的上司，大概不会再有其他人了吧。真是好得过分的上司。

“这次很辛苦吧？你好像为这个烦恼了挺长时间了，怎么样？解决了吗？”

“哦，嗯……”

回答的声音，连我自己都能听出来消沉得要命，简直就是在告诉人家自己内心的烦躁不安。部长粗浓的眉毛皱成了一个“八”字。

“看来没那么容易迈过心里这道坎儿啊……唉，也难怪啊。”

部长靠在离我不远的一张桌子上，打开了自己的那罐咖啡。理所当然，他给自己买的是那种不加糖和奶的黑咖啡。他先“咕咚、咕咚”地把咖啡喝完，然后，长长地呼出一口气，说：

“我吧，站在你的角度考虑了一下。其实，我在年轻的时候，做错的事多了去了，每次做错了事都会被上司吼，也和你一样加班弥补，也纳闷儿为什么会出现这样的错误。不过，后来我就不再死钻牛角尖，非要做完这件事，而是把关注点放在下一件事上。”

“下一件事？”

我嘟囔道，部长的嘴角流露出了笑意。

“失败是成功之母嘛，是今后的武器。只有经历过失败的人，才是真正强大的人。因为，为了不再有同样的失败，他肯定就会变得更加谨慎，而且为了得到别人的信赖，也会更加努力，在构建人与人的关系时也自然会更加谦恭周到。你有了这次失败，手里也就有了强有力的武器。当然，怎样使用它，还得看你自己……不因失败而倒退，而是认为自己因此比别人获得了更多前进的能量。你这样想想试试？”

部长的话，深深地打动了我。我不由得双手捂住了脸。

“哎，哎。”慌乱的声音渐渐靠近了我，“别哭啊。不是跟你说了吗？谁都有过做错事的时候。”

“不是的。并不是因为做错了事才哭，是因为听了部长的建议，眼泪才不由得流出来的。”

我感觉得到，部长仿佛一下子放下心来，变得轻松了。

“我可不是那种让女孩儿流泪的上司吧？”

他半开玩笑地笑着说，我听了心里也轻松了一些。于是，我下了决心：

“部长，谢谢您。我决意辞掉这家公司的工

作了。”

话音刚落的一刹那，部长的面孔抽搐了一下。手里端着罐装咖啡，送往嘴边正准备喝时，突然停住了。

“为什么要辞职呢？”

他的声音比刚才高了许多，震惊的表情毫不掩饰地表露出来。不过，这时我想起来，前两天我在网上冲浪时发现的东西。

“我真的很高兴部长能给我那么多建议。因为除了部长，再也没人能够这样认真地为我的烦恼考虑了。不过，前几天，我在网上偶然发现了一个以前没看过的网站，叫作‘解决工作上的烦恼网站 · 女性版’。”

我刚说到这儿，部长的眼睛一下子睁得好大，他的反应已经给出了答案。

“部长肯定也知道这个网站吧。谁有了烦恼就写了发上去，人们看到这个帖子后，就会在你的帖子下面跟帖，给出各种回答。前几天休息的时候，我想：会不会有人和我一样，对工作也抱有同样的烦恼呢？于是我漫不经心地在网上浏览时就发现了这个网站。其中‘最佳建议’板块里选出来的回答，我还记得清清楚楚。我的意思您明白吧？”

部长依然一动不动地盯着我，甚至连眼睛都不眨一下。本来柔和的面庞，这时的表情就像狮子一样，端着咖啡罐的手也在颤抖着。我注视着他，又重复道：

“您是明白的，对吧？‘最佳建议’里选出的答案，和部长给我的建议，简直是一模一样。而且，不仅仅是这一个。也就是说，部长把从我这里听到的烦恼，说成是自己的，写成帖子贴到了‘解决工作上的烦恼网站’上，把得到的答案汇集起来，从里面选出自己看中的答案说给我听，对吧？还装作是你自己认真思考给出的建议。”

部长拿着咖啡罐的手变得通红。不知是羞恼，还是屈辱。不过这对我来说早就不重要了，我真正想说的其实还在后面。

“针对最新的一条烦恼帖子，‘最佳建议’的回答，您肯定也记得，对吧？是的，正是刚刚部长对我讲的那些。‘只有经历过失败的人，才是真正强大的人。会变得更加谨慎，在构建人与人的关系上，也会变得更加谦恭周到。所以，失败是武器，是燃料……’这些其实都是我写在那个网站上的建议。我知道了部长的做法，才写了答案贴上去试试。没想到，部长把我的回答直接当成了‘最佳建议’，又讲给我听。”

部长的眼睛一下子睁大了。他的嘴角突然上扬，却不是过去常对我发出的那种沉稳包容的笑容，而是阴暗的笑。

“那又怎样？”

他恶狠狠地说道，以前那种亲切、安慰的感觉荡然无存。他动作粗暴地把咖啡罐猛地放在桌子上，有几滴咖啡从易拉罐里飞溅了出来。

两手的拇指插在裤兜里，部长双眼眯起，威胁我说：

“你不是也因为那些建议得到了帮助吗？这难道不好吗？本来，我就和你性别不同，年龄也像父女一样相差很远。这样一个人怎么可能给你贴切的建议呢？再说，我也是竭尽了全力的。”

部长一只手在胸前抬起来，做了几次攥拳的动作。好像要把什么令人讨厌的东西捏碎似的。

“像你们这些年轻人啊，说什么‘工作不合适，上司不好’，动不动就把工作给辞了。你们一有人辞职，我们这些做上司的，工作评价就得被降低。这样一来，就会影响奖金，本来每个月的工资就不高，奖金再被扣，谁受得了？那种煎熬，你知道吗？啊？！”

部长的嗓门有些尖厉，他说着还向我这边跨近了一步。我赶紧向后退了两步，但目光并没有从他脸上移开。

“你们总是那么擅长把自己说成一个悲剧式的英雄，如果让我说的话，那只不过是太娇气了。真想跟你们换一下，让你们也体验体验天天哄着别人是什么感受。要不，怎么样？你也听听我的烦恼？”

“不，我还是要辞去这份工作。”我果断地说道。

就在我从脖子上摘下职员胸牌的那一瞬，我突然觉得肩膀和脖子的僵硬感一下子变轻了。果然这里不是我应该待的地方啊。

“把别人的话，说得像是自己的话一样，从而当成自己的功绩。我不想在你这样的上司手下干了。”

（文/桃户晴　橘翼）

我留意到，我被关在这个黑暗狭窄的地方了。

这里，到底是哪儿啊？黑漆漆的，什么也看不见。

我试着把回忆往前追溯。想起来了，我在路上开车，从后视镜里看到警车在追我。原来我的车速已经达到每小时一百五十公里了，所以他们才要追我的呀。

前面就是急转弯，为了甩掉警车，我不仅没减速反而踩下油门。视野突然倾斜了，车翻了。车横翻着撞向了峭壁……

记忆到这里中断了。

我死了？不，“我思故我在”，所以现在我以这样的方式活着。不过，车身是以每小时一百五十公里的速度横翻着撞向峭壁的，所以被人认为已经死了也没办法。也许正是因为人们以为我死了，所以才把我放到这里来的吧？说不定这里就是棺材里呢。

可是，这样下去的话，我会怎样呢？

刚想到这儿，忽然一阵恐惧向我袭来。

不是开玩笑，这样下去，我会被活着送进火葬场。被火焚烧难道不是最残忍的酷刑吗？哪里能找到出口啊？我用手去摸索，用脚去踢棺材板，想要踢坏它。可手脚却不听使唤。想要喊，嘴巴却动不了，声音也发不出来。

我是不是由于交通事故受伤了？或者双手双脚都失去了也说不定。太黑了，什么也看不见。说不定不是黑暗的缘故，而是我失去了视力？

周围有没有人？我竖起耳朵仔细听了听。也不知道棺材是被放在什么地方？那噪声大得简直和电车正在通过的高架桥下有一拼。

在纷杂的噪声里，我听到了一个声音。

是一个从未听过的陌生男人的声音。

“五小时后应该已经完了……现在是上午九点，所以应该是在下午两点左右吧。”

是在说火葬场的事吧？一般来说，火葬需要一小时。那么火葬开始的时间应该是在一点左右。接着，一个陌生女人好像也听到了这些话，只听她说道：

“那么，上下颠倒的……”

说不定是在说翻车事故现场的事。女的是事故目击者，男的是刑警或殡葬公司的人。唉，管他是谁呢。

眼下最要紧的，是让他们知道我还活着。于是我试着大声呼救，可是却发不出声来。难道我的嗓子也在事故中撞坏了吗？

我使出了浑身的力气，终于，我的手脚稍微动了动，于是我又使劲动了动身子。拜托，请注意到我吧！我还活着呀！快点儿让我从这里出去吧。

终于，又听到了女人的声音。

“不知怎么，从刚才开始一直在动。”

终于注意到我了！是的，我还活着！快点，让我从这棺材里出去吧！

我拼命地动着，就听男人说：

“他的耳朵能够听到，所以说不定我们的对话都被他听到了呢。”

他说什么？难道这个男人早就知道我还活着？

“那么，很快就要……的事，他也知道？”

“恐怕是吧。”

惨了！这可真是最悲惨的事啊。这些家伙知道我还活着，却故意要把我给活活烧死。看来他们是打算看着我怎样痛苦地死去。

这显然是那些对我怀有刻骨仇恨的同伙们，可到底是谁呢？我拼命思索这么恨我的人究竟会是谁，可想到一半就放弃了。因为实在是太多了，数也数不过来。

我这辈子做了无数的坏事，也招来了无数的仇恨。不只是一般市民，我也曾袭击过对立的暴力组织。如果说恨我的人，那可真是像天上的星星一样数也数不清。

男人和女人的对话，不知什么时候结束了。但感觉那个女人还在。肯定是在监视我。已经逃不掉了，我只好死了心。

一旦死了心，突然觉得刚才还试着想要从这里出去的自己太蠢了。我苦笑着想，以这样的方式结束这一生，倒是正适合我。

说实在的，我这一辈子没做过什么正经事。据说父亲在我出生前就有了外遇，离家出走了。母亲在生下我之后也换了一个又一个男人。

母亲交往的对象全部都是渣男，都对我不是骂就是打，甚至用脚踢。看着我被打，母亲眼睛里有一些歉疚的神情，却从来没有帮过我。

他们也几乎没让我吃饱过饭。便当总是做得乱七八糟，很难看，所以我上小学的时候一直被人欺负。无论是在家里还是在学校，都没有我的一席之地。

世上没有一个人关心我，父母混账，学校也混账，世上的一切都混账。

到了中学，我一下子变得特别叛逆，成了不良少年。从此便一发不可收拾。自己伤害自己，轻率的、不计后果的坏事从未间断过。这些坏事给很多人带来了痛苦。

这种火烧的刑罚，是我一直以来所作所为的报应。最大限度地受尽痛苦，痛苦到挣扎翻滚，好吧，这样痛苦地死去就是了。虽然喊不出声音，但我心中在大笑着。

突然，棺材激烈地摇晃了起来。

整个身体好像被巨大的波浪摇动着似的，晃得特别厉害。

摇晃持续了一分钟左右才终于平静下来。

监视我的女人低声呻吟着。

这时，我听到身边响起了另一个男人的声音，不是刚才那个男人。

“好久不见了啊。”

“爸爸……”女人回应道。

是监视我的那个女人的父亲，他也是来看我被火炙烤的观众吗?

“疼吗?”

“有事吗?”

“那什么，其实……我想借点儿钱，十万，可以吗？”

“您说钱？没有。”

“怎么可能？那什么，我可压根儿没想从你这里诓钱。只是能不能暂时借给我一些？这不是在求你吗？”

外面的对话变得有些奇怪起来。他们把棺材里的我放在一边，一个要借，一个不借，父女俩吵了起来。唉，算了，如果主菜是烧烤我的话，他们的对话就是所谓的前菜吧。

那就让他们好好地尝尝吧。男人继续说道：“那什么，很快就会加倍还给你的。眼下实在是火烧眉毛了。哪儿有孩子看着父亲为难而见死不救的？喂，是谁把你养到这么大的？现在我急需钱！！”

“我不会给你钱的。”

“你说什么？”

“这些钱是要付给医院的钱。”

医院？这是怎么回事？

“医院的钱，先欠着不行吗？！”

男人有些不耐烦地说。

“所有和你交往的男人，几乎都和你我一样，没有一个正经人，不是吗？所以生出来的孩子也不会是什么好东西，既然那样，还生他干吗？”

原来，女人正怀着小孩啊。

“这个孩子，和我不一样。当然，和爸爸你也不一样。”

“啊？”

“因为被你虐待，所以我走了弯路，叛逆，一直活得绝望无奈，被男人欺骗，从而有了这个孩子。”

好像这个女人跟我一样，也活得很不像样。

“可是，这些跟这个孩子没有一点儿关系。这个孩子的将来我要从现在开始决定。”

这种事，不可能像她想的那样顺利的。

“你想得太天真了。”

对，是太天真。

“像你这样的懒蛋，能养好孩子才怪呢。”

男人嘲笑女人说。

说得一点儿也没错。正像那个男人说的，这个女的肯定养不好孩子。她肯定像我父母那样，生了孩子也会抛弃的。

可是，不知怎么，我脑子里虽然同意男人的意见，心里却对男人的话进行着强烈的反驳。

不生怎么能知道？你女儿说了要生，为什么你却不鼓励她呢？你也配做父亲？你也算人？！

不知不觉间，我竟完全忘了自己的危机，集中精神听棺材外面的对话，只顾着生男人的气了。而与我正相反，女人声音冷静地说道：

“你没有权力说三道四。”

“你说什么？”

“……我调查过了，因为你曾经对我和母亲施暴，所以法庭命令你再也不许靠近我们。本来你连和我见面都是不允许的。”

男人气得大叫道：“这是你对你父亲应该说的话吗？”

你说应该怎样对待你这个父亲？

“像你这样的女儿，就和你肚子里的孩子一起下地狱吧！！”

你才应该下地狱呢。

现在我已经完全站在女人的立场上了。我对那个男人的愤怒已经达到了顶点。这才意识到自己气得使出浑身力气踹了棺材板一脚。

就在这一瞬，女人说话了。

“这个孩子也生气了，因为刚才他踹了一脚。”

什么？……这到底是怎么回事？于是，我又踹了一脚。

“瞧，他又踹了一脚。”

莫不是……

“这个孩子在肚子里说，‘别跟你爸爸在一起’呢。告诉你，我也很生气，如果你再在这里没完没了地纠缠，我可要叫警察了。”

“咣当”一声，是关门的声音。过了一会儿，女人说：

“对不起啊，吓着你了吧。”

我感觉到她在外面抚摸着我的全身。

原来是这样啊。

原来我是在这个女人的肚子里啊。

所有的疑问都得到了解释。我一直以为自己是待在棺材里，原来是在这个女人的肚子里；刚才的地震，原来是阵痛；我好像是带着前世的记忆，来到这个女人的肚子里的……

不，请等一等。刚才听到的“五点以后”，说不定不是火葬的时间，而是出生的时间。从那时到现在大概已经过去五个小时了吧。

这就是说……我马上就要出生了?

我突然感到一阵恐惧，是觉得自己可怕。

像这个女人“父亲”说的那样，即便是投胎重生，万一我还是成了一个人渣呢?我还是会给这个社会带来危害。不，最主要的是，我会毁了这个正期待着孩子出生的女人一辈子的。

我不想那样，拜托，请别让我生出来。我不想给你添麻烦，不想让你的人生因我而变得不幸。千万别把我生出来啊……

四壁又开始了剧烈的摇晃，最后的阵痛开始了。

我听到有人说：

“快，去分娩室。”

大概是上了担架床吧？我感觉到了“咔嗒咔嗒”的车轮震动的声音。我绝望了。完了，我要出生了……

正在这时，我听到了那个人的声音，很痛苦，却很温柔。她正拼着所有的力气说道：

“快了。妈妈这辈子拼命也要守护好你，所以，你可要健健康康地出生啊！”

我分明感觉到了她那轻柔的抚摸。

肚子里的胎儿，被羊水包围着，因为同样是水分，即便是检查大概也查不出来眼泪和羊水的区别吧？这时，我的泪水随着脉搏的跳动，汩汩地涌了出来。

我这样一个人，她却说要守护我。我终于能够乐观地面对我出生后将怎样去生活这件事了。

“来，深呼吸，对，用力。”

这个声音持续不断地响在我的耳边，同时我还听到了那个人痛苦的呻吟。

她的肚子一下子紧紧地收缩起来。我开始听到了脉搏的巨大鼓动声，我的意识随之变得模糊了。

我能清楚地感觉到记忆在消失。

甚至连思考都渐渐变得困难起来……

肯定会彻底忘掉的……所以，我要先把话放这儿……

我出生后，应该会哭得特别厉害……那是毫无疑问的。因为，那是高兴的哭泣。

谢谢你生我，妈妈。

……

于是，呱呱坠地的哭声响了起来。

（文 / 吉田顺）